KB179444

완벽한 아내를 위한 레시피

RECIPE FOR A PERFECT WIFE

완벽한 아내를 위한 레시피

카르마 브라운 장편소설
김현수 옮김

ㅁ창비
Media Changbi

그 세대의 수많은 제약에도 불구하고

페미니스트셨던 나의 할머니, 미리엄 루스 크리스티께.

‘주로 통조림에 의지하던’ 주부로,

내세울 만한 음식 솜씨는 없으셨지만

정말 맛있는 ‘치킨알라킹’을 만드시던 할머니.

치킨알라킹이 그립지만 그보다는 할머니가 훨씬 더 그립습니다.

나보다 앞서 살아간 모든 여성들께.

우리의 길을 밝혀주셔서 감사드립니다.

우리의 뒤를 따라오는 모두—특히 애디슨 메이—에게

아직 못 다한 일이 많다는 데에 미안함을 전하며.

그대들이 일을 마무리할 수 있는 능력을 우리가 충분히 물려주었기를.

예술은 까다로운 여자와 같다.

하지만 아내 노릇만큼 까다로운 예술은 또 없으리라.

—블랑쉬 에버트 『아내가 남편에게 꼭 지켜야 할 11가지 에티켓』(1913)

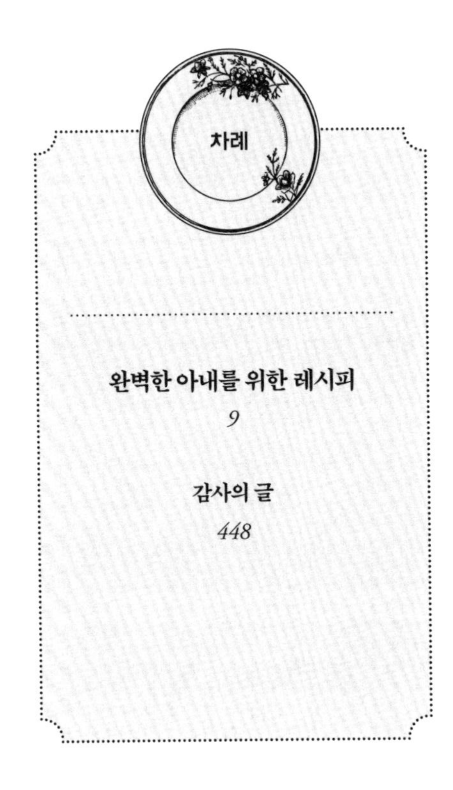

차례

일러두기

* 본문의 주는 모두 옮긴이의 것이다.

** 본문 중의 고딕체는 원서에서 이탤릭체로 강조한 부분이다.

1

> 자네는 내가 결혼했다는 걸 잊은 모양이군. 결혼의 유일한 매력은 양쪽 모두 기만의 삶을 살 수밖에 없다는 거지.
>
> — 오스카 와일드 『도리언 그레이의 초상』(1891)

날짜로 보나 계절로 보나 꽃을 심기에 너무 늦은 때였다. 하지만 선택의 여지가 없었다. 한 번도 정원을 가꾸어본 적 없는 남편은 이게 급한 일이라는 걸 이해하지 못했다. 마찬가지로 정원이 주는 풍요로움에도 딱히 감흥이 없었다. 이런 이유로 그날 아침, 그는 아내에게 짜증이 나 있었다. '더 중요한 일들'에 신경을 써주면 좋잖아! 지난주에 막 이사 와서 할 일이 널리고 널렸는데! 틀린 생각은 아니었다. 대부분의 정원 일은 미뤄도 괜찮았다. 구근들이 봄비와 봄의 따스함을 기다리며 휴면기에 들어가는 때라 한 해의 막바지인 요 몇 달 사이에 별일은 없었다. 하지만 종 모양의 꽃이 풍성하게 피는 이 식물은 예외였다. 별로 인내심이 없었다. 게다가 심는 법에 대한 자세한 설명과 함께 선물로 받은 것이어서 빨리 심는 것 외에는 방법이 없었다. 오늘 당장 심어야 했다.

그녀는 새싹과 잎들을 어르고 달래듯 노래를 부르고 흙을 만질 때 기분이 제일 좋았다. 첫눈에 이 집이 마음에 쏙 들었던 것도 그 때문이었다. 정원의 화단은 듬성듬성 비어 있긴 해도 이미 밑 작업이 되어 있었기에 아름다운 꽃밭으로 뒤바뀐 모습을 눈앞에 그려볼 수 있었다. 사실 집 자체는 너무 크고 휑해서 사람 사는 곳 같지 않았다. 특히 부부 둘만 살 집으로는 방이 너무 많았다. 하지만 그들은 신혼이었으니까. 아이들과 온기로 집 안을 채우고 이 주택을 '우리 집'으로 만들 시간은 충분했다.

그녀는 좋아하는 노래를 흥얼거리며 정원용 장갑을 끼고 꽃삽을 든 채 쭈그려 앉아 땅에 판 둥그런 구덩이 안으로 꽃을 집어넣었다. 자주색 꽃이 다칠새라 장갑 낀 손으로 조심조심 뿌리 주변의 흙을 토닥이다 보니 마음이 편해졌다. 곧게 선 꽃대는 보기 좋았고, 꽃 덕분에 벌써 정원 전체가 밝아진 것 같았다. 할 일이 많이 남았지만 그녀는 부드러운 잔디 위에 두 손을 베개 삼아 머리를 받치고 누워 파란 하늘에 춤추듯 떠가는 구름을 지켜보았다. 앞으로 다가올 모든 것에 설레며, 또 준비됐음을 느끼며.

2

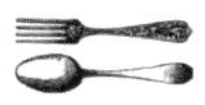

남자는 깨끗한 집을 좋아한다. 그러나 집을 깨끗하게 한답시고 수선을 떨며 온 집 안을 불편하게 만들면 남자는 밖으로 나돌기 마련이다.

— 윌리엄 J. 로빈슨 『결혼 생활과 행복』(*Married Life and Happiness*, 1922)

앨리스

2018년 5월 5일

꽤 규모가 크지만 방치되어 퇴락하고 음울한 느낌마저 드는 집을 처음 봤을 때만 해도, 앨리스 헤일은 이곳이 그녀에게 무엇을 숨기는지 알지 못했다. 첫인상은 정말 거대해 보였다. 앨리스 부부는 머리 힐의 방 하나짜리 손바닥만 한 집에 살았다. 침대 옆을 지나려면 몸을 옆으로 틀고 발을 끌며 통과해야 했고, 변기에 앉으면 무릎이 화장실 문에 닿았다. 그에 비해 이 집은 좌우가 완벽한 대칭을 이루는 거대한 직사각형 벽돌집이었다. 석조 아치형 입구 아래 빨간 문 양옆으로는 덧문 달린 창문들이 보였고, 대문의 페인트칠은 햇볕에 심한 화상을 입은 피부처럼 벗겨져 있었다. 그 문을 열고 들어간다는 상상만으로도 꺼림칙했다. 그린빌에 오신 걸 환영합니다. 앨리스와 네이트 헤일 씨. 마치 집이 입처럼 생긴 우편물 투입구를 통해 전혀 환영하지 않는 목소리로 속삭이는 것 같았다. 여기가 바로 젊은 도시 전문직들이 죽을 때가 되면 찾아오는 곳이지요.

교외는 완벽하게 아름다웠지만 그래봐야 맨해튼은 아니었다. 그나마 좀 알려지고 고급스러운 주택가인 스카스데일에서 차로 고작 2, 3분 거리인 그린빌은 맨해튼에서 기차를 타면 한 시간도 안 걸렸지만 완전히 딴 세상이었다. 잔디는 널찍했고, 예상대로 대부분의 목재 울타리는 하얀색이었다. 보도는 당장 뜯어먹어도 될 정도로 깨끗했다. 차 소리도 전혀 들리지 않았는데, 앨리스는 왠지 그게 더 불안했다. 왼쪽 눈이 씰룩거렸다. 아마도 전날 밤을 거의 뜬눈으로 새운 탓이리라. 이 모든 게 ―그 집, 그린빌, 전부 다 ― 끔찍한 실수인 것 같다는 생각에 짓눌려 앨리스는 어둠 속에서 머리 힐의 성냥갑 같은 집 안을 서성거렸다. 하지만 한밤중에는 원래 모든 게 불길하게 느껴지는 법. 아침이 되자 불면증과 근심, 걱정으로 밤을 지새운 자신이 바보같이 여겨졌다. 그 집은 그들이 본 첫 집이 아니던가. 처음 본 집을 바로 사는 사람이 어디 있다고.

네이트는 집을 측면에서 보기 위해 앨리스의 손을 잡고 인도를 따라 걸었다. 걷는 동안 앨리스는 네이트의 손을 꼭 쥐고 그의 시선을 따라갔다.

"괜찮지 않아?"

그의 말에 앨리스는 미소를 지었다. 씰룩거리는 왼쪽 눈을 네이트가 눈치채지 않기를 바라면서.

집의 정면—시멘트 보도에 깊이 간 금과 삐뚜름히 기운 채 서 있는 낡은 울타리—을 보니 집값이 싸게 나온 이유를 알 것 같았다. 그럼에도 그들의 예산으로는 빠듯했다. 더구나 이제 두 사람은 외벌이였다. 그건 자신 탓이었고, 그 생각만 하면 앨리스는 여전히 죄책감으로 마음이 불편했다. 집은 수리가 절실해 보였다. 그것도 아주 많이. 아직 집 안에는 들어가지도 않았는데! 앨리스는 손가락 끝으로 눈꺼풀을 살짝 누르며 한숨을 쉬었다. 괜찮아. 다 괜찮을 거야.

"정말 큰돈이야. 진짜 우리가 감당할 수 있을까?"

앨리스는 어린 시절 형편이 넉넉지 않았고, 때로는 기본적인 것마저 해결하지 못할 만큼 빠듯했다. 그러니 집 담보 대출은 생각만으로도 덜컥 겁이 났다.

"할 수 있어. 나만 믿어."

네이트는 숫자에 밝은 남자였고 돈도 잘 굴렸다. 그래도 망설여지는 건 어쩔 수 없었다.

"집이 뼈대가 아주 좋아."

네이트가 덧붙였다. 앨리스는 시각이 어쩌면 이렇게 다를까 신기해하며 그를 보았다.

"게다가 클래식해. 아주 실속 있고 좋지 않아?"

실속 있다니. 보험계리사와 결혼하면 집을 고를 때 이런 소리를 듣게 되는 법이다.

"부동산에서 주소 제대로 준 거 맞아?"

앨리스가 고개를 요만큼만 옆으로 기울이면 집은 오른쪽으로 기운 것처럼 보였다. 어쩌면 그들은 엉뚱한 동네에 가 있는 건지도 몰랐다. 이 집보다 훨씬 좋은 상태의 집이 다른 곳에서 기다릴지도. 앗, 그린빌이 아니라 그리니치였어!라고 네이트가 부동산에서 보낸 메일을 다시 확인하고 말할지도 몰랐다.

앨리스는 시들시들한 풀이 흉하게 웃자란 앞뜰을 보고 눈살을 찌푸렸다. 잔디 깎는 기계는 얼마나 하려나. 모든 게 부스스하고 덥수룩한 가운데 울타리를 따라 핀 꽃들은 오늘 아침 막 관리받은 것처럼 아름답고 탐스러웠다. 아주 섬세하고 얇은 종이로 겹겹이 접어 놓은 듯한 짙은 분홍 꽃송이들이었다. 앨리스가 꽃 한 송이를 손가락으로 받치고 얼굴을 가까이 가져갔다. 향기에 취할 것만 같았다.

"137번지."

네이트는 휴대폰에서 고개를 들어 변색된 황동 번호판을 확인했다.

"여기 맞아."

"식민 시대 풍으로 지은 집이죠."

전날 저녁 네이트와 앨리스가 스피커폰으로 중개사 베벌리 딕슨과 통화할 때 그녀는 그렇게 말했다.

"1940년대에 건축된 집이라 좀 튀는 부분이 있기는 한데, 디테일이 제대로 살아 있죠. 나중에 석조 아치형 입구랑 클래식한 배치를 보면 아실 거예요. 이런 집은 금방 팔려요. 특히 지금 같은 가격에는 말이죠."

베벌리의 이야기를 들으며 네이트는 신이 난 것 같았다. 앨리스는 네이트가 그들의 작은 아파트를 답답해한다는 걸 알고 있었다. 그 집은 창문도 몇 개 없었고, 녹지는 전무했으며, 월세는 터무니없이 비쌌으니까.

네이트는 앨리스를 처음 만났을 때부터 도심을 벗어나고 싶어 했다. 자신과 자신의 아버지가 그랬던 것처럼 나중에 아이들과 공을 던지고 놀 마당을 원했다. 아침에는 배달 트럭 소리보다는 새소리와 여름 매미 소리를 들으며 눈뜰 수 있는 집, 직접 손보고 고칠 수 있는 그런 집을 꿈꿨다. 여전히 금슬 좋은 부모님(어머니는 전업주부였다), 그리고 네이트만큼이나 성공한 두 형제와 함께 코네티컷 교외에서 자란 그는 가정을 꾸리는 일을 그저 장밋빛으로만 보았다.

앨리스는 그들의 아늑한 맨해튼 아파트가 좋았다. 그 집에서는 뭐든 집주인이 해결해줬다. 수도가 샐 때도, 페인트칠을 새로 해야 할 때도. 심지어 지난봄에 냉장고가 고장 났을 때는 새걸로 바꿔줬다. 앨리스의 베프 브로닌 머피와 계속 한동네에 살고 싶기도 했다. 성냥갑 같은 집에서 남자와 한 공간에 있기 힘들어지는 순간에는 그 친구네로 도망치고는 했다. 네이트가 앨리스보다 더 깔끔했고, 모든 걸 제자리에 두고, 모든 것에 제자리라는 게 있어야 하는 사람이라는 건 인정하지만 그런 그에게도 작은 결점들이 있었다. 주스를 팩째 입에 대고 마시는 것, 앨리스의 말도 안 되게 비싼 도금 핀셋으로 코털을 뽑는 것, 그리고 단순히 자신이 원하기만 한다면 삶이 그걸 줄 거라 기대한다는 것.

앨리스는 네이트에게 열린 마음으로 임하겠다고 한 약속을 되새겼다. 약속을 잘 지키는 사람이고 싶었다. 그린빌로 이사 오게 된다 해도 누굴 탓할 만한 상황은 아니었다.

약속 시간까지 몇 분이 남았을 때 렉서스 한 대가 부릉거리며 보도 가까이에 섰고 베벌리 딕슨이 차에서 내렸다. 조수석에서 핸드백과 서류 파일을 꺼내 든 후 팔꿈치로 조심스럽게 문을 닫는 걸 보니 차를 새로 뽑은 모양이었다. 베벌리는 스마트키를 두 번 눌러 차 문을 잠갔고 앨리스는 주변을 둘러봤다. 길 건너편에 유아차를 밀고 가는 여자와 몇 집 건너 덤불 가지를 치는 어르신 한 분 말고는 아무도 없었다. 이 동네에 대해 베벌리가 해준 이야기가 생각났다.

"범죄 자체가 없는 동네예요. 문도 안 잠그고 살아도 된다니까요!"

베벌리는 7센티미터 하이힐을 신고 다가왔다. 베이지색 스커트와 같은 색 재킷 아래 그녀의 몸은 풍선처럼 둥그스름해 보였다. 베벌리가 따뜻하고 커다란 미소를 지으며 손을 쑥 내밀자 묵직한 금 팔찌들이 짤랑거렸다. 그런 다음 활짝 웃는데 베벌리의 앞니에 묻은 분홍색 립스틱이 앨리스의 눈에 들어왔다.

"앨리스 씨, 네이트 씨."

베벌리가 그들의 손을 잡고 악수를 하는데 팔찌들이 마치 바람에 흔들리는 풍경처럼 쨍그랑 소리를 냈다.

"오래 기다리시게 한 건 아닌가 모르겠네요."

네이트는 그렇지 않다고 베벌리를 안심시켰고, 앨리스는 미소를 지으며 베벌리의 이를 빤히 봤다.

"정말 보석 같은 집이에요."

베벌리는 숨이 찬지 얘기할 때 말소리와 숨소리가 섞여 나왔다.

"그럼 안으로 들어가볼까요?"

"그럽시다."

네이트가 앨리스의 손을 다시 잡으며 말했다. 앨리스는 순순히 그의 손에 이끌려 집 안으로 들어갔지만, 실은 당장 차를 몰고 도시로 돌아가 요가 바지를 입고 그들의 좁아터진 아파트 안에 숨고 싶은 마음뿐이었다. 집에 포장해 갈 음식이나 주문하고, 교외로 이사 갈 생각을 했다니 잠깐 미쳤었구나 하고 웃어버릴 수 있다면 얼마나 좋을까.

현관 진입로로 들어가는 사이 베벌리가 세세한 디테일("저 아치 입구의 석조 장식은 정말 아름다워요…… 저런 건 어디서도 찾기 힘들걸요…… 납으로 만든 오리지널 유리 창틀……")을 몇 가지 짚어주는데 앨리스의 시야 한 귀퉁이에 어떤 움직임이 포착됐다. 위층 왼쪽 창문에서 마치 누군가가 손으로 잡아당기는 것처럼 커튼 자락이 펄럭였다. 앨리스는 네이트의 손을 잡지 않은 손으로 손차양을 만들어 다시 보았지만, 아까 움직인 게 무엇이었든 지금은 미동도 없었다. 그냥 상상이었나. 아마 그럴 수도. 일하지 않고 노는 사람치고는 요즘 너무 피곤했으니까.

"어제저녁에 전화로 말씀드린 대로 이 집은 1940년대에 지어졌어요. 정원은 손볼 데가 좀 많지만, 정원 관리업체에서 해결 못 하는 건 없으니까요. 작약이 정말 예쁘지 않나요? 예전 집주인이 정원 가꾸는 솜씨가 보통이 아니었다고 들었어요. 우리 집 앞마당에 저런 꽃을 피울 수 있다면 저는 정말 못 할 짓이 없을 거예요."

정원 관리업체라니. 맙소사. 그들은 공식적으로 그런 커플이 되어가고 있었다. 아이들이 뛰어놀고, 키우는 강아지가 볼일을 볼 교외의 고급 잔디를 원하지만, 스스로 관리할 능력은 안 되는 그런 커플 말이다. 현관 바로 앞에 서자 앨리스는 갑자기 장이 꼬이는 것 같았다. 먹은 거라고는 커피와 오래된 시리얼 한 줌뿐이었는데. 하지만 그것 때문은 아니었다. 이 집, 그리고 이 집이 의미하는 모든 게 — 당연히 맨해튼을 떠나야 하는 것도 포함해서 — 앨리스의 속을 불편하게 만들었다. 목구멍에 담즙이 올라오는 게 느껴지는데도 베벌리와 네이트는 이 집의 '뼈대'와 여전히 잘 작동하는 옛날 초인종을 포함해서 이 집만이 가지는 특별한 점들을 계속해서 이야기했다. 앨리스의 불안함을 전혀 감지하지 못한 네이트는 초인종을 눌렀고, 그 투박한 벨 소리가 빨간 문 뒤로 울려 퍼지자 정말 즐거운 표정으로 웃음을 터뜨렸다.

3

논쟁을 좋아하는 현대 여성도 사랑과 이성에는 약하다. 그녀가 조용히 듣기만 한다면 — 그녀에게는 고통에 가까운 일이겠지만 — 단호하게, 이성적으로, 친절하게 그녀가 늘 옳은 건 아니라는 사실을 잘 납득시킬 수 있다.

— 월터 갈리챈 『현대 여성을 다루는 법』(*Modern Woman and How to Manage Her*, 1909)

앨리스

집 안은 어둡고 추웠다. 앨리스는 두 손을 겨드랑이 밑에 끼고 사방을 둘러봤다. 모든 게 낡고 오래되어 보였다. 먼지가 하얗게 내려앉은 벽지를 베벌리는 계속 '빈티지'라고 했다. 그게 무슨 장점이라도 되는 것처럼. 낡은 책상은 창문 바로 앞에 놓여 있었고, 소파로 보이는 물건은 거실 한가운데에 하얀 천으로 덮여 있었다.

"혹시 두 분 중에 칠 줄 아는 분 계세요?"

"네?"

베벌리가 무슨 얘기를 하는지 몰라 앨리스가 물었다.

"피아노요."

베벌리는 거실 뒤편, 눈에 잘 안 띄는 곳에 놓인 검은색 피아노 뚜껑을 열고 건반을 몇 개 두드렸다.

"먼지도 쌓였고, 조율도 해야겠지만 그 외에는 상태가 아주 좋아요."

"칠 줄 몰라요. 하지만 배울 수도 있겠죠?"

네이트가 말했다.

과연 그럴까? 둘 다 음악에 특별한 취미가 없었고, 지난 몇 년간 샤워 중에 부르는 노랫소리로 판단하건대 네이트는 틀림없는 음치였다.

세 사람은 아치형 입구를 지나 거실에서 부엌으로 들어갔다. 집의 다른 부분과 마찬가지로 부엌도 몇 십 년간 업데이트가 안 되어 있었다. 살구색 찬장. 화물 열차에서 날 법한 소리를 내며 용케 작동 중인 유물에 가까운 냉장고. 그리고 벽 쪽에 바짝 붙인 크롬 다리의 타원형 포마이카 식탁과 청록색 의자 세트. 코너의 개방형 선반에는 접시들이 쌓여 있었다. 중고품 할인점이나 앤티크 가게에서나 발견할 법한 꽃무늬나 소용돌이무늬가 그려진 불투명한 흰색 접시들이었다. 그 집은 '있는 그대로' 시장에 나왔는데, 집 안에 있는 모든 게 포함된 가격이라는 의미였다. 접시를 팔면 돈을 좀 벌 수도 있겠다. 어쨌든 다 빈티지 아닌가.

"이건 뭔가요?"

앨리스가 싱크대 옆 작은 직사각형 철제 투입구 같은 걸 가리키며 묻고는 뚜껑을 열어 안을 들여다보았다.

“아, 그건 쓰레기 투입구예요. 채소 껍질이나 식사 후에 남은 음식을 쏟아 버리는 용도로 썼어요.”

베벌리가 설명했다. 그리고 투입구 바로 밑 찬장 문을 열어 그 안에 놓인 사각 통을 보여주었다. 모서리에 살짝 녹이 슬어 있었다.

“그런 다음에 이 통만 비우면 됐죠. 워낙 편리해서 좋은 부엌에는 하나씩 다 있었어요.”

“멋지네.”

네이트가 서랍과 찬장을 몇 개 더 열어보았다. 어느 문 뒤에는 요리책을 꽂는 용도의 철제 잡지꽂이가, 어떤 문 뒤에는 냄비와 팬을 걸 수 있는 후크들이 달려 있었다. 서랍처럼 당겨서 꺼낼 수 있는 선반도 있었는데, 베벌리 말로는 주부들이 음식을 준비하다 잠시 앉아 쉬면서 작업을 하는 용도라고 했다.

네이트는 누가 봐도 흥분한 상태로 집 구경에 푹 빠져 있어서 앨리스는 현재 상태를 넘어서 이 집이 어떤 모습이 될 수 있을지를 보려고 했다. 어쩌면 이 집은 지금 그들에게 딱 필요할지도 몰랐다. 사실 지난 몇 달간 분위기가 좋지 않았고 앨리스는 전적으로 자신의 탓임을 인정했다. 그러니까 자기가 희생하는 게 옳았다. 설사 그게 너무나 낯선 삶을 받아들이는 것일지라도.

어차피 가만히 있지 못하는 성격인데 베벌리 말대로 이 집을 ‘우리 집’으로 만드는 데 에너지를 쏟아붓는 것도 나쁘지 않을 것 같았다. 일단 ‘빈티지’ 벽지를 다 뜯어내는 거야. 그러나 그 생각만으로도 앨리스는 울고 싶어졌다. 뜯어내야 할 벽지가 많아도 너무 많았다. 방들을 나눈 벽을 허물고, 창으로 들어온 햇살이 집 끝까지

펴져 나가게 탁 트인 공간을 만드는 거야. 좋은 점들을 상상하려고 노력하는 앨리스에게 네이트가 전면의 창이 글쓰기에 얼마나 좋을지 생각해보라고 속삭였다.

"책상 옆에 당신 소설들이 쭉 꽂힌 책꽂이를 상상해봐."

그래, 어쩌면. 반전을 노려볼 수도 있었다. 반전을 만들어내는 것은 위기 상황에서 발휘되는 앨리스의 특출난 능력 중 하나였고, 그래서 회사에서도 대체로 제일 까다로운 고객들을 담당했다. '언제나, 무조건, 올인'이 앨리스의 모토였다.

"조깅하기도 정말 좋은 동네 같네요."

네이트는 주말에 함께 뛰는 모습을 상상하는 게 분명했다. 체크, 체크, 체크. 앨리스의 눈에는 네이트의 머릿속 체크 항목들이 보이는 것 같았다. 그래, 어쩌면 다시 달리는 걸 진지하게 고려해도 좋겠지. 가로수가 길을 따라 늘어서 있고, 보도에서 한 발 벗어났다가 차에 치일 걱정 같은 건 전혀 안 해도 되는 이 동네에서.

베벌리가 열렬히 고개를 끄덕이다가 말했다.

"아, 저기 누가 뛰고 있네요."

세 사람 모두 거실 전면 창밖으로 집 앞을 달리는 여자를 내다봤다. 타이밍이 어찌나 절묘했는지 베벌리가 심어놓은 사람이 아닌가 생각될 정도였다.

"당신도 다시 뛰고 싶다고 했잖아. 적어도 아기가 태어나기 전까지 말이야."

네이트는 앨리스의 배 위에 손을 얹고 쓰다듬었다.

"어머, 임신 중이세요?"

베벌리가 탄성을 내지르며 물었다. 평소보다 집이 더 좋아 보이게 하고, 계약을 서두르게 하는 데 아기가 곧 태어난다는 사실만큼 좋은 조건은 또 없겠지.

"젊은 가족들에게 이 동네만큼 좋은 곳도 없어요. 그리고 내려가보지 않았지만, 지하에는 세탁기와 건조기가 설치되어 있어서 아기 빨래가 산더미처럼 쏟아져 나와도 걱정이 없죠."

"임신 아니에요."

앨리스는 서둘러, 분명히 말했다. 네이트가 생판 남에게 그런 말을 꺼낸 것부터 마음에 들지 않았다. 자신의 자궁 상태는 정말 사적인 영역인 데다, 아기를 갖기로 의논한 것도 정말 최근의 일이었다.

"아직은요."

네이트는 마치 앨리스의 말을 수정하듯 답하며 앨리스의 배를 마지막으로 한 번 더 문지르고 토닥이고 나서야 손을 뗐다. 앨리스의 티셔츠는 이제 썩 보기 좋지 않은 모양새로 그녀의 허리에 들러붙어 있었다.

앨리스는 쉽게 마른 몸매를 유지하는 사람이었다. 일주일 정도 녹즙이나 커피를 마시고 사골 스프와 수박만 먹으면서 아주 간단하게 한 사이즈를 줄였다. 게다가 일에 한번 빠지면 완전히 정신을 빼앗겨서 살이 붙을 만큼 칼로리를 섭취할 시간도 없었다. 그런데 실직이 상황을 바꿨다. 네이트는 앨리스의 새로운 곡선을 아주 좋아했다. 여자가 너무 마르면 임신하기 어렵다면서. 앨리스가 그런 얘기를 어디서 들었느냐고 묻자 네이트는 잘 기억이 안 난다고 했다. 아마도 임신 관련 사이트 몇 곳을 북마크했을 거라고 앨리스는 짐작했다. 네이트는 준비 빼면 시체인 사람이니까.

"앨리스 씨는 일을 하시나요? 그러니까 바깥일을 하세요?"

앨리스는 베벌리의 질문에 기분이 상했다. 마치 자기가 빈둥대는 사람처럼 보인다는 말로 들렸다. 저는 스물아홉이에요. 당연히 일하고 있죠라고 오만하게 말하고 싶었지만, 더 이상 사실이 아니었다. 다시 장이 꼬이는 것 같았다. 가려운 곳을 긁을 수 없는 느낌도 같이 찾아왔다.

앨리스는 일이 그리웠다. 그 속도감, 도전 과제들, 월급…… 심지어 아찔한 높이의 하이힐까지도. 지금도 네이트가 출근한 다음에 가끔씩 하이힐을 신고 집 안을 돌아다녔다. 그러면 자신이 좀 더 자신처럼 느껴졌다.

"홍보 업계에 있었는데 최근에 그만뒀어요. 다른 일에 집중해야 해서요."

"앨리는 소설을 쓰고 있어요."

네이트가 대뜸 말했고, 앨리스는 그의 입을 틀어막고 싶은 충동을 내리눌렀다. 앨리스가 소설을 시작도 하지 않았다는 걸 네이트는 알지 못했다. 사실은 직장에서 무슨 일이 있었는지도.

소설이라는 말에 베벌리는 눈썹을 치켜올리며 입으로는 아주 견고하고 동그란 O자 모양을 만들었다. 앨리스는 베벌리에게 남편이 있다면 아마도 저 입술을 아주 좋아할 것 같다고 상상했다.

"정말 멋져요. 저도 글을 좀 잘 쓰면 좋겠는데. 쇼핑 리스트랑 부동산 매물 정도가 제 한계치인 것 같아요."

베벌리는 분홍색 치아가 완전히 드러나게 커다란 미소를 지었고, 네이트는 자기도 마찬가지라며 그저 숫자와 차트에나 집중할 생각이라고 했다.

"어떤 얘기예요? 쓰시는 소설이?"

"어, 홍보 업계의 젊은 여자 얘기예요. 「악마는 프라다를 입는다」 비슷한 뭐 그런."

"오! 저 그 영화 너무 좋아해요!"

베벌리가 탄성을 질렀다.

"아무튼, 겨우 시작 단계라 두고 봐야죠."

앨리스는 제발 대화 주제가 바뀌기를 바라며 흘러내린 머리카락을 귀 뒤로 넘겼다.

"앨리는 시시콜콜 다 얘기하는 스타일이 아니에요."

네이트가 앨리스의 어깨에 손을 올리고 지그시 눌렀다.

"작가라면 비밀을 좀 간직하고 있어야죠, 안 그래 자기야?"

"아, 그럼요."

베벌리는 백배 공감한다는 듯 고개를 끄덕이며 말했다.

"자, 2층으로 올라가볼까요?"

"앞장서시죠."

네이트는 손으로 계단 쪽을 가리키며 대답했다.

"그런데, 작가라니…… 얼마나 멋져요. 저도 책 정말 좋아해요."

베벌리가 첫 번째 계단에 올라서자 삐걱 소리가 났다. 베벌리는 난간을 꼭 잡고 어깨 너머로 돌아보았다. 계단은 좁고 가팔라서 한 줄로만 올라갈 수 있었다.

"어떤 분야를 좋아하세요?"

앨리스가 물었다.

"안 가리고 다 읽어요. 정말, 아무거나 다요. 하지만 경찰물이 제일 좋아요."

경찰물이라니. 뜻밖인데. 앨리스는 첫 번째 방의 창밖으로 옆집을 내다보았다. 그 각도에서는 커다란 나뭇가지에 가려 일부만 보였지만, 그래도 매매를 고려 중인 이 집과 비교하면 제법 괜찮은 집이었다.

"예전 주인은 어떤 분이셨나요?"

앨리스가 물었고, 세 사람은 좀 더 큰 방으로 옮겨갔다. 싱글 침대 두 개는 그냥 전시용인 것 같았다. 아래쪽까지 완전히 당기지 않은 침대보 아래로 시트를 씌우지 않은 매트리스가 삐죽 드러나 있었다. 앨리스가 옷장을 열어보니 텅 빈 채였고, 침대 옆 탁자 위도 썰렁했다. 화장실에는 휴지도 걸려 있지 않았다.

"집은 1년 정도 비어 있었어요."

"1년이나요?"

잔디 상태, 칠이 벗겨진 현관, 먼지, 그리고 무덤 같은 느낌의 방들이 이해되었다. 방 안은 각 모서리 쪽이 어둑했고, 그림자도 깊었다. 퀴퀴한 냄새가 앨리스의 코를 간질였다. 마치 버림받은 집처럼 느껴졌다. 몇 십 년 전 누군가가 우유를 사러 나갔다가 그냥 다시 돌아오지 않기로 결정한 듯.

"그럼 왜 이제야 매물로 나왔나요?"

베벌리는 팔찌를 만지작거리며 헛기침을 했다.

"전 주인이 세상을 뜨면서 이 집과 다른 재산을 그분 변호사가 처리하게 됐거든요. 가족이 안 계셨던 모양이에요."

베벌리는 미간을 찌푸리고 있다가 다시 활짝 폈다.

"그래서 이렇게 가격이 좋잖아요. 올해 초에는 조금 높게 나왔는데 아무도 나서지 않았어요. 그러다 다시 내놓으면서 지금 가격이 된 거예요. 얼마나 좋아요!"

이 집이 이 가격에 나온 건 인테리어에 전혀 지식이 없는 앨리스조차 엄청난 공사가 필요하기 때문이라는 걸 알았다. 아마 배선과 배관도 새로 해야 할 테고, 그뿐인가, 벽을 허무는 정도의 중대한 개조를 하게 되면 석면 제거도 필요할 터였다. 예산만 된다면 창문도 교체해서 전기세를 줄일 수 있을지도 몰랐다. 그리고 바닥과 벽은 전부 다 새로 깔고 발라야 했다.

"그 밖에 저희가 알아야 할 건 없나요?"

앨리스가 물었다. 네이트가 한쪽 다리에만 무게를 싣자 바닥이 삐걱거렸다.

"바닥은 괜찮네."

앨리스는 네이트가 다리를 바꿔가며 껑충거리는 동안 자기 발밑의 목재 바닥을 힐끗 보았다.

"처음부터 깔려 있던 건가요?"

"몇 년 전에 다시 깐 걸로 알아요."

베벌리는 파일을 펼치더니 파일 첫 페이지를 손가락으로 훑어 내려갔다.

"네, 맞아요. 1985년에 새 바닥 공사."

"그래도 레트로네요!"

"그럼 이 집과 관련해서 저희가 더 알아야 할 건 없는 건가요?"

앨리스는 계속 열광 중인 네이트를 잠시 무시하고 물었다.

"나중에 깜짝 놀랄 일은 없었으면 좋겠거든요. 더구나 집수리가 보통 공사로는 끝날 상황이 아니라서요."

네이트는 만면에 미소를 띠고 당연히 별일 없지 않겠느냐는 듯 베벌리를 쳐다봤다. 그는 이 집이 좋았고, 이 집을 원했다.

"이건 사실 꼭 밝혀야 하는 사안은 아닌데요, 두 분이 너무 좋은 커플 같아 보이시고 집을 정말 마음에 들어 하시는 것 같아서, 그러니까…… 전 주인분, 그분이……."

미간을 모은 채 반짝거리는 손톱으로 파일을 두드리며 말하던 베벌리의 목소리가 점차 작아졌다.

"알고 보니 그분이 이 집에서…… 돌아가셨대요."

베벌리의 양쪽 입가가 더 처졌다. 얼른 다시 빈티지 벽지와 새로 깐 마루, 그리고 좋은 뼈대와 계약금 조건을 얘기하고 싶은 것 같았다.

"어머. 이 집에서요? 무슨 일로요?"

"암일 거예요, 아마."

베벌리는 곤혹스러워 보였고, 헤일 부부가 그런 역사가 있는 집은 절대 사지 않는 부류의 사람들일까 봐 걱정하는 것 같았다.

그리고 그들 부부는 정확히 그런 사람들이었다. 그린빌과 이 집은 앨리스에게도 네이트에게도 맞지 않았다. 앨리스는 다시 맨해튼으로 돌아가야 했다. 최근 들어 그 도시가 자신에게 패배자라는 느낌을 주는 곳이라고 해도 어쩔 수 없었다.

"알겠어요."

앨리스는 소름이 돋는다는 듯 두 손으로 양팔을 쓸어내렸다.

"흥미로운 일이네요."

'흥미롭다'는 '염려스럽다'는 의미라는 걸 앨리스의 말투가 암시하고 있었다.

"다시 말씀드리자면 이미 한참 된 일이에요."

베벌리는 자신의 수임료가 자기 앞의 납틀 창문 밖으로 날아가는 것을 느끼며 말했다.

"1년 전 일이 한참 된 일은 아닌 것 같은데요."

앨리스도 베벌리처럼 덩달아 입가가 내려간 채 얼굴을 찡그렸다.

"그게, 솔직히 말씀드리면 이렇게 오래된 집 중에 그 정도 역사가 없는 곳을 찾기는 어렵다고 봐요."

앨리스는 네이트 쪽으로 돌아서서 또 한 번 몸을 살짝 떨며 목소리를 낮췄다.

"모르겠어, 어쩐지 좀 으스스한 느낌이야."

"그래?"

네이트는 앨리스와 베벌리를 번갈아 보더니 말했다.

"으스스할 게 뭐 있어? 우리가 미신을 믿는 사람들도 아니고. 베벌리 씨 말대로 1년도 넘은 일이잖아. 여기에 귀신이 살았어도 좀 더 좋은 숙소로 업그레이드해서 나가지 않았을까?"

베벌리가 킥킥대며 웃었고 네이트도 씨익 웃었다. 앨리스는 자신의 발언 기회는 그렇게 끝났음을 알았다.

네이트는 기대감을 있는 대로 드러내며 희망에 찬 표정으로 아내의 결재를 기다렸다. 앨리스가 고개를 끄덕이자(아주 살짝이었지만 유효했다) 그는 베벌리를 향해 돌아섰다.

"저희는 마음에 듭니다. 아주 많이요."

4

넬리

1955년 7월 19일

오트밀 미트로프

다진 고기	450그램(뒷다리 살, 옆구리 살, 혹은 햄버거용)
으깬 귀리	1컵
중간 크기 양파	1개
소금	$1\frac{1}{2}$작은술
후추	$\frac{1}{8}$작은술
우유 혹은 물	1컵
살짝 저어둔 달걀	1개

재료를 모두 섞어 기름을 바른 오븐용 그릇에 담아 오븐(150도)에 넣고 45분간 굽는다. 뜨겁게 혹은 차게 해서 제공한다. 농축된 토마토 수프 한 캔을 곁들이면 미트로프와 아주 궁합이 잘 맞는다.

넬리 머독은 작업복 바지의 단추를 채웠다. 남편 리처드는 넬리가 치마 입는 걸 더 좋아해서 작업복은 정원에 나갈 때만 입었다. 넬리는 식탁에 있던 흰색과 빨간색으로 포장된 럭키 담뱃갑을 손바닥에다 툭툭 두드렸다. 그런 다음 가느다란 담배 한 개비를 자개 담뱃대에 밀어 넣고 부엌 식탁 새 의자에 앉았다. 마치 구름 한 점 없는 여름 하늘을 떠올리게 하는 청록색 의자였다. 넬리는 담배를 피우며 『레이디스 홈 저널』 최신호를 뒤적거렸다. 리처드는 담배 대신 껌을 씹으라고 계속 권했다(그는 그의 부친, 원조 리처드 머독으로부터 껌 사업체를 상속받았다). 아니면 적어도 필터담배로라도 바꾸라고 했다. 그 편이 건강에 더 나을 거라고 하면서. 그러나 넬리는 껌을 씹으면 계속 쩝쩝거려야 하는 게 정말 싫었고, 럭키 담배가 좋았다. 그녀는 담배를 피우면서 바뀐 자신의 목소리가 마음에 들었다. 약간 더 허스키해졌고 노래를 부를 때는 특히 더 인상적이었다. 넬리의 목소리는 정말 아름다웠지만 안타깝게도 그 재능을 발휘할 수 있는 시간은 교회에 갔을 때, 목욕할 때, 혹은 꽃들에게 꽃잎을 내밀라고 구슬릴 때뿐이었다. 담배 필터는 자극으로부터 목을 보호한다고 주치의도 말했고, 잡지 광고에서도 봤지만 넬리가 전혀 원하지 않는 바였다.

담뱃대에서 빠져나온 담배 조각을 혓바닥으로 집어내며 넬리는 「이 결혼을 구원할 수 있을까요?」라는 잡지 칼럼면에서 잠시 멈췄다. 그러고는 남편, 아내, 그리고 상담사의 각기 다른 세 가지 견해를 쭉 훑어보았다. 남편 고든은 경제적 책임감이 버거웠고, 아내가 자꾸만 저녁으로 비싼 스테이크 같은 것에 돈을 쓰는 게 싫었다. 아내는 남편인 자신이 얼마나 스트레스를 받는지 전혀 모르는 게 분명했다. 아내 도리스는 남편이 자기를 무시하는 것처럼 느꼈다. 그래서 비싼 스테이크 요리로 그를 기쁘게 해주고 싶었다. 넬리는 자세를 바꿔 앉으며 다리를 꼬았다. 그러고는 담배를 한 모금 깊이 빨며 십 년 이상 결혼 생활을 이어온 이 커플에게 자신이라면 어떤 조언을 해줄까 상상해보았다. 1번, 일단 아내에게 일주일만 요리를 하지 말고 그게 남편 스트레스에 어떻게 도움이 되는지 지켜보라고 한다. 2번, 남편에게는 아내가 독심술로 자기 마음을 읽어주기를 바라지 말고 아내에게 직접 말을 하라고 조언한다.

그러고 나서 넬리는 상담사의 조언이 무엇인지 살펴봤다. 도리스는 비싼 돈을 들여 준비한 저녁이 가뜩이나 걱정이 많고 불쌍한 고든을 더 힘들게 하고, 그래서 본인까지 힘들어진다는 걸 알아야 합니다. 고든이 이런 것까지 일일이 도리스에게 얘기해주기를 바라면 안 됩니다…… 도리스가 그 정도는 알아야죠. 좋은 아내라면 누구나 그래야 마땅했다.

넬리는 콧방귀를 뀌었다. 리처드 머독의 아내가 된 지 겨우 일 년이 지났지만 도리스와 고든의 역경에 공감할 수는 있었다. 하지만 자기는 그런 조언을 절대 구할 일은 없을 거라 확신했다. 자기보다 열한 살이나 많은 리처드가 디너 클럽에서 수많은 사람 중에 그녀를 뽑아 자신의 아내가 될 거라 선언했을 때, 넬리는 운이 좋다고 느꼈다. 친구들의 남편들과 비교해볼 때 리처드가 가장 매력적인 남자나 가장 열렬한 사랑꾼은 아닐지 몰라도, 그에게는 분명 그만의 매력이 있었다. 리처드는 그날이 넬리의 스물한 번째 생일이라는 얘기를 들은 순간, 그녀를 두 팔로 번쩍 들어 올려 자기 테이블까지 안고 간 후 넬리가 취해서 황홀해질 때까지 비싼 샴페인을 먹이고 그녀를 떠받들었다. 그로부터 이 년이 흐른 지금, 넬리는 리처드가 흠 없는 남자(그런 사람이 정말 존재하기는 할까?)가 아니라는 걸 알게 됐지만, 그는 가족을 충실히 부양했고 자상한 아버지가 될 터였다. 아내가 남편에게 그 이상 무엇을 더 바랄까?

넬리는 담뱃불을 비벼 끈 뒤, 담뱃대를 톡톡 쳐서 담배꽁초를 뺀 다음 레모네이드를 한 잔 따랐다. 어느새 시간이 훌쩍 지나 곧 저녁 준비를 시작해야 했다. 리처드는 요즘 위에 탈이 나서 몸이 좀 안 좋았고, 오늘 저녁에 간단한 걸 먹었으면 좋겠다고 했다. 2, 3년 전에 심하게 앓았던 궤양은 잊을 만하면 재발했다. 이번 주에 다진 소고기를 파격적으로 세일해서 몇 번 해먹을 만큼 넉넉히 사둔 게 있었다. 리처드는 너무 졸라맬 필요 없다고 했지만, 넬리는 현명한 소비를 해야 한다고 배우며 자랐다. 가능한 한 절약하는 것이 좋다고. 리처드 본가의 돈이 많다고 해도 — 시어머니께서 그들이 결혼한 지 한 달 만에 돌아가시면서 그 돈이 자신들 것이 됐다 — 넬리는 값을 두고 흥정하는 것이 좋았다.

넬리는 엄마의 경전 — 『모던 주부를 위한 요리책』 — 을 선반에서 뽑아 들었다. 오랜 세월로 책등이 반들거렸고, 지난 요리의 흔적들로 속지는 온통 얼룩덜룩했다. 라디오를 따라 노래를 흥얼거리며, 넬리는 레모네이드를 한 모금 마시고는 찾는 요리가 나올 때까지 책장을 넘겼다. 자주 봐서 페이지 귀퉁이를 접어둔 오트밀 미트로프. 재료 목록 옆에는 엄마의 깔끔한 필체로 소화가 잘 되는 음식이라 적혀 있었다.

넬리는 요리책을 옆에 펼쳐두고 레모네이드 잔을 비운 다음, 날이 완전히 새기 전에 정원에 나가기로 결정했다. 바깥은 햇볕이 뜨겁게 내리쬐고 있어 모자를 쓰는 게 현명했지만, 넬리는 얼굴에 닿는 햇볕이 좋았다. 이미 이번 여름에 생긴 기미만으로도 시어머님은 질겁하셨으리라. 티 하나 없는 여자 얼굴을 가치 있게 생각하는 분이었다. 그러나 웬만해서는 만족시키기 힘든 그레이스 머독 부인께서는 잔소리를 할 수 없는 곳으로 떠나신 뒤였기에 넬리는 모자 없이 밖으로 나갔다.

넬리는 그녀의 정원을 사랑했고, 정원도 넬리를 사랑했다. 온 동네가 넬리를 부러워했다. 넬리의 정원에서 가장 먼저 꽃이 피었고, 만개한 꽃들은 제일 오래갔다. 동네 사람들이 온갖 방법을 시도해도 넬리 머독의 꽃밭은 따라갈 수 없다며 자기네 꽃밭의 꽃을 잘라낸 뒤로도 넬리의 꽃들은 한참을 더 피어 있었다.

모두가 넬리의 비결을 알고 싶어 안달이었지만, 넬리는 비결 같은 건 전혀 없다고 주장했다. 그저 제때 가지를 치고 잡초를 뽑고, 어떤 꽃이 햇볕을 좋아하고 어떤 꽃이 물이나 그늘진 곳에서 잘 자라는지 이해할 뿐, 특별한 건 아무것도 없다고. 그러나 그 말이 전부는 아니었다. 넬리는 어릴 때부터 엄마와 함께 정원에서 흙을 만지며 자랐다. 넬리의 엄마 엘시 스완은 동족인 인간들보다 식물과 더 많은 시간을 보내고는 했다.

따뜻한 계절이면 넬리의 엄마는 유쾌하고 재미있었으며, 늘 딸과 함께했다. 그러나 화창한 계절이 끝나고 시든 꽃들이 정원 흙을 덮는 진갈색 거름 덩이로 변하면, 넬리의 엄마는 아무도 다가갈 수 없게 집 안 구석에 콕 박혀버렸다. 넬리는 춥고 어두운 계절을 점점 더 싫어하게 됐다(여전히 그랬다). 엄마는 종종 텅 빈 눈동자로 식탁을 응시했는데, 자기 딸이 집안 살림을 챙기느라 얼마나 애쓰는지 전혀 알지 못했다. 그리고 옛날에 할머니와 엄마를 남겨두고 떠난 할아버지와 다르게, 아무 쓸모도 없는 아빠가 떠나지 못하도록 얼마나 노력했는지도.

엘시는 어두운 우울 사이사이 빛을 되찾은 시기에는 정원 일과 요리에 대해 자기가 아는 모든 걸 딸에게 가르쳤다. 한동안은 다 괜찮아 보였다. 눈이 녹고, 낮에 그림자가 길어지는 날들이 찾아오면 엘시는 언제나 건강한 모습을 되찾았다. 넬리와 엄마는 결코 깨질 수 없는 한 팀이었다. 넬리의 아빠가 더 젊고, 덜 복잡하고, 더 자기 입맛에 맞는 발랄한 여자를 찾아 떠난 뒤에는 특히 더 돈독해졌다.

땀방울이 넬리의 타이트한 속옷 속 가슴골로 또르르 흘러내려 배꼽 안에 고였고 무릎 뒤 접힌 부분에도 땀이 찼다. 반바지를 입을 걸 그랬나. 잠시 2층에 올라가 작업복을 갈아입을까 생각하다 에이, 아니다 하고 말았다. 이 열기는 나한테 좋은 거야. 넬리는 꽃들에게 가만히 노래를 불러주다가 잠시 멈추고, 새로 피어난 향수박하의 자줏빛 대롱 모양 꽃잎을 어루만졌다. 향수박하는 벌새가 가장 좋아하는 꽃이었다. 엄마는 자주 "식물들조차 다정한 손길, 다정한 노래를 필요로 한단다"라고 말했다. 넬리는 엄마만큼 식물을 잘 다루지는 못했지만 엄마만큼 꽃들을 사랑하는 법은 배웠다.

정원의 잡초를 모두 뽑고 꽃들에게 자장가를 다 불러주고 나면, 넬리는 장갑 낀 손가락으로 허브 잔가지 몇 개를 잘라내 납작한 파슬리 잎을 물에 담갔다가 코에 가까이 가져갔다. 밝고 만족스러운 초록 내음이 났다.

부엌으로 돌아온 넬리는 파슬리를 잘 씻고 잘게 썰어 다진 고기에 넣고, 건조시킨 허브도 살짝 뿌렸다. 정원에서 직접 키워 후추 통에 담아 찬장에 보관해둔 허브였다. 빼먹은 건 없는지 확인하느라 그녀는 때때로 미트로프 레시피를 곁눈질로 참고했다. 열 번도 넘게 만든 레시피였지만 모든 단계를 정확히 따라가는 게 좋았다. 그래야 리처드가 좋아하는, 겉은 완벽한 갈색으로 바삭바삭하고 속은 촉촉한 미트로프가 될 테니까.

넬리는 하루가 지나는 동안 리처드의 속도 좀 나아졌기를 바랐다. 아침도 겨우 먹고 나갔으니까. 어쩌면 저녁과 함께 펜넬 차나 페퍼민트 차를 마시는 게 도움이 될지도 몰랐다. 따뜻한 음료는 별로 안 좋아하니까 얼음을 넣어서. 넬리는 라디오에서 흘러나오는 노래를 흥얼거리며 민트 잎사귀 몇 개를 잘라냈다. 오늘 밤은 리처드가 저녁 식사에 늦지 않았으면 했다. 정말 좋은 소식을 한시라도 빨리 전하고 싶어 심장이 터질 것 같았기 때문이었다.

5

유능한 아내가 된다는 것은 그 자체만으로도 하나의 커리어다. 무엇보다도 외교관, 사업가, 훌륭한 요리사, 훈련된 간호사, 교사, 정치가, 그리고 매력적인 여자라는 자질이 요구된다.

— 에밀리 머드 「여성의 최우선 역할」, 『리더스 다이제스트』(1955)

앨리스

2018년 5월 26일

진입로에서 이사 트럭이 후진하면서 삑삑 요란한 경보음을 울렸다. 앨리스의 머릿속에서도 괴로운 비명이 들렸다. 이젠 내 집 진입로가 된 곳. 진입로는 차 두 대를 일렬로 주차할 만큼 충분히 길었고, 바짝 붙여 세우면 세 대까지도 가능했다. 불과 몇 시간 전까지만 해도 앨리스와 네이트는 아파트 8층에서 트럭까지 몇 번씩 오르락내리락하며 머리 힐 아파트를 채운 속세의 물건들을 실어 날랐다. 그 많은 짐들은 마치 테트리스 블록처럼, 하지만 제법 여유 있게 트럭을 채웠다.

전날 밤, 그러니까 맨해튼에서의 마지막 밤, 앨리스의 베프 브로닌이 작별 파티를 열어줬다. 브로닌은 온통 검은색 옷에, 장례식에서나 볼 법한 레이스 베일이 달린 모자까지 중고품 가게에서 구해 쓰고 나타났다.

"왜? 난 지금 애도 중이거든."

앨리스가 모자를 보고 눈썹을 치켜올리자 브로닌이 대답했다. 브로닌은 좀 극단적인 면이 있었다. 앨리스와 브로닌이 룸메이트였던 시절에는 오븐 뒤에서 쥐가 나오자 911에 전화를 걸었다. 그래도 브로닌은 그 누구보다 앨리스를 잘 아는 친구였고, 앨리스도 모자는 좀 심하다고 생각했지만 브로닌의 마음은 충분히 이해했다. 1년 전만 해도 도시를 떠나 '시골'로 간다고 했으면 앨리스 자신도 웃었을 거다. 그러나 상황은, 사람은 변하는 법. 그런가 하면 아주 작은 실수 하나로 잘못된 판단을 내려 삶을 완전히 말아먹는 바람에, 변화 말고는 달리 선택의 여지가 없는 경우도 있다. 바로 앨리스가 그랬다.

앨리스는 두 손으로 브로닌의 양 볼을 감싸고 말했다.

"나 안 죽었어. 그린빌로 가는 것뿐이라고, 알았지? 변화는 좋은 거야."

앨리스는 뜨거운 눈물을 꾹 참았다. 커다란 미소가 자신의 걱정을 숨겨주기를 바라며.

브로닌은 앨리스의 속마음을 완전히 꿰뚫어 보고 따라 말했다.

"변화는 좋은 거야. 사실 이 도시는 너무 과대평가됐어."

그러고는 취해버리자더니, 결국 그렇게 됐다. 자정쯤 둘은 발 디딜 틈 없는 브로닌의 거실—비좁고 눅눅한 공간에 친구들이 다닥 다닥 붙어 있었다 — 을 빠져나와 비상계단에서 마지막 데킬라 한 병을 나눠 마셨다. 앨리스는 혀가 꼬였고, 브로닌은 베프의 무릎에 머리를 박고 잠들었다.

그러니 아침 일찍부터 울려댄 알람 소리와 몇 번의 헛구역질, 그리고 부족한 커피 탓에 앨리스는 입 안이 말랐고, 기분은 바닥이었기에 그저 트럭이 그만 좀 삑삑대기를 간절히 바랄 뿐이었다. 이 숙취를 끝낼 수만 있다면 잡초가 웃자란 진입로에 벌렁 누워 트럭이 자기를 밀고 지나가도 괜찮을 것 같았다. 이 얘기를 다음에 이 집을 살 잠재적 고객에게 베벌리가 어떻게 각색해 전할지 생각하니 웃음이 났다.

"뭐가 그렇게 재밌어?"

네이트가 앨리스를 쿡 찌르며 물었다.

"아냐."

앨리스는 고개를 흔들었다.

"그냥 우리가 여기 와 있다는 게 믿기질 않네."

네이트가 앨리스를 바라봤다.

"괜찮은 거야?"

"괜찮아. 머리가 쪼개질 것 같은 것만 빼고."

"에구 딱해라."

네이트는 한 팔로 앨리스의 어깨를 감싸고 관자놀이에 입을 맞췄다. 그리고 밝은 햇살에 눈을 가늘게 뜨며 다른 한 손으로 자신의 얼굴을 문질렀다. 선글라스를 머리 위에 얹고 있다는 걸 잊은 모양이었다.

"나도 아직 술이 덜 깼어."

자비롭게도 트럭이 멈추며 마침내 후진 경보음도 멈췄다. 앨리스는 네이트의 선글라스를 얼굴로 내려줬다.

"저분들한테 돈을 좀 더 드리고 짐도 다 풀어달라고 하면 우린 그냥 자도 되지 않을까?"

"한 푼이라도 아껴야 할 것 같은데?"

네이트의 다정한 말에도 불구하고 죄책감이 앨리스를 찔러댔다. 네이트의 월급은 꽤 많은 편이었다. 앨리스가 벌었던 액수보다 훨씬 컸고 앞으로도 앨리스가 그만한 액수를 벌기는 쉽지 않을 것이었다. 몇 달 후에 네이트가 마지막 보험계리사 시험까지 통과하고 나면 월급은 또 한 번 껑충 뛰어오를 예정이었다. 게다가 그는 책임감 있는 투자자였고, 돈을 낭비하지도 않았지만 적어도 당분간은 그의 월급만으로 살아가야 했다.

"당신 말이 맞아."

앨리스가 발뒤꿈치를 들어 그에게 입을 맞췄다.

"내가 당신 사랑하는 거 알지? 오늘 아침에 이 닦는 걸 깜빡한 남자인데도 말이야."

네이트는 손으로 입을 가리며 웃었고 앨리스는 그 손을 떼어냈다.

"난 상관없다니까."

네이트가 영화 주인공처럼 앨리스의 상반신을 아래쪽으로 확 기울이자 앨리스가 소리를 질렀다. 뭐라도 잡으려던 앨리스가 네이트의 선글라스 다리를 잡는 바람에 선글라스가 벗겨졌고, 두 사람의 손이 허공을 더듬었다. 결국 네이트는 선글라스를 잡으려다 앨리스를 놓치며 보도 위로 넘어졌다. 둘은 맨바닥에 나란히 누웠고 앨리스는 숨이 넘어가게 웃느라 아무 소리도 내지 못했다.

"괜찮아?"

네이트는 앨리스의 머리가 시멘트에 닿지 않게 손으로 받치며 물었다. 그런 다음 앨리스가 아파서가 아니라 웃느라 몸을 비틀고 있다는 걸 확인한 뒤에야 같이 웃었다.

"응."

앨리스는 겨우 대답하고는 웃으며 선글라스를 도로 씌워주었다. 네이트가 앨리스를 일으켜 세우고 둘이 나란히 청바지를 털고 있을 때, 베벌리의 렉서스가 진입로로 들어섰다.

베벌리는 팔에 은팔찌를 장식한 모습으로 차에서 내렸다. 손을 흔드는 베벌리의 팔 아래로 살이 출렁거렸다. 앨리스는 자신의 살은 얼마나 잡히나 슬쩍 팔을 잡아봤다. 팔굽혀펴기를 시작해야겠군.

"안녕하세요!"

베벌리는 포장 바구니를 들고 나타났는데, 연노랑 리본 위로 투명 비닐 포장지가 사방으로 뻗치고 있었다.

"오늘은 정말 좋은 날이네요. 두 분 너무 좋으시겠어요!"

베벌리가 바구니를 앨리스에게 내밀며 활짝 웃었고, 앨리스는 바구니의 무게를 예상 못 하고 건네받다 하마터면 떨어뜨릴 뻔했다.

"어머, 조심하세요."

베벌리는 앨리스의 손을 받치면서 말했다.

"꽃들에게 주기에는 좀 아까운 와인이라서요."

보도 틈 사이로 민들레가 자라고 있었다. 이 잡초를 '꽃'이라고 하는 걸 보니 베벌리도 자신만큼이나 정원 일에는 꽝이겠구나 싶었다.

"고마워요."

앨리스는 바구니를 손으로 꽉 잡았다. 비닐 포장이 턱을 찌르자 앨리스는 팔꿈치 안쪽으로 바구니를 옮기며 말했다.

"이런 거 안 가져오셔도 되는데요."

"무슨 말씀이세요. 오늘같이 좋은 날!"

베벌리는 손사래를 치며 말했다. 그리고 네이트에게 현관 열쇠를 건넸다.

"두 분 정말 여기서 잘 사실 거예요. 아주 행복하게."

6

프러포즈를 받아내는 건 본인에게 달렸다. 진정 행복한 삶의 핵심은 독신이 아닌 결혼이라는 걸 그가 깨닫도록, 품위 있고 상식적인 선에서 지속적이고 조직적인 노력을 해야 한다.

— 엘리스 마이클 「그가 프러포즈하게 만드는 법」, 『코로넷』(*Coronet*, 1951)

앨리스

앨리스와 네이트는 베벌리가 선물로 준 와인을 다 비웠다. 그런 다음 알딸딸한 상태로 낯선 안방 침대에 누워 있었다. 침대 틀을 조립할 기운이 남지 않아 바닥에 아무렇게나 둔 매트리스 위에서 이불만 덮은 채였다. 반대편 벽 쪽에 코드를 꽂은 스탠드 불빛이 방 안의 유일한 빛이었다. 앨리스는 온몸이 다 아팠다. 두피부터 발바닥까지 모든 근육이 마사지를 갈구했고, 그게 아니라면 적어도 뜨끈한 물에 목욕이라도 하고 싶었다. 그러나 녹물 자국이 난 아몬드색 욕조가 떠오르자, 기운만 끌어모을 수 있다면 오늘 밤에는 샤워를 하면 좋겠다고 생각했다. 창문에 블라인드가 없어도 차량 불빛도, 불 켜진 창이 빼곡한 빌딩도 전무한 이곳의 창밖 풍경은 믿기 어려울 정도로 깜깜했다. 그리고 고요했다. 아주 고요했다.

아까 방문 옆에 놓아둔 상자가 생각난 앨리스는 따뜻한 침대에서 억지로 빠져나오며 말했다.

"줄 게 있어. 별거 아니니까 너무 기대는 말고."

그러고는 금색 리본을 두른 기다란 선물 상자를 들고 이불 위로 올라왔다. 앨리스는 무릎을 세워 앉아 파자마 셔츠로 한기를 막은 다음 웃으며 네이트에게 상자를 건넸다.

"집들이 선물이야."

네이트는 놀란 얼굴로 일어나 상자를 받았다.

"뭐야? 나는 아무것도 준비 못 했는데."

앨리스는 어이없다는 표정을 지으며 말했다.

"당신은 나한테 집을 사줬잖아."

"집은 우리가 산 거지."

네이트는 고운 사포 같은 턱수염이 난 턱으로 앨리스의 목을 부빈 다음 가볍게 입을 맞췄다. 앨리스는 굳이 네이트의 말을 수정하지 않았다. 계약금은 거의 다 네이트가 저축해서 만든 돈이라는 걸 굳이 상기시키고 싶지 않았다.

"뜯어봐."

네이트가 상자를 흔들자 안에서 뭔가 묵직한 게 움직였다. 호기심으로 그의 눈썹이 올라갔다. 네이트는 리본을 풀고 포장지를 뜯어 하얀 상자의 뚜껑을 열었다. 그러고 나서 앨리스가 선물 옆을 채운 얇은 종이를 헤쳐보고는 함박웃음을 지었다.

"마음에 들어?"

네이트는 앨리스에게 두 번 입을 맞추고 말했다.

"완전."

그리고 오른손에 나무 손잡이를 쥐고 허공에 못질하는 시늉을 했다.

"진짜 마음에 들어."

네이트는 투박한 나무망치 손잡이 위에 앨리스가 Mr. 헤일이라고 새긴 부분을 손가락으로 쓸어보았다.

"진짜 좋은 건, 우리 둘이 세트라는 거야."

앨리스는 문 옆의 상자로 가서 똑같이 생긴 자신의 망치를 꺼내 들었다. 그 망치에는 Mrs. 헤일이라고 새겨져 있었다.

"당신 정말 최고야. 고마워, 이젠 내가 손가락을 부러뜨리지 않게 조심하는 일만 남았네."

네이트가 웃으며 속삭였다.

"나도 마찬가지야."

앨리스도 웃으며 말하고는 잠시 뜸을 들이다 덧붙였다.

"어쩌면 우리가 감당 못 할 일을 벌인 건지도 몰라."

"맞아. 하지만 뭐, 망해도 같이 망할 테니까."

네이트는 앨리스의 손에서 망치를 빼내 매트리스 옆에 자기 것과 나란히 두었다.

"쟤들은 내일 개시하는 걸로."

네이트는 앨리스를 살살 당겨 매트리스에 눕힌 다음 잠옷을 들추고 그녀의 맨살에 손을 올렸다. 앨리스는 네이트가 엄지로 배꼽을 문지르는 게 간지러워서, 그리고 방 안 냉기 때문에 몸을 떨었다.

"자기야, 우리는 여기서 새 생명을 만들 거야."

네이트가 중얼거렸다.

"내가 우리 식구를 잘 돌볼게."

네이트 헤일과 앨리스 리빙스턴은 센트럴파크에서 만났다. 사람들이 호수를 끼고 달리는 길 한복판에서. 네이트는 앨리스를 향해 달리고 있었지만, 앨리스는 신발에 묻은 개똥을 미친 듯이 털어내느라 그를 의식하지 못했다. 네이트는 '제대로' 달리는 사람이었다. GPS 시계, 땀을 흡수하며 솔기 부분에 반사 테이프가 박음질된 기능성 티셔츠, 그리고 물병을 꽂을 수 있는 라이크라 벨트까지. 발걸음은 조깅 따위는 식은 죽 먹기라는 듯 가벼웠다. 하지만 앨리스는 그날이 겨우 두 번째 조깅이었다. 나중에야 좋아하게 됐지만, 그 순간에는 조깅의 모든 게 싫었다.

네이트가 앨리스를 처음 봤을 때, 앨리스는 운동화 끈을 꽉 쥔 손을 몸에서 최대한 멀리 뻗은 채 한 발로 콩콩 뛰고 있었다. 끈 끝에는 개똥 묻은 운동화가 대롱대롱 달린 채였다.

"괜찮으세요?"

네이트가 속도를 줄이고 앨리스에게 다가갔다. 잘생긴 얼굴이었다. 앞으로 몇 십 년 이상은 거뜬히 유지될 만큼 머리숱도 많았고, 속눈썹은 길고 짙었다. 슬림한 체구에 절로 눈길을 잡아끄는 식스팩. 앨리스는 그의 식스 팩을 두 번 보았다. 네이트가 눈가의 땀을 닦기 위해 티셔츠를 올렸을 때 대충, 그리고 그날 오후 앨리스의 침대에서 자세히.

"뭘 밟았어요."

앨리스는 구역질이 나려는 걸 꾹 참았다.

"자, 이리 줘봐요."

네이트가 손을 내밀자 앨리스는 기꺼이 그에게 운동화 한 짝을 내주었다. 네이트는 그걸 들고 나무 아래 풀을 베어 쌓아둔 곳으로 몇 발짝 걸어갔다.

"저는 네이트라고 해요."

그가 어깨너머로 말했다. 앨리스는 운동화를 신지 않은 발은 발가락 끝으로만 디디며 절뚝절뚝 그를 따라가는 중이었다.

"평소 같았으면 악수를 하겠는데, 그건 좀 그렇죠?"

그가 씩 웃는데 고른 치열이 눈에 띄었다.

"저는 앨리스예요. 고마워요. 그쪽 아니었음 아침은 못 먹었을 거예요."

네이트는 쭈그려 앉아 엄청 진지한 자세로 앨리스의 신발 밑창을 풀 위에 대고 앞뒤로 세게 문질렀다. 앨리스는 옆에 서서 신발을 한 짝만 신고 어떻게 집에 가야 하나 고민하고 있었다. 네이트가 든 신발은 가장 가까운 쓰레기통으로 직행할 예정이었다. 네이트는 밑창을 잘 점검한 다음, 확인차 풀 위에 한 번 더 문지르고 벨트에 꽂혀 있던 작은 물병을 뽑았다. 그가 신발에 물줄기를 쏘자 고무 밑창에서 더러운 물이 흘러내렸고, 앨리스는 토할 것 같아 옆으로 돌아섰다. 당황스럽게도 이번에는 집에서 나오기 전에 먹은 바나나 반쪽과 게토레이 몇 모금을 풀밭에 게워내고 말았다.

15분 후, 두 사람은 근처 벤치에 나란히 앉았다. 앨리스는 신발 두 짝을 다 신고(네이트는 불순물을 완벽히 제거하는 데 성공했다), 네이트가 노점에서 사 온 아이스크림을 먹으며 위장을 다시 채우고 있었다.

"자 앨리스 씨, 질문이요. 제가 그쪽에 대해 알아야 할 세 가지가 있다면?"

"흠. 기껏 개똥 정도로 토하는 사람이라는 것 빼고요?"

네이트가 웃었고 앨리스는 미안한 표정을 지었다.

"아깐 정말 미안했어요."

"괜찮아요."

네이트가 아이스크림을 핥으며 말했다. 기온이 올라가면서 아이스크림이 빠르게 녹고 있었다.

"덕분에 오늘 달리기가 재밌었어요."

앨리스는 자기 비위가 너무 약한 것이 굴욕이라 생각하면서도 네이트와 실없는 농담을 주고받는 게 좋았다.

"말해봐요, 세 가지."

"첫째, 저는 홍보 일을 해요. 일이 너무 많기는 하지만 이 일이 진짜 좋아요. 둘째, 보기와는 달리 저 원래 열심히 뛰는 사람 아니에요."

앨리스는 자기 신발과 러닝용 반바지를 가리키며 말했다.

"실은 오늘이 딱 이틀째예요."

"뛰어보니 어때요? 앞으로 계속 뛰고 싶나요? 앨리스…… 성이 어떻게 되죠?"

"리빙스턴이요. 뛰는 건 앞으로 두고 봐야 할 것 같아요. 오늘은 좀 망한 것 같으니까."

앨리스가 웃으며 말했다.

"셋째는요?"

네이트는 아이스크림을 다 먹고 이 사이에 나무 막대를 문 채 벤치에 몸을 기대고 앨리스를 빤히 봤다. 앨리스는 네이트의 강렬한 시선에 얼굴을 붉혔다. 조금 전의 소란이나 습기와 상관없이 온몸에 화끈 열기가 오르는 것 같았다.

"셋째는…… 전 원래는 센트럴파크에서 낯선 남자랑 아이스크림을 먹는 여자는 아니에요."

네이트는 기분이 좋은 듯 실실 웃었는데, 그 모습이 너무나 사랑스러웠다.

"뭐, 저도 제 발치에 토한 여성분께 아이스크림을 사드린 건 처음이니까, 우리 둘 다 낯선 영역에 진입했다고 볼 수 있겠네요."

"재미있는 분이시네."

앨리스는 싱긋 웃으며 중얼거렸다. 아이스크림이 다 흘러내리기 전에 먹어 치우는 데 실패해 두 손이 온통 끈끈해졌다. 네이트는 물병을 들고 말했다.

"손 좀 내밀어봐요."

네이트는 앨리스가 내민 손에 물을 쏟아주었고 그의 셔츠를 올려 그녀의 손을 닦아주었다. 그의 손이 필요 이상으로 오래 그녀의 손에 머물렀고, 그는 곧 웃으며 시선을 다른 데로 돌리더니 허리의 러닝용 벨트에 서둘러 물병을 꽂았다.

"달리기를 계속하실 생각인지는 모르겠지만…… 오늘 신발 사건이 악재이긴 했죠."

네이트가 말하는 표정이 어찌나 진지한지 앨리스는 웃음을 터뜨렸다가 좀 민망해하며 손을 배 위로 가져갔다.

"하지만 저는 일주일에 몇 번씩 여기 나와 뛰거든요. 만약 계속 도전해볼 생각이 있으시다면 제가 코치를 해드릴 수는 있어요."

"지금 저한테 달리기 데이트 신청하시는 건가요? 네이트…… 성이 어떻게 되시죠?"

네이트가 손을 내밀었고, 앨리스는 그 손을 잡았다.

"네이트 헤일입니다. 달리기를 즐기고, 보험사 애널리스트이고, 아, 그 말은 제가 숫자로 먹고사는 사람이라는 얘기를 있어 보이게 한 겁니다. 그리고 곤경에 처한 여성을 구해주지 않고는 못 배기는 제법 괜찮은 남자랍니다."

30분 후, 두 사람의 벗은 몸이 앨리스의 샤워 부스 안에 뒤엉켜 있었다. 운동화는 현관 앞에 아무렇게나 던져졌고, 반바지, 티셔츠, 스포츠 브라, 그리고 속옷들이 줄지어 욕실까지 이어졌다. 앨리스는 원래 방금 만난 남자를 자기 집에 데려오는 여자가 아니었지만, 네이트는 지금까지 만난 남자들과는 좀 달랐다. 앨리스는 네이트를 보자마자 그 사실을 알았다.

얼마 지나지 않아 앨리스가 대부분의 밤을 네이트의 집에서 보내자, 브로닌이 룸메이트를 새로 구해야 하냐고 툴툴대며 묻기 시작했다. 네이트를 만나기 전까지 앨리스는 자기가 연애에는 소질도 관심도 없다고 누누이 말해왔으니, 브로닌은 앞으로 앨리스와 몇 년은 너끈히 같이 살 수 있겠다고 생각했었다.

앨리스와 브로닌 머피는 몇 년 전 홍보 회사에 일주일 간격으로 입사했고, 상사인 조지아 위팅턴에게 느끼는 공포와 숭배를 공유하며 친구가 됐다. 앨리스가 본인을 '야심 있다'고 생각하는 정도였다면, 브로닌의 야심은 광적인 수준이었다. 조지아와 그 회사는 브로닌에게 그저 성공의 발판 같은 것이었고, 브로닌은 언제 위팅턴을 제쳐버릴지 혹은 언제 뒤도 안 보고 회사를 떠날지 완벽하게 짜놓은 시기별 계획표를 준비했다. 조지아가 약속했던 승진이 실현되지 않자 브로닌은 곧바로 사직을 통보했다. 한집에 살던 앨리스에게 함께 나가자고 애원했지만, 앨리스는 회사에서 얻어낸 상급자 자리를 포기하고 싶지 않았다. 물론 충성심을 가지고 열심히 일한 것에 대한 보상도 머지않았다고 생각했다. 현재 브로닌은 앨리스가 받던 최고 연봉의 두 배를 벌며 경쟁사에서 '홍보 팀장'이라는 빛나는 타이틀도 달았다.

"내 요구 사항을 이해해줄 만한 사람을 찾는 게 쉽지 않단 말이야."

앨리스가 네이트의 집에서 지내다가 필요한 물건을 가지러 잠깐씩 집에 돌아오면 브로닌은 앨리스를 따라다니며 말했다.

"오븐을 쓰고 싶어 하는 사람들도 있을 거잖아, 그러니까 닭을 굽는다거나 할 때."

앨리스는 친구를 꼭 안아주었다. 브로닌은 지금 오븐을 구두 수납장으로 쓰고 있었다.

"넌 완전 정착한 사람 같아."

브로닌은 앨리스의 침대에 털썩 앉아 그녀가 여행 가방에 속옷을 챙기는 걸 지켜보며 말했다.

"예전의 재미있는 앨리스가 그리워! 그때의 앨리스는 내 선택들에 확신을 줬단 말이야."

"그 앨리스 어디 안 갔네요! 브로닌, 너 지금 너무 과민 반응이야. 그래, 나 남자 친구 있어. 하지만 여전히 너의 베프고, 널 절대 버릴 일은 없어. 걱정 마."

"알았어."

브로닌은 앨리스가 티셔츠 접는 걸 도우며 투덜댔다.

"하지만 어느 날 갑자기 「스텝퍼드 와이프」*처럼 굴었다간……."

몇 달 후 앨리스는 공식적으로 네이트와 동거를 시작했고 6개월 뒤, 아침 일찍 공원에서 조깅을 하던 중에 네이트가 프러포즈를 했다. 장소는 두 사람이 처음 만나 아이스크림을 나눠 먹던 벤치 근처였고, 네이트가 아주 작은 지퍼 백에서 다이아몬드 반지를 꺼내 한쪽 무릎을 꿇자, 지나가던 사람들이 환호와 축복을 보냈다.

앨리스는 네이트를 사랑했다. 아주 많이. 처음에는 그래서 두려웠다. 그런 감정은 뜻밖이었고, 예전 연애 경험 때문에 마음의 준비가 되어 있지 않았다. 앨리스가 네이트 이전에 진지하게 만났던 사람은 직장 동료 브래들리 조지프였다. 그는 매력적이고 유능했으며, 앨리스를 정말 좋아했다. 하지만 사귀다 보니 여자를 자기 마음대

---

* 1975년 미국 영화 제목. 당시 시대가 요구하던 여성상인 순종적인 아내들이 모여 살던 뉴욕 근교 스텝퍼드 마을을 배경으로 한다. 스텝퍼드 와이프에 나오는 순종적인 여자라는 뜻이다.

로 통제하려 드는 나쁜 놈이었다. 처음에는 별것 아닌 일들로 시작됐다. 앨리스의 치맛단이 마음에 안 든다(너무 짧다)거나, 립스틱 색깔이 마음에 안 든다(너무 진하다)고 했다. 앨리스가 일주일에 한 번 회사 친구들과 술 마시는 걸 마뜩잖아 했고, 앨리스보다 자기가 이 관계에 훨씬 진지한 것 같다고 했다. 앨리스의 직장에 대해서는 단 한 번도 묻지 않았고, 대신 자기 자랑을 일삼았다.

앨리스는 처음에는 자아가 좀 강하고 자신감 넘치는 남자가 으레 하는 행동이려니 하고 다 무시했다. 그러던 어느 날, 그가 앨리스의 집 벽을 주먹으로 치는 사건이 발생했다. 앨리스의 얼굴을 불과 몇 센티미터 비낀 자리였다. 앨리스가 40도가 넘는 고열로 그의 형 결혼식에 참석 못 하겠다고 말한 다음에 벌어진 일이었다. 그 자리에서 바로 헤어지기는 했지만, 브래들리 때문에 남자라는 종족에 완전히 질려버린 앨리스는 그 뒤로 일 년 동안 아무도 만나지 않았다. 네이트를 만나기 전까지는.

"왜 네이트와 결혼했느냐고요? 간단해요. 네이트와 함께 하는 삶이 네이트가 없는 삶보다 훨씬 좋았거든요."

앨리스는 결혼식 피로연에서 네이트의 손을 잡고, 차가운 샴페인 잔을 든 채 말했다. 네이트가 키스하자 앨리스의 입에 묻은 샴페인이 그의 입술을 적셨다. 눈물을 글썽이며 박수를 보내는 하객들을 보며 앨리스는 생각했다. 이보다 더 완벽한 순간은 없을 거라고.

넬리

1955년 9월 15일

초코칩쿠키

쇼트닝 혹은 버터	1컵
황설탕	$\frac{3}{4}$컵
그래뉴당(설탕)	$\frac{1}{4}$컵
달걀	2개
연유	1큰술
밀가루	$1\frac{1}{2}$컵
베이킹 소다	$\frac{1}{2}$작은술
정향	$\frac{1}{2}$작은술
소금	$\frac{1}{4}$작은술
너무 달지 않은 초콜릿 조각	1컵
코코넛	$\frac{1}{4}$컵

쇼트닝을 잘 저어 크림처럼 만들고 설탕을 조금씩 뿌려 섞는다. 달걀에 우유를 붓고 풀어 쇼트닝에 넣는다. 밀가루, 베이킹 소다, 정향, 소금을 섞어 체에 거른 후 쇼트닝과 다른 재료를

섞은 것에 합친다. 작게 자른 초콜릿과 코코넛을 반죽에 넣고 젓는다. 반죽을 티스푼으로 동그랗게 떠서 기름을 바른 납작한 팬에 5센티미터 간격으로 올린다. 오븐을 180도로 맞추고 12~15분간 굽는다.

넬리는 쿠키 쟁반을 노란색 스튜드베이커 뒷좌석에 잘 넣어두고 차에 탔다. 차종은 리처드가 골랐지만, 자동차 색의 선택권은 넬리에게 줬기 때문에 그녀는 엄마의 정원에 피던 노란색 하이브리드티장미를 연상시키는 색을 골랐다. 넬리는 검정 원피스를 쓸어내리며 주름을 폈고, 장갑을 바짝 당겨 끼고 마음을 졸이며 리처드를 기다렸다. 두 사람은 아침 내내 다퉜다. 리처드는 넬리에게 집에 있으라고 했고("임신한 여자는 장례식에 절대 참석하면 안 돼") 넬리는 그렇게 못 하겠다고 반박했다. 몸에 이상이 있는 것도 아닌데, 돌아가신 시어머니가 믿는 말도 안 되는 미신 때문에 해리 스튜어트의 장례식에 불참할 수 없었다.

"사람들이 어떻게 보겠어요?"

남의 이목에 신경 쓰는 리처드에게 넬리는 그렇게 말하며 두 손에 쿠키를 들고 리처드가 따라오든 말든 당당히 차로 향했다.

리처드가 교회 앞에 차를 세우자 검은 상복을 입고 모인 사람들이 넬리 눈에 들어왔다. 리처드가 가장 아끼는 세일즈맨이었던 해리 스튜어트는 금요일 아침 출근길에 기차 안에서 죽었다. 몸이 옆으로 좀 기울어졌지만 의자에 앉아 있었고, 마치 깊은 잠에 빠진 것처럼 기차 안쪽 벽에 기댄 채였다. 기차가 급정거하고 해리가 다른 승객의 무릎 위로 날아가다시피 했을 때에야 사람들은 뭔가 잘못됐다는 걸 알았다. 해리는 서른여섯이었다. 리처드보다 겨우 한 살 많았고, 어린 네 아이의 아버지였다.

“심장마비였대.”

리처드는 넬리가 한 번도 본 적 없는 넋이 나간 모습으로 말했다. 자신이 해리였다면 어땠을까 생각하는 듯했다. 함께 탄 승객들이 신문을 읽고, 담배를 피우고, 시시한 대화를 나누는 내내 아무도 그의 죽음을 알아차리지 못했다니.

그 주 내내 충격받은 직원들을 다독이고, 해리 부인의 장례 준비를 돕는 동안 리처드의 눈에는 두려움이 서렸다. 장례 비용은 리처드가 부담하기로 했다. 넬리는 기차에 타고 있던 사람이 리처드였다면, 그의 심장박동이 멈추며 그 자리에서 죽었다면 어땠을까 상상해보았다. 교회 계단 위에 서 있는 사람이 해리의 아내 모드가 아니라 자신이었다면? 교회 바자회에서 산 자수 손수건으로 퉁퉁 부은 황망한 눈가를 훔치고 있었다면? 하지만 넬리는 그런 자신의 모습이 잘 그려지지 않았다. 그런 슬픔을 상상할 수 없어서가 아니라, 자신과 모드 스튜어트는 거의 공통점이 없기 때문이었다.

모드의 네 딸들은 마치 러시아 마트료시카 인형처럼 한 줄로 엄마 옆에 나란히 서 있었다. 가장 나이가 많고 키가 큰 아이부터 가장 어린아이까지. 막내는 네댓 살쯤 되어 보였다. 모드는 똑똑하게도 좋은 남편감을 골랐다. 해리는 아이들과 아내, 그리고 하느님 순으로 사랑하는 선량한 남자였다. 넬리는 해리를 몇 번 만난 게 전부이지만 처음 본 순간부터 알았다. 소개를 받았을 때 본 그의 따뜻한 눈빛도 그랬지만, 그는 아내를 절대 뒤에 놔두고 앞장서지 않았고 늘 나란히 걸었다. 넬리는 리처드를 힐끗 보았다. 언짢은 그의 표정을 보니 넬리의 배 속에서 불편한 기분이 벌레처럼 꾸물거렸다. 리처드가 재킷 위로 그의 왼쪽 가슴께를 누르자 찌푸린 얼굴의 주름이 더 깊어졌다.

"괜찮아요?"

리처드는 넬리의 말을 못 들은 척 차에서 내려 그녀 쪽으로 와 문을 열어주었다. 넬리가 그의 팔을 잡았고 두 사람은 스튜어트 부인과 그녀의 인형 같은 아이들이 서 있는 교회 계단으로 나란히 걸어갔다.

장례식이 진행되는 동안 넬리는 반짝이는 손톱으로 손바닥을 꽉 누르며 버텼다. 교회의 육중한 문밖으로 나오자마자 호흡은 정상으로 돌아왔다. 넬리는 장례식이 정말 싫었다. 유족들이 보여주는 슬픔의 모습이 너무 진부하고 뻔해서 더 견디기 어려웠다. 엄숙한 표정들, 조용한 위로의 말들, 볼 터치한 뺨 위로 고요히 흐르는 눈물, 그 눈물을 찍어내는 동그란 공처럼 뭉쳐진 손수건. 장례식 내내 넬리는 죽은 자의 삶이 얼마나 소중했는지 증명해주는 비통한 통곡이 앞줄에서 터져 나오기를 바랐다. 때때로 숨이 턱 막히는 소리나 거친 흐느낌 혹은 기절하는 사람이 나타날 법도 하지 않은가. 그런 편이 더 좋아 보였다. 만약 교회 단상의 관 속에 누워 있는 사람이 자신이었다면 그렇게 감정을 드러내는 게 고마울 것 같았다. 그러나 장례식은 죽은 자가 아닌 산 자들을 위한 것이었다.

묘지에서 입관 예배가 끝난 후 조문객들은 오찬을 먹기 위해 스튜어트의 집으로 향했다. 넬리는 뒷좌석을 힐끗 봤다. 쿠키들은 완벽한 간격으로 꼼꼼하게 담겨 있었다. 리처드는 오찬에 가져갈 음식으로 쿠키는 적당하지 않은 것 같다고 했다. 장례식에 가져가기에는 좀 성의 없는(혹은 인상적이지 않은) 것 아니냐면서. "넬리, 당신은 정말 음식 솜씨가 훌륭하잖아"라고 그는 말했다. 그러나 넬리는 리처드의 본심을 알고 있었다. 쿠키는 머독 부부가 어떤 사람들인지 제대로 보여주는 음식이 아니라는 거였다.

하지만 리처드가 슬픔에 빠진 사람들을 위한 음식—그건 여자의 일이었다—에 대해, 혹은 단순한 초코칩쿠키가 기분을 얼마나 북돋아주는지 알 리 없었다. 게다가 넬리는 이미 그 전날 저녁 경야*에 참석하면서 치킨 캐서롤을 만들어 모드의 냉장고에 넣어놓고 왔다. 리처드는 또 속탈이 나서 경야에 참석하지 못했다. 그 주에만 벌써 네 번째였다. 리처드는 넬리에게 병원에 꼭 가보겠다고 약속했지만, 그녀가 다시 재촉하자 그건 넬리가 걱정할 일이 아니라고 했다. 넬리가 걱정할 일이 아니라고? 넬리는 그의 아내인데, 그렇다면 누가 걱정할 일일까?

차로 이동하는 동안 넬리는 캐서롤과 햄 모듬 접시, 그리고 젤리 샐러드**가 모드네 저녁 식탁에 얼마나 오래 올라가게 될지 생각했다. 그런 음식 가운데 쿠키는 환영받을 수밖에 없었다. 엄마는 늘

---

* 장례식 전 망자의 친척과 친구들이 관 옆에서 밤을 새우는 의식.
** 젤라틴, 과일, 혹은 당근과 기타 채소로 만든 1960년대 미국에서 유행한 젤리 형태의 샐러드.

말씀하셨다.

"초콜릿을 먹고 기분이 나아지지 않을 사람은 없지."

조문객들로 꽉 찬 스튜어트 씨네 집 안으로 들어가자 리처드는 넬리의 허리에 손을 얹고 곁을 떠나지 않았다. 모드는 거실 안락의자에 앉아 쉬고 있었다. 그녀의 옆 테이블에는 놀라울 정도로 서로 비슷한 미소를 띤 스튜어트 가족사진이 놓여 있었다.

"아, 리처드, 넬리. 이렇게 와주셔서 감사해요."

모드의 얼굴은 혈색도 안 좋고 탄력도 없어 보였다.

"치킨 캐서롤도 정말 감사했어요. 리처드는 그날 못 봬서 아쉬웠는데, 몸은 좀 괜찮으신가요?"

넬리 옆에 서 있던 리처드의 신경이 날카로워지는 것 같더니 그의 손가락이 넬리의 치마 아래 살을 꼬집었다. 이럴 때는 움직이지 않는 편이 나았다.

"지금은 멀쩡합니다."

리처드는 마치 자기가 건강하다는 걸 증명이라도 하는 듯 불필요할 정도로 크게 대답했다. 그리고 모드에게 따뜻한 미소를 보냈다.

"해리는 정말 훌륭한 사람이었습니다. 정말, 정말 유감입니다. 모드 씨와 따님들께 정말 심심한 위로를 드립니다. 필요한 게 있으시면 절대 주저 말고 무엇이든 말씀하세요. 해리는 우리 회사에 아주 중요한 사람이었으니까요."

그들은 이런 상황에 마땅히 주고받아야 할 인사치레를 한 다음, 마치 음식을 가지러 가는 척 식사 공간으로 이동했다.

"모드 스튜어트한테 내 건강에 대해 얘기하면 어떡해!"

리처드가 넬리의 귀에 대고 신경질적으로 말했다. 넬리는 테이블로 걸어가며 계속 미소를 유지했다. 차려놓은 음식 중에 넬리가 가져온 쿠키는 벌써 절반이 사라져 기분이 좋았다. 그러나 리처드와 넬리를 고상한 부부인 것처럼 감싸고 있던 비눗방울은 그들이 음식 접시를 들고 조용한 구석으로 가자마자 터져버렸다. 음식은 거의 손도 대지 않은 상태였다.

"공장에 비상사태가 터졌다고 둘러댔어야지!"

공장에 비상사태가? 리처드는 껌을 만드는 사업을 했다. 대체 어떤 비상사태가 있을 수 있을까? 게다가 그날 경야에는 해리를 추도하기 위해 회사 직원들이 대부분 다 참석했는데, 공장에 일이 터졌으면 그들이 모를 리가 없지 않은가.

"미안해요. 잊어버렸어요."

"잊어버려?"

리처드는 접시 끝으로 그녀의 가슴팍을 밀었다. 아픔을 느낀 넬리는 본능적으로 뒤로 물러나며 팔꿈치로 의자 등을 찍었고, 그 바람에 넬리의 접시가 기울어지며 젤리 샐러드가 카펫 위로 쏟아졌다.

"세상에."

넬리는 치우기 위해 접시를 내려놓고 쪼그려 앉았다.

"이 집 딸들이 하게 놔둬."

리처드의 목소리는 낮았지만 말투는 단호했다. 넬리가 그냥 일어서는데 심장이 빠르게 뛰었다. 넬리는 더러워진 냅킨을 접시 위에 올렸다.

"이제 가지."

"어떻게 벌써 가요. 지금 막 왔는데."

넬리가 조용히 말했다.

"당신 몸이 안 좋다고 하면 되지. 지금 당신 상황에 이상할 일은 아니잖아."

"알겠어요."

넬리가 모드에게 다시 가려는데 리처드는 따라오지 않았다.

"당신은 안 와요?"

"난 차 빼러 가야지."

그는 입을 꾹 다물었다. 리처드가 화가 나면 짓는, 최근 몇 달 사이 아주 익숙해진 그 표정이었다. 디너 클럽에서 만났던 리처드는 사라지고 성질 고약하고 변덕스러운 남자가 나타날 때의 그 표정. 넬리가 남편 몸이 안 좋다는 얘기를 사람들에게 한 것에 대해 또 한 번 사과하려는데 공장 매니저가 나타나 리처드 어깨에 손을 얹었다. 그러자 리처드는 준비된 미소와 함께 돌아서서 힘차게 악수를 했다. 그렇게 간단하게 다른 사람이 될 수 있다는 것이 넬리는 여전히 너무 놀라웠다. 넬리는 이 기회를 잡아 모드에게 다가갔다.

"좀 오래 서 있었더니 어지럽고 속도 좀 안 좋아서요. 리처드가 가서 눕는 게 좋겠다고 하네요."

모드는 친절하게도 넬리를 걱정하며 집에 가서 데운 우유에 너트메그*를 넣어 마시고 발밑에 베개를 받치고 있으라는 조언도 해

* 열대 나무 씨앗으로 만든 향신료.

주었다.

“그럼 정말 좋을 것 같네요. 필요한 게 있으시면 언제든 연락하세요. 차로 금방 오니까요.”

넬리는 따뜻한 미소를 지으며 말했다.

“이렇게 신경 써주셔서 정말 감사해요.”

모드는 넬리의 두 손을 잡고 주위를 둘러봤다.

“남편은 어디 가셨나요?”

“차 빼러 갔어요.”

“정말 좋은 분이세요.”

어딘가 아쉬움과 부러움이 담긴 듯한 말투였다. 모드는 눈물을 닦으며 말했다.

“정말 운이 좋으신 거예요…….”

모드의 목소리가 갈라졌다. 넬리가 모드의 손을 가만히 잡았다.

“그러니까 꽉 붙들고 사세요, 아시겠죠?”

넬리는 그러겠노라고 모드를 안심시키고 밖으로 나왔다. 그리고 나오자마자 숨을 한 번 깊이 들이마셨다. 그러나 리처드가 집 밖 보도 앞에 차를 대자 폐 속에 숨을 채우기가 쉽지 않았다. 나만 사랑해주는 남편, 저런 남자를 만난 운 좋은 여자. 그러니까 꽉 붙들고 사세요, 아시겠죠?

리처드는 굳이 차에서 내려 넬리를 데리러 오는 쇼를 했고, 넬리도 리처드의 장단에 맞춰 움직였다. 그가 조심조심 넬리를 차 쪽으로 이끌었고, 그녀는 어지러운 걸 증명하기 위해 그에게 기댔다. 리처드는 걱정스럽다는 듯 넬리의 어깨를 두 팔로 단단히 감았다.

이렇게 애정 어린 보살핌은 당연히 집 안의 호기심 어린 몇몇의 눈길을 끌었다. 바로 이 사람이 그녀가 처음 만났던, 요즘 넬리가 그리워하는 그 리처드였다. 넬리는 잠깐 동안만이라도 그가 주는 위안을 누렸다.

넬리를 차에 태우고 운전을 시작하자마자 리처드의 기분은 다시 어두워졌다. 넬리는 그 변화를 바로 감지했다. 찬바람이 불 거라는 걸 예상했어도 막상 살갗에 닿으면 오한이 드는 그런 느낌이었다. 리처드는 넬리 쪽을 보지도 않고 말도 하지 않았다. 리처드는 저녁 내내 그 일을 곱씹으며 넬리를 비난할 것이고, 위스키 한두 잔을 마신 뒤에야 그녀를 용서하고 좋은 남편(본인은 그렇다 믿어 의심치 않는)으로 돌아가는 방법을 찾을 것이었다. 넬리는 그날 아침으로 시간을 돌리고 싶었다. 넬리의 이마에 가만히 입을 맞추고, 점점 불러오는 넬리의 완만한 배를 손으로 쓰다듬던 리처드, 그 손길에 눈을 뜬 그때로. 리처드는 두 얼굴의 남자였다.

넬리는 창밖을 내다보며 저녁 식사를 궁리하고 있었다. 돼지갈비살이 제때 해동이 될지 생각하는데 리처드가 손가락으로 넬리의 허벅지를 꽉 잡았다.

"아!"

갑자기 너무 아프게 잡는 바람에 넬리는 깜짝 놀랐다.

"리처드, 제발. 아파요."

그는 손가락으로 그녀의 야윈 다리를 꽉 잡은 채 그녀 쪽은 쳐다보지도 않았다.

"내 직원들이 나를 아픈 사람으로 알면 안 된다고."

"미안하다고 했잖아요. 문제를 일으킨 생각은 아니었어요. 제발, 이것 좀 놔요."

그러나 그의 손가락은 점점 깊이 파고들어 마치 그녀의 살갗에서 뼈를 쥐어짜낼 기세였다. 내일이면 멍이 들어 있겠지. 하지만 치마나 작업복으로 잘 가려져 아무도 못 볼 것이다. 리처드는 넬리를 대놓고 때리지 않았지만, 이것이 결혼 이후 넬리에게 처음 생긴 멍은 아니었다. 그래도 넬리가 임신한 뒤에는 손을 대지 않았었다. 넬리는 순진하게도 예전에 리처드가 분노를 폭발시키고 그녀를 거칠게 다뤘던 건 모두 좌절감 때문이었을 거라 믿었다. 리처드는 아이를 간절히 원했고, 결혼 첫해에 임신이 안 되자 부부 사이에 엄청난 긴장이 감돌았다.

"지금은 정말 당신을 못 쳐다보겠어. 차라리 여기에 내려서 걸어오는 게 나을 것 같은데. 어떻게 생각해?"

임신 때문에 부은 넬리의 발을 구두가 꽉 조이고 있었다.

"미안해요. 제발 걸어가게 하지 말아요."

넬리의 아빠도 그런 적이 있었다. 집을 6, 7킬로미터나 남겨두고 급정거를 하더니 그때 겨우 다섯 살이었던 넬리와 엄마를 차에서 내려 걸어오게 했다. 공격적인 성향이었던 아빠는 그날 저녁 술이 좀 과했고, 어린 넬리가 지루하고 갑갑해 조그마한 발로 아빠의 좌석을 찼다는 게 이유였다. 집까지 1킬로미터쯤 남았을 때, 엄마는 반쯤 잠든 넬리를 안은 채로 걸었고 결국 엄마의 유일한 좋은 구두였던 하이힐 굽은 부러졌다. 넬리의 아빠는 원래 잔인한 사람이었다 해도 리처드가 이러다니. 아무리 자기가 무슨 짓을 했더라도, 특히 임신한 자기를 길에 두고 가겠다니 믿을 수가 없었다.

협박을 하기는 했지만 리처드는 차를 세우지는 않았다. 하지만 넬리가 아무리 사과해도 그녀의 허벅지를 놓아주지 않았다. 그런데 갑자기 날카로운 통증이 그녀의 배를 꿰뚫었고, 넬리는 헉 소리를 내며 몸을 앞으로 굽혔다.

"왜 그래?"

리처드의 손이 넬리의 허벅지에서 튕겨져 나오다시피 하자 짓눌렸던 혈관으로 피가 쏠리면서 다리가 얼얼해졌다.

"잘…… 잘 모르겠어요."

넬리는 더 이상 눈물을 참기 어려웠다. 통증이 너무 심했다.

"병원으로 가야겠어."

리처드가 차를 돌리려고 했다.

"아니에요! 제발, 병원은 안 가도 돼요."

넬리는 어서 집으로 가고 싶은 생각뿐이었다.

"가라앉고 있어요. 잠깐 쥐가 났어요. 어제 정원 일을 너무 많이 하고 밤에 잠을 설쳐서 그런가 봐요."

리처드가 넬리와 도로를 번갈아 보는 동안 그의 발은 브레이크와 액셀 사이를 맴돌았다.

"확실해? 당신 지금 엄청 창백해."

넬리는 고개를 끄덕였고, 자기 볼을 살짝 꼬집으며 정신을 차리려고 안간힘을 썼다. 두 손으로 경련이 계속되는 배를 잡으며 넬리는 애써 아무렇지 않은 얼굴을 했다.

"괜찮아요."

리처드가 액셀을 밟자 차가 앞으로 확 쏠렸다.

"그럼 집에 가서 얼른 침대에 눕자고."

"고마워요."

넬리는 겨우 말했다. 그는 넬리의 존중을 받을 가치가 없었지만 그는 그걸 원했다. 격렬한 통증 속에서도 넬리는 자기 역할을 잘 알고 있었다. 남편에게 공손한 아내, 자기 탓이 아닌 일로도 사과하는 아내, 자기 삶이 아무리 힘들어져도 남편의 삶을 편안하게 해주는 아내. 완벽한 아내.

8

행복한 결혼 생활의 가장 큰 적은 게으르고 단정치 못한 아내다.

— 도빈 크로퍼드 『배스 크로니클』(*Bath Chronicle*, 1930)

앨리스

2018년 5월 27일

일요일, 네이트가 이런저런 볼일을 보러 나간 뒤 앨리스는 집 안을 파악하기 위해, 이 집에 익숙해지기 위해 서성거렸다. 도시에 살 때는 집에서 한 스무 걸음 거리의 잡화점에만 가면 없는 게 없었지만, 여기 그린빌에서는 우유와 빵, 기타 생활필수품만 사려 해도 날을 잡아 차를 몰고 나가야 했다. 앨리스는 그 점이 신경 쓰였다. 운전에 아주 자신 있는 편도 아닌 데다(뉴욕으로 이사한 뒤로는 10년간 운전을 하지 않았다), 여기서는 차가 없으면 집에 갇혀 있어야 할 판이었다. 집에서 스무 걸음쯤 나가면 있는 거라고는 길모퉁이뿐이었다.

앨리스는 두 손을 허리에 얹고 거실에 서서 두 볼을 잔뜩 부풀렸다. 그리고 어깨를 이완하며 머금은 숨을 한 번에 쭉 뱉었다. 긴장을 푸는 중이었다. 어둑하고 휑뎅그렁한 공간이 앨리스를 압도했고, 바닥은 걸을 때마다 삐걱거리며 신경을 건드렸다. 앨리스는 네이트가 돌아오려면 얼마나 더 걸리는지 문자를 보냈다. 이 집에 혼자 있으니까 돌아버릴 것 같아라고 쓰고 싶었지만, 대신 표백제를 잊지 말라고만 보냈다. 네이트의 말대로 같이 갈 걸 그랬다.

"이 부근을 좀 파악해야지."

네이트는 손에 든 쇼핑 리스트를 차 열쇠로 톡톡 치면서 말했다.

"월요일만 되어도 당신 혼자 이런 일을 다 해야 할 텐데, 어디를 어떻게 가야 하는지 미리 알아두면 좋지 않겠어?"

이것도 그들 계획의 일부였다. 네이트는 매일 출퇴근하며 생활비를 벌고, 집안일은 앨리스가 맡는 것. 이런 일 분담은 매우 간단하게 들리기는 했지만, 사실 앨리스는 '집안일을 맡는 것'의 의미조차 제대로 파악하지 못했다.

앨리스의 마음은 예전 모습을 붙들고 있었다. 새벽 5시 알람에 일어나, 7시에는 카페인으로 완전히 무장하고 책상에 앉아 있는 여자. 고객들을 관리하고 직장에서 급한 불을 끄고, 하루의 끝에는 저녁거리를 테이크아웃해서 네이트를 만나던 여자. 냉장고가 잘 채워져 있는지, 화장실이 깨끗한지, 침대 정리가 잘 되어 있는지는 한 번도 신경 써본 적 없는 여자.

앨리스는 부엌으로 들어갔다. 부엌은 집 안 다른 공간에 비해 밝고 쾌적해서 기분이 바로 나아졌다. 고무장갑을 끼고 청소를 시작했는데, 덜덜거리며 돌아가는 냉장고 뒤에서 쥐 두 마리를 발견하고는 바로 의욕이 꺾였다. 쥐들은 거의 다 부패해서 골격만 남아 있었다. 앨리스는 몸서리를 치며 곧 바스라질 것 같은 사체를 키친타월에 올려놓은 다음, 그린빌에서는 이런 걸 쓰레기로 분류하는지 그냥 거름이 되도록 밖에 내다 버리는지 검색했다.

쥐를 처리한 다음 앨리스는 일 년 넘게 묵은 때를 벗겨내기 위해 부엌 청소에 들어갔다. 조리대 상판과 서랍 몇 개—서랍들은 레일에 잘 물려 있지 않아서 열 때 끼익 소리가 났다—의 안쪽을 겨우 닦았을 때 네이트가 돌아왔다.

네이트는 들고 온 종이봉투들을 식탁 위에 올려두고 앨리스의 정수리—그녀가 자기 몸 전체에서 유일하게 부엌 때가 묻지 않은 부분이라고 말해줬으므로—에 입을 맞춘 후 냉장고 문을 열었다. 그러더니 어깨너머로 앨리스를 보고 말했다.

"여기는 못 닦았구나?"

냉장고 안도 세제와 물을 써서(네이트는 표백제를 깜빡했다) 엄청 닦아내야 했지만, 일단 상할 수 있는 것들은 넣는 수밖에 없었다.

"죽은 쥐를 발견했어."

네이트의 말에 기분이 좀 상했지만 앨리스는 어깨를 으쓱하며 태연한 척 말했다. 조리대 상판은 새것처럼 반짝거렸고, 예전의 퀴퀴한 공기 대신 레몬과 라벤더 오일 향이 부엌을 채워 상쾌하고 쾌적하지 않은가. 그래, 그래도 네이트가 냉장고 안을 채울 식료품을 사러 갔으니 냉장고 청소를 먼저 했으면 더 좋았겠지. 스스로가 한심해서 앨리스는 한숨을 쉬었다. 직장에서는 사람들의 결과물을 인정하고 측정하기 쉬웠다. 하지만 (일시적으로) 반짝이는 조리대 상판 외에 부엌을 벅벅 문질러서 얻을 수 있는 보상은 과연 무엇일까?

"신경 쓰지 마. 나중에 하면 되지."

네이트는 냉장고 문을 닫고 봉투 하나로 손을 뻗었다.

"자, 이건 당신이 준 망치랑은 정말 비교도 안 되지만, 나도 당신 — 실은 우리 — 에게 집들이 선물을 사 왔어. 눈 감아봐."

앨리스는 뜻밖의 선물에 한껏 기대를 품고 눈을 감았다. 네이트가 봉투를 뒤지는데 종이 바스락거리는 소리가 났다.

"손 내밀어봐."

앨리스는 네이트의 말대로 손을 내밀었다. 네이트가 앨리스의 손바닥 위에 별로 무겁지 않은 직사각형 물건을 올려놓았다. 눈을 뜨니 분홍색과 흰색 상자가 놓여 있었다. 상자에는 웬 아기가 하얀 담요 밑에서 밖을 내다보며 웃는 사진이 그려져 있었고, 그 옆에 이렇게 쓰여 있었다. 배란기를 알아보세요! 추측은 그만!

"아…… 고마워."

앨리스는 상자를 옆에 내려놓고 종이봉투의 물건들을 꺼내기 시작했다.

"그게 다야? 아, 고마워?"

네이트는 팔짱을 끼고 앨리스가 부지런히 봉투를 풀며 조리대와 냉장고 사이를 오가는 모습을 지켜보았다.

"왜 그래?"

앨리스는 버터와 우유를 좁은 선반(옛날 냉장고는 수납공간이 정말 믿을 수 없이 작았다)에 넣고 엉덩이로 문을 닫았다.

"아무것도 아냐. 다 좋아."

"다 좋은 것 같지가 않은데."

그의 이마에 주름이 잡혔다.

"뭐가 문제야?"

문제는 앨리스가 실망했다는 거였다. 집들이 선물로 배란 테스트기? 앨리스는 종이봉투들을 접어서 싱크대 밑 통에 집어넣으며 말했다.

"그냥…… 내가 기대한 선물이 아니라 그랬나 봐. 배란 테스트기는 좀 지나친 것 같기도 하고, 아무튼."

"지나치다고?"

네이트가 혼란스러운 마음을 감추려는 듯 실소했다. 보험사 애널리스트인 네이트는 미래를 예측하는 습성이 몸에 배어 있는 사람이었고, 배란 테스트기 사용은 그에게 당연히 합리적이었다. 임신하기 위해 노력 중이라면 배란기가 언제인지 알고 싶은 게 당연한 거 아닌가?

앨리스는 식탁에 앉아 상자를 자기 앞으로 가져왔다.

"이런 걸 쓰면 재미는 다 사라질 것 같지 않아? 그냥 옛날 방식대로 하면 안 되는 거야?"

네이트는 입술을 깨물었다.

"앨리, 이사하면 노력해보기로 했잖아. 당신도 준비됐다고."

살짝 비난하는 어투였는데, 앨리스가 정말 그렇게 말했기 때문이었다. 사실 준비가 됐다고 생각했다. 연말에는 앨리스도 서른이 되고, 집도 장만한 데다가 방도 많았고, 넓은 세탁실도 있었다. 당연히 아기를 가질 적기로 보였다. 하지만 앨리스에게 임신이란 적응이 필요한 낯선 일이었다. 6개월 전만 해도 가족을 만드는 얘기가 나왔다면, "일단 5년쯤 지나고 얘기해"라고 했을 거다. 아이를 원하지 않는 게 아니라 그냥 다른 것 — 이를테면 '홍보 팀장' 같은 타이틀 — 들이 우선이었을 뿐이었다. 그러니까 자기가 모든 걸 다 망쳐버리기 전까지 말이다. 앨리스는 이제 자신이 뭘 원하는지도 확신이 없었다.

"'거의' 준비됐다고 했지."

앨리스는 그 뒤에 얼른 덧붙였다.

"그리고 준비된 거 맞아! 그냥 지금은 이 집 때문에 할 일이 너무 많잖아. 배란기 일정까지 신경 쓰고 싶지 않은 것뿐이야."

앨리스는 헐거워진 머리를 고무줄로 다시 잘 묶었다.

"알았어, 알았다고."

네이트는 그렇게 말하고는 부엌을 쿵쾅거리며 빵을 조리대 이쪽에서 저쪽으로 옮긴다거나, 꺼낼 것도 없으면서 찬장 문을 열었다 닫았다 하는 등 꼭 필요하지도 않은 일들을 하며 왔다 갔다 했다.

"유리컵들은 대체 어디 있는 거야?"

"싱크대 위, 오른쪽 맨 위 칸."

선물을 좀 더 성의 있게 받았으면 좋았겠지. 진짜로 원했던 건 좋은 와인 한 병이나 오늘 저녁 시켜 먹을 수 있는 음식점 전단지 뭉치였지만. 앨리스는 식탁 의자에서 일어나 수돗물을 틀고 물이 차가워지기를 기다리는 네이트 뒤에 가서 섰다.

"나 진짜로 준비됐다고."

네이트는 잔을 먼저 채우고 돌아섰다. 그가 컵을 싱크대 위에 올려놓자 앨리스는 따뜻한 미소를 지으며 그의 손에 깍지를 꼈다.

"하지만 그 전에 저 끔찍한 벽지도 뜯어내고, 전기 기사도 불러서 집에 온기를 좀 불어넣어야 하지 않을까? 지금은 정말 너무 썰렁해."

앨리스는 극적인 효과를 내기 위해 몸을 떨었고, 네이트는 수긍한다는 듯 앨리스를 자기 품으로 당겨 등을 토닥였다.

"정말이야? 정말, 정말, 정말로 확실한 거야? 나는 이게 우리 계획인 줄 알았어. 내 마음대로 밀어붙이기에는……."

"확실해."

앨리스는 한 발짝 물러나 식탁 위 배란 테스트기를 집어 들었다.

"이 안에 몇 회분이 든 거야?"

"20회. 한 달간 쓸 수 있어."

네이트는 상자 귀퉁이를 가리켰다. 앨리스는 포장이 이미 벗겨진 걸 발견했다.

"누가 뜯었나 본데?"

"내가 뜯었어. 사용법이 궁금해서."

"그랬겠지."

앨리스가 웃었다.

"좋아. 내일부턴 여기다가 오줌 누기 시작할게."

네이트가 고개를 저었다.

"너무 일러. 아직 7일 차니까. 우리의 목표는 12일 차야."

"오늘이 7일 차인지 어떻게 알아?"

네이트가 어깨를 으쓱했다.

"주의 깊게 보고 있으니까."

"와."

생각해보면 남편이 생리 주기를 자기보다 더 정확하게 모니터한다는 것이 놀랄 일은 아니었다. 그는 원래 모든 걸 계획하는 사람이었고 좋은 파트너였다. 그리고 당연히 그는 이 일에 한 팀으로 임하고 있었다.

"선물로는 꽃이 훨씬 더 좋았겠지?"

"아냐, 꽃은 정원에 널렸는데 뭐. 닷새 후에 이걸 유용하게 쓸 생각하니 설레는데?"

"그렇다면…… 우리가 연습할 시간이 며칠 있다는 거잖아, 그치?"

"그러네. 그게 또 그렇게 되네."

앨리스는 네이트가 이끄는 대로 거실로 갔다. 온몸이 더러웠고 샤워를 먼저 하면 더 좋았겠지만, 아까 선물에 시큰둥한 반응을 보인 게 마음에 걸렸다. 지난 몇 달간 앨리스의 삶에 끊임없이 일어난 사건들 속에서도 네이트는 언제나 굳건한 앨리스 편이었다. 자신의 불안이 둘 사이를 갈라놓게 할 수는 없었다.

앨리스는 꽃무늬 소파에 눈길을 주었다. 이 집에 원래 있던 소파였는데 상태가 꽤 괜찮았다.

"여기도 괜찮을 것 같은데?"

네이트가 앨리스에게서 눈을 떼지 않으며 고개를 끄덕였다. 잠시 후 앨리스는 브라와 청바지만 입은 채 소파에 누워 있었고, 네이트는 그녀 위에서 팔꿈치로 자기 무게를 떠받치고 있었다. 앨리스는 남편 아래에 누워 오늘 들어 처음으로 만족감을 느꼈다.

"이거야말로 정말 옛날 방식인 것 같은데."

네이트가 앨리스의 청바지 단추를 풀려고 두 사람 사이로 손을 가져오자, 앨리스는 네이트의 손이 편히 움직일 수 있도록 단단한 소파 쿠션을 몸으로 더 눌렀다. 네이트의 손가락은 앨리스의 얼굴을 따라 턱선, 목을 쓸며 가슴골까지 내려갔다.

"사랑해, 미세스 헤일."

손가락이 지나간 길을 입술로 따라가며 네이트가 속삭였다. 앨리스는 소파의 팔걸이에 머리를 기댔다.

"내가 더 사랑해, 미스터 헤일."

· · ·

앨리스는 월요일 아침 일찍 눈을 떴다. 7시도 안 되었는데 햇살이 커튼 없는 창문 사이로 쏟아져 들어왔다. 다시 잠을 자려다가 앨리스는 오늘 해야 할 일을 머릿속으로 정리해보았다. 커튼이 필요해. 너무 조용하니까 백색 소음기도 있으면 좋을 것 같아. 이 못생긴 벽지를 뜯어내야지. 소리만 요란하고 너무 작은 냉장고랑 녹슨 욕조는 버리고, 웃풍도 해결해야 돼. 그래도 소파는 괜찮아. 꽃무늬가 촌스러워도 소파는 둘래. 네이트가 옆에서 한숨을 쉬었다.

한숨 소리에 돌아누우니 침대에는 앨리스뿐이었다. 통근 시간이 훨씬 길어진 네이트가 벌써 출근했을 거라는 사실이 생각났다. 천장을 올려다보니 예전에는 발견 못 했던 긴 금이 가 있었다. 어쩌면 저 금 사이로 이 집이 한숨을 쉰 건지도 모르겠다. 집의 새 주인이라는 인간들이 집을 제대로 돌볼 줄도 모르고, 집의 수많은 매력도 몰라본다고.

쾅 하는 커다란 소리가 정적을 깨웠다. 앨리스는 이불을 가슴까지 끌어올리고 벌떡 일어났다. 쿵쾅거리는 심장을 진정시키며 갑자기 쾅 닫힌 안방문을 노려봤다. 납득 가능한 이유(열린 창문 사이로 바람이 들어온 건가?)를 미처 찾기도 전에 또다시 쿵 소리가 들렸다. 침실 문의 묵직한 놋쇠 문손잡이가 마루로 떨어져 요란한 소리를 내며 구르다 걸레받이에 부딪히고서야 멈췄다.

앨리스는 끙 소리를 내며 다시 베개 위로 벌렁 누운 다음 얼굴 위로 팔짱을 꼈다. 그리고 점점 길어지는 할 일 목록에 한 가지를 더 추가했다.

9

일하는 동안 유쾌한 생각을 품으세요. 그럼 모든 일이 더 가볍고 즐거워질 겁니다.

—『베티 크로커의 그림 요리책 개정 확장판』(*Betty Crocker's Picture Cook Book, revised and enlarged*, 1956)

앨리스

2018년 6월 2일

"동부가 얼마나 추운지 잊고 있었어."

앨리스의 엄마가 양탄자처럼 두 배로 펼쳐질 것 같은 랩 스웨터를 바짝 여미며 턱을 옷 속 깊이 묻었다.

"넌 안 춥니?"

엄마는 청바지와 얇은 긴팔 티셔츠, 그리고 맨발인 딸의 옷차림에 이마를 찌푸렸다.

"엄마, 지금 25도가 넘어요."

하지만 그건 바깥 얘기였다. 집 안은 마치 에어컨을 최대치로 튼 것처럼 추웠다. 이 낡은 집에는 에어컨도 없었지만.

"내가 추운 건 당연해. 집을 떠날 때 거기는 30도였으니까."

앨리스는 커피를 들이켜며 중얼거렸다.

"네, 캘리포니아 날씨는 뉴욕이랑은 다르답니다."

앨리스의 엄마 재클린과 새아빠 스티브는 이 집에 온 지 열여덟 시간밖에 안 됐고, 그중 아홉 시간은 자면서 보냈지만 앨리스는 벌써 머릿속으로 그들이 샌디에이고로 돌아가는 날까지 날짜를 지워 나가기 시작했다. 오지 말라고 설득했지만(서른이 다 되어가는 결혼한 딸의 이사를 부모가 도와줄 필요는 없어요!) 엄마는 고집을 꺾지 않았고, 마침내 엄마가 예약한 비행 스케줄을 메일로 보냈을 때는 앨리스도 포기하고 말았다.

엄마는 벌써 세 잔째인 말차—뉴욕에서도 살 수 있다고 그렇게 얘기를 했는데 굳이 싸가지고 왔다—머그잔을 침대 옆 탁자에 내려놓고 손님방에서 깊은 런지 동작에 들어갔다. 엄마의 팔과 다리는 양탄자 같은 스웨터의 방해에도 불구하고 놀라울 정도로 편안하게 쭉쭉 늘어났다 접혔다.

"그래서 휴가 첫 주는 어떻게 보냈어?"

엄마는 바닥에 요가 매트를 펴놓고 그 위에서 이런저런 스트레칭을 하며 물었다.

"휴가 중인 거 아니에요, 엄마. 그만뒀다고요. 기억 안 나세요?"

앨리스는 예전 직장을 생각하며 이마를 찌푸렸다. 일이 너무나도 그리웠다. 그날 자기 커리어를 망치는 대신 브로닌과 입을 닥치고 있었다면 얼마나 좋았을까.

"에이, 무슨 뜻으로 말한 건지 알면서."

엄마는 다운독 자세로 넘어가며 말했다.

"내가 네 나이에 일을 그만두고 이렇게 크고 예쁜 집에서 종일 빈둥거리며 집수리인지 뭔지를 하게 했으면 못 할 게 없었을 거다."

앨리스 친구 몇몇도 비슷한 말을 했다. 네이트와 그의 연봉을 가졌다니 앨리스는 운도 좋지. 하지만 자의가 아니라 등 떠밀려 이렇게 살게 됐다면, 누구라도 스케줄이 전무한 주당 50시간을 어찌 보내야 할지 막막하리라. 앨리스가 아는 모든 사람들은 일을 했다. 일을 해야만 했다.

"앞으로 뭘 할지 고민하는 시기에는 취미를 몇 개쯤 시도해보는 것도 괜찮아. 그림을 그린다거나 정원 일이라든가. 요리는 어때?"

"흠…… 뭐 그래도 좋고요……."

"요즘 유행하는 수비드* 들어봤어?"

앨리스의 엄마는 몇 주 전에 같은 방식으로 요리한 촉촉한 스테이크를 얘기하는 거였다.

"네, 들어봤어요."

앨리스는 티셔츠 밑단에서 튀어나온 실을 한 가닥 뜯어내며 한숨을 쉬었다.

"내 말 새겨들어. 애가 나오기 전에 이런 시간을 즐겨야 한다고."

재클린은 마치 자기 딸이 아니라 친구에게 조언하듯 가볍고 발랄하게 말했다. 그런 말에 기분 상해봤자라는 걸 앨리스는 잘 알았

* 식재료를 비닐로 밀폐해서 장시간 미지근한 물에 데우는 조리법.

다. 엄마는 기본적으로 앨리스와 관점이 다른 사람이었다.

"스스로한테 좀 관대해지렴. 변화는 늘 힘든 거야."

재클린은 머리서기 자세로 넘어갔고 앨리스는 엄마를 거꾸로 봐야 했다.

"비타민은 챙겨 먹니?"

엄마는 앨리스가 어릴 때 환절기가 되거나 중학교 입학 같은 새로운 시작을 할 때면 꼭 목감기나 장염에 걸렸다는 얘기를 자주 했다.

"엄마, 비타민은 애들이나 먹는 거예요."

아이처럼 엄마 잔소리를 들을 기분은 아니었다. 특히나 재클린한테는. 재클린은 스트레칭을 하며 숨을 깊게 내쉬었다. 앨리스는 눈을 감고 엄마가 코로 호흡하는 동안 속으로 열을 셌다.

"무슨 소리야. 요즘처럼 햇볕이 부족한 기후에서 비타민 D는 필수야."

누가 "엄마랑은 친해요?"라고 물으면 앨리스의 대답은 "그게 좀 복잡해요"였다. 두 여자의 외모가 어찌나 다른지 만약 엄마가 출산 직후에 자기를 안은 사진을 보지 못했다면 두 사람이 DNA를 공유했다는 걸 믿기 어려웠을 거다. 엄마는 피부가 밝았지만 앨리스는 까만 편이었다. 앨리스는 체구가 작고 칼로리 조절을 하지 않으면 금방 불어나는 체질이라면, 엄마는 길쭉길쭉하고 군살 없이 호리호리했다. 햇볕을 받으면 앨리스는 바닷가재처럼 빨갛게 익었지만 엄마는 황금 갈색이 됐다.

사람들은 앨리스가 아빠를 닮았느냐고 묻고는 했다. 외모는 아빠를 닮은 게 맞았다. 하지만 아빠를 안 보고 산 세월이 너무 길어서 성격을 닮았는지는 알 수 없었다.

앨리스의 부모가 함께 산 십 년 동안 아빠는 여러 직업을 전전했다. 기계공, 농장 일꾼, 보험설계사, 요가 강사. 그러다가 앨리스가 아홉 살이 되던 해의 어느 날, 조경 일을 하겠다며 집을 나선 아빠는 저녁 식사 시간에도, 잘 시간이 되어 앨리스가 방으로 올라갈 때까지도 돌아오지 않았다. 앨리스는 몰래 방에서 나와 아래층 거실 창밖을 내다보며 아빠를 기다리다 잠들었던 기억이 생생했다. 해가 뜬 다음에도 아빠는 돌아오지 않았고, 엄마는 아침을 차렸다. 달걀 프라이와 세일가로 사 온 살짝 맛이 가기 시작한 오렌지 주스였다.

"아빠는 언제 와요?"

"나도 모르겠다. 올 때 되면 오겠지."

재클린은 달걀을 접시에 담으며 무미건조하게 말했다. 앨리스는 엄마의 무덤덤한 대답과 아무 관심 없다는 말투 때문에 혼란스럽고 화도 나서 울음을 터뜨렸다. 아빠가 변덕스럽기는 했지만 앨리스는 아빠를 사랑했다. 그때까지만 해도 앨리스는 아빠의 좋은 면을 볼 수 있을 정도로 순수했다. 아빠는 팔자수염을 길렀는데, 만화 주인공처럼 한쪽 끝만 씰룩여서 앨리스를 웃게 만들었다. 뒀다 먹으라고 하지 않고 한 번에 도넛 하나를 다 먹게도 해줬다. 집 근처 수영장에서 수영을 가르쳐주고는 시간을 남겼다가 앨리스가 좋아하는 물속 티 파티도 할 수 있게 해줬다.

"뚝 그쳐."

재클린은 달걀프라이가 담긴 접시를 앨리스 쪽으로 밀었다.

"그리고 아침 먹어. 그러다 학교 늦는다."

앨리스는 흐물흐물한 달걀프라이와 함께 슬픔을 꿀떡 삼켰다. 재클린은 어린 딸을 위로해주는 어떤 말도 하지 않았다. 지금까지 기억으로 그날은 앨리스가 엄마에게 처음으로 실망한 날이었다.

아빠가 떠난 후 엄마는 피트니스 컨퍼런스에서 스티브 데이칸을 만났다. 엄마는 1년간 에어로빅 강사로 일했고, 스티브는 캘리포니아에서 꽤 잘되는 피트니스 센터 여러 곳을 운영했다. 반년 후, 엄마는 모든 걸 싸 들고 나라를 가로질러 샌디에이고에 있는 스티브의 넓은 단층집으로 이사했다. 앨리스에게 캘리포니아는 너무 더웠고, 계절 변화가 없어 모든 게 너무 뻔했다. 그래서 열일곱이 되자마자 비행기를 타고 뉴욕에 있는 대학으로 갔다. 앨리스는 엄마를 사랑했지만 좀 더 솔직하고 복잡하지 않은 관계를 원했다. 네이트와 네이트의 부모님처럼. 물론 싱글맘의 삶이 쉽지 않다는 건 이해했다. 그러나 자기 외에도 중요한 일이 너무 많은 엄마 밑에서 성장하는 것 역시 쉬운 일은 아니었다.

"재클린, 충전기 어디 있어?"

스티브가 문 안으로 얼굴을 들이밀며 물었다.

"기내용 가방 옆 주머니."

"오키도키."

스티브는 앨리스를 보고 말했다.

"안녕, 잘 잤어?"

엄마처럼 스티브도 몸이 정말 좋았다. 나이가 60인데 티셔츠 아래에 태닝한 이두박근이 울끈불끈했다.

"잘 잤어요."

앨리스는 인사를 하려고 일어서며 말했다.

"잘 주무셨어요?"

"완전. 나 장갑 가지러 왔어. 네이트가 너한테 물어보면 찾아줄 거라고 그러던데."

"네. 갖다드릴게요."

네이트와 스티브는 도보용 돌길을 정리하고 차 진입로 수리를 위한 밑 작업을 하고 있었다. 앨리스와 네이트가 입주한 지 일주일이 지난 지금, 해야 할 일 목록은 매일 놀라운 비율로 늘어났다.

"여기 있어요."

앨리스는 방구석의 철물점 가방에서 장갑을 꺼내 상표를 떼고 스티브에게 건넸다.

"고맙다."

"고맙기는요. 엄마, 저는 방수포 좀 가져올게요."

엄마는 여전히 런지 자세로 눈을 감은 채 가볍게 콧노래를 부르며 고개를 끄덕였다. 스티브가 재클린에게 다가가 장갑으로 엉덩이를 가볍게 톡 치자 재클린이 눈을 번쩍 떴다.

"스티브!"

스티브가 재클린에게 진한 키스를 했고, 앨리스는 두 분이 마저 볼일을 보시도록 방을 나왔다.

네이트에게 프러포즈를 받은 다음, 앨리스는 샌디에이고로 가서 엄마와 주말을 함께 보내며 물었다. 스티브와 계속 행복한 관계를 유지하는 비결이 뭐냐고. 일부러 취할 작정으로 마신 화이트와인 덕에 둘 다 취해서 알딸딸한 상태였다.

"최소 주 2회 섹스."

엄마는 한 치의 망설임도 없이 말해서 질문한 걸 후회하게 만들더니, 곧이어 한마디 덧붙였다.

"그리고 좋은 사람을 골라야지."

앨리스는 그 부분에 대해서는 완전히 자신 있었고, 살짝 우쭐하기까지 했다. 엄마와는 달리 자신은 처음부터 제대로 잘 골랐으니까.

"네이트, 방수포 어디다 뒀어?"

앨리스가 현관 밖으로 몸을 내밀고 물었다. 썰렁한 집 안과는 대조적인 따뜻한 날이었다.

"지하실. 자전거 옆 왼쪽 구석에."

네이트는 이미 땀이 흥건한 이마를 팔로 닦으며 말했다. 네이트는 삽을 들고 있었고, 스티브는 엄청 큰 돌을 마치 하나도 안 무겁다는 듯이 옮기고 있었다.

"내가 갖다줘?"

응. 그럼 좋겠어라고 생각하다가 앨리스는 고개를 저었다. 어둡고 눅눅한 지하실은 생각만 해도 몸서리치게 싫었지만 언젠가는 내려가야 했다. 빨래 바구니가 터지고 있었으니까.

"뭐 필요한 거 없어? 커피나 물은?"

"괜찮아."

네이트가 계단 왼쪽의 작은 아이스박스를 가리키며 말했다. 그리고 앨리스가 현관문을 닫기도 전에 두 사람은 다시 하던 일로 돌아갔다.

앨리스는 지하실 불을 켜고 곧 무너져 내릴 듯한 계단을 두려움 섞인 눈으로 슬쩍 보았다. 하나뿐인 전구 불빛은 앨리스가 어디로 가는지도 잘 안 보일 정도로 어두웠다. 심호흡을 한 번 하고 조심조심 내려가는데 목재 계단이 세월의 무게로 신음 소리를 냈고, 퀴퀴한 곰팡내가 콧속을 가득 채웠다. 거친 콘크리트 바닥에 발이 닿았을 때, 휴대폰 손전등 빛이 비추는 곳에 무언가가 엄청 빠르게 지나가는 바람에 앨리스는 비명을 질렀다. 커다란 벌레가 안전한 어둠을 찾아 스르르 기어갔고, 세탁기 밑에서 평안을 찾았다.

"징그러."

앨리스는 몸을 떨었다. 비닐 방수포는 네이트의 말대로 지하실 구석에 포개져 있었다. 방수포를 팔 밑에 낀 앨리스는 눅눅한 냉기와 벌레, 그리고 이 낡은 집 지하실에 숨어 있는 게 무엇이든 그걸 피해 도망가고 싶은 마음뿐이었다. 심장박동이 빨라졌고 겨드랑이가 공포로 축축해졌다. 빨리 위층으로 올라가려고 허둥지둥하다 목재 발판을 보지 못한 앨리스는 결국 뭔가에 걸려 넘어지고 말았다.

앨리스는 잠시 숨을 제대로 쉴 수 없어 바닥에서 헐떡거렸다. 그것 말고는 괜찮았다. 내일 아침에는 종아리에 인상적인 멍 자국이 생기겠지만. 호흡을 가다듬으며 앨리스는 잠시 바닥에 앉아 자기 발에 걸린 게 무엇인지 불빛을 비춰보았다. 작은 목재 발판 위에 상자 세 개가 피라미드처럼 쌓여 있었다. 판지 상자 옆면이 내려앉고, 모서리가 뭉툭해져서 각진 모양이 허물어진 걸 보니 꽤 오랜 세월 거기 놓여 있던 것 같았다. 앨리스는 무릎으로 앉아 상자 맨 위의 글씨를 읽었다. 상자에는 굵은 검은색 필기체로 부엌이라고 쓰여 있었다.

예전 집주인의 물건인 것 같았다. 처음에는 상자와 그 안에 든 물건이 무엇이든 간에 누군가 찾으러 올 수도 있으니 그대로 놔둔 채 베벌리에게 말하려고 했다. 그러나 이내 호기심이 발동한 앨리스는 휴대폰을 턱 밑에 끼고 가만히 상자를 열어보았다.

앨리스는 빛을 비추며 상자에 잔뜩 든 잡지의 책등을 훑었다. 1954년부터 1957년 사이에 출간된 『레이디스 홈 저널』이라는 잡지가 스무 권쯤 있었다. 지하실에 대한 공포는 잠시 잊은 채, 앨리스는 한 권을 꺼내 들고 발판 끝에 앉아 책장을 휘리릭 넘겼다.

담배, 스타킹, 냉장고, 맥주 광고("걱정 마 여보, 음식은 태웠지만 맥주는 태워먹지 않았잖아!")가 실려 있었다. 요즘 잡지와는 달리 색깔도 칙칙했고, 잉크도 흐릿했다. 그러다가 벨비타 치즈 광고를 보고 앨리스는 움찔했다. 마치 수면 위에 고개를 내민 빙산처럼 그릴드 치즈 샌드위치가 주황색 치즈 바다 위로 모습을 드러내고 있었다.

"어우, 이건 너무 느끼하겠다."

앨리스는 중얼거리며 몇 쪽을 더 넘겨보았다. 읽던 잡지를 옆에 내려놓고 앨리스는 다시 상자 안으로 눈길을 돌렸다. 어떤 책이 잡지 더미에 깔려 반쯤 숨겨진 채로 상자 한쪽 끝에 놓여 있었다. 앨리스는 그 책을 꺼내 뒤집어서 표지를 살펴보았다.

모던 주부를 위한 요리책

십자무늬 패턴의 빨간색 표지는 아주 오래된 것 같았고, 책 제목은 검은색 잉크로 찍혀 있었다. 모든 게 세월과 함께 바랜 느낌이었다. 표지 가장자리에는 책의 내용을 짐작할 만한 힌트들이 적혀 있었다. 앨리스는 고개를 옆으로 꺾고, 표지 가장자리에 적힌 글씨들을 가로로, 아래로, 다시 가로로, 그리고 위로 읽어나갔다. 롤. 파이. 오찬. 음료. 잼. 젤리. 가금류. 수프. 피클. 725개의 검증된 레시피.

책이 두툼하기는 했지만 너무 헐어서 앨리스는 책등을 무릎으로 받쳐 조심스럽게 펼쳤다. 표지 안쪽 면에 글씨가 적힌 게 보였다. 엘시 스완, 1940. 색이 바래 누런 책장을 몇 장 넘기며 앨리스는 당시 균형 잡힌 식단의 도표를 힐끗 보았다. 유제품, 감귤류, 녹황색 채소, 빵과 시리얼, 육류, 달걀, 특히 성장기 어린이에게는 어간유를 보충할 것. 옆 페이지에는 당황하지 않고 성공적인 디너파티를 주최하기 위한 조언들이 있었다. 뒤표지를 보니 시중에 판매되는 표준 소고기 부위별 도표라는 제목 아래 소의 각 부위 그림과 포터하우스 스테이크부터 듣기만 해도 징그러운 '말아놓은 목살'을 작게 그린 그림이 그려져 있었다.

책의 중간쯤에는 돼지고기 파이, 젤리 형태로 만든 혀 요리, 오트밀 미트로프, 그리고 간 소고기와 주먹밥을 토마토 수프 안에 넣어 보글보글 끓인 포큐파인이라는 요리도 있었는데, 앨리스는 절대 먹고 싶지 않은 요리였다. 어떤 레시피에는 흐릿해진 필기체로 엘리너의 열세 번째 생일—맛있음! 그리고 소화 잘 되는 음식이나 버터를 좀 추가할 것 같은 메모가 적혀 있기도 했다. 엘시 스완이 누군지는 모르겠지만 이 요리책을 아주 정기적으로 들여다본 것만은 확실했다. 책장에는 여기저기 음식이 튀거나 흘려서 생긴 갈색 점들이 많았는데, 부엌 선반에 꽂혀 있기만 했던 책이 아니라는 증거였다. 앨리스의 부엌이었다면 그 반대였겠지만.

"앨리스, 방수포는 찾았니?"

엄마가 지하실 문 앞에서 계단 아래쪽을 향해 소리쳤다.

"네. 갈게요."

앨리스는 잡지들을 도로 상자에 넣은 다음 방수포를 집었고, 위층으로 가려다 돌아서 멈칫했다. 요리책은 가져가기로 했다. 엄마 말대로 요리를 좀 시도해보는 것도 괜찮을지 몰랐다. 앨리스는 책을 팔 밑에 끼고 당장이라도 꺼질 것 같은 계단 위를 조심조심 올라갔다. 지하의 어둠에서 벗어나자마자 안도감이 들었다. 요리책을 부엌 식탁에 올려 두고 앨리스는 마지막으로 표지를 한 번 더 보았다. 엘시 스완이라는 여자가 이 여러 겹의 벽지를 발라놓은 여자일까 궁금해졌다. 앞으로 며칠에 걸쳐 앨리스가 떼어낼 벽지들이었다.

10

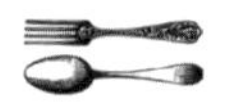

넬리

1955년 10월 14일

치킨알라킹

버터	6큰술
다진 피망	$\frac{1}{2}$컵
깍둑썰기 한 버섯	1컵
밀가루	$\frac{1}{2}$큰술
소금	$\frac{1}{2}$작은술
파프리카	1작은술
우유	$1\frac{1}{2}$컵
닭고기 육수	1컵
깍둑썰기 한 삶은 닭고기	3컵
삶은 콩	1컵
양파즙	1작은술
조각 피멘토	$\frac{1}{4}$컵
세리주	2큰술
함께 제공할 구운 빵	

피망과 버섯이 부드러워질 때까지 버터와 함께 볶는다. 약한

불에서 밀가루, 소금, 파프리카를 넣고 거품이 일며 부드러워 질 때까지 그대로 둔다. 약한 불에서 우유와 닭고기 육수를 조금씩 부어주며 소스가 걸쭉해질 때가지 계속 젓는다. 살살 저으면서 삶은 닭고기, 콩, 양파즙을 넣는다. 요리를 내가기 직전에 피멘토와 셰리주를 첨가한다. 버터를 바른 토스트와 함께 제공한다.

"날짜를 다시 잡는 게 좋겠어."

리처드가 식탁에 앉아 속을 가라앉히는 알부민 음료를 앞에 놓고 말했다. 그의 속이 또 '불편'했지만 그것 때문에 디너파티를 취소하자는 건 아니었다. 넬리는 냄비 뚜껑을 열어보았다. 레몬과 파슬리를 넣은 물속에서 닭이 끓고 있었고, 거의 다 익어가는 중이었다.

"넬리, 지금 이런 걸 할 때가 아니잖아."

"말했잖아요, 의사 선생님이 일상생활로 돌아가도 된다고 했다고."

넬리는 앞치마를 가는 허리에 더 단단히 묶고, 라디오를 따라 흥얼거리며 그릇과 접시를 정리하고 요리 목록을 체크해나가며 부엌 안을 오갔다. 카나페. 새우 칵테일. 할리우드 딩크. 양상추 샐러드와 로크포르 치즈 드레싱. 치킨알라킹. 베이크드 알래스카*. 취소는 옵션이 아니었다. 세 쌍의 커플을 초대한 이 저녁 식사는 이미 한

---

* 케이크에 아이스크림을 얹고 머랭을 씌워 오븐에 재빨리 구워낸 디저트.

달 전에 계획되어 있었다. 해리 스튜어트가 죽기 전에, 리처드의 분노한 손가락이 넬리의 예상보다 더 짙은 멍을 남긴 사건 전에. 그리고 넬리가 유산하기 전에.

그 일은 리처드가 도시에서 업계의 어떤 거물들을 만나 저녁 식사를 하는 사이 일어났다. 거물이라는 사람들은 뉴저지부터 캘리포니아에 이르는 모든 음료 가게에 머독 껌을 깔아줄 수 있다고 큰소리쳤다. 장례식 바로 다음 날이었기 때문에 리처드는 넬리만 두고 나가는 걸 망설였지만 넬리가 자기는 괜찮다며 리처드를 설득했다. 리처드의 식사 자리는 꽤 늦게까지 이어졌고, 결국 호텔에서 하룻밤을 보낸 리처드는 넬리가 아기를 잃을 때 곁에 있지 못했다.

다음 날 아침, 집에 돌아와 유산 소식을 들은 리처드는 넬리에게 몹시 화를 냈다. 분명히 가지 말라고 했는데 기어이 장례식에 간 것, 누구라도 불러 병원으로 가지 않은 것, 언제나 부주의한 것, 그 모든 것에 대해. 그러다 리처드는 욕조 안에 피가 흥건한 수건들이 뭉쳐 있는 걸 보았다. 출혈이 너무 많았고, 갑작스럽고 고통스러워서 넬리는 욕조에 들어가 수건 위에 몸을 웅크리고 흐느끼다 잠들었다. 그러다 동틀 무렵이 되어서야 비탄에 잠긴 채 몸을 떨며 욕조 안에서 깨어났다. 원래는 리처드가 돌아오기 전에 수건을 다 치울 생각이었다.

"넬리, 이런 세상에."

그 광경을 보고 충격을 받은 리처드의 얼굴에 핏기가 가셨다. 그는 한 손으로 심장을 잡고 다른 한 손으로는 욕실 문틀을 잡았다. 차 안에서의 일을 떠올리며 자기 탓이라고 생각했을까? 자신의 무자비한 손길과 경련으로 몸을 반으로 접던 넬리의 모습을 기억한 걸까? 넬리는 그러기를 바랐다. 그러면 자신의 비통한 마음에 위안이 될 것 같았다.

그로부터 얼마 뒤, 넬리는 피에 얼룩진 수건들을 하얗게 표백했지만 한 장은 그대로 남겨뒀다. 그리고 그 수건에 새틴 리본을 두른 다음, 정원의 담청색 물망초 아래 묻었다.

"진실하고 영원한 사랑, 넬리야. 물망초는 기억의 꽃이야."

엄마와 함께 찬송가에 화음을 넣어(엘시는 알토, 넬리는 소프라노) 부르며 잡초를 뽑던 어느 늦은 오후, 엄마는 그렇게 말했다. 엄마는 묵직한 잎사귀를 뽑아낸 다음, 연약한 꽃송이들이 가장 좋아하는 정원의 어둡고 축축한 구역을 딸에게 보여줬다.

"물망초는 더 예쁜 꽃들의 그림자 아래에서 엄청 잘 자라지."

엄마는 그 위쪽에 자라는 밝고 명랑한 튤립을 손가락으로 가리키며 말했다. 그러더니 그 아래에 쫙 깔린 아주 작은 꽃송이들을 손으로 쓸었다.

"물망초는 작을지 몰라도 아주 강한 꽃이란다."

의사 선생님이 일상으로 돌아가도 좋다고 한 건 사실이었다. 존슨 선생님은 휴가 중이었기 때문에 넬리는 같은 병원에서 일하시는 아주 연로한 우드 선생님께 진료를 받았다. 숱이 촘촘한 부분 가발을 쓴 우드 선생님은 넬리의 이름을 기억 못 하는 것 같았다. 넬리는 유산 이틀 후에 진료를 예약했고, 리처드는 자기도 따라가겠다고 우겼다. 하지만 혼자 가고 싶었던 넬리는 자기보다는 직원들이 당신을 더 필요로 하지 않겠느냐며 리처드를 설득했다.

"나는 괜찮아요. 의사 선생님 말씀을 하나도 안 빼놓고 다 전해 줄게요."

그래서 넬리가 진료를 받고 있을 거라 굳게 믿으며 리처드가 브루클린행 기차에 오른 동안, 넬리는 우드 선생님에게 손등에 생긴 발진을 진료받았다. 가벼운 발진을 들여다본 후 우드 선생님은 약국에서 멕사나 파우더를 하나 사라고 권했다.

"가려움증이랑 빨갛게 된 피부도 이틀이면 가라앉을 거예요, 머레이 부인."

우드 선생님은 처방전을 보며 말했다.

"머독이요. 머독 부인이에요."

우드 선생님은 가발이 약간 삐뚤어진 채로 넬리를 올려다봤다.

"제가 그렇게 말하지 않았나요?"

"아, 그럼 제가 잘못 들었나 봐요."

"괜찮습니다."

우드 선생님은 떨리는 손 안에서 흔들거리는 펜으로 파우더 이름을 적었다.

"멕사나는 기저귀 발진에도 아주 잘 들어요."

"네, 기억하고 있을게요."

넬리에게 메모를 건네는 우드 선생님의 굵은 회색 눈썹이 한가운데로 몰렸다.

"머레이 부인, 지금 나이가 어떻게 되시죠?"

넬리는 이번에는 굳이 이름을 바로잡지 않았고, 메모지를 가방 안에 집어넣었다. 나중에 버릴 생각이었다. 우드 선생님은 넬리의 나이를 정확히 알고 있었다. 환자 파일 안에 정보가 전부 적혀 있었으니까. 그러나 결혼한 지 이 년이 넘은 지금, 넬리 나이에 아이가 없다는 사실은 그런 질문의 충분한 이유가 되었다. 바느질 클럽과 교회 모임, 그리고 다양한 임신 단계에 들어간 여자들과 치맛자락에 아이들을 매달고 다니는 여자들이 모인 터퍼웨어 파티*에서 넬리는 모두의 수수께끼였다.

"스물셋이에요."

넬리는 그다음에 늘 따라오는 말들을 잠자코 기다렸다. 아기 갖는 일은 너무 미루면 안 되는 일이라는 둥의 그런 얘기들. 그러나 우드 선생님은 그저 고개만 끄덕이고는 이렇게 말했다.

"조금 있으면 스물넷이군요. 여기 그렇게 적혀 있네요. 존슨 선생님이 보실 수 있게 증상을 메모해둘게요. 발진은 며칠 지나면 없어질 겁니다."

머독 부부의 집에서 열린 저녁 모임은 언제나처럼 성공적이었다. 넬리는 파티를 주최하는 걸 좋아했고, 특히 주제가 있는 파티를 좋아했다. 그러나 남편은 넬리의 이런 열의를 하찮게 여겼다. 올해 초에 하와이식 뷔페를 준비했을 때도 손님들은 넬리의 노력에 찬사를 보냈지만 리처드는 촌스럽다고 생각했다.

"그냥 평범한 바비큐 파티가 뭐 어때서 이 난리야?"

---

* 1950~60년대에 터퍼웨어사(社)가 플라스틱 용기를 주부들에게 판촉하기 위해 만든 마을 여성들의 홈 파티.

그는 넬리가 파티 분위기를 내려고 만든 꽃과 파인애플, 그리고 바나나로 장식한 테이블을 곱지 않은 눈으로 보며 말했다. 넬리가 공들여 만든 화환도 손님들이 모두 한 다음에야 마지못해 목에 걸었다.

오늘 밤, 넬리는 정말 많은 걸 준비했다. 코스의 시작은 무를 깎아 만든 장미, 이쑤시개에 일렬로 꽂은 올리브, 정원에서 기른 토마토로 장식한 채소 접시였고, 다음은 카나페와 새우 칵테일, 비엔나 소시지와 데블드 에그, 마지막으로 넬리의 치킨알라킹이 등장했다. 모두가 더 이상 아무것도 먹을 수 없을 정도로 배가 찼을 때 베이크드 알래스카가 디저트로 나왔다. 대화는 유쾌했다. 남자들은 다가오는 선거 이야기를 나누었고, 여자들은 최근 메릴린 먼로와 아서 밀러의 결혼을 두고 참 안 어울리는 한 쌍이라고 입을 모았다.

아무도 유산 이야기는 꺼내지 않았다. 오븐 속에 들어간 베이크드 알래스카를 구경하려고 여자들끼리만 옹기종기 모였을 때도 마찬가지였다. 넬리는 그 사실이 고마운 한편 우울하기도 했다. 그녀는 아기와 함께하던 시간들이 너무도 그리웠다. 동그랗게 솟은 그녀의 배와 깊은 곳에서부터 차오르던 충만함, 그리고 다가오는 것들에 대한 설렘. 저녁 내내 넬리의 친구들 중에 "넬리, 좋아 보인다"보다 구체적인 말을 하는 사람은 아무도 없었다. 괜히 불편한 얘기를 꺼내 파티에 찬물을 끼얹는 건 예의가 아니었으니까.

식사가 끝난 뒤, 넬리는 여자 손님들과 함께 진과 라임 칵테일을 마시며 베이크드 알래스카 만드는 과정—"하지만 아이스크림을 오븐에 넣는다고?"—을 알려주었고, 리처드는 거실에서 남자 손님들과 코냑을 베이스로 한 사이드카 칵테일을 마시며 정치와 사업 이야기를 나눴다. 좋은 음식으로 배를 채운 손님들은 상기된 얼굴로 감사 인사를 하며 떠났다. 멋진 디너파티 안주인으로서 넬리의 명성은 모든 아내들이 본받고 싶은 것이었다.

모두가 즐거운 시간을 보낸 것 같아 넬리는 기뻤다. 심지어 리처드마저도 파티 시작 전보다 기분이 좋아 보였다. 여럿이 모여 만든 흥겨운 분위기와 칵테일 기운이 사람들이 아는 그의 매력을 불러냈다. 그리고 몇 주 만에 처음으로 저녁 식사 후에도 리처드의 위장에 탈이 나지 않았다. 심지어 디저트는 한 번 더 먹었고 지사제 비스무트를 달라고 하지도 않았다.

"당신, 오늘 밤에 정말 훌륭했어."

리처드가 뒤쪽에서 다가와 넬리 허리에 팔을 두르고 목과 어깨 사이에 가만히 입을 맞추며 나직하게 속삭였다.

"당신이 자랑스러워."

"어머, 뭐 때문에요?"

넬리는 천천히 돌아서며 물었다. 아까 마신 진 때문에 몸이 더워지는 느낌이었다.

"오늘 저녁 전부 다. 그런 일을 겪은 다음인데도."

리처드는 디저트 접시와 반쯤 남은 와인 잔, 구겨진 냅킨들로 어수선한 식탁을 가리키며 말했다. 그는 손가락으로 그녀의 볼을 어루만지며 넬리에게 바짝 다가왔다.

"넬리, 당신은 나를 놀라게 해."

넬리는 미소를 지었다. 리처드의 진심 어린 칭찬에 마음이 풀어진 넬리는 남편에게 입을 맞췄다. 평소 그녀는 남편에게 이런 식으로 먼저 다가가는 여자가 아니었다. 넬리는 자기 몸에 밀착된 리처드의 몸에서 변화를 느꼈다.

"의사가 괜찮다고, 그러니까…… 이제 뭐든…… 다시 해도 된다고 했나?"

사람들은 리처드 머독이라는 남자에 대해 자기가 원하는 걸 묻는 데 거리낌이 없는 사람이라고 생각할 테지만, 사실 리처드는 원래 잘 묻지 않는 사람이었다. 넬리는 지금 그의 머뭇거림과 자신 없음이 이상하게 자극적으로 다가왔다. 마치 연애 초기에 그랬던 것처럼. 그때는 리처드와 함께 있는 것만으로도 흥분됐다. 리처드는 넬리를 마치 소중한 장미처럼 다루었다. 조심조심 대하고, 그녀를 마치 섬세한 꽃잎처럼 어루만지고, 그녀를 위해 아낌없이 좋은 옷과 값비싼 보석을 투자하고 치장해서 자랑스럽게 선보이고 다녔다.

어떤 남자도, 넬리의 아빠까지 포함해서(어쩌면 특히 아빠는) 리처드처럼 넬리를 애지중지하지 않았다. 넬리는 어리고 순진했지만 자기도 그런 애정을 받을 가치가 있다고 믿고 싶은 마음이 간절했다.

넬리가 얌전히 고개를 끄덕이자 리처드는 음흉한 미소를 보였다.

"좋아, 좋아. 올라갈까?"

리처드는 넥타이를 풀기 위해 몸을 뒤로 젖히면서도 넬리에게서 눈을 떼지 않았다. 넬리는 어수선한 식탁을 힐끗 보았다.

"설거지는 내일 그 아이한테 시켜."

그 아이, 헬렌(리처드는 그 아이의 이름을 절대 부르지 않았다)이 내일 청소하러 오기로 되어 있었다. 넬리는 헬렌이 오는 날은 정원의 잡초를 뽑고, 이웃 미리엄을 만나거나 장을 보러 나갔다. 헬렌이 힘든 집안일을 하는데 같이 있는 게 불편했다. 게다가 누군가와 종일 함께 있는 것도 제법 일이었다. 넬리에게는 감추고 싶은 것들이 있었으니까.

"그럴게요. 하지만 먼저 적어둘 것들이 좀 있어요."

"지금?"

리처드는 당황했다. 하지만 넬리는 걱정하지 않았다. 넬리가 치마를 벗고 리처드에게 그녀의 길고 날씬한 다리에서 스타킹을 말아 내리게 하는 순간, 그의 기분은 풀리게 될 터였다.

"내일 하면 안 되나?"

"거트루드에게 디저트 레시피를 주기로 약속했는데, 잊어버리기 전에 빨리 적어두는 게 좋을 것 같아요."

리처드는 취한 눈으로 입술은 살짝 벌린 채 넬리를 쳐다보았다.

"너무 오래 기다리게 하지 마."

그의 목소리가 잠겨 있었다.

"안 그럴게요."

넬리는 유산 이후 리처드를 가까이 하지 않았다. 아기를 잃고 나서 몸과 마음이 만신창이가 됐기 때문이었다. 그러나 자신은 잡지에서 본 그런 냉랭한 아내들과는 달랐다. 넬리는 오늘 밤 남편에게 자신을 허락할 생각이었다. 진 때문에 덥혀진 몸과 성공적인 파티 덕에 기분이 좋아서 어쩌면 그 시간을 즐길 수도 있을 것 같았다. 무엇보다 넬리는 리처드만큼이나 아이를 원했다. 빠르면 빠를수록 좋지 않은가.

리처드가 2층으로 올라간 뒤 넬리는 작은 잔에 진을 한 잔 더 따르고 한 손에 펜을 든 채 부엌 식탁에서 조금씩 마셨다. 거트루드에게 베이크드 알래스카 레시피를 적어주는 건 내일 할 참이었다. 오늘 밤에는 따로 쓸 게 있었다. 넬리는 진을 한 모금 더 마시고 손으로 종이를 잘 펼친 뒤 글을 쓰기 시작했다.

11

손을 바쁘게 움직이는 동안에도 머리로 일할 수 있다. 먼지를 닦거나 바닥을 쓸 때, 설거지를 하거나 감자 껍질을 벗길 때 머리 쓰는 일을 하자. 가족이 함께 할 수 있는 오락 거리나 정원 일을 계획하는 식으로.

—『베티 크로커의 그림 요리책 개정 확장판』(*Betty Crocker's Picture Cook Book, revised and enlarged*, 1956)

앨리스

2018년 6월 8일

앨리스는 꽃무늬 소파에 앉아 어떻게 해야 하나 머리를 굴리며 다리를 떨고 있었다.

아까 온 전화는 충격이었다. 다행스러운 건 전화가 온 타이밍이었다. 네이트는 이미 출근 기차에 오르고 엄마와 스티브는 비행기를 타고 캔자스의 어디쯤을 날고 있을 때, 엄마가 일주일 내내 끊임없이 얘기하던 따뜻한 캘리포니아에 점점 가까워지고 있을 때 전화가 왔다.

마침내 혼자 남은 앨리스는 조깅(비록 그린빌 거리가 센트럴파크만큼 동기부여가 되지는 않았지만)을 다녀온 뒤 글을 좀 쓸 계획이었다. 앨리스도 마음속 동요에 어느 정도 지쳐서, 그날 아침 모두가 떠난 뒤 스스로에게 꼭 필요한 격려의 말을 했다.

"넌 여기 사는 거야. 그러니까 받아들여. 집도 좀 꾸미고 그토록 꿈꾸던 베스트셀러 소설도 쓰는 거야. 어렵지 않아. 앨리스 헤일, 이보다 훨씬 어려운 일들도 다 하고 살았잖아. 얼른 운동화 신어. 뭐 하나 제대로 할 줄 모르는 사람처럼 그러고 있지 말고."

양말을 신는데 전화가 울렸고, 화면에 뜬 이름을 보자 목이 바싹 말랐다. 앨리스의 본능은 전화를 무시하라고 했지만(할 말이 전혀 없었으므로), 자기도 모르게 어느새 전화기를 귀에 대고 있었다.

"여보세요?"

"나야, 조지아."

앨리스는 벌떡 일어나 입을 벌렸지만 아무 말도 나오지 않았다.

"조지아 위팅턴, 몰라?"

상대방은 마치 앨리스가 자기 목소리를 못 알아듣기라도 한 것처럼 다시 말했다. 앨리스는 예전 상사의 모습을 똑똑히 그릴 수 있었다. 위팅턴 그룹의 전망 좋은 고급 사무실에 앉아 있는 그녀, 전면 통창으로 바깥을 내다볼 때 언제나 그렇듯 칼같이 자른 단발을 찰랑이며, 머리 위에 돋보기(명품 보라색 테)를 얹은 그녀. 조지아는 통창에 대해 끊임없이 불평했지만("빛이 너무 많이 들어와" "스크린이 잘 안 보이잖아" "여름에 너무 더워"), 그 창이 상징하는 지위는 좋아했다. 아주 중요한 자리에 앉은 사람들만 그런 큰 창을 가질 수 있었으니까.

"네, 알죠."

조지아가 왜 전화를 한 걸까? 아주 잠깐이나마 앨리스는 조지아가 그간 있었던 일을 사과하려는 건 아닐까 생각했다. 혹시 앨리스가 빠지니 프로젝트가 다 엉망이 됐다는 걸 인정하고 돌아올 생각은 없는지 물어보려고? 그런 생각이 들자 앨리스는 제안을 절대 수락하지 않을 거면서도 기분은 나쁘지 않았다.

"저기, 우리한테 문제가 좀 생겼어."

앨리스는 조지아가 자기를 해고한 순간부터 우리 같은 건 없다고 지적하고 싶었다.

"무슨 일인데요?"

앨리스는 발랄하게 물었다. 앨리스에게 일어난 일이 자신을 망가뜨리지 않았다는 듯이.

"제임스 도리언 일이야. 그 사람이 고소했어."

"뭐, 문제는 문제겠네요. 그쪽한텐 말이죠."

앨리스는 목을 가다듬고 거실을 빙빙 돌며 말했다. 조지아에게 그렇게 말하다니 정말 짜릿했다. 마치 조지아가 성가신 텔레마케터에 불과한 것처럼. 앨리스는 조지아 위팅턴이 자신의 멘토가 되어준 것을 행운으로 느끼면서 얼마나 오랜 시간 그녀처럼 되고 싶어 안간힘을 썼던가.

아주 짜증이 난다는 듯한 신음 소리가 조지아 쪽에서 흘러나왔다. 이런 통화를 하고 앉아 있는 것보다는 더 중요한 일들로 바쁜 사람이기는 했다. 함께 일한 지난 오 년 동안 앨리스는 하도 많이 들어서 조지아가 기분 나쁠 때의 말투를 아주 잘 알고 있었다. 그리고 바로 조건반사적인 반응이 나오기 시작했다. 앨리스의 겨드랑이와 윗입술에 땀이 송골송골 맺혔다.

"내가 전화할 필요가 없었으면…… 안 했겠지? 만약 네가 이 일과 상관이 없었으면 말이야."

앨리스는 서성거리던 발을 멈추고 물었다.

"상관이 있다고요?"

"앨리스, 네 이름도 소장에 올랐다고."

"뭐라고요? 왜요?"

앨리스가 더듬거리며 물었다. 하지만 뭔지, 왜인지는 아주 잘 알고 있었다. 앨리스는 소파에 털썩 앉았다. 두려움이 배 속을 채웠다. 제임스 도리언은 앨리스의 희망대로 그날의 대화를 기억하지 못할 만큼 취한 상태가 아니었던 것이다.

"제임스가 위팅턴 그룹을 고소했는데, 거기 네 이름도 있어."

"저는 더 이상 위팅턴 그룹 소속이 아니잖아요."

앨리스의 전 상사는 아주 짜증 난다는 듯이 혀를 찼다.

"지금 다른 전화를 받아야 하거든. 아무튼 회사로 한번 나와야겠어. 재판 전 증거 조사 준비를 하려면 우리 변호사들과 만나야 되니까."

"알겠어요."

앨리스는 이 일을 네이트에게 어떻게 설명하나 걱정하며 대답했다. 특히 조지아와 회사 법률팀과의 불편한 만남 이상으로 일이 커진다면.

"언제요?"

"월요일 11시."

"저기, 그때는 제가 좀……"

"좋아. 그럼 월요일에 보자고."

조지아가 전화를 끊은 후, 앨리스는 자꾸만 올라오는 걱정을 억누르고자 얕은 숨을 뱉었다. 한 줄기 바람이 세차게 불어와 집 전면을 때리자 집 안의 균열 사이로 집이 숨을 내쉬었고, 앨리스는 티셔츠 위로 두툼한 카디건을 입었는데도 온몸이 떨렸다. 뭔가 생각을 딴 데로 돌릴 만한 일이 절실했고, 이상하게도 몇 년 만에 처음으로 담배 생각이 간절했다. 니코틴이 혈류에 들어가는 느낌은 특히 곤두선 신경을 완화시켰다. 앨리스는 대학에 다닐 때 담배를 피웠고, 그 뒤로는 어쩌다 한 번씩 피웠지만 네이트를 만난 뒤로는 완전히 끊었다.

앨리스는 현관 옆 벽장을 뒤졌다. 좁은 직사각형 공간에는 신발이 딱 한 줄 놓여 있었고, 코트는 딱 세 벌 걸려 있었다. 앨리스는 스웨터를 벗고 쪼그리고 앉아 운동화에 발을 밀어 넣었다. 그리고 지갑에서 10달러짜리 지폐를 찾아 요가 바지 안쪽에 쑤셔넣고는, 현관은 잠글 생각도 않고 보도를 뛰어내려갔다. 몇 블록 떨어진 곳에 편의점이 있었다.

몸 관리에 소홀했더니 편의점은 마치 열 블록도 더 떨어진 것처럼 멀게 느껴졌다. 곧 옆구리가 결리기 시작한 앨리스는 집에 갈 때는 뛰지 않고 걷기로 했다. 담뱃갑이 요가 바지 위로 두툼하게 올라왔고, 모서리의 뾰족한 부분이 피부를 파고들었다. 정말로 담배를 피울 생각은 아니었다. 그런 옵션이 있다는 것만으로도 마음이 안정되었다. 앨리스는 또 한 번 자신을 격려해줄 필요가 있었고, 가로수가 늘어선 보도 위를 걸으며 실제로 스스로에게 속삭였다.

"제임스 도리언은 그렇게 되도 싼 놈이야. 내가 조지아에게 빚진 건 아무것도 없어. 네이트는 이 일에 대해 전혀 알 필요가 없다고. 제임스 도리언은 그렇게 돼도 싸……."

집에 도착했을 때는 아까보다는 마음이 편안했다. 그런데 이번에는 현관문이 안 열렸다. 앨리스는 손잡이를 단단히 잡고 오른쪽으로 돌려보고 왼쪽으로도 돌려보았다. 뭐지? 몇 걸음 물러나 허리에 손을 얹고 문을 노려보았다. 열쇠 없이 다녀오려고 일부러 문을 열고 갔는데. 그건 확실했다. 짜증이 밀려온 앨리스는 씩씩대며 다시 문을 잡고 이쪽저쪽으로 돌려보기도 하고, 어깨로 밀어보기도 했지만 문은 꿈쩍도 하지 않았다.

"이 집 정말 거지 같아."

앨리스는 중얼거리며 뒷마당으로 갔다. 웃자란 풀이 앨리스의 맨 발목을 간질였다. 그래도 날씨 하나는 좋았다. 후텁지근하지 않으면서 따뜻했고, 공기는 상쾌했으며 새소리가 가득했다. 어두침침하고 싸늘한 집 안에서 벗어나 누리는 기분 좋은 휴식 같달까. 여기는 정말 평화롭네.

뒷마당은 크기가 딱 좋았다. 앨리스가 서 있는 곳—집을 등지고 돌을 깐 파티오*—에서 꽃과 녹색 나뭇잎들이 한눈에 가득 들

* 집 뒤쪽에 식사와 휴식 공간으로 쓸 수 있도록 흙바닥을 포장해둔 공간.

어오도록 세심하게 설계되어 있었다. 왼쪽 울타리와 나란히 일렬로 핀 장미들은 분홍색과 노란색의 정확한 패턴을 지키고 있어서, 마치 꽃들이 자기 순서를 다 아는 것 같았다. 집 가까이에 있는 목재 창고에는 전지가위와 삽, 생울타리 손질용 기계, 잘라낸 것들을 담기 위한 종이봉투 더미 같은 원예 도구들이 들어 있었다.

앨리스는 요가 바지 안쪽에서 담배를 꺼내 정원용 플라스틱 의자에 앉았다. 그리고 담뱃갑을 손바닥에 툭툭 치며 일주일간 엄마의 노력은 보람도 없이 잡초들이 벌써 꽃들 사이의 흙을 밀고 올라오는 걸 우울한 눈으로 쳐다봤다. 정원 일은 다른 사람의 책임이었으면 좋겠다고 생각했다. 정말이지 일이 너무 많았다.

"그냥 다 뽑아버려야지……."

앨리스는 눈을 감고 머리를 뒤로 젖혔다.

"안녕하세요!"

앨리스는 깜짝 놀라 담뱃갑을 떨어뜨렸다. 얼른 목소리가 들려온 왼쪽을 보니 한 손에 흙이 잔뜩 묻은 삽을 든 옆집 아주머니가 서 있었다. 챙이 넓은 모자 아래 하얀 곱슬머리가 눈에 들어왔다.

"우리 아직 제대로 인사 못 했죠?"

연세가 좀 들어 보이는 그분은 정원용 장갑을 빼며 울타리 너머로 손을 뻗었다.

"저는 샐리 클라우센이라고 해요."

앨리스는 얼른 일어나서 두 마당을 갈라놓은 철망 쪽으로 걸어가 악수를 나눴다.

"반가워요. 클라우센 부인. 저는 앨리스예요. 앨리스 헤일."

"샐리라고 불러줘요. 클라우센 부인은 우리 엄마 이름이에요."

그녀가 미소를 짓자 얼굴 주름들이 보기 좋게 깊어졌다.

"이 동네에 오신 걸 환영해요. 어디에서 왔어요?"

"맨해튼이요. 정확히는 머리 힐이요."

"오, 도시녀! 여기 오니까 거기랑 좀 많이 다르죠?"

"정말 그래요. 이걸 다 어떻게 해야 할지 감도 안 잡혀요."

앨리스는 뒤뜰을 가리키며 말했다.

"제 원예 기술이라면 대학 때 에스터라는 이름의 양치식물을 죽이지 않고 살려둔 게 전부예요."

"괜찮다면 내가 조언을 좀 해줄 수 있어요. 하지만 솔직히 나도 최근까지 아무리 노력해도 장미들이 말을 안 들어서 혼났어요. 꽃을 피울 거라고는 기대도 안 했다니까요!"

장미들은 그들을 가른 철망을 사이에 두고 지그재그로 피어 있었다. 멀찍이 떨어져서 보면 분홍색과 노란색 땡땡이 무늬의 바다처럼 보였다.

"내 정원은 무슨 상을 탈 만한 정원은 못 되지만, 이 정원에 관심 있는 건 나랑 꿀벌들뿐이라 괜찮아요."

샐리는 한쪽 눈을 찡긋해 보였고, 앨리스는 샐리 클라우센을 좋아하게 될 것 같다고 생각했다.

"그럼 저야 감사하죠. 여기서 사신 지 얼마나 되셨어요?"

"제법 오래 살았죠. 들락날락하기는 했지만."

앨리스는 이 부분에서 더 자세한 설명이 나오기를 기다렸지만, 그걸로 끝이었다. 샐리는 이마에 손차양을 만들어 눈을 가렸다. 모자챙이 바람에 펄럭였다. 샐리는 앨리스의 정원 한쪽 구석을 가리키며 말했다.

“일단 한 가지 말씀드리면, 저쪽에 있는 재들을 만질 때는 꼭 장갑을 껴야 돼요.”

앨리스는 샐리가 말한 쪽을 쳐다봤다.

“어느 거요?”

“디기탈리스요. 저 예쁜 보라색 꽃이요, 옥잠화 옆에. 우리한테는 독성이 있지만 사슴을 접근 못 하게 하는 데 아주 좋아요. 건드리지도 않죠.”

“여기 사슴이 있어요?”

“네, 하지만 조용히 혼자 다녀요. 땅거미가 질 때나 동틀 무렵에 볼 수 있을 거예요. 옥잠화를 특히 좋아하더라고요.”

앨리스는 독성이 있다는 꽃이 겉보기에는 완전히 무해해 보인다고 생각했다. 꽃은 종 모양의 신발을 닮았고, 꽃들의 무게를 전부 지탱하는 중심 줄기에 꽃송이들이 보기 좋게 줄지어 매달려 있었다.

“이거요? 근데 이 꽃 정말 예쁘네요.”

“그렇죠?”

“예전 집주인이 정말 좋아하셨나 봐요. 아주 많아요.”

앨리스는 자기 앞에 있는 무리 말고도 꽃이 두 군데나 더 피어 있는 걸 보며 말했다.

“그런 것 같네요. 이 꽃은 다른 이름으로도 불려요. 들어봤을 수도 있을 텐데. 심장풀이라고.”

“처음 들어요.”

"디기탈리스가 심장병 약을 만드는 데에도 쓰인대요."

샐리는 장갑을 도로 꼈다.

"하지만 잎이나 꽃, 줄기, 저 꽃의 어느 부분이든 맨손으로 만졌다가는 엄청 고생할 거예요. 언젠가 저 풀로 샐러드를 만들어 먹은 아이를 치료한 적도 있어요. 아이 엄마가 막기 전에 애가 잎을 딱 하나 먹었는데, 일주일간 입원했다니까요."

"아무래도 맨해튼이 더 안전했던 것 같네요."

샐리가 웃었다.

"그 말이 맞을 수도 있어요."

"혹시 예전에 의사셨나요?"

"심장 전문의요. 정말 멋진 직업이었어요."

앨리스는 샐리의 환자들이 주치의를 무척 좋아했을 것 같다고 생각했다.

"지금은 풀타임 정원사에 파트타임 제빵사지만, 둘 다 의사보다는 소질이 너무 없어요."

샐리는 앨리스의 정원 의자를 힐끗 보더니 유독 담뱃갑에 눈길을 주며 말했다.

"너무 대놓고 말해서 미안하지만 — 우리 나이에는 그냥 생각나는 대로 다 말하게 되거든요 — 끊으려고 노력은 하고 있어요?"

"아, 저 담배 안 피워요. 그러니까, 예전에 피웠어요. 한참 전에요."

앨리스는 친절과 연민이 섞인 샐리의 얼굴을 보며 어깨를 으쓱했다.

"이건 비상용이에요."

샐리가 눈썹을 치켜올렸다.

"그렇군요. 오늘의 비상사태는 뭔가요?"

"일 문제요."

제임스 도리언의 얼굴이 다시 떠올랐다.

"잘 해결될 거예요. 쉽게 짐작할 수 있겠지만, 내 환자 중에는 흡연자가 많았어요. 그중에 금연에 성공한 사람들은 담배보다 더 즐길 수 있는 무언가를 찾은 사람들이었죠. 담배를 피우고 싶다는 충동을 이길 때까지 마음을 사로잡을 수 있는 것 말이에요."

"좋은 충고네요."

샐리의 눈에는 자기가 이미 흡연자로 보인다는 걸 앨리스는 인정했다. 그 편이 왜 지금 담배를 손에 쥐었는지 설명하는 것보다 쉬웠다.

"저는 어떻게 보답하면 좋을까요?"

"그걸 끊고 우리 서로 빚진 거 없는 걸로 하면 어때요?"

샐리는 허리 위에 손을 얹었다. 베이지색 카키 바지가 잘록한 허리에 걸려 있었다.

"이제 일을 해야겠네요. 저 장미들이 스스로 가지치기를 하지는 않을 테니까요. 하지만 수다는 기꺼이 계속 떨 수 있어요."

앨리스는 미소를 짓고는 샐리가 가시 돋친 꽃의 줄기를 싹둑 자르는 모습을 지켜보았다.

"아까 얘기하다 말았는데, 여기서 얼마나 사셨어요?"

"여기는 제가 어릴 때 살던 집이에요. 제가 의대에 가느라 떠났을 때도 어머니는 계속 여기 사셨어요."

샐리는 줄기를 몇 개 더 잘라 손에 쥐고 있다가 근처에 있는 정원용 쓰레기봉투에 한 번에 던져 넣었다.

"30년 전쯤 어머니가 돌아가셨을 때 다시 들어왔어요. 원래는 잠깐만 지내면서 집을 팔 생각이었는데, 이렇게 됐네요."

샐리는 웃었다. 앨리스는 샐리가 결혼은 했는지, 자녀는 있는지 묻고 싶었다. 아니면 그냥 혼자 살아왔는지.

"예전 우리 집 주인과 알고 지내셨나요?"

"잘은 몰라요. 내가 대학으로 떠난 뒤에 이사를 왔으니까. 저희 어머니는 그 집 부인과 제법 친하게 지내셨어요. 엘리너 머독이라고, 모두 넬리라고 불렀죠."

샐리는 계속 가지치기를 하며 말했다. 덤불 아래쪽을 손보느라 허리를 굽히고 있었는데도 나이에 비해 움직임이 날렵했다.

"남들과 잘 어울리는 편은 아니셨어요. 몇 년간 거실에서 아이들에게 피아노와 노래 레슨을 하셨죠. 여름에는 열린 창 너머로 학생들이랑 노래하시는 소리도 가끔 들렸는데, 정말 예쁜 목소리였어요."

그래서 피아노가 있었구나. 앨리스가 청소를 한 덕에 피아노는 더 이상 먼지에 쌓여 있지는 않았지만 조율은 필요했다.

"정말 멋진 분이셨어요. 저희 어머니는 그분의 남다른 원예 실력을 가끔 얘기하셨죠. 댁 앞에 장미가 그 확실한 증거예요."

"저희 엄마가 이 집의 다른 곳에 비해서 정원은 정말 상태가 좋다고 하시더라고요. 솜씨 좋은 분이 제대로 관리했던 것 같다고."

"넬리 아주머니는 거의 매일 아침 일찍 정원을 가꾸셨어요. 그러다가 편찮아지시면서 정원사를 고용했죠. 그분들이 넬리 아주머니가 돌아가신 다음에도 계속 관리를 해서 정원이 그렇게 예쁜 거예요."

샐리는 자른 장미 줄기를 잔디 위에 가지런히 올려놓았다.

"내가 이사 온 후에 몇 년간 나란히 옆집에 살았는데, 어색한 인사 외에는 많은 대화를 안 했어요. 기껏해야 강수량이나 일시적인 한파 얘기 정도. 한 번은 우리 집 작약의 개미를 없앨 수 있도록 꽃을 닦아내는 법을 가르쳐주신 적이 있어요. 그게 아마 우리가 나눈 가장 긴 대화였을 거예요."

앨리스는 요리책에 적혀 있던 메모를 떠올렸다. 엘리너의 열세 번째 생일에—맛있음!

"제가 오래된 잡지들이랑 요리책을 발견했는데 아마도 그분 물건일 것 같거든요. 그분의 지인일 수도 있고요. 혹시 엘시 스완이라는 이름 아세요?"

"들어본 이름인 것 같은데, 누군지는 딱 떠오르질 않네요. 이젠 내 머리도 예전 같지 않아서."

샐리는 허리를 펴고 살짝 뒤로 젖히며 허리 위를 대강 문질렀다.

"괜찮아요. 요리책을 돌려드리면 좋겠다고 생각한 것뿐이에요."

"거기 남겨두고 갔다면 더 이상 필요하지 않아서일 것 같은데요."

"그럴지도 모르죠."

앨리스가 중얼거렸다.

"아무튼 제대로 인사드릴 수 있어서 좋았어요. 저도 할 일을 해야겠네요."

"그 비상사태 해결하는 거요?"

"네. 그것도 해야죠."

앨리스는 몸을 돌려서 집을 보다가 안으로 들어갈 수 없다는 사실이 생각나 한숨을 쉬었다.

"그런데 문이 안에서 잠겨서 들어가지 못할 것 같아요. 남편이 퇴근할 때까지 태닝이나 해야겠네요."

"뒤쪽 계단에 분홍빛 돌 밑을 한번 보세요. 지금도 있는지는 모르겠지만 거기가 넬리 아주머니가 비상 열쇠를 두는 자리였어요."

앨리스가 들어 올린 돌은 가짜였다. 돌은 가벼웠고, 두드려보니 속이 비어 있었다. 돌 아랫면에 있는 작은 문을 열어보니 열쇠가 나왔다.

"여기 안 나와 계셨으면 어쩔 뻔했어요."

"도움이 되어서 좋네요. 저도 만나서 너무 즐거웠어요, 앨리스 씨."

두 여자는 인사를 나누었고, 앨리스는 담뱃갑을 들며 이건 쓰레기통으로 직행할 거라고 말했다. 새로 사귄 이웃을 실망시키고 싶지 않았다. 앨리스가 현관으로 돌아가서 열쇠를 넣고 돌리려는데 문이 삐걱 열렸다. 마치 애초에 잠겨 있지 않았던 것처럼. 문이 열릴 때 앨리스는 열쇠 구멍에 그대로 꽂힌 열쇠를 손에서 놓았다.

"뭐지?"

앨리스는 가만히 집 안으로 들어가 아무도 없는지 양옆을 얼른 살폈다. 혼자라는 사실에 안심한 다음, 혹시 문이 문틀에 끼는 건 아닌지 보려고 서너 번 열었다 닫아보았지만 문은 멀쩡히 잘 열렸다. 앨리스는 열쇠 구멍을 만지작거렸다. 혹시 나가기 전에 안에서 잠그고 나갔나? 이런저런 시도 끝에 잠겼던 문의 미스터리는 미결로 남겨둔 채, 앨리스는 담배를 책상 첫째 서랍에 집어넣었다(나중에 버릴 생각이었다. 쓰레기 수거하기 전날쯤). 그리고 집 안의 한기와 싸우기 위해 스웨터를 입었다. 바깥은 저렇게 날이 좋은데 안은 어쩜 이렇게 춥지? 노트북은 몇 발짝 떨어진 곳에 있었지만, 앨리스는 별로 글을 쓰고 싶은 기분이 아니어서 대신 오래된 요리책을 들고 소파에 앉았다.

책이 저절로 펴진 쪽은 음식 얼룩이 엄청 묻어 있는 걸로 봐서 옛 주인이 제일 좋아하던 레시피 같았다. 빵과 치즈 푸딩. 앨리스는 스웨터 안으로 깊숙이 파고들며 재료를 쭉 훑었다. 빵 부스러기, 치즈, 우유, 달걀. 그리고 파프리카 약간. 파프리카는 집에 없었다. 레시피 옆에는 메모가 써 있었다. 교회 다녀온 뒤 먹기 아주 좋음. E. S. 그 아래에는 파란 잉크로 한 줄이 더 적혀 있었다. 스완 허브 믹스 1큰술 뿌려줄 것.

앨리스는 요리책을 주방 조리대에 올려놓고 냉장고에서 버터, 우유, 달걀, 그리고 치즈를 꺼냈다. 파프리카가 없다는 걸 다시 확인한 다음에 대신 후추를 좀 더 넣었고, 허브 믹스 대신 말린 바질을 뿌렸다. 도시 한복판에서는 혼자 먹자고 굳이 요리할 일이 없었기 때문에(그리고 달걀 하나도 겨우 먹을 만하게 만드는 엄마 밑에서 자란 덕에) 앨리스는 부엌에서는 꽝이었다. 하지만 이젠 좀 잘해보고 싶었다. 몇 가지만이라도 배워야 했다. 그중에서도 먹을 수 있는 식사를 만드는 게 가장 시급했다. 앨리스는 위팅턴 그룹의 가장 중요한 고객들을 전담하지 않았던가. 그렇다면 네이트가 퇴근해서 집에 올 때까지 식탁에 저녁을 차리는 것 정도는 분명히 해낼 수 있을 것이다. 푸딩은 생각보다 쉽게 완성되어갔다. 비록 간단한 요리이기는 했지만, 앨리스는 뿌듯한 마음에 스스로 어깨를 두드려준 다음 캐서롤 접시를 오븐에 넣었다. 60년 전의 레시피가 어떻게 완성될지 무척 궁금해하면서.

12

넬리

1956년 6월 11일

초간단 케이크

버터	$\frac{1}{2}$컵
레몬 혹은 바닐라 추출물	$\frac{1}{3}$작은술
그래뉴당(설탕)	$1\frac{3}{4}$컵
체로 거른 밀가루	$2\frac{1}{2}$컵
소금	$\frac{1}{4}$작은술
베이킹파우더	2작은술
연유	1컵
달걀흰자	4개

버터가 크림처럼 부드러워질 때까지 잘 저으면서 레몬이나 바닐라 추출물을 첨가한다. 그다음 설탕을 넣는다. 밀가루, 소금, 베이킹파우더를 함께 체로 친 다음 준비한 버터에 섞고, 곧바로 우유와 달걀흰자도 섞는다. 완전히 잘 섞일 때까지 부드럽게 빨리 젓는다. 기름을 골고루 바른 18×30센티미터 케이크 팬에 반죽을 잘 펴서 담은 후, 오븐을 180도로 맞추고 60~65분

동안 기다린다. 케이크 형태가 완전히 잡힐 때까지 20분에서 25분간 두었다가 팬에서 꺼낸다. 식힌 후 아이싱으로 원하는 장식을 한다.

넬리는 한 손으로 케이크가 든 통의 손잡이를 잡고 다른 손으로 현관문을 닫았다. 정오가 거의 다 되었지만 캐서린 '키티' 골드먼—오늘 정오 '정각'에 시작하는 터퍼웨어 파티 안주인—의 집은 걸어서 금방이라 시간은 충분했다.

화창한 날이었고 따뜻한 바람의 감촉이 정말 좋았다. 민트 그린 스커트 자락은 넬리가 걸을 때마다 살랑였고, 단화를 신은 덕분에 발도 아주 편했다. 다른 여자들은 모두 힐을 신고 올 게 뻔했지만, 넬리는 사람들의 시선을 신경 쓰는 편이 아니었다. 그리고 리처드가 퇴근해서 집에 오면 굽 있는 구두를 신어야 할 테니 지금은 편안함을 즐기기로 했다.

앞뜰을 지날 때는 정원을 테두리처럼 두른 풍성한 분홍색 작약을 쓰다듬느라 발걸음을 늦췄다. 그런 다음 꽃들에게 달콤한 자장가를 불러줬다. 넬리는 만약 아이를 가질 행운이 따르기만 했다면 아이에게 쏟았을 정성만큼이나 극진히 꽃들을 보살폈다. 집 앞 보도로 올라서면서는 정원 장미들에게도 눈길을 주었다. 넬리의 기쁨이자 자랑인 눈부시게 아름다운 노랑 장미는 온 동네 사람들이 볼 수 있게 활짝 펴 있었다. 꽃이 두 번째 개화 주기를 맞이할 수 있도록 곧 시든 꽃을 잘라내야 했다. 장미는 정말 손이 많이 갔지만 그만큼 많은 걸 돌려주는 꽃이었다.

넬리가 정원을 직각으로 두른 하얀 목재 울타리 뒤의 마지막 장미들을 지나는데 이웃인 미리엄 클라우센 부인이 정원을 가꾸는 모습이 보였다. 미리엄은 넬리 쪽으로 등을 돌리고 작약 앞에 허리를 굽히고 앉아 있었다. 그 옆으로 밑부분이 잘린 꽃줄기들이 마치 전사한 병정들처럼 잔디 위에 가지런히 쌓인 게 눈에 들어왔다.

"안녕하세요. 올해 작약은 특히 더 예쁘네요."

넬리가 인사를 건넸다.

"어머, 안녕하세요."

미리엄이 마치 노래하듯 큰 소리로 인사했다. 미리엄 클라우센은 50대 후반이었지만 마음이나 태도는 훨씬 젊었다. 하지만 세월은 그녀의 육체에 그만큼 친절하지 않은 모양이었다. 미리엄은 관절염으로 굵어진 손에 원예용 가위를 든 채 조금 힘겹게 허리를 펴고 일어섰다. 손가락 관절이 넬리의 서랍장 손잡이만큼이나 컸다.

"넬리한테 그런 얘기를 듣다니 정말 황송한데요. 그동안 날씨가 좋아서 확실히 도움이 됐어요."

미리엄은 시야를 좀 더 확보하려고 모자챙을 젖혔고, 단추를 맨 위까지 채운 넬리의 카디건을 보고는 양미간을 모았다. 미리엄이 보기에 오늘 같은 날씨에는 좀 지나치다 싶었다.

"혹시 어디 아파요?"

"감기 기운이 살짝 있어서요."

넬리는 목을 한 번 가다듬으며 카디건 소매를 더 끌어내렸다. 숨겨야 할 것들을 제대로 숨겨야 했다.

"하지만 괜찮을 거예요."

"다행이네요."

미리엄은 넬리를 만나면 언제나 반가워했고, 넬리도 같은 마음이었다. 미리엄은 넬리에게 케이크나 쿠키를 자주 갖다주거나 넬리가 너무 삐쩍 말랐다고 혀를 차며 캐서롤을 만들어줄 때도 있었다. 클라우센 씨는 몇 년 전에 세상을 떠났고, 외동딸 샐리는 의대에 진학해서 미리엄은 자기 요리를 함께 즐길 사람이 없었다. 넬리는 의사가 되겠다는 꿈을 가질 정도로 야심찬 여자를 한 번도 본 적이 없어서 샐리가 집을 떠나기 전에 이사 왔더라면 좋았겠다고 생각했다. 꿈꾸던 걸 그대로 실현하는 기분은 어떤 건지 정말 물어보고 싶었다.

"그 애가 한 번 한다고 마음먹으면 절대 말릴 수가 없었어요."

언젠가 미리엄은 딸 얘기를 하면서 그렇게 말했다.

"잘된 일이에요. 우리 딸들도 그렇게 키워야 한다는 걸 하늘만은 아시겠죠."

넬리는 자기의 삶과는 다른 삶에 대해 상상해보고는 했다. 지금보다는 숨통이 좀 트인 삶, 아이 못 낳은 리처드 머독의 부인보다는 더 나은 삶. 오래 사귀었던 다정한 남자 친구 조지 브리턴이 아버지 직장 때문에 미주리로 이사 가지만 않았다면, 그래서 그 친구와 결혼했다면 지금쯤 아이도 낳고 어머니로서 존경받으며 살 수도 있었을 텐데. 만약 리처드를 애초에 만나지 않았다면 도시의 작고 예쁜 아파트에서 의자 하나만 딸린 작은 부엌 식탁을 두고, 오븐 따위는 필요 없이 가스레인지 하나만 갖추고 살았을지도 모른다. 건축가가 되고 싶다며 남자에게는 전혀 관심 없었던 고등학교 친구 도러시처럼. 라디오 광고 노래를 녹음하며 살았을 수도 있다. 아마 좋았을 것이다. 어쩌면 학교에서 음악 선생님을 할 수도 있었겠지. 결혼이 즐겁고 윤택한 삶에 이르는 길이라 굳게 믿으며 매달리지 않았다면 행복의 비결을 스스로 발견했을지도 모르는데.

미리엄은 넬리가 서 있는 울타리 앞까지 걸어와 장갑을 빼며 잔뜩 성난 것처럼 보이는 손을 보여줬다. 손은 염증이 난 듯이 빨갰고 손가락은 구부러져 있었다. 넬리의 손은 매끄러운 데다, 기다란 손가락 끝은 매니큐어를 발라 반짝였다.

"손은 좀 어떠세요?"

넬리는 일단 묻기는 했지만 딱 봐도 좋지는 않았다.

"괜찮아요, 괜찮아."

미리엄은 걱정하지 말라는 듯 손을 내저었다.

"사과식초 약간이면 금방 나아져요."

넬리는 미리엄이 거의 매일 밤 따뜻한 사과식초 물에 손을 담근다는 걸 알고 있었다. 그렇게 하면 통증이 가라앉는다고 했지만, 그 집 딸은 이런 민간요법에만 의지하는 엄마를 나무라는 것 같았다. 하지만 미리엄은 곧 의사가 될 딸을 뒀으면서 약도 의사도 싫어했다. 버트 클라우센 씨는 사실 아무 잘못이 없었다. 미리엄이 잔소리를 하지 않아도 버트 씨는 아픈 것 같으면 재깍재깍 병원에 갔다. 그랬는데도 너무 늦을 때까지 암을 발견하지 못했다.

"지금 키티 골드먼의 터퍼웨어 파티에 가는 중인데, 이따 오후에 제가 좀 도와드리면 어떨까요?"

"넬리, 정말 고맙지만 혼자 할 수 있어요."

미리엄은 장갑으로 나무 울타리를 치면서 흙을 털었다.

"바쁜 것 같은데 얼른 가봐요."

"저희 엄마의 초간단 케이크예요."

넬리가 케이크 통을 살짝 들어 보이며 말했다.

"레몬 아이싱에, 정원에서 제비꽃을 꺾어 설탕을 입혔어요."

친목 모임이 있을 때면 케이크를 만들던 넬리의 엄마는 심플한 케이크를 싫어하는 사람은 없다고 말하고는 했다.

"너무 화려하게 하려고 애쓰다가 꼭 망치는 거야."

엘시는 버터크림 아이싱이 붙은 주걱을 넬리가 핥아 먹게 쥐어 주고 이야기하는 걸 좋아했다. 꽃에 설탕을 입히는 걸 '너무 화려하다'고 생각할 사람도 있겠지만 엘시 스완은 아니었다. 엘시가 굽는 케이크에는 항상 그녀의 정원에서 나온 아름다운 꽃이나 허브가 올라갔다. 때로는 장미 꽃잎이나 팬지를 설탕에 조리거나, 갓 딴 민트나 라벤더 슈거를 쓰기도 했다. 꽃의 언어를 굳게 믿는 엘시는 선물 받을 사람에게 꼭 맞는 꽃이나 식물을 고르는 데 신중을 기하며 많은 시간을 들였다. 치자는 은밀한 사랑을 보여주는 꽃이었고, 흰색 히아신스는 기도를 필요로 하는 사람에게 좋은 선택이었다. 작약은 행복한 결혼과 가정을 축하하는 데 좋았고, 캐모마일은 인내심에 도움이 되었으며, 생기 넘치는 바질 다발은 행복을 비는 마음이었다. 제비꽃은 존경을 표현했는데, 사람 진 빼는 데 선수인 키티 골드먼에 해당된다기보다는 엄마의 초간단 케이크의 단순하고 깔끔한 맛에 대한 넬리의 마음이었다.

"어머, 어쩜 이렇게 예뻐요."

미리엄의 목소리에 아쉬운 기색이 엿보였고, 넬리는 그 뒤에 묻어나는 외로움을 이해했다. 넬리도 이유는 달랐지만 같은 감정을 느끼고 있었다.

"정말 딱 예쁘네요."

"한 조각 남겨뒀다가 이따 정원용 장갑이랑 같이 가지고 올게요."

미리엄은 기쁜 표정이었다.

"그럼 집에 갈 때는 내가 저녁거리로 캐서롤을 싸줄게요. 오늘 너무 많이 만들었어요."

넬리는 혼자 먹을 만큼만 요리하는 데 익숙해지려면 시간이 얼마나 걸릴까 생각해보았다. 아마 미리엄과 버트만큼 오랜 세월을 함께 살면 늘 2인분을 요리할 것 같았다. 그렇게 하지 않는 게 더 힘들 테니까.

"아, 가기 전에 하나만 더 물어볼게요. 개미를 없애는 비결이 뭐예요? 식탁 화병에 작약을 꽂아두고 싶은데 그놈의 개미들이 사방에 있더라고요. 지난주에는 버터 접시에서도 기어 나오더라니까요!"

"목욕을 시켜주세요."

"목욕? 개미를요?"

미리엄이 고개를 번쩍 들었다. 넬리가 다정하게 웃었다.

"싱크대에 따뜻한 물을 받아서 주방 세제를 몇 방울만 떨어뜨리고 꽃을 살짝 씻겨주세요. 그럼 꽃이 금방 싱싱해지고 개미도 안 나올 거예요."

"넬리 머독 씨, 자기는 정말 지혜롭다니까."

미리엄은 장갑을 도로 끼며 말했다.

"교회에서 나같이 꽝손인 사람들을 모아서 교실을 열어도 될 거예요. 금방 만석일걸요."

"저는 제 비결을 혼자 아는 게 좋아요. 제가 제일 좋아하는 이웃이랑 단둘이서만."

넬리는 윙크를 하며 말했다.

"그럼 이따 봬요."

"기대하고 있을게요. 재미있게 놀다 와요. 듣자 하니 키티가 부엌을 아주 멋지게 고쳤다던데."

미리엄은 마치 엄청난 비밀을 넬리에게 알려주기라도 하듯 가까이 다가오며 입을 손으로 가렸다.

"굳이 그럴 필요는 없을 것 같지만 말이에요. 그 여자는 목숨이 달렸다 해도 물도 제대로 못 끓일 거라니까."

넬리가 킥킥 웃었다. 키티는 부엌일에는 영 소질이 없는 걸로 악명이 높았고(오늘도 아마 차가운 샌드위치와 젤리 샐러드가 준비되었을 가능성이 컸다), 말도 너무 많아서 넬리는 키티를 만날 일이 거의 없었다.

"제가 전부 보고할게요."

넬리는 이 바보 같은 터퍼웨어 파티보다 미리엄 집에 가는 게 훨씬 더 기다려졌다. 수다스러운 여자들이 모여 분홍색, 살구색, 노란색 플라스틱 그릇으로 호들갑 떨며 캐서롤 접시가 인생을 바꿀 것처럼 떠드는 건 정말 별로였다. 넬리는 미리엄에게 손을 흔들고 길을 재촉했다. 겨드랑이가 땀으로 번들거려 카디건을 벗고 싶었다. 하지만 날이 아무리 무더워진다 해도, 감기 기운이 있다고 계속 변명을 해야 한다 하더라도 스웨터를 벗을 수는 없었다.

넬리가 처음으로 리처드에게 대놓고 중대한 거짓말을 한 건 남편의 셔츠 깃에서 처음으로 립스틱 자국을 발견한 날이었다. 넬리의 섬세한 입술에는 절대 칠할 일 없는 야하고 짙은 빨간색 립스틱이었다.

터퍼웨어 파티에 초대받은 날로부터 2, 3주 전, 넬리의 정원이 완전히 깨어나며 해가 길어지고 날이 따뜻해지기 시작할 무렵이었다. 작약이 피어나기 직전이었고, 미리엄의 라일락은 자극적인 향기를 제법 멀리까지 풍기며 라벤더색 꽃망울을 이미 터뜨린 다음이었다. 태양에 닿을 듯 키가 큰 백합은 불타는 주황색 꽃을 피웠다. 그날 아침 넬리는 어서 정원을 돌보고 싶은 마음에 집안일 중에 제일 귀찮은 리처드의 빨래를 미루고 말았다. 그런데 다음 날 아침, 리처드가 중요한 미팅을 앞두고 '행운의' 셔츠(넬리의 눈에는 다른 셔츠들과 다를 게 없는)가 다림질이 안 되어 있다는 이유로 넬리의 팔을 거칠게 잡았다. 그날 든 멍은 다른 때보다 더 오래갔다. 짙은 보라색 점들이 리처드의 손가락 모양대로 넬리의 팔에 새겨졌고, 결국 넬리는 키티 골드먼의 터퍼웨어 파티에 스웨터를 입고 갈 수밖에 없었다.

그 운명의 아침, 리처드가 마침내 넬리의 팔을 놓으면서 셔츠를 넬리의 발치에 던지고는 '빌어먹을 할 일'을 제때 좀 하라고 했다. 넬리는 자신의 팔을 꽉 붙잡으며 털썩 무릎을 꿇었고, 리처드는 그런 넬리를 경멸하듯 노려봤다. 그녀는 현관문이 닫히는 소리가 들릴 때까지 안방 바닥에 앉아 있다가 리처드가 던지고 간 셔츠를 집었고, 거기서 립스틱 자국을 발견했다. 한참 들여다본 끝에 그것의 의미를 깨닫자, 넬리의 심장박동이 빨라지기 시작했다.

그날 오후, 넬리는 리처드의 부정으로 더럽혀진 셔츠를 손에 든 채 리처드의 사무실로 전화를 걸었다.

"양성이에요."

넬리는 리처드의 비서 제인이 전화를 돌려주자마자 말했다.

"리처드, 양성이라고요."

"뭐? 그럼……?"

"혹시나 하고 있었는데,"

넬리는 목소리에 가능한 한 기쁨을 불어넣으려고 애쓰며 말했다.

"오늘 아침에 검사를 받기 전에는 얘기하고 싶지 않았어요. 리처드…… 당신이 기뻐했으면 좋겠는데."

"기뻐했으면 좋겠다고? 어떻게 기쁘지 않을 수가 있어?"

그의 목소리가 기쁨으로 들떴다. 그러더니 얼른 목소리를 낮추고 말했다.

"넬리, 오늘 아침 일은 미안해. 어떨 때는 당신이 나를 너무…… 아니, 아니다. 오늘 당신은 나를 행복한 남자로 만들어줬어. 아주 행복하다고."

그의 목소리는 정말 그렇게 들렸다. 아주 의기양양해져서는 원래 체격보다 더 당당하게 보이도록 발끝으로 서 있는 리처드의 모습이 그려졌다. 아마도 이 소식을 기념하기 위해 이미 뭐라도 한 병 따고, 이야기를 나눌 애주가 동료를 데려오라고 빨간 립스틱을 바른 제인에게 손짓을 하고 있을지도 몰랐다.

"다행이에요."

넬리는 속삭였다. 그리고 셔츠를 갈기갈기 찢어버리고 싶은 충동을 누르며 손에 꽉 쥐었다.

"리처드, 그동안 정말 잘 참아줘서 고마워요."

리처드가 자식보다 더 바라는 것은 없었다. 특히 집안의 대를 이을 아들을(넬리에게 성을 결정지을 능력이 있기라도 한 것처럼). 그날 밤 리처드가 넬리에게 선물한 다이아몬드 팔찌는 그런 소망의 증거였다. 더불어 그의 자상하고 부드러워진 성격도. 어찌나 성격을 쉽게 바꾸는지 정말 놀라울 따름이었다.

그날 저녁 리처드는 넬리의 여린 손목에 팔찌를 채워준 다음, 소파에 발을 높이 올려 누울 수 있게 한 후 저녁으로 손수 달걀을 익혔다. 프라이팬에 너무 오래 둬서 질기기는 했지만. 넬리가 달걀에 거의 손도 대지 않은 건 알지도 못한 채 리처드는 접시를 치웠고, 넬리의 발밑에 쿠션을 하나 더 댄 다음 진지한 표정으로 말했다.

"이번에는 몸조심할 거지?"

"아, 그럴게요. 정말 조심할게요."

넬리는 리처드를 안심시켰다.

13

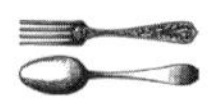

삶에 늘 햇살만 비출 거라는 기대는 버려야 한다. 게다가 만약 구름 낀 날이 없다면 남편에게 그대가 얼마나 좋은 친구가 될 수 있는지 보여줄 기회도 없지 않겠는가.

— 블랑쉬 에버트 『아내가 남편에게 꼭 지켜야 할 11가지 에티켓』(1913)

앨리스

2018년 6월 11일

앨리스는 침대 옆 탁자에서 웅웅 울리는 전화 소리에 눈을 떴다. 이미 기차를 탄 네이트가 보낸 문자였다.

잔디 관리업체 잊지 마. 점심에 잘 다녀오고!

앨리스는 눈을 반쯤 뜨고 휴대폰 화면을 봤다. AM 8:07. 조지아의 호출에 대한 걱정, 제임스 도리언을 향한 분노, 그리고 네이트에게 거짓말을 했다는 죄책감 때문에 다시 잠들 기회를 날려버렸다. 기운이 쭉 빠진 앨리스는 계속 침대 속에 있고만 싶었다. 오늘은 인생에 병가를 내고 싶은 날이었다.

조지아와 만나기로 했고, 그다음에 이어질 모든 일들을 네이트에게 털어놓는 대신 앨리스는 소설 쓰는 팁을 얻기 위해 편집자 친구를 보러 시내로 간다고 했다.

"정말 좋은 생각이네."

네이트가 소설이 어떻게 되어가는지 묻자 앨리스는 대충 얼버무렸다.

"그럭저럭."

실은 한 자도 쓰지 못하고 있었다. 하지만 진도가 안 나가는 건 소설만이 아니었다. 집 단장을 위해 그렇게 시간과 돈을 들였건만 집은 여전히 헤일 부부에게 비협조적이었다. 이미 생긴 문제만도 대여섯 개는 됐다. 일단 전등불이 깜박거렸다. 알아보니 전기 수리비 견적이 엄청났다(그냥 깜박거리는 채로 살기로 했다). 계단 기둥도 헐거워졌다. 그것 때문에 계단 디딤판 두 개도 불안정해, 오르고 내릴 때 넘어지지 않으려면 엄청 조심해야 했다. 이번에는 새가 침실 창문에 머리를 박아서 유리에 금이 갔다. 앤티크 이중 유리라 갈아 끼우려면 돈이 엄청 들었다. 외풍과 냉기도 여전해서 창을 새로 하는 게 근본적인 해결책이기는 했지만, 그럴 만한 예산이 없었다. 그리고 마침내 어젯밤에는 앨리스 손에 욕실 수도꼭지가 떨어져 나오면서 바닥이 흥건하게 젖었고, 일요일 오후에는 인건비가 특히 더 비싼 배관공을 불러야 했다. 결국 언제나 초긍정 마인드이던 네이트마저 집에 문제가 많다는 걸 인정하고야 말았다.

머리 힐에 살 때는 새로운 한 주가 시작되면 거리를 꽉 메운 도시인들이 바쁜 걸음으로 이곳에서 저곳으로 이동하는 소리가 들려왔지만, 그린빌은 모든 게 조용했다. 경적 소리도, 거리를 행진하는 인파 소리도 없었다. 어쩌다 새소리만이 멀리서 우르릉거리며 지나가는 트럭 소리와 섞여……

앨리스가 침대에서 벌떡 일어났다. 쓰레기!

교외 삶의 리듬에는 적응이 안 된 상태였다. 쓰레기를 건물 아래로 투하하는 장치 대신 이곳에는 차고에 커다란 통 두 개가 준비되어 있었다. 하나는 소각용 쓰레기, 하나는 재활용을 위한 통이었다. 월요일 아침에 잊지 않고 내놓는 게 앨리스가 할 일이었다. 지난주에는 완전히 잊어버리고 네이트가 집을 나서자마자 다시 잠들었고, 결국 쓰레기차가 이웃을 천천히 훑고 지나가는 내내 깨지 못했다. 일주일간 이어진 더위에 더해 차고 전체에 쓰레기 냄새가 진동했던 터라, 이번 월요일에는 절대로 잊지 않겠다고 약속했었다.

앨리스는 지난밤에 벗어둔 청바지를 입고 얼른 지퍼를 올린 다음 머리 위로 스웨터를 뒤집어쓰고 계단을 뛰어 내려갔다. 흔들거리는 계단에서 거의 자빠질 뻔한 앨리스의 입에서 욕설이 튀어나왔다. 슬리퍼에 발을 밀어 넣고 현관문을 벌컥 열어젖혔는데, 쓰레기통 두 개가 진입로 끝에 가지런히 놓여 있었다. 뒷주머니에서 휴대폰이 진동했다.

내가 쓰레기 내놨어. 오늘 나 늦어. 스터디 있어서.

앨리스는 얼른 답을 보냈다.

잔디는 접수. 늦더라도 기다릴게♡.

앨리스는 엉망으로 뒤엉킨 머리에 손가락을 넣어 끝까지 빗은 후 빠져나온 머리를 잘 모아서 다시 묶었다. 머리카락 몇 가닥이 결혼반지에 걸려서 앨리스는 잔디를 유심히 살피며 머리카락을 뽑았다. 풀이 웃자라 있었고, 밝은 민들레 무리와 이런저런 잡초들이 잔디 위로 얼굴을 내민 게 보였다.

"앨리스, 좋은 아침이에요."

샐리 클라우센이 현관 앞 계단에 서 있었다.

"쓰레기는 보통 8시 15분에 수거해가요. 어떨 때는 8시 30분이 다 돼서 오기도 하지만."

샐리는 차고 문을 열며 말했다.

"나는 다람쥐랑 너구리 때문에 차가 올 때까지 기다렸다가 내놔요."

그리고 차고 안으로 사라졌다가 잠시 후 커다란 통을 끌고 나타났다.

"엄청 어질러놓거든요. 그 너구리 녀석들 어찌나 똑똑한지. 닫아둔 뚜껑도 여는 걸 봤다니까요."

"정말요? 저기, 제가 도와드릴게요."

앨리스는 샐리에게 쓰레기통 손잡이를 넘겨받으며 말했다.

"이게 다인가요?"

"네. 고마워요."

샐리는 베이지색 바지에 남색 벨트를 하고 칠부 소매의 하늘색 블라우스를 입고 있었다. 하얗게 센 머리는 단정하게 아래쪽으로 묶고, 목에는 파란색과 초록색 물방울무늬 스카프를 두른 모습이었다. 전체적으로 잘 어울렸고 스타일도 좋았다. 그에 비해 앨리스는 청바지와 구겨진 면 티에 부스스하고 엉망이었다.

쓰레기통을 진입로 끝까지 들고 나오는데, 한 걸음 옮길 때마다 쓰레기통이 허벅지에 통통 부딪혔다. 샐리는 앨리스와 나란히 걸었다.

"좀 여쭤볼 게 있는데요, 혹시 잔디 관리업체 이용하세요?"

"몇 블록 떨어진 곳에 여름에만 그런 사업을 하는 젊은이가 있어요. 도시에서 학교에 다닌다는데 방학 때는 여기서 부모님과 지내요. 내가 번호를 줄게요. 가격도 좋고 일도 열심히 해요."

"정원 일은 정말 엄두가 안 나요. 그 번호가 정말 필요할 것 같아요."

앨리스는 쓰레기통을 내려놓고 손을 청바지에 문질렀다.

"지금 바로 줄게요. 혹시 커피 마실 시간 있어요?"

앨리스는 몇 시간 뒤 마주하고 앉아야 할 조지아와 제임스, 변호사들의 얼굴을 떠올렸다.

"마시고 싶은데, 오늘은 약속이 있어서요. 내일은 어떠세요?"

"그럼 내일 마셔요."

앨리스는 정원 잔디를 노려보았다.

"이런 거에 취미가 있으면 훨씬 쉬울 텐데요."

샐리가 고개를 끄덕였다.

"뜻밖에 그렇게 될 수도 있어요. 나도 지난 몇 년 사이 정원 일이 좋아져버렸다니까."

쓰레기차가 이쪽 길로 꺾어 들어오며 낸 브레이크 소리에 대화가 끊겼다. 샐리가 트럭에서 뛰어내린 남자에게 손을 흔들자, 그 남자도 손을 흔들었다.

"안녕하세요, 클라우센 부인."

그리고 이어폰 한쪽을 빼서 얼른 야구 모자챙 밑에 끼워 넣으며 인사를 건넸다. 잘 정돈된 턱수염과 웃을 때 보조개가 패어 덕분에 나이보다 젊어 보이는 것 같았다.

"안녕하세요. 애들은 잘 지내요?"

"엄청 잘 지내요. 이버는 신발 끈도 혼자 묶을 줄 알고, 매디네 축구팀은 어제 경기에서 이겼어요."

"기특해라!"

마치 자기 손주들인 것처럼 샐리는 박수를 치며 기뻐했다.

"조엘, 이분은 앨리스 헤일이라고 해요. 남편이랑 최근에 이사 왔어요."

"반가워요. 이 동네에 오신 걸 환영해요."

그는 재빨리 쓰레기통들을 비워 한 손에 하나씩 든 채 물었다.

"댁까지 갖다드릴까요?"

"괜찮아요, 고맙습니다."

앨리스가 사양하자 조엘은 트럭에 훌쩍 올라타서 손을 흔들었다. 앨리스가 한마디 덧붙였다.

"좋은 분 같네요."

"정말 좋은 사람이에요."

샐리는 스카프 끝을 만지작거리며 말했다.

"잘생기기까지 했잖아요. 나는 쓰레기 버리는 날이 아주 좋답니다."

앨리스는 웃으며 생각했다. 샐리가 점점 더 좋아지고 있다고.

브롱크스 강을 건너 스카스데일 기차역까지는 차로 5분도 걸리지 않았다. 앨리스의 운전 실력은 점점 늘어갔다. 교외는 차선이 넓고 흐름의 전반적인 속도도 느려서 운전할 때 곤두서던 신경이 평온해졌다. 역 근처 주차장에 차를 세우면서 앨리스는 스카스데일이 얼마나 고풍스럽고 매력적인 곳인지 감탄했다. 가게 건물 전면은 단정한 벽돌과 돌로 단장되어 있었고, 색색의 차양과 깃발이 앤티크 풍의 가로등에 달려 나부꼈다. 가로수의 위치도 완벽했고 녹지도 깔끔하게 정돈되어 있었다. 카페 야외 공간에는 강렬한 태양으로부터 손님들을 보호하기 위해 설치된 하얀 파라솔이 풍경에 드문드문 물방울무늬를 만들어냈다. 앨리스는 지금 자신의 삶과 너무 다른 이곳의 완벽한 모습에 질투가 날 정도였다.

기차가 너무 빨리 달리는 느낌이었는데, 한 시간 뒤 앨리스는 이미 브로드웨이에 있는 위팅턴 그룹 빌딩 앞에 서 있었다. 정장에 제일 높은 하이힐을 신은 앨리스는 저 문을 열고 들어갈 용기를 끌어모으는 중이었다. 크게 심호흡을 했지만 그 정도로는 역부족이었다. 너무 큰 커피를 마신 탓에, 그리고 지난 몇 달 동안 피해 다닌 진실을 마주하려니 위산이 요동쳤다. 앨리스는 어깨를 쫙 펴고 건물로 성큼성큼 들어갔다.

“어머, 안녕하세요.”

앨리스가 위팅턴 그룹 사무실의 묵직한 유리문을 밀고 들어가자 안내 데스크의 슬론 매켄지가 인사를 건넸다. 그러고는 아주 다정하게 활짝 웃었는데, 앨리스는 저게 진심이 아니라는 걸 경험을 통해 알았다.

"오셨다고 말씀드릴게요."

슬론은 부지런히 조지아에게 전화를 걸었고, 앨리스는 데스크 옆에서 기다리며 슬론의 쭉쭉 뻗은 긴 머리가 얼마나 단정한지 감탄했다. 구불거리거나 삐져나온 머리가 한 가닥도 보이지 않았다. 앨리스는 정기적으로 머리를 하러 가고 왁스 예약을 잡던 때가 살짝 그리워져, 습기에 뒤집어진 머리끝 부분을 의식적으로 잡아당겼다. 불과 몇 달 전까지만 해도 매일 출근해 이 회사를 빛내주던 사람이었건만, 얼마나 됐다고 벌써 비즈니스 복장이 불편했고 유행에도 뒤떨어지는 느낌이었다.

"곧 나오실 거예요. 앉아서 기다리셔도 돼요."

"서서 기다릴게요, 고마워요."

구두가 발가락을 조였고, 왼쪽 뒤꿈치에는 물집이 잡혔다. 무엇보다 화장실이 급했다. 커피는 이미 방광에 도달한 상태였고, 인정머리 없이 꽉 끼는 스커트 밑에서 배는 빵빵해져 있었기에 지퍼가 터지기 일보 직전이었다. 앉으면 상황이 악화될 게 뻔했다.

"네, 편한 대로 하세요."

슬론은 어깨를 으쓱하더니 앨리스가 왔을 때 하고 있던 타이핑을 시작했다. 보나마나 소셜 미디어에 뭘 올리거나 동료한테 문자를 보내는 거겠지. 지금 내 앞에 누가 서 있는지 알아?? 앨리스 헤일!!!! 참고로 꼴이 말이 아니야!!!

앨리스는 브로닌에게 문자를 보냈다. 브로닌은 며칠간 시카고에 출장을 간다고 했다. 이러는 동안 자신도 슬론만큼 바빠 보이겠지. 하지만 문자를 다 보내기도 전에 조지아가 나타났다.

"와줘서 고마워."

목소리로 판단하건대 별로 안 고마운 것 같았다. 5개월 만에 처음 만난 두 사람 사이에는 적대감이 만져질 듯 팽팽했다.

"전화는 연결하지 말아요."

슬론은 그러겠다고 대답하며 앨리스에게 동정 어린 미소를 지었지만, 그마저도 진심은 아닌 것 같았다.

앨리스는 물집 잡힌 발을 절뚝이며 조지아와 보조를 맞추려고 했다. 조지아의 구두 굽도 앨리스의 굽보다 높으면 높았지 낮지는 않아 보였지만, 결국은 앨리스가 뒤처지고 말았다. 두 사람은 곧 앨리스의 예전 사무실에서 별로 멀지 않은 널찍한 회의실로 들어갔다. 회의실에는 이미 짙은 색 정장 차림의 남자와 여자가 기다리고 있었다. 변호사들이겠구나, 앨리스는 생각했다. 테이블 위에는 다 말라버린 것처럼 보이는 페이스트리가 작은 접시에 담겨 있었다.

조지아가 그 사람들을 앨리스에게 소개할 생각이 없어 보여서 앨리스는 속으로 그들을 트위들디(여자)와 트위들덤(남자)이라고 부르기로 했다.

"시작하기 전에 모두들 조심해달라는 당부부터 드리고 싶어요. 이 방 안에서 오가는 이야기는 외부에 유출하지 않도록 노력해주세요. 그 정도는 해줄 수 있을 거라 생각합니다…… 이번에는 말이죠."

조지아는 휴대폰을 뒤집어서 테이블에 올리고 주눅이 든 채 앉아 있는 앨리스를 노려보았다.

여자 변호사 트위들디가 먼저 입을 열었다.

"조지아 씨가 이미 말씀드린 걸로 알고 있습니다만, 도리언 씨가 소장에 헤일 씨 이름을 언급했습니다. 도리언 씨 주장에 따르면……"

"앨리스라고 부르셔도 돼요."

앨리스가 말을 끊고 말했다. 여자는 고개를 끄덕이더니 얘기를 마저 이어갔다.

"도리언 씨 주장에 따르면, 그분은 자신이 고용한 회사에서 제공한 호텔방에서 사적인 대화를 나누는 중이었다고 했습니다. 그 회사와는 기밀 유지 협약서에 사인도 했고요."

앨리스는 두근거리는 심장을 진정시키기 위해 헛기침을 했다.

"제가 이 일을 그만둔 지 몇 달이 지나기는 했습니다만, 홍보 담당자와 술 취해서 나눈 잡담이 기밀 유지가 필요한 사적인 대화에 해당되나요?"

변호사는 질문 자체를 무시했고, 조지아는 작은 소리로 뭐라고 중얼거렸다. 앨리스는 계약서의 조건을 방 안에 있는 그 누구보다도 잘 알고 있었다.

"마침 술 얘기가 나온 김에 말씀드리자면, 제임스 도리언은 거듭 물을 달라고 요구했으나 헤일 씨, 그러니까 앨리스 씨가 계속 보드카를 따라주며 이래야 소감 발표 전에 긴장을 풀 수 있다고 말했다고 주장했습니다."

트위들덤이 앞에 놓인 파일에서 서류 몇 장을 넘기며 말했다.

"웃기시네!"

앨리스가 몸을 불쑥 내밀며 테이블을 손바닥으로 내리쳤다. 서

핑 보드처럼 생긴 반짝이는 그 마호가니 테이블은 앨리스가 사람들과 모여 앉아 많은 시간을 보낸 자리였다. 그래서인지 지금 이 미팅이 아무리 불쾌할지라도 향수가 밀려왔다.

"앨리스, 진정해."

조지아가 한숨을 쉬고 남자 변호사를 쳐다봤다. 마치 내가 이런 애를 상대해왔다고요라고 말하는 눈빛이었다.

"도리언 씨는 자기가 하지도 않은 말을 앨리스 씨가 멋대로 지어냈다고 주장하고 있습니다. 도리언 씨는 그분 제자인, 어……"

남자는 이름을 찾기 위해 잠시 말을 멈췄다.

"로버트 잔천은 리서치 경력이 보잘것없는데도 도리언 씨가 집필 중인 책의 교정 교열을 위해 고용한 사람일 뿐이었고, 로버트 씨의 역할을 앨리스 씨가 오해했다고 증언하고 있습니다. 그리고 앨리스 씨도 과음을 했다고 하고요."

"마찬가지로 완전 웃기고 있네요."

조지아와 변호사들 사이에서 앨리스는 고개를 거세게 가로저었다.

"조지아, 제임스가 어떤 사람인지 잘 아시잖아요. 그 사람은 원래 주정뱅이고. 나는 어떻게든 말려보려고 할 만큼 했어요."

앨리스는 손가락으로 눈꺼풀 위를 누르고 셋까지 세며 치마의 여유 공간이 허락하는 데까지 숨을 깊이 들이마셨다. 하지만 그 정도로는 어지러운 머릿속을 가라앉히기 어려웠다. 말을 하면서도 자기의 말이 어찌나 권위 없이 들리는지 좌절감이 들었다.

"그리고 조지아 당신이 '도리언 씨를 잘 데리고 있으라고', 무슨 짓을 해서라도 기분을 거스르지 말라고 시켰잖아요."

트위들디가 서류에서 고개를 들고 미간을 찌푸렸다.

"조지아 씨, 무슨 의미로 그런 말씀을 하신 건가요?"

조지아는 손사래를 쳤다.

"아무것도 아니에요. 앨리스는 위기를 만나면 감정을 주체 못 하고 저런다니까요."

앨리스가 자기방어에 나서기 전에 남자 변호사가 먼저 입을 열었다.

"앨리스 씨? 마지막 부분에 대해 좀 더 자세히 말씀해주시겠어요?"

그가 앨리스를 똑바로 보며 말했다.

"이 정도로만 말씀드릴게요. 도리언 씨는 술 마시는 걸 좋아하고, 저는 그분이 제일 좋아하는 보드카와 버번위스키를 원하는 대로 주라는 지시를 받았어요."

"누구의 지시였죠?"

"조지아요. 하지만 그 와중에도 조절을 잘해야 돼요. 제임스는 술이 너무 많이 들어가면 더듬거든요, 무슨 말인지 아시죠?"

트위들덤이 한쪽 눈썹을 치켜올리며 트위들디를 쳐다봤고, 트위들디는 몸을 앞으로 바짝 당겨 앨리스를 날카로운 눈길로 응시했다.

"더듬다니요?"

여자 변호사는 눈을 가늘게 떴다. 앨리스는 자기 말을 못 알아듣는 여자가 있다는 사실에 당황하며 말했다.

"아시잖아요, 자꾸 만지려 한다고요. 술에 취하면 취할수록 그 인간의 손이 당신 무릎이나 뭐 다른 부위에 닿을 가능성이 높아진다니까요."

"앨리스 씨, 제임스 도리언이 당신의 분명한 동의 없이 원치 않는 행위를 했나요?"

앨리스는 웃음을 터뜨렸다.

"이걸 질문이라고 하는 거예요?"

제임스 도리언의 손버릇은 이 회사에서도, 뉴욕 출판 업계에서도 더 이상 쉬쉬하는 일이 아니었다.

"만약 이 사안에 부적절한 성적 위법 행위가 개입되었다면, 판세를 뒤집을 수 있겠네요."

트위들덤은 고개를 끄덕이며 메모를 하는 동료에게 말했다. 앨리스는 방 안의 공기가 바뀌는 걸 느꼈다. 조지아는 갑자기 물병 뚜껑을 만지작거리기 시작했다. 조지아가 병뚜껑을 계속 돌리며 앨리스를 빤히 보는데, 그녀의 표정을 읽을 수가 없었다.

"그 어떤 불상사도 없었다고 제가 장담할 수 있습니다. 저는 제 직원을 절대 그런 상황으로 내몰지 않아요. 제임스 도리언은 술을 좋아하는 거만하고 재수 없는 인간이지만 부적절한 성적 위법 행위? 그런 건 절대 없었어요."

앨리스는 예전 상사를 노려보았다.

"조지아, 이거 왜 이래요? 나나 당신이나 그게 사실이 아니라는 건 잘 알잖아요?"

제법 긴 침묵이 이어졌다. 그리고 마침내 여자 변호사가 입을 열었다.

"저희가 놓친 게 있을까요?"

조지아는 한숨을 쉬며 물병을 열고 뚜껑 밑에서 톡 튀어나온 빨대로 물을 마셨다. 조지아는 프로였다. 무슨 말을 하기 전에 머릿속에서 정리해보는 중이라는 걸 앨리스는 알고 있었다.

"조지아 씨?"

여자 변호사가 물었다. 앨리스는 예전 상사가 빨대로 물 마시는 걸 지켜보며 조지아의 대답을 기다렸다. 그리고 앨리스는 조지아의 표정에 평소 그녀답지 않은 불안감이 어리는 걸 보았다. 조지아를 잘 알지 못하는 사람들은 놓칠 수 있는 아주 미묘한 변화였다. 절대로 흔들림 없는 조지아 위팅턴의 불안한 모습이라니. 고소함을 만끽하며 앨리스는 깨달았다. 지난 몇 달간 조지아가 얼마나 무력해졌는지…… 그리고 그것을 바로잡기를 얼마나 원하는지.

14

그의 얘기를 잘 들어준다. 그가 자신의 고충을 털어놓게 한다. 그러면 그의 문제들에 비해 나의 문제들은 아주 사소해 보이리라.

— 에드워드 포돌스키 『현대 결혼 생활에서의 성』(*Sex Today in Wedded Life*, 1943)

앨리스

2018년 1월 9일

그 일은 그해 초에 일어났다. 위팅턴 그룹의 가장 중요한 고객인 메가 베스트셀러 작가 제임스 도리언이 또 어떤 문학상을 받기로 예정된 시상식 자리였다. 그리고 늘 그랬듯이 제임스가 수상자로 호명될 때 그를 자리에 나타나도록 하는 게 앨리스의 임무였다.

위팅턴 그룹은 시상식이 열리는 호텔에 제임스를 위한 식전 파티 홀을 예약했다. 그가 시상식 전에 긴장을 풀 수 있도록 배려이기도 했지만, 시상식에 늦지 않게 하기 위한 것이기도 했다. 이미 취한 상태로 나타난 제임스는 앨리스의 치마 아래 매끈하고 팽팽한 다리에 노골적으로 관심을 보였다. 제임스 도리언은 결혼한 지 이십오 년이 되었지만, 그런 건 별로 중요하지 않았다. 그는 자신의 지위에 딸려오는 권력을 사랑했다. 때때로 자기 입김으로 전도유망한 신인 작가들의 앞날을 좌지우지할 수 있음을 의미하기도 했고, 때로는 그의 손이 부적절한 곳에 닿는 것을 의미하기도 했다.

"한시도 제임스 곁을 떠나지 마."

조지아는 머리를 하러 가면서 앨리스에게 소리를 질렀다.

"그 인간이 뭘 원하든 무조건 해주는 거야."

설마 조지아가 정말로 무엇이든 다 해주라는 의미는 아닐 거라고 앨리스는 확신했지만, 어찌 보면 조지아는 그러고도 남을 사람이었다. 조지아는 비즈니스라면 피도 눈물도 없었다.

제임스 도리언이라는 사람도, 그의 자부심과 나쁜 손버릇도 앨리스의 관심 밖이었지만, 조지아가 지난 몇 달간 줄듯 말듯 앨리스의 애만 태우는 승진에는 관심이 많았다. 홍보 팀장. 그 타이틀은 앨리스가 더 이상 제임스 도리언을 맡지 않아도 된다는 뜻이었다. 그 작자는 직급이 낮은 홍보 팀원들의 책임이 될 테니까. 승진하면 연봉도 대폭 인상될 예정이었다. 앨리스는 둘 다 간절히 원했다. 그러나 오늘 밤은 주어진 임무를 맡아 도리언의 비위를 맞추다가 시상식장으로 끌고 가야 했다.

"이리 와서 같이 앉아요. 한잔 합시다."

제임스는 호텔방 소파의 자기 옆자리를 톡톡 치며 말했다. 앨리스는 크리스털 잔에 물을 부어 그의 옆자리에 앉았다. 제임스가 앨리스에게 다가와 한 손을 그녀의 맨 무릎에 올리자, 그의 숨결에서 버번위스키 냄새가 훅 끼쳤다. 슬프게도 앨리스는 그의 이런 짓에 이미 익숙한 터라 별로 신경도 쓰이지 않았다.

"5분 안에 아래층에 내려가셔야 해요."

앨리스는 물을 한 모금 마시며 말했다.

"그것만 드시고 가시죠."

앨리스는 제임스의 손에 들려 있는 잔을 힐끗 보며 말했다. 잔은 위험한 각도로 기울어져 있어서 그 안의 짙은 호박색 액체가 잔 가장자리에서 찰랑거렸다.

"자, 자, 앨리스 씨."

그는 혀가 꼬인 채 말했다.

"조지아가 날 기쁘게 해주라고 했을 텐데."

그는 잔을 비운 다음 얇은 입술로 입맛을 다셨다.

"난 더 마시고 싶단 말이지."

제임스가 잔을 쑥 내밀었고, 앨리스는 마지못해 그 잔을 한 번 더 채웠다. 제임스는 앨리스가 건넨 잔을 받으며 다시 소파 옆자리를 두드렸다. 앨리스가 낮게 한숨을 쉬며 앉자, 그는 다시 손을 그녀의 허벅지에 올린 다음 손가락을 스커트 밑단 아래로 넣었다.

"어때, 이런 거 좋지 않아요?"

제임스가 중얼거렸다.

"내려가봐야 하는데, 그 전에 혹시 뭐 필요한 거 있으신가요?"

앨리스는 단호하게 힘주어 말했다. 도리언의 손가락은 계속 그녀의 허벅지 위에서 천천히 원을 그리고 있었다.

"제임스 씨?"

"조지아 그 여자 조심해야 할 거야."

제임스는 하얗게 세기 시작한 숱 많은 눈썹을 한쪽으로 치켜올리며 손가락을 흔들었다.

"당신이 조지아보다 두 배는 더 능력 있거든. 내 생각에는 당신이 그 여자를 한 방에 날려버릴 거야."

제임스가 손으로 뭔가를 쓸어내는 시늉을 하다 술을 앨리스의 무릎에 쏟았다. 앨리스는 벌떡 일어나 스커트 위에 잔뜩 고인 술을 털어냈다.

"젠장."

앨리스는 탄산수 병을 열고 냅킨을 적셔 얼룩을 닦아냈다. 도리언은 자기가 무슨 짓을 했는지 알지도 못하는 것 같았고, 그냥 계속 주절거리면서 잔을 빙빙 돌리고 있을 뿐이었다.

"당신도 좋은 작가야. 앞날이 아주 창창하다고. 어쩌면 조심해야 할 사람은 나일지도 몰라."

그는 혼자 재미있어하며 킬킬거렸다.

"네, 네."

앨리스는 제대로 듣지도 않으며 대충 대답했다. 제임스는 술에 취하면 칭찬에 후했지만, 그냥 하는 소리일 뿐이라는 걸 앨리스는 경험으로 알았다.

"난 당신이 좋아, 앨리스. 당신은 뭔가 다르단 말이야. 아주 개성 있어. 겉으로는 부드럽고 다정하지만……."

제임스의 손가락이 다가왔지만 앨리스는 그의 손길을 피할 수 있을 만큼 떨어져 있었다. 그가 비틀거리면서 일어나더니 그녀의 흉골을 뾰족한 손가락으로 찌른 탓에 아팠다.

"하지만 속은 안 그래. 속은 단단하지. 다 계산하고 있어. 비밀도 있고, 자기 자신을 꼭꼭 잠그고 있지. 나는 알아."

앨리스는 그의 손가락이 더 이상 닿지 않도록 뒤로 물러섰다.

"제가 그런가요?"

이제 제임스 도리언이라면 정말 신물이 났다. 정말로 홍보 팀장 타이틀이 간절했다. 자신은 그 자리에 앉을 자격이 충분했다.

"당신 비밀 하나만 얘기해줘."

유리 탁자 위에 놓인 앨리스의 클러치 안에서 휴대폰 진동 소리가 울렸다. 조지아겠지.

"전 비밀 같은 거 없어요."

"비밀 없는 사람이 어디 있나!"

제임스가 앨리스의 저항이 귀엽다는 듯 웃어댔다. 그런 반응에 더 흥미를 느끼는 것 같았다.

"당신이 하나 얘기하면 내 비밀도 하나 얘기해주지."

그들의 대화는 늘 이런 식이었다. 제임스는 자기가 해야 할 일에는 관심이 없었고, 늘 딴짓을 하려고 들었다. 몇 주 전에 조지아와 제임스의 에이전트와 함께 식사하는 자리에서도 비슷한 대화를 했다. 제임스의 다음 작품—그가 1년 전부터 쓰겠다고 약속하고 시작도 하지 않은 시나리오—에 대해 의논하려고 마련된 자리였다. 조지아가 화장실에 가고 에이전트가 전화를 받으러 나가자, 제임스는 앨리스에게 무서워하는 게 뭐냐고 물었다. 앨리스가 하나 말해주면 자기도 하나 말해주겠다면서. 앨리스는 비행기 추락이 무섭다고 즉석에서 지어냈고—앨리스도 두려운 것들이 있었지만 비행기

추락을 무서워하지는 않았다 ― 제임스는 존재감을 잃어버릴까 봐 두렵다고 했다. 정말 뻔하다라고, 앨리스는 말하고 싶었다.

"정말 내려가야 해요. 비밀 같은 건 나중에 얘기해도 되잖아요."

그는 입을 삐죽 내밀고 팔짱을 끼며 말했다.

"일하라면서 놀지는 않으면 제임스는 재미없다고."

제임스가 버번위스키를 잔에 따랐고, 한 잔을 더 채워 앨리스에게 건넸다. 평소에 제임스는 아주 밤늦은 시간이 아니고서는 보드카만 마셨는데, 이렇게 이른 시간부터 버번을 자꾸 마신다는 건 상황이 좋지 않게 돌아간다는 의미였다.

"제가 비밀 하나 말씀드리면 바로 내려간다고 약속해요?"

그는 버번을 한 모금 마시고 고개를 끄덕였다.

"좋아요."

앨리스는 받은 술을 한 모금 마셨다. 술이 목을 태우는 것 같았지만 그런 건 신경 쓰지 않았다.

"열여섯 살 때 차로 고양이를 쳤는데, 사람들한테는 택배 기사가 그랬다고 했어요."

앨리스는 잔을 기울여 남은 술을 단숨에 비웠다. 눈물이 찔끔 났다.

"저는 고양이가 진짜 싫어요. 그러니까 실은 사고가 아닐 수도 있어요."

제임스가 앨리스를 뚫어지게 보았다. 그의 입가에 옅은 미소가 나타났다.

"진짜로?"

"진짜예요."

사실이 아니었다. 차로 고양이를 친 사람은 앨리스의 고등학교 친구였고, 그 친구는 자신의 잘못을 애꿎은 이웃 노인에게 덮어씌웠다. 면허를 딴 다음 날 진입로에서 너무 급히 후진하다가 저지른 실수였다. 하지만 친구의 아버지가 진입로에 CCTV 카메라가 있다는 걸 상기시키자, 친구는 모든 걸 실토했다.

"그것 봐."

제임스는 잔으로 앨리스를 가리키며 말했다.

"당신 속은 단단하다니까. 그리고 난 그 생각만으로도 단단해지는 것 같아."

제임스는 마지막 부분을 조용히 말했다. 마치 앨리스가 들으라는 의도는 아니었다는 듯이. 하지만 앨리스는 듣고 말았고, 그 자리에서 뛰쳐나가지 않으려 온 힘을 다해야 했다.

"자, 알겠어요. 이제 남은 거 비우고 내려가요."

앨리스의 휴대폰이 계속 울렸다. 그들은 이미 늦었고, 앨리스는 제임스 도리언 때문에 승진을 놓칠 수는 없었다.

"내 비밀은 알고 싶지 않은 거야?"

눈꺼풀을 내리깔고 잔을 비우며 그가 말했다. 젠장. 시상식을 온전하게 치르려면 다음 몇 잔은 물을 타야 할 판이었다.

"재밌을 텐데."

"좋아요."

앨리스는 클러치를 들고 휴대폰을 확인하며 말했다. 조지아였다.

"비밀을 말해주세요."

그러고는 조지아에게 내려가고 있다고 얼른 답을 보냈다. 도리언이 무슨 얘기를 해도 전혀 감흥이 없을 게 뻔했기 때문에, 앨리스는 듣는 둥 마는 둥 했다. 제임스는 자기가 하는 일은 뭐든지 대단히 흥미롭다는 부류의 남자였다. 훌륭한 작가라는 건 인정한다. 하지만 그 외의 부분에서는 한참 업그레이드가 필요한 인간이었다.

"앉아, 앉아보라고."

제임스가 중얼거렸다. 앨리스는 잠시 앉을 시간은 없다고, 가야 한다고 말할까 생각했다. 하지만 호기심이 생겨서 앉으라는 대로 앉았다. 그는 다시 그녀의 허벅지에 손을 올렸고 스커트 위에서 앨리스의 살갗을 간질였다.

"제임스 씨."

앨리스는 목소리에 경고를 담아 말했다. 휴대폰이 또 다시 울렸다.

"그래서 비밀이 뭔데요?"

앨리스는 계속 날아드는 조지아의 문자와 제임스 도리언의 손가락 때문에 참을성이 바닥나고 있었다.

"아, 이건 진짜 재밌는 얘기야."

그의 손이 더 높이 올라왔다.

"그만하세요."

앨리스는 제임스의 얼굴에 침을 뱉지 않기 위해, 자기가 그를 어떤 인간으로 생각하는지 말하지 않기 위해 이를 꽉 물고 턱에 힘을 줘야 했다. 잠시 긴장감이 감돌았고, 제임스는 어깨를 으쓱하더니 앨리스의 다리에서 손을 뗐다.

"나 참. 뭘 그렇게 난리야."

그는 강풍에 펄럭이는 깃발처럼 흔들리며 소파에서 일어나 전신 거울 앞에 섰다.

"내 책 말이야. 『더 큰 나락으로』 알지?"

제임스는 거울을 들여다보며 나비넥타이를 똑바로 하려고 했지만, 그럴수록 넥타이는 더 비뚤어지기만 했다. 『더 큰 나락으로』는 그의 가장 유명한 소설이었다. 제임스 도리언은 문단에서는 호평을 받았지만 책 판매 부수는 그저 그런 소설가였다. 그런데 8년 전, 그 책이 출간된 후 문학상을 휩쓸며 세계적인 소설가 반열에 올랐다.

"그 책이 왜요?"

앨리스는 애써 참으며 물었다. 조지아는 새로 문자를 보낼 때마다 이전보다 더 화가 나 있었다. 서둘러야 했다. 앨리스는 제임스의 타이를 똑바로 고쳐주기 위해 옆에 가서 섰다.

그런데 그가 돌아서더니 그녀에게 가까이 다가왔고, 손을 어깨에 얹더니(한쪽 손은 앨리스의 가슴 가까이 닿았다) 두 손을 그의 몸무게를 지탱하는 데 활용했다. 앨리스는 움찔했지만 그가 넘어지지 않도록 근육에 힘을 줬다. 앨리스는 눈살을 찌푸렸고, 기다렸다.

"그거 내가 안 썼어."

그가 갑자기 그녀를 확 놓는 바람에 앨리스는 균형을 잃고 비틀거렸다. 제임스 도리언은 양손을 모으고 말했다.

"자, 갑시다."

"잠깐. 그걸 안 썼다니 무슨 말이에요?"

앨리스는 다시 균형을 잡으며 물었다. 그러나 제임스는 주머니에 두 손을 찌르고 들리지도 않게 혼잣말로 중얼거리고 있었다. 이제야 앨리스의 관심을 독차지하게 됐음을 전혀 모르는 눈치였다.

"선생님, 그 책을 안 썼다니 그게 무슨 말이냐니까요?"

"내가 안 썼다고. 아이디어는 내 거 맞아. 그리고 대강의 윤곽도 내가 잡았지."

그랬겠지.

"내 대학생 제자 중에 로비 잔천이라고, 내 말을 안 들으면 절대 주지 않을 점수에 목매는 놈이 있었지. 아부도 잘하고. 근데 그 놈이 재능이 있어. 난 그런 건 바로 알아보거든."

그는 손가락 하나를 들어 보였다.

"나는 그 놈이 글을 잘 쓴다는 걸 알았어. 날것의 재능. 판단력은 꽝이지만 훌륭한 작가지."

"조지아도 이 사실을 알고 있나요?"

"아, 앨리스, 이거 왜 이래. 내가 자네를 잘못 본 게 아닐 텐데."

제임스는 실망스럽다는 듯, 하지만 재미있다는 듯 앨리스를 봤다. 그래, 조지아가 모를 리 없었다. 조지아는 자기가 통제할 수 없는 사연을 가진 고객은 받지 않았고, 잘 통제한다는 것은 곧 그들의 비밀을 아주 잘 알고 있다는 의미이기도 했다.

앨리스는 제임스가 한 말을 소화하느라 잠시 미동도 않고 서 있었다. 그 책은 제임스의 가장 유명한 작품이었다. 그걸 제임스 도리언이 절대 주지 않는 A학점을 받으려고 안달 난 스물몇 살짜리 대학생이 썼다고? 그 소설은 뉴욕타임스가 "미국 고전으로 남을 만큼 정교하고 뛰어나다"라고 평가한 작품이었다.

제임스는 손가락을 자기 입술에 갖다댔다.

"쉬이이이잇! 아무한테도 말하면 안 돼. 어쩌면 자네도 나랑 뭔가 한번 같이 해볼 수 있을 거야. 당신도 소설 쓰고 싶잖아, 안 그래?"

앨리스는 그런 말을 제임스에게 한 적이 없었다.

"아이, 그렇게 놀란 얼굴 하지 마. 자기 같은 여자애들은 다 그놈의 소설을 못 써서 안달이잖아. 그 짧은 치마랑 야망처럼 너무 뻔히 보인다고."

혐오스럽기 짝이 없는 제임스 도리언에게 그렇게 마음대로 넘겨짚지 말라고 말하고 싶었지만, 앨리스는 입술을 꼭 물고 간신히 참았다. 틀린 말이 아니었다. 적어도 글을 쓰고 싶다는 야망에서만큼은 그랬다. 앨리스는 자기 이름이 박힌 책 표지를 상상하고는 했고, 홍보 업계를 배경으로 한 소설이라는 아이디어 정도로만 궁리를 하던 중이었다.

"어쨌거나 우리 둘이서 뭔가 끝내주는 걸 만들 수 있을 거야."

그는 비틀거리며 바지 지퍼를 만지작거렸다. 앨리스는 시선을 돌렸다.

"나 오줌 좀 싸고 올게."

우여곡절 끝에 제임스는 무사히 상을 받았고, 의식이 거의 없는 작가님을 리무진에 쑤셔 넣다시피 한 다음, 조지아는 많은 의미가 담긴 눈으로 앨리스를 보며 미소를 지었다.

"이게 자기가 통과해야 할 관문이었어."

앨리스는 집에 가자마자 방문을 벌컥 열어 네이트를 깨우고는 승진을 따냈다고 말했다. 그가 어찌나 자랑스러워하던지. 네이트는 "당신은 그 누구보다도 승진할 자격이 있어"라고 말했고, 앨리스 역시 그렇게 생각했다. 권력과 성공을 다 거머쥔 것 같은 느낌이 그때보다 더 강하게 든 적은 없었다. 앨리스는 다른 말을 더 들을 필요도 없이 바로 네이트에게 상을 주었다.

그러나 그 뒤에 앨리스는 엄청난 실수를 저지르고 말았다. 어찌나 바보 같은 짓이었는지, 앨리스는 지금까지도 자기가 한 짓을 이해할 수 없었다.

시상식 다음 날 저녁, 앨리스는 곧 예정된 친구 결혼식에 입고 갈 옷을 고르기 위해 브로닌과 쇼핑을 했고, 영업 종료 직전인 매장 피팅 룸에 나란히 들어갔다. 이미 브로닌에게는 제임스 도리언의 최신 근황을 얘기한 뒤였고, 둘만 있다고 생각한 나머지 앨리스는 『더 큰 나라으로』의 대필 작가 비밀까지 털어놓았다. 사실이 아닐 수도 있다는 얘기를 하기는 했지만—제임스는 술 취한 상태였고, 그런 상태에서 믿을 수 있는 인간도 아니었으므로—만약 정말 사실이라면? 제임스가 엄청나게 몰락할 수도 있는 일이었다. 둘은 다소 잔인하게 웃은 뒤 옷 입은 모습을 서로 보여주려고 밖으로 나왔다가 깜짝 놀랐다. 피팅 룸 앞에 웬 사람이 서 있었던 것이다. 그들 또래쯤으로 보이는 여자는 두 사람을 힐끗 보더니 서둘러 나갔다. 앨리스는 헉 소리를 내고 친구의 손을 잡았다.

"어떡해. 내가 한 말 다 들었을까? 내가 그 인간 이름도 말했니? 말했어, 안 했어?"

브로닌은 하지 않았다고, 아니, 안 한 것 같다고 했고, 설사 말했다 한들 무슨 상관이겠느냐고 했다. 둘은 옷을 산 후 저녁을 먹으러 갔고, 다음 날 아침 앨리스는 모든 걸 다 잊어버렸다.

다음 날 직원 업무 평가 시간에 조지아는 앨리스에게 진짜로 승진 비슷한 걸 시켜줬다. 월급이 2, 3천 달러 올랐고, 큰 창이 있는 사무실을 얻었으며, 머지않아 제임스 도리언 따까리도 면하게 해주겠다는 약속을 받았다.

"지금 당장은 하던 일을 계속 해줘야겠어. 제임스 도리언은 널 좋아해. 그리고 그 인간 기분이 좋아야 우리가 편해."

조지아의 말에 앨리스는 처음에는 놀랐고, 차차 분노가 치밀었다. 그녀는 책임자라는 직함은 어떻게 된 거냐고 물었다.

"아까도 말했듯이, 하던 일을 계속하면 1년 안에는 그 자리에 앉을 수 있을 거야."

조지아는 그렇게 말하고 전화를 받아야 한다며 앨리스를 쫓아냈다. 1년? 아니. 그렇게는 안 되겠어.

앨리스는 다시 조지아의 사무실로 성큼성큼 들어가 통화가 끝나기를 기다렸다. 그 방에 들어가 방해할 정도의 권리는 앨리스에게 있었다.

"제임스 도리언은 『더 큰 나락으로』를 쓰지 않았어요."

떨고 있다는 걸 감추기 위해 두 손을 무릎에 포갠 채, 앨리스는 차분하게 말했다.

"이미 알고 계시겠죠."

"대체 무슨 소리를 하는 거야?"

"자기 학생에게 돈 주고 시켰잖아요. 로비 잔천인가 뭔가. 알고 보니 아주 훌륭한 작가였지만요. 제임스가 지난밤에 다 말했어요. 늘 그렇듯이 술 취해서 입이 아주 가벼워졌죠."

조지아에게 이런 식으로 말한 적은 한 번도 없었기에 앨리스는 속으로는 덜덜 떨고 있었지만, 겉으로는 엄청 세게 나갔다.

"입 다무는 게 좋을 거야."

조지아의 목소리에 평소의 허세가 빠져 있었다. 그녀는 어깨를 쫙 펴고 굳은 표정으로 말했다.

"말하지 마."

"아니, 어쩌면 할 수도 있겠어요. 하지만 그건 전적으로 당신한테 달렸죠."

앨리스는 조지아의 시선을 그대로 받으며 몸을 앞으로 내밀었다.

"앨리스, 원하는 게 뭐야?"

앨리스는 팔을 책상 위에 얹었다. 책상에 쌓인 서류가 땀이 흥건한 손바닥에 들러붙었다.

"약속했던 승진이요. 책임자 자리."

"안 돼."

"안 된다고요?"

앨리스는 혼란스러웠다. 이 전략은 무조건 먹힐 거라 생각했는데.

"안 돼, 앨리스. 네가 나를, 그리고 우리의 가장 큰 고객을 협박하게 놔두지는 않을 거야. 내가 왜 그 자리를 안 줬는지 알아?"

앨리스는 조지아를 노려봤다. 심장이 미친 듯이 뛰었다.

"왜냐하면 넌 그럴 감이 안 돼. 아직은 아냐. 네 능력을 더 증명해봐. 내가 그 점은 늘 분명히 해두지 않았나?"

앨리스는 한마디 대꾸도 없이 조지아의 사무실에서 나와 화장실로 직행했다. 토하고 싶은 건지 울음을 터뜨리고 싶은 건지 알 수 없었다. 앨리스는 덜덜 떨면서 물로 얼굴을 적시고 진정한 뒤, 슬론에게 몸이 안 좋아 집에 간다고 말했다. 얼굴은 창백하고, 눈은 빨간데다, 정말로 몸이 안 좋아 보였기 때문에 어려운 일은 아니었다. 앨리스는 몇 시간을 이불 속에 웅크리고 전화도 받지 않았다. 네 번째 전화가 울린 다음 마지못해 전화를 받았더니 조지아가 소리를 빽빽 질러대고 있었다.

"앨리스, 대체 무슨 짓을 한 거야?"

앨리스는 당황해서 침대에서 튀어나왔다.

"무슨 말씀이세요?"

정말 운도 지지리 없지. 공교롭게도 그날 피팅 룸 앞에 서 있던 여자는 뉴욕포스트 기자였고, 모든 걸 다 들었다고 했다. 조지아가 소리소리 지르는 동안 앨리스는 생각했다. 그럴 수 있는 확률은 대체 얼마나 될까? 기자의 편집자는 조지아의 지인이었고, 직업적 도의상 기사를 싣기 전에 조지아에게 연락을 준 거였다. 그 기자는 로비 잔천 덕분에 신속하게 증거를 확보했다. 그는 마침 첫 소설을(별 호응을 얻지 못한 채) 출간한 직후였고, 어떤 식의 관심도 도움이 된다고 생각했다. 그리고 마땅히 자기 것이어야 했던 공을 마침내 차지할 수 있다는 사실에 기뻐했다.

조지아는 3분 만에 전화를 끊었다.

"넌 해고야. 네 물건은 택배로 보내지."

조지아의 마지막 말이었다. 순식간에 모든 게 산산조각 났고, 앨리스는 충격으로 한동안 휴대폰을 귀에서 떼지 못했다. 커리어는 끝장난 셈이었다. 조지아는 맨해튼 홍보 업계 마당발이었고, 앨리스를 업계에서 매장하기 위해서라면 못 할 짓이 없을 여자였다. 그리고 일단 뉴욕포스트에서 기사가 나면 앨리스가 한 일을 모를 사람도 없을 터였다. 앨리스는 화가 나기도 했지만, 무엇보다 심한 굴욕감을 느꼈다. 딱 한 번 저지른 바보 같은 실수였다. 그러나 그 파급효과는 마치 검은색 바지에 묻은 개털처럼 아무리 떼어내려고 해도 앨리스에게 딱 붙어 따라다닐 것이었다. 모두가 다 볼 수 있도록. 특히 지금까지 자신을 현명하고, 재능 있는 여자로 믿고, 피팅 룸 같은 데서 남의 험담이나 하면서 커리어를 망쳐버릴 여자로는 절대 생각하지 않을 남편까지 포함해서. 갑자기 확신에 찬 앨리스는 기사보다 빨리 움직여야 한다고 생각했다. 시간이 없었다. 늘 그렇게 훈련되어 왔듯이, 앨리스는 이 위기를 모면하기 위한 작전에 들어갔다. 일단 네이트라는 산부터 넘어야 했다.

다음 날 아침 일찍 네이트가 자고 일어나 커다란 그릇에 시리얼을 말아 먹는 동안, 앨리스는 침실에서 빠져나와 화장실에 가서 목구멍에 손가락을 넣었다. 토하는 소리가 들리도록 화장실 문은 열어두었다. 앨리스가 괜찮은지 확인하려고 네이트가 화장실에 들어오자 앨리스는 더 이상은 못 해 먹겠다고, 앨리스가 조지아를 위해 (그리고 제임스 도리언을 위해) 그렇게 몸 바쳐 일했건만, 폭언을 일삼고 약속했던 승진도 거부했다며 일을 그만두고 싶다고 말했다. 회사에서 계속 겪어야 하는 정당하지 않은 일들에 신물이 나고, 그 스트레스 때문에 위장도 다 상했다고.

네이트는 당연히 걱정하며 인사부에 정식으로 피해 내용을 접수해보는 게 어떻겠느냐고 했다. 앨리스는 반대했다. 그냥 조용히 떠나고 싶다고, 기만이 판치는 홍보 업계에서 더 이상 일하고 싶은 생각이 없다고. 좋은 남편이라면 으레 그러듯이, 네이트는 제대로 인정도 못 받고 다니기에는 당신은 너무 재능이 많은 사람이라고 격려했다.

"우리 똑똑한 아가씨."

네이트는 찬물에 적신 수건을 변기에 몸을 숙인 앨리스의 목덜미에 대주면서 말했다.

"더 잘됐어. 그럼 당신이 늘 얘기한 책을 쓸 수 있겠다. 어쩌면 아기를 가질 준비를 시작해도 되겠네."

그는 기쁜 것 같았다. 네이트의 관점에서 삶은 너무나 단순했다. 그는 마치 앨리스가 자신의 일에 대한 욕구를 스위치 내리듯 꺼버리거나 속도를 늦추지 않고도 기어를 바꾸는 것처럼 할 수 있다고 여기는 것 같았다. 앨리스는 어쩌면 자신이 너무 앞서나갔는지도 모르겠다는 생각에 불안해지며 부담감이 엄습하는 걸 느꼈다. 그리고 이번에는 별 노력 없이 아주 쉽게 토하고 말았다.

기사가 나간 후, 앨리스에게 문자가 폭주했다. 그렇게 오랫동안 함께 일하면서 제임스 도리언이 사기꾼이라는 걸 몰랐어? 그 사람은 어떻게 그런 짓을 하고도 버젓이 잘 살았대? 브로닌은 여섯 번이나 전화를 걸어도 앨리스가 받지 않자 콕 집어 이런 문자를 보냈다.

피팅 룸 앞에 있던 그 여자야??

앨리스는 자기가 해결 방법을 찾을 때까지 아무것도—그 누구에게도—말하면 안 된다는 다짐을 받고 나서야 브로닌에게 모든 걸 말했다. 이미 네이트에게 거짓말을 했기 때문에 문제가 더 복잡해져서는 안 되었다.

제임스 도리언은 한순간에 문단의 총아에서 왕따로 전락했다. 상을 반납하라는 요구들이 빗발쳤음고, 현재 집필 중이던 책도 편집자의 일정표에서 사라졌다. 로비 잔천은 손해 배상 청구 소송을 냈다. 앨리스는 '난 그만 둘래' 작전을 계속 밀고 나갔다. 뉴욕포스트 기사에는 앨리스가 거명되지 않았으므로(작은 기적이라 하겠다) 제임스 도리언 참사에서 익명으로 남을 수 있었다.

"와, 당신 타이밍 한번 끝내줬다."

네이트는 기사를 읽고 말했다. 앨리스가 그 사건의 일부라는 의심은 전혀 하지 않았다.

"그때 안 빠져나왔으면 어쩔 뻔했어."

돌이켜보면 그 거짓말은 아주 작고 악의 없는 것이었다. 어찌 보면 거짓말보다는 생략에 가까웠다. 네이트에게는 사실을 말하는 편이 쉬울 수도 있었다. 그건 정말 고의가 아닌 단순한 실수였으니까. 앨리스의 순간적인 판단 착오가 어쩌다 보니 대참사로 이어진 거였으니까. 그리고 자존심이 좀 상하지만 있는 그대로 털어놓을 수도 있었다. 만약 내면에서 이 상황을 통제하고픈 이상하고도 거부할 수 없는 감정이 고개를 들지 않았다면 말이다. 결국 그 이상한 감정은 더 중대한 거짓말과 더 위험한 결과들을 초래했다. 하지만 앨리스는 비밀을 잘 지켰다. 자신에게 꼭 필요한 경우에는 그랬다.

15

넬리

1956년 6월 11일

브레드 치즈 푸딩

부드러운 빵가루	2컵
우유	4컵
버터	1큰술
베이킹 소다	$\frac{1}{4}$작은술
파프리카	약간
강판에 간 치즈	2컵
달걀	5개
소금	1작은술
후추	1작은술

빵가루에 뜨거운 우유를 붓고 버터, 베이킹 소다, 소금, 후추, 파프리카를 넣은 다음 치즈와 살짝 푼 달걀을 넣고 잘 섞는다. 이 반죽을 기름을 바른 오븐용 그릇에 담은 후, 뜨거운 물을 3분의 1쯤 채운 커다란 팬 안에 잘 올려놓는다. 180도로 예열한 오븐에 넣고 한 시간 동안 천천히 굽는다.

리처드는 퇴근이 늦었고 저녁은 식어가고 있었다. 하지만 괜찮았다. 넬리는 냉장고에서 막 꺼내 차가울 때 먹는 치즈 푸딩을 제일 좋아했으니까. 게다가 잠시 혼자 시간을 보내는 것도 좋았다. 불과 몇 시간 전에 미리엄과 케이크를 먹어서 저녁 생각이 없었다. 하지만 리처드는 따뜻한 저녁 식사를 기대하며 집에 올 거라는 걸 알았기에, 넬리는 음식이 식지 않도록 은박지로 잘 싸두었다.

오늘 저녁 메뉴는 엄마가 일요일에 교회에 다녀와서 점심으로 자주 해주던 음식이었다. 정말 간단하게 만들 수 있었고, 재료도 부지런한 주부라면 늘 갖춰두는 것들만 들어갔다. 넬리는 엄마의 레시피에 자기만의 재료를 첨가하기를 좋아했다. 곱게 간 로즈메리나 세이지 1작은술, 혹은 정원에서 딴 싱싱한 허브 같은 것들 말이다. 넬리는 홈 메이드 허브 믹스를 넣어둔 치즈 유리병의 뚜껑을 열었다. 그 허브 믹스는 외가에서 전해 내려오는 레시피였다. 어느새 병이 반 이상 비어 있었고, 넬리는 병을 식탁 위에 올려놓으면서 내일 허브를 좀 더 말려야겠다고 메모했다.

차 들어오는 소리가 들렸다. 넬리는 리처드가 먹을 후식으로 케이크 한 조각을 잘라 설탕을 입힌 제비꽃의 모양을 조심스럽게 매만졌다. 그가 그런 노력을 알아보거나 고마워하는 사람은 아니었지만.

"넬리?"

리처드가 넬리를 불렀다. 현관문이 쾅 닫혔고 넬리는 긴장해서 케이크 위에서 손을 잠시 멈추었다. 그의 목소리에서 기분을 살펴야 했지만 때로는 알기가 어려웠다.

"자기야?"

가장 확실한 힌트가 나왔다. 리처드가 넬리를 이렇게 부르는 걸 보니 오늘 밤은 기분이 좋다는 신호였다. 아마도 그가 늦은 이유 때문일 거라는 짐작이 갔다. 제인. 아니, 제인의 몸에 달라붙는 스웨터와 짧은 스커트 아래 스타킹을 신은 긴 다리 때문이라고 하는 편이 더 정확하리라.

"부엌에 있어요."

넬리는 은박지를 벗겨 치즈 푸딩을 한 조각 잘라낸 다음 색감을 살리기 위해 파슬리를 조금 뿌렸다. 그러고는 리처드의 자리에 가져가서 그 옆에 케이크 접시를 놓았다. 접시는 제비꽃이 왼쪽 위로 오도록 돌려놓았다. 리처드가 부엌에 들어왔을 때 넬리는 올드 패션드 칵테일을 만들고 있었다. 넬리는 그에게 볼을 내밀었다. 리처드가 넬리에게 입을 맞추려고 다가오자 낯선 향수 냄새가 났다.

"맛있어 보이는데."

리처드는 넥타이가 치즈 푸딩 안에 빠지지 않도록 넥타이핀을 아래쪽으로 내리면서 말했다. 그는 허브 믹스를 푸딩 위에 조금 뿌리고 크게 두 입 먹은 다음, 칵테일을 한 모금 마시고 나서야 넬리 앞의 접시가 비었다는 걸 알아차렸다. 리처드는 포크로 접시를 가리키며 물었다.

"당신은 안 먹어?"

"저는 속이 좀 안 좋아요."

그의 미간에 주름이 잡혔다.

"존슨 선생님이 뭘 좀 주실 수 있지 않을까? 댄 그레이브스 말이 마사도 임신 초기에 엄청 고생했는데 선생님이 바로 해결해주셨다더군."

마사 그레이브스도 그날 오후 키티의 파티에 왔었고, 넬리가 속이 안 좋다는 핑계로 많이 먹지 않자 같은 얘기를 했다.

"입덧은 정말 끔찍하던데, 딱해라. 하지만 대신 살이 안 쪄요."

마사는 넬리의 마른 체구를 부럽다는 듯 쳐다보며 볼록 나온 자기 배를 손으로 쓰다듬었다.

"다행히도 나는 그 시기는 넘겼어요."

마사가 다른 사람들을 의식하며 웃었다.

"심하게 잘 넘긴 것 같다고, 누군가는 말하더라고요."

넬리는 마사가 말하는 '누군가'가 그의 남편 댄이라는 걸 알고 있었다. 그녀는 본인의 아이를 임신 중인 아내를 비판하는 남자에 대한 자기 생각을 얘기해주고 싶은 걸 겨우 참고는 대신 마사에게 건강하고 아름다워 보인다고 말했다. 기분이 좋아진 마사의 얼굴이 홍조를 띠었다.

"그럴 필요는 없을 것 같아요. 좀 아까 옆집에서 커피랑 케이크를 먹어서 그래요. 이따 뭐라도 챙겨 먹을게요."

넬리는 담배 생각이 간절했지만, 리처드가 식탁에서 담배 피우는 걸 좋아하지 않았기 때문에 레모네이드를 한 잔 따라 조금씩 천천히 마셨다.

"오늘은 어땠어요?"

넬리는 매일 저녁 식탁에서 하는 질문을 했다.

"괜찮았어. 늘 똑같지 뭐. 늦은 오후에 미팅이 잡혀서 붙들려 있었어."

리처드는 껌 공장에서 시간을 오래 보내며 모든 사업 분야에 관여했다. 그는 넬리가 자기의 거짓말에 속는다고 생각하는 것 같았다. 우리 순진하고 귀여운 넬리. 하지만 남편에게서 풍기는 다른 여자의 냄새를 놓치는 아내는 없다. 그 '미팅'이라는 것이 껌과는 전혀 상관없는 것일 거라고 넬리는 생각했다. 이런 넬리의 생각을 알게 되면 리처드는 그녀를 똑똑하다고 할까, 바보 같다고 할까?

"치즈 푸딩이 따뜻해야 할 텐데."

넬리는 리처드가 크게 한 입 베어 무는 걸 보고 말했다.

"은박지로 싸놓기는 했는데 그렇게 둔 지 좀 오래되어서요."

리처드는 먹다 말고 얼굴이 굳어졌다. 넬리는 숨을 죽였지만 리처드는 금방 표정을 풀었다. 걱정을 위장한 넬리의 한 방에 반응하지 않기로 마음먹은 것 같았다.

"여기 위쪽에 있는 게 좋은데. 빨간색 이거. 아주 맛있어."

"파프리카예요. 맛있다니 다행이네요."

"그래, 당신은 오늘 하루 어떻게 보냈어?"

리처드는 입 안에 푸딩을 잔뜩 물고 물었다.

"뭘 하고 지냈어?"

"정원 일도 하고, 어제저녁에 키티 골드먼의 터퍼웨어 파티에 간다고 말했죠? 거기 가져갈 케이크도 굽고. 당신 몫으로 한 쪽 남겨놨어요."

넬리는 케이크 조각을 가리켰지만 그는 쳐다보지도 않았다.

"아, 오늘 골드먼네 다녀왔다고? 새로 고친 부엌은 어때?"

잘 모르는 사람이 듣기에는 예의를 갖춘 호기심만 담긴 어투였다. 하지만 넬리는 리처드가 키티의 남편 찰스 골드먼을 좋아하지 않는다는 걸 잘 알고 있었다. 찰스의 얘기가 나오면 리처드는 들릴 듯 말 듯 '사기꾼 같은 놈'이라고 중얼거렸고, 나날이 번창하는 찰스의 철물점은 '시시한 구멍가게'라고 깎아내렸다. 그리고 그 집에서 물건을 사기 싫어 몇 분씩 더 운전해 스카스데일까지 가고는 했다. 넬리는 리처드가 왜 그렇게 찰스 골드먼을 싫어하는지 몰랐지만 아마도 질투 때문일 거라 짐작했다.

리처드도 아주 성공한 남자였지만 제일 성공한 남자는 찰스였다. 찰스는 번창하는 사업체를 운영하는 잘생긴 남자였고 아내에게도 다정한 남편이었다. 그는 사람들 보는 앞에서 늘 키티의 손을 꼭 잡고 다녔고, 키티가 어디에 나타나건 정말 아름답다고 말해주고는 했다. 사실 그런 남자는 키티에게 과분했다. 키티는 남 얘기를 하기 좋아하는 얄디얄은 여자였고, 아무리 좋게 보려 해도 천박한 여자일 뿐이었다. 오늘 파티에서도 마사가 임신 후 체중이 너무 늘었다며 속상해하자 키티는 마사가 부은 발목을 쓰지 않도록 접시에 음식을 담아주겠다고 했다. 그러고는 접시를 가져다주며 방 안의 모든 사람들이 다 들을 수 있게 말했다.

"데블드 에그*는 안 담았어요. 몸매 관리가 좀 필요할 것 같아서요."

데블드 에그는 마사가 가져온 음식이었고, 마사가 제일 좋아하

---

* 완숙한 달걀을 반으로 갈라 노른자를 빼서 머스터드, 마요네즈, 파슬리 등을 채운 요리.

는 음식이기도 했다. 마사는 더듬거리며 고맙다고 말하고는 채소와 젤리 샐러드만 담긴 접시를 받아 들었다. 땅이 자기를 통째로 집어삼켰으면 하는 표정이었다.

넬리는 리처드의 질문에 신중하게 대답했다. 부엌을 새로 수리하자고 할까 봐 겁이 나서였다. 넬리는 지금 부엌 그대로가 좋았다. 이 집 전체에서 온전히 자기만의 것인 공간을 엉망으로 만들며 삶을 뒤집고 싶지는 않았다.

"솔직히 말하면, 정말 별로였어요. 디자인도, 컬러도. 전부 다 싸 보인달까."

넬리는 리처드에게 푸딩을 한 번 더 덜어주느라 선 채로 말했다. 사실 골드먼네 부엌은 정말 예뻤다. 끔찍한 건 그 집 안주인이었다. 넬리가 그 집에 간 건 하루 종일 달리 할 일이 없어서였다. 정원 일로 시간을 보내기도 했고, 집 안을 별 탈 없이 꾸려가기 위해 살림도 해야 했지만 대부분의 시간이 지루했다. 따분하고 갑갑해서 가만히 앉아 있기 힘들었다. 그나마 그런 모임에 간다는 건 베이킹을 하거나 뭔가를 준비해야 한다는 의미였으므로 기분이 좀 밝아졌다.

"오늘은 다리를 위로 올리고 좀 쉬기를 바랐는데. 헬렌을 좀 더 부르면 어때? 지금 몸 상태로 일을 너무 많이 하는 거 별로야."

리처드가 이마를 찌푸렸다. 넬리는 참을성 있게 미소를 지었다. 헬렌이 종일 같이 있는 것도 불편했고 자기도 쉽게 할 수 있는 일로 돈을 쓰기도 싫었다. 게다가 리처드는 이해 못 했지만, 요리와 정원 일은 넬리에게 즐거움이었다.

"얘기가 나와서 말인데요, 우리 일을 벌써 사람들한테 얘기한 줄은 몰랐어요."

넬리는 식당 반대편으로 성큼성큼 걸어서 창을 열고 부엌 서랍에서 럭키 스트라이크와 담뱃대를 꺼냈다.

"마사와 키티에게는 내가 직접 얘기해주고 싶었거든요."

사실 정말로 원했던 건 아무 얘기도 하지 않는 거였다. 자기가 기만하고 싶은 건 리처드뿐이었으니까. 넬리는 찬장에서 재떨이를 꺼내 싱크대 안에 놓고 담배를 깊이 한 모금 빨았다.

"리처드, 그런 얼굴 하지 말아요."

넬리는 또 한 모금 빨고 연기를 뱉었다.

"존슨 선생님이 담배는 피워도 된다고 했어요. 임신 스트레스 해소에 도움이 된다고."

리처드는 양손을 들어 보이며 의자에 기댔다.

"존슨 선생님이 괜찮다고 하셨으면 나도 괜찮아. 그리고 아기 소식을 우리끼리만 알고 있기로 한 거 아는데, 미안해. 댄 그레이브스랑 기차를 같이 탔는데 당신 안부를 묻더라고. 참을 수가 있어야지."

리처드는 의자를 밀고 일어나 넬리에게 다가와서는 그녀를 번쩍 들어 조리대 끝에 앉혔다.

"기분 나빠하지 마. 좋은 소식이잖아. 얘기하면 뭐 어때서?"

"맞아요, 얘기해도 괜찮아요."

넬리는 애써 부드러운 표정을 보이며 말했다.

"화난 건 아니에요. 진짜로."

리처드는 두 손으로 넬리의 무릎을 벌린 후 그녀의 다리 사이로 골반을 밀착했다. 넬리는 거부하지 않았다(그런다고 뭐가 달라질까?). 그런데 리처드가 갑자기 긴장하는 것 같더니 주춤하며 망설였다. 이번에는 조심하려는 것 같았다. 넬리의 엉덩이, 굴곡진 부분에 놓인 그의 손이 치맛자락 위를 가만히 쓰다듬었다.

"이 정도는 괜찮은 거지?"

"내가 부서지기라도 할까 봐요?"

이럴 때는 가만히 있는 편이 더 쉬웠으므로, 넬리는 담뱃대를 싱크대 재떨이에 내려놓고 손바닥으로 조리대 위를 짚어 몸이 뒤로 넘어가지 않게 지탱했다. 두 사람은 더 가까워졌고 쉽게 만족시키기 어려운 리처드의 뜨거운 욕망이 그녀에게 바짝 다가왔다.

"당신은 늘 나를 흥분시키는 법을 안단 말이야."

리처드는 골반을 넬리의 몸에 붙이고 그녀의 목에 키스하기 위해 다가왔다. 리처드의 입술은 뜨겁고 축축했고, 그에게서 풍기는 향수 냄새는 더 강해져서 구역질이 날 것 같았다. 넬리가 아픈 척하며 이 상황을 벗어나려는데, 리처드가 신음 소리를 냈다. 결코 좋아서 내는 소리가 아니었다. 그는 곧 조리대 위에 다리를 벌린 넬리를 남겨두고 몸을 뺐다. 그런 넬리 옆으로 한 줄기 담배 연기만 피어올랐다.

"리처드? 왜 그래요?"

그는 얼굴을 잔뜩 일그러뜨리며 몸을 앞으로 접었다.

"괜찮아. 빌어먹을 궤양 때문이야. 아무것도 아니라고."

리처드는 이를 악물고 말했다. 넬리는 조리대 위에서 내려와 마지막으로 담배를 한 모금 빨고 나서는 비벼 껐다. 리처드의 위는 늘

속을 썩였지만 요즘 들어 더 자주 그런 것 같았다. 넬리는 계속 진료를 받아보라고 했지만 리처드는 별것 아닌 일로 병원에 가는 걸 싫어했다.

"소화제로 다 해결될 일이야."

리처드는 늘 그렇게 말했다. 탄산수로 속이 다스려지지 않으면 수산화마그네슘 성분의 완화제를 찾거나 소화제를 먹었다.

"알부민 음료를 만들어줄까요?"

넬리는 레시피를 외우고 있었지만 요리책을 열었다. 리처드의 위에 탈이 날 때면 자주 만들었다.

"가서 좀 누워 있어요. 곧 가져갈게요."

리처드는 고통스러운 숨을 들이마시며 배를 움켜쥔 채 고개를 끄덕였다.

"어서요."

넬리는 리처드를 부엌 밖으로 내보내며 말했다. 리처드는 신음을 뱉으며 녹색 벨벳 소파에 앉았고, 넬리는 혹시 몰라 들통을 그의 옆에 갖다 놓았다. 그런 다음 달걀에서 흰자를 분리하고 노른자는 작은 유리그릇에 담았다. 노른자는 내일 쓸 참이었다. 흰자는 곱게 반짝이는 거품이 올라올 때까지 블렌더로 휘저었고, 레몬즙도 짜고 설탕도 1큰술 넣은 다음 마실 수 있게 잘 섞었다.

"나는 목욕 좀 할게요. 필요한 거 있으면 불러요."

넬리는 리처드에게 알부민 음료를 건네며 말했다. 리처드는 유리잔에 든 하얀 거품을 한 모금 마시며 얼굴을 찡그렸다. 안색이 창백했고 땀으로 얼굴이 번들거렸다. 이마와 입술 위로는 땀방울도 맺혔다. 벨트와 넥타이를 느슨하게 푼 리처드는 분명 많이 안 좋아 보였다.

"고마워. 천천히 해. 난 괜찮으니까."

그의 목소리가 통증 때문에 높고 가늘게 흘러나왔다.

넬리는 목욕 가운을 옷장에서 꺼내 욕실로 들어가 물을 받았다. 그러고는 문을 잠그고 옷을 벗은 다음 거울 속 자기 몸의 여러 부분을 찬찬히 뜯어보았다. 안에 자라는 것이 없어 나올 일이 없는 납작한 배. 높고 풍만한 가슴. 따뜻한 속옷을 풀자 찬 기운에 꼿꼿이 선 유두. 매끄러운 피부는 정원 일을 하는 동안 햇볕을 가리지 않아 살짝 탄 데다가 기미도 올라와 있었다. 넬리는 욕조에 들어가 두 발을 수도꼭지 양쪽에 하나씩 올렸다. 그녀가 몸을 수도 쪽으로 밀며 무릎을 깊이 꺾자 물줄기가 다리 사이로 곧장 들어왔다. 리처드와는 완전히 다른 방식으로 물줄기가 넬리를 어루만지자 배 속에 긴장감이 올라왔다. 온몸에 전율이 일며 팔다리가 떨렸고, 물 밑에서 넬리의 몸이 팽팽하게 긴장했다가 머리끝에서부터 발끝까지 몸서리가 쳐졌다. 넬리가 고개를 뒤로 젖히자 물속에서 머리카락이 부채처럼 펼쳐졌고 그녀가 내는 소리는 쏟아지는 물속에 잠겨버렸다.

열흘 뒤 아기를 잃었다는 얘기를 들은 리처드는 예상대로 크게 상심했다. 넬리는 다른 셔츠 깃에서 립스틱 자국을 문질러 뺀 다음 소식을 전했다. 리처드가 평소의 그답지 않게 눈물을 보이자 넬리는 통쾌하면서도 슬펐다. 넬리는 남편에게 거짓말을 하는 아내가 되고 싶지 않았다. 특히나 이런 일로 거짓말을 하기는 더더욱 싫었지만, 리처드가 자초한 일이었다. 그래도 어쨌든 곧 임신할 수 있을 거라는 믿음이 넬리의 죄책감을 덜어주었다. 두 사람은 조만간 아이를 가질 것이고 제인(혹은 그녀를 대체할 여자)과 그녀의 끔찍한 립스틱은 잊히리라.

리처드는 많은 질문을 하지 않았다. 지난번 넬리가 유산했을 때 피에 젖은 수건을 보고 받은 충격 때문인 것 같았다. 그냥 "확실한 거야?"라고 묻기만 했다. 넬리는 확실하지만 의사를 만나보겠다고 약속하고는, 병원에 가는 대신 스카스데일의 약국에서 립스틱들을, 특히 짙은 붉은색을 유심히 살펴보았다. 남의 남편을 넘보는 여자들은 대체 어떤 여자들일까? 마침내 넬리는 연분홍 튜브로 마음을 정했고 차가운 코카콜라 한 병과 함께 값을 치렀다. 넬리의 손가락이 차디찬 초록색 유리병에 지문을 남겼다. 리처드가 넬리의 팔에 남겼던 손가락 자국과 비슷해 보였다.

16

여자의 성적 반응은 너무 구체적이지 않고 혼란의 여지가 많아서 본인조차 흥분한 상태인지 잘 모를 때가 많다. 뿐만 아니라 절제했다면 좋았을 행동으로 남자를 흥분시키고 모르는 경우는 더욱 많다.

— 에벌린 듀발, 루번 힐 『당신이 결혼할 때』(*When You Marry*, 1953)

앨리스

2018년 6월 11일

"저는 앨리스가 제임스 도리언을 통제할 수 있다는 걸 알고 있었어요. 달리 생각했다면 애초에 직원을 그런 상황으로 내몰지 않았을 겁니다."

조지아는 마침내 변호사의 날카로운 질문에 답했다. 그 부분에 대해 앨리스는 조지아가 제임스 도리언이 어떤 사람인지 정확하게 알고 있었다는 말을 다시 강조했다. 그들은 자주 이 문제를 이야기했었다. 조지아가 맨 처음 앨리스에게 제임스를 담당하라고 했을 때에도 돌려 말하지 않았다.

"그 사람은 술 좋아하고, 자기 마누라가 아닌 젊은 여자를 좋아해."

앨리스가 이 말을 회의실에서 그대로 인용하자 잠깐 정적이 흘렀고, 곧 모두가 동시에 말하기 시작했다. 조지아는 앨리스에게 과장이 심하고 유치하다며 대화를 잘못 기억하는 것 같다고 했다. 변호사는 제임스 도리언과 관련된 다른 성폭행이나 추행 사건을 보고받은 적 있는지 딱 잘라 물었다. 앨리스는 딱히 누구에게 말한다기보다 그냥 화장실에 좀 다녀오겠다는 말을 하고는 밖으로 나왔다. 화장실 칸막이에 혼자 들어갔을 때 앨리스는 브로닌에게 다시 문자를 보내려고 했지만, 휴대폰을 회의실 테이블에 두고 나온 모양이었다.

회의실로 돌아갔을 때 조지아의 얼굴은 딱딱하게 굳어 있었다. 그녀의 계획은 이 모든 일을 앨리스의 잘못으로 몰아가는 거였다. 회사에 피해를 준 직원, 그래서 정당한 이유(기밀 유지 조항 위반)로 해고한 직원이 모든 결과를 감수하면 되는 거였다. 그러나 이제 부적절한 성적 위법 행위가 도마 위에 올랐다. 권력을 가진 남자의 본색이 드러나고 비난의 해시태그들로 낙인이 찍혀 명성이 더럽혀진 이 상황에서 조지아에게 남은 선택지는 거의 없었다.

앨리스는 자신이 모든 걸 까발리면 분명히 또 나설 여자들이 있을 거라는 걸 알았다. 제임스 도리언의 부적절한 손길의 피해자가 절대 앨리스 하나일 리는 없었다. 어쩌면 조지아도 자신만의 경험담이 있을지 몰랐다. 게다가 학계와 출판계에 오래 몸담은 제임스 도리언에게 위팅턴 그룹이 그의 첫 홍보 담당 회사도 아니었다. 물론 제임스 도리언과 조지아에게 복수하고 싶은 유혹을 느끼기는 했지만, 앨리스는 순진하지 않았다. 자기도 다칠 게 뻔했다. 어떤 이들에게는 동정을 받고 경쟁사들에서 더 좋은 조건으로 일자리를 제안받을 수도 있다. 지위와 권력을 이용해 약자를 억압하는 남자와 그 해결책에 대한 논의도 활발히 일어날 것이다. 그리고 앨리스의 책임에 대한 질문들도 따라오겠지. 왜 그 여자는 제임스와의 미팅에 짧은 치마를 입고 나간 거야? 왜 그 여자는 도리언이 어떤 사람인지 알면서 호텔방에 단둘이 있었지? 왜 계속해서 그 남자에게 술을 따라줬을까? 그 여자는 보드카를 얼마나 마신 거래? 어떤 상황이 벌어질지 정말 몰랐을까?

앨리스가 일을 더 크게 벌이는 것에 관심이 없다고 말했을 때 조지아는 안심한 것 같았다. 제임스의 고소건에 대해서는 분명히 해뒀다. 그가 만취했던 건 사실이지만, 동의 없이 그녀의 허벅지를 만진 손가락의 감촉을 잊을 정도로 취하지는 않았었다고.

“그럼 전 가도 되겠죠?”

앨리스가 소지품을 챙기며 물었다.

“네.”

여자 변호사가 와줘서 고맙다는 말과 함께 굳은 미소를 지었다.

“다른 질문이 생기면 연락드릴게요. 이 번호로 연락하면 될까요?”

변호사는 앨리스의 번호를 소리 내어 읽었고, 앨리스는 고개를 끄덕였다. 조지아가 앨리스를 따라 나오며 변호사들이 분주하게 메모를 하는 회의실 문을 닫았다.

“나가는 길은 저도 알아요.”

조지아와 한시도 같이 있고 싶지 않다고 생각하며 앨리스가 말했다.

"오늘 와줘서 고마웠어."

앨리스의 전 상사는 고개를 까딱하며 말했다. 밖으로 나가려던 앨리스가 갑자기 돌아서서 조지아가 볼 수 있도록 휴대폰 화면을 돌렸다. 조지아의 눈동자가 커지면서 휴대폰 화면에서 앨리스의 얼굴로 시선을 옮겨갔다. 앨리스는 빨간색 버튼을 눌러 녹음을 끄고 휴대폰을 안전하게 가방 안에 넣었다.

"혹시라도 회의 내용이 잘 기억 안 나시면 말씀만 하세요. 제가 오늘 미팅을 처음부터 끝까지 녹음했고, 기꺼이 기억력에 보탬이 되어드릴 용의가 있으니까요."

앨리스는 고개를 꼿꼿이 들고 어깨를 펴며 복도를 걸어 나왔다. 안내 데스크를 지날 때는 슬론의 형식적인 인사나 뒤꿈치의 물집 따위는 무시할 수 있었다. 이 순간만큼은 지난 몇 달간의 자신이 아닌, 예전의 자신이 된 듯한 느낌이었다.

"오늘 점심은 어땠어?"

그날 저녁 네이트가 물었다. 앨리스는 엘시 스완의 요리책을 펴 놓고, 음식 얼룩이 묻은 낡은 책장을 넘기며 다음 날 샐리와 커피 마실 때 가져갈 만한 음식을 찾는 중이었다. 바나나 빵? 오트밀 바? 초코칩쿠키? 고도의 정확성을 요구하는 베이킹은 자신이 없었기 때문에 뭔가 쉬운 걸 선택해야 했다.

"점심이라니?"

앨리스가 슈거 쿠키 레시피에 집중하며 말했다. 그런데 형편없음이라는 메모가 눈에 띄었다. 엘시 스완의 필체도 알아보게 된 앨리스는 한 페이지 넘겨서 브라우니 레시피를 읽기 시작했다.

"편집자 친구랑. 오늘 시내에 안 다녀왔어?"

"아, 맞다, 미안."

네이트가 냉장고를 열어 탄산수를 꺼내는 동안 앨리스는 식품 창고에 코코아가 있나 확인했다. 코코아는 없네. 그럼 브라우니는 안 되겠고. 초코칩은 있었다.

"괜찮았어. 친구가 약속이 있어서 금방 커피만 마시고 헤어졌는데, 그 대신 브로닌이랑 점심 먹고 왔어."

자기도 모르게 거짓말이 술술 나왔다. 앨리스는 말을 뱉은 순간 주워 담고 싶은 심정이었다. 네이트에게 하루를 어떻게 보냈는지 솔직하게 말하고 싶었고, 조지아 위팅턴을 한 방 먹인 속 시원한 감정을 네이트와 나누고 싶었다. 그러나 오늘 하루에 대한 진실을 말하려면 네이트에게 말하지 않은 더 중대한 진실을 드러내야 했다. 만약 앨리스가 네이트에게 털어놓지 않는다면, 자기가 프로로서 저지른 실수와 그로 인한 수치심을 묻어둘 수 있었다. 그럼 별 탈도 없겠지.

"어디로 갔어?"

네이트가 물을 들이켜며 물었다.

"응?"

앨리스는 까치발로 서서 작은 상자들과 조미료 병들을 꺼냈다. 베이킹 소다랑 시나몬은 있고. 정향? 앨리스는 손을 좀 더 깊숙이 넣어 찬장 제일 뒷줄에 남은 병들을 끄집어냈다. 타르타르 크림. 다른 시나몬 하나. 찾았다! 정향 가루.

“아, 이탈리안 음식점에 갔어. 7번가에 있는.”

“트라토리아 델라르테 간 거야? 랍스터 까르보나라도 먹었어? 아, 그거 너무 그립다.”

네이트는 신음 소리를 냈다.

“음, 먹었어.”

앨리스는 유리병과 상자, 초코칩 봉지를 조리대 위에 모아놓고는 네이트와 눈이 마주치지 않기 위해 레시피를 다시 읽었다. 상기된 볼과 어색한 미소를 보고 네이트가 뭔가 낌새를 챌까 봐 걱정이 됐다.

“뭐 만드는 거야?”

정향 가루 병을 집으며 네이트가 물었다. 아무것도 눈치채지 못한 것 같았다.

“초코칩쿠키.”

앨리스가 서랍을 열고 필요한 것들을 꺼냈다. 둥글고 우묵한 그릇, 나무 주걱, 계량컵. 다른 서랍에서는 한 번도 입지 않은 새 앞치마를 꺼내 머리 위로 뒤집어썼다.

“냉장고에서 버터 좀 꺼내줄래?”

버터는 돌처럼 딱딱했다. 앨리스는 손가락으로 겉면을 꾹 눌러보았지만, 은박지에 아주 살짝 자국이 날 뿐 버터는 꿈쩍도 하지 않았다.

“녹을 때까지 기다려야겠네.”

"갈면 돼."

"치즈 강판 같은 걸로? 진짜?"

네이트가 고개를 끄덕였다.

"우리 엄마한테 배운 비법이야. 정말 잘 된다니까."

"하, 그건 몰랐네."

앨리스는 치즈 강판을 식기세척기—이 부엌의 유일한 새 물건—에서 꺼낸 다음 요리책의 레시피를 그대로 따라 만들기 시작했다.

"초코칩쿠키에 정향을 넣는다는 얘기는 한 번도 못 들었는데. 이 레시피는 어디서 난 거야?"

앨리스가 계량하고 젓는 모습을 지켜보며 네이트가 말했다.

"지하실에 있던 요리책. 내일 아침에 옆집 사는 분이랑 커피 마시기로 했는데, 빈손으로 갈 수 없어서."

앨리스는 책에서 눈을 떼지 않고 대답했다.

"대단한데! 이웃 어르신을 위해 집에서 쿠키를 다 굽고 말이야. 교외의 삶이 당신한테 잘 맞나 봐?"

네이트는 앨리스가 노력하는 모습이 좋았다. 예전 같으면 수프 깡통 따는 정도 외에 부엌일은 하려고 하지 않던 사람이 하루아침에 완벽한 가정주부가 된 것 같았다. 네이트는 앨리스의 등 뒤에서 두 팔로 그녀의 허리를 감아 목덜미에 입을 맞추며, 앞치마를 입으니 얼마나 섹시한지 모르겠다고 말했다.

"당신 때문에 계량이 틀리면 맛없는 쿠키를 전부 먹어 치워야 할 거야."

앨리스는 웃으며 몸을 뺐다. 그런 다음 미끌미끌한 버터를 강판의 날카로운 구멍들 위에 올리고는 손가락 마디가 구멍에 닿지 않게 조심했다.

"맞아, 물어보려고 했는데, 오늘 노트북 없이 어떻게 지냈어?"

"뭐?"

네이트가 진동 중인 휴대폰에 집중하며 미간을 모았다.

"당신 노트북 말이야. 집에 두고 가지 않았어?"

강판에 버터를 가는 비법은 너무 잘 먹혔다. 갈린 버터 조각들이 강판 안쪽에 소복이 쌓이는 게 보였다.

"아, 맞다."

그는 잠시 휴대폰 화면을 넘기더니 뒷주머니에 집어넣었다.

"오늘은 거의 미팅이었고, 공부할 때는 드루 노트북을 같이 썼지."

"드루, 내가 아는 사람인가?"

앨리스는 네이트의 동료들 얼굴을 차례로 떠올려봤지만 생각나는 얼굴이 없었다. 앨리스는 강판을 싱크대에 놓고 버터가 묻은 손가락을 따뜻한 물로 헹궜다.

네이트가 고개를 저었다.

"몇 달 전에 들어온 여자야."

"드루가 여자야?"

"응, 드루 배리모어처럼."

앨리스는 기름기가 남은 손가락을 키친타월로 닦아냈다.

"진짜 드루 배리모어처럼 생겼어?"

네이트는 씩 웃으며 앨리스를 한 대 툭 쳤다.

"아니."

"알았어, 그럼 나가. 내가 갈아놓은 버터 위로 쓰러져 잠들기 전에 쿠키를 빨리 끝내야 하니까."

벌써 11시 반이 다 되어가고 있었는데, 네이트가 집에 온 지는 삼십 분밖에 안 된 시간이었다. 요즘은 일하면서 곧 다가올 시험 준비까지 하느라 늘 그랬다.

"알았어, 알았어."

네이트는 앨리스의 볼에 입을 맞추고 거실로 나갔다. 거실에 불이 들어왔고 마루 삐걱거리는 소리가 들렸다. 네이트는 공부할 책을 들고 소파에 자리를 잡았다.

앨리스는 준비한 버터를 그릇에 담고 베이킹 소다를 계량했다. 그리고 오래되어서 하얀 가루 같은 게 낀 초코칩도 함께 넣고 섞었다. 조지아와의 미팅을 떠올리면 배 속이 울렁거렸다. 조지아도 앨리스를 과소평가했다는 사실에 충격을 좀 받았으리라.

몇 시간 전, 저녁에 위팅턴 그룹 변호사에게서 전화가 왔다. 네이트가 한참 늦는다고 했기 때문에 앨리스는 부엌에서 혼자 토마토 치즈 샌드위치를 먹고 있었다. 그래서 전화를 받지 않고 음성 사서함으로 바로 넘어가게 둔 후, 와인을 한 잔 손에 든 다음에야 휴대폰을 확인했다. 변호사는 제임스 도리언이 소송을 취하하기로 했고, 사건이 종결됐다는 문자를 남겼다. 그러고는 자기 전화번호를 남겼지만 앨리스는 문자를 삭제해버렸다.

시간이 얼마나 흘렀을까, 앨리스는 그날의 미팅을 머릿속으로 평가하며 동시에 쿠키가 타지 않게 신경 쓰느라 집 안의 냉기가 사라졌다는 걸 눈치채지 못했다. 물론 제임스 도리언의 일이 해결됐다는 안도감도 한몫했다. 그 전날부터 계속 책상 의자에 두었던 카디건을 더 이상 걸치지 않아도 괜찮았다.

17

가장 달콤한 미소와 훌륭한 태도를 남들을 위해 아껴두지 말도록. 항상 남편이 먼저다.

— 블랑쉬 에버트 『아내가 남편에게 꼭 지켜야 할 11가지 에티켓』(1913)

앨리스

2018년 6월 12일

자정이 막 지난 시간, 쿠키를 오븐에서 꺼낸 직후에 앨리스와 네이트는 부부 싸움을 했다. 그냥 잠깐 날카로운 언쟁 정도가 아니라 잠자리에 들 때까지 말 한마디 없이 서로를 등지고 떨어져 눕는 그런 싸움이었다. 네이트가 커피를 마시려고 부엌에 들어온 게 발단이었다. 때마침 앨리스는 뜨거운 쿠키를 식힘 망으로 옮기는 중이었는데, 네이트가 짜증 섞인 한숨을 내쉬었다.

"왜 그래?"

앨리스가 쿠키 쟁반에서 눈을 떼고 네이트를 보며 물었다.

"아무것도 아니야. 그냥 좀 피곤하네."

그냥 참겠다는 투로 네이트가 말했다.

"나도. 이거 끝내자마자 올라가 자야겠어."

"저기……."

네이트가 또다시 한숨을 쉬었고 앨리스는 쿠키에서 시선을 돌려 네이트를 보았다. 그가 문장을 마저 완성하기를 기다리며.

"이걸 먼저 치우고 잘 생각은 없어?"

앨리스는 부엌을 둘러보았다. 반죽이 달라붙어 굳은 그릇과 버터가 묻은 강판, 여기저기 흘린 밀가루, 향신료 병 옆에는 입구가 열린 초코칩 봉지에서 쏟아진 내용물이 눈에 들어왔고, 싱크대에는 더러워진 주걱들이, 조리대 위에는 달걀 껍질이 흩어져 있었다. 부엌은 그야말로 난장판이었다. 하지만 오늘 밤에 치우든 내일 아침에 치우든 치우기만 하면 되는 거 아닌가.

"없는데."

네이트는 턱이 굳은 채로 고개를 끄덕였다. 그리고 커피 그라인더와 원두를 찬장에서 꺼내, 조리대 위의 달걀 껍질과 밀가루 사이에 올릴 공간을 만들려고 엄청난 노력을 하고 있다는 듯 굴었다. 앨리스는 짜증 섞인 신음을 뱉었다.

앨리스가 그라인더와 원두를 집어 네이트에게 떠안기듯이 넘기자 네이트는 그것들을 받으며 뒤로 밀려났다. 네이트는 앨리스가 분노에 차서 접시들을 싱크대에 넣고 행주를 적시는 걸 미간을 잔뜩 모은 채 노려보았다.

네이트는 과로 상태야. 앨리스는 자기 자신에게 상기시켰다. 피곤해서 인내심도 바닥났을 거야. 상황이 더 나빠지기 전에 그냥 잘 끝낼 수 있잖아. 하지만 정작 입 밖으로는 아무 말도 나오지 않았다. 주방 세제를 그릇에 짜고 뜨거운 물을 틀었는데 눈물이 찔끔 났다. 앨리스는 입술을 꾹 다물었다.

"앨리."

네이트가 원두와 그라인더를 식탁에 놓고 앨리스의 팔꿈치를 가만히 잡았다.

"미안해. 스트레스 때문에 그랬어…… 별건 아니야. 그냥 내일 해도 괜찮아."

내일 해도 괜찮다고? 부엌을 엉망으로 만든 건 앨리스였다. 그건 인정. 하지만 머리 힐에 살 때는 네이트도 앨리스만큼 똑같이(아마도 더 많이) 집안일을 했다. 둘 중 누구도 감독이 아닌 동등한 선수였다.

"아냐, 내가 미안해."

네이트의 손길을 피하며 초코칩과 향신료, 설탕을 치우는데 앨리스의 목소리가 떨렸다.

"다음에는 내가 똑바로 할게."

"아, 제발."

네이트가 손으로 눈가를 누르며 낮은 소리로 말했다. 앨리스는 마음이 좋지 않았다. 네이트는 종일 일하고 저녁에는 공부를 하고 있다. 달걀 껍질과 밀가루, 더러운 그릇들이 굴러다니지 않는 깨끗한 부엌에서 늦은 밤 커피를 마실 수 있기를 바라는 건 무리한 요청이 아니었다.

"우리 대체 왜 싸우는 거야?"

"나도 몰라."

전의를 상실한 앨리스가 눈물을 흘리며 속삭였다. 하지만 네이트가 볼까 봐 돌아서지는 않았다. 앨리스와 달리 네이트는 늘 집에 있는 엄마의 손에서 자랐다. 아들들이 집을 떠난 다음에도 들고 오는 빨래를 해주고, 매일 저녁 7시면 식탁에 저녁을 차려놓는 그런 엄마였다. 네이트는 어린 시절을 즐겁게 회상하고 엄마가 해주신 모든 것에 늘 감사했지만 앨리스는 — 어쩌면 참 바보같이 — 네이트가 자신에게 같은 걸 기대할 거라고는 상상조차 한 적이 없었다.

네이트는 식탁에 앉아 커피 그라인더의 선을 정리하고, 원두 봉지를 닫으며 말했다.

"앨리…… 제발 나 좀 보면 안 돼?"

앨리스가 고개를 돌리지 않자 네이트는 지친다는 듯 한숨을 내뱉었다.

"나 괜찮아. 자기 전에 여기 정리 끝내려고 그래."

네이트는 잠시 그대로 앉아 앨리스가 계속 네이트의 존재를 무시하며 그릇을 닦고 말리는 걸 지켜보다가 화를 내며 말했다.

"정말 어이가 없다."

그리고 일어나서 나가버렸다. 앨리스는 일을 이 지경까지 몰고 간 자신이 미웠지만, 상황을 바로잡기에는 너무 피곤해서 2층으로 올라갔다. 두 시간 뒤 네이트가 와서 누울 때에도 앨리스는 깨어 있었지만 그냥 눈을 꼭 감아버렸다.

"미안해."

다음 날 아침 네이트가 앨리스의 목에 대고 속삭였다. 앨리스도 사과했지만 기분이 별반 나아지지 않았다.

"난 단지 자기가 그리워."

앨리스의 말에 네이트는 그녀를 안고 저녁은 집에 와서 먹겠다고, 공부는 그다음에 해도 된다고 했다. 앨리스는 맛있는 저녁을 약속했다.

"그리고 깨끗한 부엌도."

앨리스의 그 말에 네이트가 웃었다. 우린 괜찮아, 앨리스는 스스로에게 말했다. 네이트가 샤워를 하려고 일어났고 앨리스는 그의 온기가 빠져나간 썰렁한 침대에 혼자 누워 생각했다. 지금 그들의 삶에 아기가 생기면 어떻게 될지. 네이트는 늘 집 밖에, 앨리스는 늘 집에만 있는 지금의 삶. 마치 맞지 않는 옷을 억지로 입은 것 같은 삶.

. . .

"딱 하나가 뭔지 모르겠네. 시나몬은 아닌 것 같고."

샐리는 쿠키를 한 입 더 베어 물며 말했다.

"사실 우리 엄마 초코칩쿠키가 생각나는 맛이에요. 못 먹은 지 너무 오래됐지만."

앨리스가 미소를 지었다.

"정향 맛일 거예요. 제가 저희 집 지하실에서 찾았다고 말씀드렸던 그 옛날 요리책에 실린 레시피를 보고 했어요. 그 책에 엘시 스완이라는 이름이 적혀 있었어요. 누군지는 모르겠지만."

앨리스는 머그잔을 들고 커피를 한 모금 마셨다. 샐리의 커피는 정말 맛있었다.

"그 책을 보고 두어 가지 만들었더니 은근 재미있더라고요. 저는 요리도 못 하고 베이킹은 정말 더 못 하는데, 그 매력이 뭔지 알 것 같아요."

"엄마는 늘 말씀하셨죠. 집에서 만든 걸 이길 수는 없다고."

샐리는 쿠키의 남은 조각을 입에 넣고 정말 맛있다고 중얼거리며 한마디 덧붙였다.

"엘시 스완이라는 분이 넬리 아주머니의 어머니 아닐까 싶네요. 이름이 귀에 익기도 하고, 요리책은 원래 한 세대에서 그다음 세대로 전해 내려오던 물건이라. 특히 갓 결혼한 여자에게 결혼 선물로 많이 줬죠. 준비가 안 된 채로 막 결혼한 여자들이 많았을 테니까."

샐리는 손가락에 묻은 과자 가루를 털어내고 거의 다 비어가는 앨리스의 머그잔을 슬쩍 들여다보았다.

"좀 더 줄까요?"

"네."

샐리가 커피를 채우러 간 사이 앨리스는 다리도 펼 겸 거실을 둘러봤다. 한편에는 젊은 샐리의 사진이 있었는데, 사진 속 샐리는 흰머리가 아닌 연갈색에 지금보다 긴 곱슬머리를 하고 스물다섯 살 정도 더 들어 보인다는 것만 빼면 샐리와 거의 쌍둥이 같은 여자와 팔짱을 끼고 있었다. 앨리스는 장식장과 벽난로 상단을 꾸민 다른 사진들도 살펴보았다. 모두 샐리의 인생과 의사라는 커리어의 여러 시기들을 보여주고 있었다. 그중에는 샐리가 웃음을 띤 아이들과 함께 먼지가 이는 붉은 땅 위에 서 있고, 구석에 에티오피아, 1985라고 적힌 사진이 눈에 들어왔다. 또 다른 사진 속에서는 젊은 샐리가 의대 졸업장을 들고 남색 학사모와 가운을 입고 서 있었고, 벽난로 위의 마지막 사진에서는 비행복을 입고 동그란 고글을 끼고 있었다.

"충동적으로 스카이다이빙을 한 적이 있어요. 70년대에 뉴질랜드에서요. 그때는 뭐랄까…… 즉흥적인 시기였다고 해두죠."

샐리는 앨리스 옆에 와서 말했다. 앨리스는 미소를 띠면서 다시 사진들을 들여다보았다. 가족의 흔적은 찾을 수 없자, 앨리스는 궁금증을 못 이기고 물었다.

"아이들은 없으셨나요?"

샐리는 고개를 저었는데 슬픔의 기색은 전혀 없었다.

"결혼도 한 적이 없어요. 뭐 꼭 결혼을 해야 아이를 낳는 건 아니지만, 아무튼 안 했어요. 내 일이 내 자식이었으니까요."

샐리는 에티오피아에서 찍은 사진을 가리켰다.

"80년대에는 국경없는의사회 소속으로 아프리카에서 한동안 지냈는데, 그곳에는 사랑과 보살핌이 필요한 아이들이 너무 많았어요. 나한테 있는 모성애는 그 아이들에게 전부 쏟았죠."

두 사람은 벽난로 맞은편 안락의자에 앉았다.

"만약 마땅한 사람이 나타났다면 결혼을 했을지도 몰라요. 그런데 나는 의술에 빠졌고 그보다 매력적인 사람이 나타나질 않았어요."

샐리는 그렇게 말하고 앨리스에게 물었다.

"결혼한 지 얼마나 됐어요?"

"10월 15일이 2주년이에요."

앨리스는 자신이 앨리스 헤일 부인이 됐던, 계절적으로 이상하리만치 따뜻했던 10월의 어느 날을 떠올렸다. 살짝 땀이 나기는 했지만, 앨리스는 몸에 딱 붙는 드레스를 입고 굵은 웨이브 머리는 뒤로 모아 반짝이는 진주 핀으로 고정한 채 네이트의 사랑스런 눈길을 받으며 스스로를 아름답다 느꼈다. 그때는 지금보다 모든 게 순조로웠다.

"두 분은 아이를 가질 생각이에요?"

"네, 곧 가질 것 같아요."

앨리스는 어깨를 으쓱하며 말했다.

"하지만 집에 손볼 데가 꽤 많아서요. 그리고 소설을 쓰려는 중이라. 당장은 제 삶에 신경 쓸 게 너무 많아요. 어떻게 보면 좀 앞뒤가 안 맞죠. 제가 지금은 가진 게 시간밖에 없거든요."

샐리는 세상 이치를 다 이해하는 듯한 눈으로 앨리스를 보았다.

"에이, 젊으신데요 뭐."

샐리는 걱정할 것 없다는 투로 말했다.

"가족을 만들 시간은 앞으로 충분해요. 쓸 이야기나 해봐요. 첫 소설인가요?"

"네, 솔직히 말하자면 진도가 잘 안 나가요."

죄책감 한 가닥이 앨리스를 휘감았다. 사실은 한 글자도 못 쓰고 있지. 노력을 안 하는 건 아니었지만 예상했던 것보다 쉽지 않았다. 알고 보니 책을 실제로 쓰는 일은 막연한 꿈으로 간직하는 것보다 훨씬 어려웠다.

"쓰다가 벽에 부딪힌 건가요?"

"네, 뭐 비슷해요. 영감이 좀 떠오르기를 기다리는 중이에요. 아니면 우리 집 문 앞에 뮤즈가 나타나기를 기다리거나."

"글을 쓴다는 거, 정말 흥미로운 직업 같아요. 상상력 하나로 온 세상을 만들어내는 거잖아요."

샐리가 웃자 눈가 주름이 깊어졌다.

"내 안에 창의적인 구석이 하나라도 있었으면 은퇴 후에 글을 쓰는 걸 생각해봤을 텐데. 황혼기에는 누구나 취미가 필요하니까요."

"지금이라도 하시면 되죠. 의사로 평생 사셨으니 정말 쓸 얘기가 많을 것 같아요. 세계를 여행하고, 충동적으로 스카이다이빙도 하시고."

"아, 스카이다이빙, 맞아요. 내가 원래 높은 데 올라가는 것도 무서워하는 사람인데 그날 좀 도움을 받았죠. 브라우니는 브라우니인데 특별한 재료가 들어간 걸 먹었어요. 그날을 제가 제대로 기억하고 있다면요."

샐리는 싱긋 웃었다. 앨리스의 나이에 샐리는 세계 여행을 하고, 사람들의 목숨을 구하고, 마약 브라우니*를 먹고 비행기에서 뛰어내렸다. 당시 보통 여자들은 하지 않는 일들이었다. 앨리스도 부엌을 치우는 문제로 부부 싸움이나 할 게 아니라, 젊은 시절의 샐리가 했던 것들을 하며 살아야 하는 게 아닐까?

"글쓰기 얘기가 나와서 말인데, 다시 좀 써보러 가야겠어요. 하지만 정말 좋은 시간 보냈어요. 감사합니다."

---

* 마리화나를 넣고 만든 브라우니.

"맛있는 쿠키를 가져와서 내가 더 고마워요. 내가 하면 번번이 밑바닥이 타더라고요."

샐리가 현관문을 열었고 앨리스가 샐리를 살짝 안자 샐리도 앨리스를 따뜻하게 안아주었다.

"글쓰기에 행운이 따르기를, 그리고 창의력 충만한 뮤즈를 찾을 수 있기를 바라요. 아님 뮤즈가 앨리스를 찾든가."

몇 시간 후 현관문 두드리는 소리에 소파에서 잠들었던 앨리스가 화들짝 놀라 일어났다. 탁자 위에는 엘시 스완 요리책의 파인애플 치킨 페이지가 펼쳐져 있었다. 저녁으로 해볼까 생각한 레시피였다. 앨리스가 일어나면서 무릎 위에 있던『레이디스 홈 저널』잡지 한 더미가 바닥으로 우르르 떨어졌다. 앨리스는 무슨 일인지 혼란스러웠고, 갑자기 잠이 깬 탓에 심장박동이 미친 듯이 빨라졌다. 몽롱함을 떨쳐내고 그녀는 잡지 위를 뛰어넘어 현관으로 나가보았다.

현관 계단참에는 샐리가 고무줄로 묶은 편지 봉투 두 뭉치를 들고 서 있었다.

"안녕하세요."

앨리스가 머리카락을 다듬으며 인사했다. 꼴이 너무 엉망이지 않기를 바라면서.

"들어오세요. 잠깐 자료 조사 좀 하는 중이었어요. 어, 책 쓰는 것 때문에."

"고마워요, 그런데 지금 테니스 레슨 가는 길이라서."

샐리는 흰색 테니스 복장이었는데, 어깨에는 라켓 가방을 메고

흰머리 위에는 선 캡을 쓴 모습이었다.

"아까 앨리스가 요리책 얘기를 했잖아요, 근데 엘시 스완이라는 이름이 너무 귀에 익어서 엄마 물건들을 좀 뒤져봤어요. 어쩌면 그분이 머독 부부가 이사 오기 전에 이 집에 사신 분일지도 몰라서요. 그럼 엄마한테 그분 사진이 있을 수도 있을 것 같아서요. 그 당시에는 이웃끼리 아주 친하게 지냈으니까요."

앨리스는 샐리에게서 봉투 뭉치를 받아 들었다. 봉투들은 오랜 세월로 빛이 바래고 얇아져 있었다.

"지하실을 뒤지다가 찾아낸 거예요. 받는 사람이 모두 엘시 스완이라고 되어 있는데, 아무도 뜯어보지 않은 모양이에요. 반송 주소는 이 집이고, E. M.이라고 적혀 있는 걸 보니 아마도 엘리너 머독이지 싶어요."

앨리스는 맨 위 봉투에 적힌 주소를 보려고 고개를 옆으로 틀었다. 글씨는 오른쪽으로 많이 기운 필기체였다.

"왜 이 편지들을 우리 엄마가 갖고 있었는지 모르겠지만 앨리스가 관심 가질 수도 있을 것 같아서 가져왔어요. 이 집의 역사에 대한 여러 질문 중에 몇 가지 답은 찾을 수 있지 않을까요?"

편지들은 모두 봉해진 상태였지만, 우편배달 시스템을 거쳤다는 증거인 우체국 소인은 찍혀 있지 않았다. 앨리스는 호기심이 생겼다.

"고맙습니다. 정말 흥미롭네요."

"고맙기는요."

맨 위 겉봉의 주소를 손가락으로 쓸어보는데 뜻밖의 흥분이 앨리스의 몸을 관통했다.

"그런데 이거, 제가 가져도 될까요? 어머니 물건이었는데……."

말끝을 흐린 이유는 다시 돌려주고 싶지 않아서였다. 앨리스는 이 많은 봉투 안에 무엇이 들었을지 너무 궁금했다.

"나한텐 정말로 필요 없어요. 앨리스가 가져요."

앨리스가 미소를 보냈다.

"이 안에 제 책을 위한 이야기가 들어 있을지도 모르겠네요. 어떤 사연으로 부치지 못한 오래전의 편지들 같은?"

"뭐, 어쩌면 뮤즈가 진짜로 오늘 앨리스의 집 앞에 나타난 셈이네요."

곧 택시 한 대가 진입로 끝에 와서 멈춰 섰다.

"아, 차가 왔네요, 난 갑니다. 재미나게 잘 써보세요."

몇 분 뒤 앨리스는 소파에 기대어 앉아 탄성이 전혀 남지 않은 낡은 고무줄을 풀고는 첫 번째 뭉치의 맨 위 봉투를 집어 들었다. 아무리 편지의 주인을 알 수 없는 상황이라고는 하지만, 타인의 사적인 얘기를 읽는다는 죄책감이 살짝 들어 잠시 망설였다. 그러나 호기심이 그 마음을 눌렀고, 앨리스는 봉투 덮개 밑으로 손가락을 집어넣었다. 풀은 오래전에 다 말라서 쉽게 열렸다. 앨리스는 곧 얇은 크림색 편지지 두 장을 펼쳐서 읽어나가기 시작했다.

엘리너 머독의 책상에서

사랑하는 엄마,

요즘같이 좋은 날씨에 건강하게 잘 계시죠? 새들은 마치 7월 중순인 것마냥 지저귀고, 날씨가 너무 따뜻해서 달리아는 계속 꽃을 피우고 있어요! 나중에 갈 때 좀 꺾어갈게요. 저도 잘 지내고 있어요. 대부분의 시간을 정원에서 보내며 월동기를 준비하는 중이에요. 연초에 비가 너무 많이 내려서 민달팽이가 기승이었어요. 결국 불쌍한 옥잠화들은 여기저기 구멍이 숭숭 뚫리고 말았죠. 식초를 뿌려보기도 했고, 설탕으로도 유인해봤지만 둘 다 그다지 성공적이지는 않았어요. 어쩌면 이 해충들을 정원사의 도전 과제로 인정해야 할까 봐요.

오늘 저녁에는 제가 디너파티를 열었는데 정말 대성공이었어요. 치킨알라킹과 베이크드 알래스카를 준비했는데, 손님들은 아이스크림을 오븐에 넣을 수 있다는 사실에 엄청 신기해했어요. 분명 몇 명한테 레시피를 적어줘야 할 거예요.

리처드는 공장 일로 계속 바빠요. 요즘은 스트레스도 많이 받고 있어요. 공장의 영업 매니저 한 분이 최근에 세상을 떠났거든요. 그 일로 모두가 충격을 받았어요. 저는 잘 위로해주고 마음을 편안하게 해주려고 애썼지만, 언제나 그것만으로는 충분하지 않은 것 같아요. 툭하면 위궤양 증상도 보이는데 다행히 알부민 음료로 조금 진정이 되는 것 같기는 해요. 병원에 가 봤으면 좋겠는데 남자들이 얼마나 고집불통인지 아시죠? 그래서 말인데 그만 쓰고 자러 가야겠어요. 시간이 늦었는데 리처드가 안 자고 기다리고 있거든요. 너무 오래 기다리게 할 수는 없죠. 살아보니 리처드는 인내심이 많지 않더라고요.

최근에는 좀 실망스러운 일들이 있기도 했지만, 곧 좋은 소식들을 전할 날을 기대하고 있어요! 하지만 지금은 조용히 있으려고 해요. 그래야 나중에 깜짝 놀라게 해드릴 수 있겠죠? 엄마, 곧 찾아뵐게요. 저는 건강하게 잘 지내고 있으니 부디 제 걱정은 하지 마셔요.

1955년 10월 14일

사랑하는 딸, 넬리 드림.

18

넬리

1956년 7월 2일

정원은 넬리가 평소만큼 자주 꽃을 솎고 잡초를 뽑지 않아 무성해져 있었다. 폭우가 거의 일주일 꼬박 이어져 바깥에 나가기도 쉽지 않았고, 꽃밭도 흠뻑 젖어 엉망이었다. 게다가 넬리는 '회복 중'이어야만 했다. 거짓 유산으로 넬리는 꼼짝없이 집에 묶인 신세였는데, 리처드가 넬리의 바깥출입에 신경을 쓰기 때문이었다.

하지만 정원을 더 이상은 방치할 수 없었기에, 넬리는 리처드가 기차를 타러 나간 후 집 안을 청소하고 장 볼 거리들을 적은 다음 정원을 돌보러 나갔다. 잡초를 뽑으며 넬리는 휘파람을 불었다. 무릎에 흙이 묻는 것도, 가시에 긁히는 것도, 맨다리를 기어오르는 벌레들도, 쪼그리고 앉아야 하는 것도 별로 개의치 않았다. 날이 정말 좋았고 넬리 머독은 실로 오랜만에 희망에 차 있었다.

리처드와의 사이도 나아져서 넬리는 행복했다. 요즘은 리처드가 넬리를 더 배려해주었고, 지난 2주 내내 제때 집에 와서 저녁을 먹었다. 심지어 그날 아침에는 먹은 것을 손수 치우기까지 했다. 그의 양복과 셔츠에 배어 있던, 이젠 넬리마저 익숙해진 역겨운 향수 냄새도 사라졌고, 때로 그녀의 몸을 거칠게 다루던 손길도 부드러워졌다. 넬리의 몸에 들었던 마지막 멍의 색이 빠지며 남편에 대한 경멸도 함께 사라졌다. 어쩌면 넬리와 리처드 머독에게는 장밋빛 미래만 남은 건지도 몰랐다.

이런 즐거운 생각들과, 특히 심하게 무성해진 정원의 한 부분에 완전히 정신이 팔린 나머지 넬리는 리처드가 바로 뒤에 올 때까지 아무 소리도 듣지 못했다.

"엘리너."

리처드가 고함을 치자 넬리는 벌떡 일어섰다. 그녀는 얼른 뒤를 돌아 장갑 낀 손으로 차양을 만들며 말했다.

"리처드, 깜짝이야."

넬리는 손을 가슴에 갖다대며 말했다.

"놀랐잖아요."

넬리는 정원에서 잘라내 들고 있던 잡초를 떨어뜨리고 반바지를 만지작거렸다. 리처드는 넬리가 맨다리를 드러내는 걸 싫어했다.

"왜 지금 집에 온 거예요?"

시간이 흐르는 걸 완전히 잊었던 걸까? 어쩌면 벌써 저녁 시간이 다 되었는지도 몰랐다……. 하지만 해는 중천에 떠 있었다. 평소 같으면 리처드가 이 시간에 집에 올 리 없었다.

"혹시 어디 아파요?"

리처드는 넬리를 노려보았고, 넬리는 그가 화났다는 걸 깨달았다. 그녀의 근육이 안쪽부터 떨려오기 시작하며 아드레날린이 솟구쳤다. 넬리의 몸은 어느새 도망칠 준비를 하고 있었다.

"왜 그래요? 뭐가 잘못됐어요?"

어쩌면 이게 다 상상일지도 몰라. 어쩌면……

퍽!

그의 주먹이 그녀의 뺨과 턱을 치고 지나갔다. 어찌나 세게 쳤는지 고개가 옆으로 홱 돌아가며 이가 꽉 물렸고, 귓속이 왕왕 울렸다. 넬리는 멍할 뿐이었다. 리처드는 한 번도 이런 식으로 넬리를 때린 적이 없었다. 얼굴은 남들에게 설명하기 어려운 자국을 남기기 때문에 절대 때리지 않았다. 넬리는 숨도 제대로 쉬지 못하고 덜덜 떨리는 손을 욱신거리는 볼에 갖다댔다. 벗겨져 쓰라린 피부에 장갑이 거칠게 느껴졌다. 머릿속 울림은 곧 가라앉았지만 통증은 그대로였다.

"내가 오늘 누굴 만났는지 알아?"

리처드가 가까이, 너무 가까이 서서 물었다. 넬리는 스스로를 보호하기 위해 몸을 살짝 웅크렸다. 잠깐 발 옆에 있는 모종삽을 떠올려보았다. 필요한 상황이 온다면 과연 얼마나 빨리 저걸 집을 수 있을까.

넬리는 리처드의 질문에 고개를 저었다. 목소리는 도저히 나오지 않았다. 해가 그렇게 따뜻한데도 몸이 격렬하게 떨렸다.

"존슨 선생이야, 내가 만난 사람이. 선생 딸이 브루클린에 사는 건 알았어?"

넬리는 고개만 겨우 저었다.

"최근에 약혼한 딸에게 가는 중이라더군. 기차에서 내내 같이 앉았어. 아주 오래 담소를 나눴지."

리처드는 말을 잠시 멈추더니 정원 창고 앞으로 갔다. 창고 문 앞에는 뿌리가 단단한 민들레 무리를 파낼 때 쓰는 삽이 기대어 있었다. 그는 여전히 볼을 손으로 잡은 넬리 옆으로 오더니 삽의 날카로운 끝을 땅에 대고 완전히 꽂힐 때까지 밀어 넣었다.

"그 의사 선생, 아주 흥미로운 사람이던데. 자기 자랑하기 좀 좋아하지만 믿음직하달까. 그리고 내가 보기에는 당신에게 반한 눈치던데. 당신 발진이 나았는지 어찌나 걱정을 하던지."

넬리의 온몸이 차갑게 식었고 몸이 마비되는 것 같았다. 더 듣지 않아도 무슨 일이 벌어졌는지 알 수 있었다. 존슨 선생님은 노련한 의사였고, 넬리가 진료받은 내용을 누구에게도 절대 누설하지 않을 사람이었다. 하지만 그녀의 남편은 예외였다. 남편은 자기 아내에게 일어나는 일을 모두 알 권리가 있으니까.

넬리가 걱정입니다. 리처드는 기차가 스카스데일 역을 출발해서 속도를 내기 시작할 때쯤 존슨 선생님에게 말했을 거다. 솔직히 정말 속이 상합니다. 리처드는 정말 그렇게 보이기도 했겠지. 안색은 창백하고 이마에는 땀이 맺혀서는. 이런 일을 또 안 당하려면 어떻게 해야 할까요?

존슨 선생님은 리처드의 근심 어린 목소리와 과도한 걱정에 혼란스러웠을 게 분명했다. 혹시 우드 선생님이 넬리의 뭔가를 놓친 건 아닐까 걱정했을지도. 나이 많은 의사의 고집에 약간은 답답함을 느끼며, 왜 진작 은퇴를 안 하시나 원망스러웠을지도 모른다. 발진이 훨씬 심해졌나요? 아마도 그렇게 물었겠지. 약이 효과가 없던가요? 부인께 제 비서에게 연락을 하라고 하시죠. 제가 다시 한 번 봐드리겠습니다.

대화가 잠시 멈췄겠지. 발진이요? 리처드는 조금 전의 의사만큼 혼란스러워하며 물었을 것이다.

네, 부인 손에요. 존슨 선생님은 그렇게 말하며 리처드를 의아한 눈길로 보았을 거다. 리처드는 땀을 점점 더 많이 흘리기 시작했을 거고. 선생님은 어쩌면 리처드가 어디가 아픈 건지도 모르겠다고 생각했을 수도 있다. 어쩌면 리처드도 진료를 한 번 받아보라고 권해야 할지도 모르겠다고…….

유산이요. 리처드가 너무 조용히 말해서 선생님은 그에게 다가가야 했을 거다. 피를 너무 많이 흘렸어요, 정말 많이…….

이쯤에서 존슨 선생님의 의문은 풀렸겠지만 부부 사이의 일에 개입하고 싶지 않아 고개를 저었을 것이다. 미안합니다. 무슨 말씀을 하시는 건지 잘 모르겠네요.

리처드 머독은 그날 껌 공장에는 아예 가지 않았다. 대신 기차가 역에 도착하자 존슨 선생님과 인사를 하고 기차역에서 서성였다. 어떻게 해야 할까 생각하던 리처드는 다음 기차를 타고 집으로 돌아왔다. 그리고 넬리를 곧 죽이기라도 할 기세로 그녀 앞에 서 있었다.

넬리는 리처드가 볼 수 있도록 장갑 한 짝을 뺐다. 손에는 발진의 흔적이 남아 있지 않았다.

"이젠 다 나았어요. 보세요. 하지만 존슨 선생님이 제 걱정을 하셨다니 정말 감사한 일이네요."

넬리는 손을 내밀었다. 팔이 마치 바람결의 나뭇잎처럼 떨렸다.

리처드는 티 하나 없는 넬리의 피부를 손가락으로 어루만졌다. 그러고는 몸을 굽혀 그녀의 손에 가만히 입을 맞춘 후, 방금 전까지만 해도 부드러웠던 손가락으로 넬리의 엄지와 검지 사이 연약한 부분을 세게 눌렀다. 마치 손의 뼈를 발라내기라도 하려는 듯이.

"넬리, 당신은 나한테 거짓말을 했어."

리처드가 넬리의 엄지를 비틀며 손을 더 세게 움켜쥐자 넬리는 비명을 질렀다.

"애초에 아기가 있기나 했어?"

"나는 거짓말 한 적 없어요."

넬리가 손을 빼려고 했지만 리처드는 놓지 않았다.

"리처드, 나는 아기를 잃었어요. 맹세해요. 욕실이 피바다가 된 걸 봤잖아요! 욕조 안에 내가 쓴 수건들도요! 하지만 맞아요. 그 일로 존슨 선생님께 가지는 않았어요. 부끄러웠어요. 내 몸이 나를 실망시킨 게 부끄러웠어요. 또 다시 우리를 실망시킨 게 부끄러웠다고요."

리처드는 넬리의 손을 부러뜨릴 수도 있었다.

"손이 너무 아파요. 제발. 놔줘요."

"지금 당신이 하는 말을 내가 다 믿어주기를 바라는 거야?"

리처드는 고함을 쳤지만 손은 놓아주었다. 넬리는 비틀거리며 물러났고, 리처드는 삽을 집어 들더니 정원으로 성큼성큼 걸어갔다. 대체 무얼 어쩌려는 걸까? 처음에는 넬리의 아름다운 장미 덤불을 다 파내려는 줄 알고 공포에 질렸다. 그러나 그의 의도가 뭔지 제대로 깨달았을 때, 넬리는 심장이 멈출 뻔했다.

"뭐 하는 거예요?"

넬리는 조심스럽게 그에게 몇 걸음 다가갔다. 리처드는 그녀를 무시하고 삽을 땅 속에 꽂더니 마치 뜨거운 나이프로 버터를 가르듯 파란 물망초를 한 뭉텅이 베어냈다.

"안 돼!"

넬리는 리처드에게 달려들어 그의 팔을 잡아당겼다. 리처드는 마치 성가신 파리를 쫓듯 넬리를 쳐내고 하던 일에 집중했다.

"제발, 그만해요. 리처드, 제발."

그는 꽃을 으스러뜨리며 흙덩어리를 옆으로 떠낼 뿐 꿈쩍도 하지 않았다.

"당신이 여기다 그 망할 놈의 수건을 묻는 걸 내가 봤다고."

리처드는 삽질을 하느라 씩씩대며 말했다.

"그거 당신이 흘린 피도 아니었지! 정육점에서 받아 왔나? 같이 사는 내내 나한테 계속 거짓말했던 거야?"

"아니에요."

넬리는 흐느끼고 있었다. 숨이 목구멍에 막혔다.

"그…… 아기가…… 우리 아기가 그 수건 안에 있다고요. 나를 못 믿겠음 어서 다 파내봐요. 그럼 알 거예요."

리처드가 멈췄다. 그의 유일한 움직임은 어깨를 들썩이게 하는 거친 호흡뿐이었다. 리처드는 삽에 무게를 전부 실은 채 머리를 삽의 손잡이에 갖다댔다.

"오늘 당신이 나를 곤란하게 만들었어. 그건 용납 못 해."

"넬리? 괜찮은 거예요?"

미리엄이 옆집 뒷마당에서 불쑥 나타났다. 그녀는 원예용 가위를 손에 들고 두 집 사이의 울타리 위쪽으로 몸을 내밀고 있었다.

리처드가 일어나 다 파헤쳐진 물망초 더미들을 둘러봤다. 그런 다음 미리엄 쪽을 향해 한 걸음 다가가며 넬리를 볼 수 없도록 미리엄의 시야를 막았다. 삽은 자기 뒤에 내려놓았다.

"클라우센 부인, 안녕하세요? 가지치기하기에 정말 좋은 날씨 아닙니까?"

"정말 그래요."

미리엄은 리처드가 정원에 무슨 짓을 했는지, 그리고 넬리를 좀 더 잘 보기 위해 몸을 움직였다. 하지만 리처드 부부 사이에 일어난 일은 전혀 듣지도, 보지도 못했다는 듯 목소리를 계속 유쾌한 톤으로 유지했다.

"넬리, 바쁘지 않으면 잠깐 내가 방해 좀 했으면 하는데? 개미들이 골치를 썩여서 말이에요. 우리 집 작약이 여전히 상태가 말이 아니에요. 친한 친구에게 꽃다발을 만들어주기로 했는데."

리처드는 작약이 이미 만개했다가 시들기 시작했다는 걸 알 리 없었다. 미리엄은 넬리가 도망칠 기회를 주려는 거였다.

"당연히 괜찮죠. 여기 일은 마무리 짓던 참이었어요."

리처드는 넬리를 쏘아보았지만 미리엄을 향해 돌아설 때는 바로 표정을 바꿨다.

"얼마든지 데려가시죠."

그는 어느새 미소를 짓고 있었고, 마치 조명을 켠 것처럼 매력적인 사람이 되어 있었다. 그러나 미리엄 클라우센은 바보가 아니었다.

"여기는 당신이 알아서 정리하고. 오늘 저녁은 먹고 들어올 거야."

넬리는 고개를 끄덕이며 웃음을 유지했다. 얼굴 근육을 움직이기 위해 애를 써야 했다.

"이따 밤에 봐요."

리처드는 창고 앞에 잠시 멈춰 서서 삽을 문가에 기대어 세워놓았다.

"그러자고."

그리고 미리엄을 향해 손을 흔들어 보였다.

"클라우센 부인, 또 뵙지요. 개미가 잘 해결되기를 빕니다."

그가 집 안으로 들어가고 문이 닫힌 뒤, 넬리는 리처드가 나타난 이후 처음으로 제대로 숨을 쉬었다.

미리엄은 울타리 뒤에서 계속 미소를 보내고 있었지만 목소리에는 깊은 근심이 담겨 있었다.

"넬리, 혹시 다쳤어요?"

넬리는 뺨을 손으로 문질렀다.

"어디까지 들으셨어요?"

미리엄이 무엇을 보았을지 생각조차 하기 싫었다. 하지만 한편으로는 머독 부부의 역사에 이런 사건이 재현되지 않도록 증인이 있었으면 하는 마음도 들었다.

"걱정 말아요."

미리엄은 두 정원 사이의 문을 열고 부드럽게 말했다.

"잠깐 건너오는 게 어때요? 찜질도 좀 해주고, 우리 커피 한잔

해요."

넬리는 주저했다. 커피도 괜찮을 것 같았고, 미리엄과 그녀의 아늑한 거실은 지금 넬리에게 아주 절실했다. 그러나 옹졸한 리처드가 악의를 품을지도 몰랐고, 그의 분노가 넬리에게만 그치리라는 보장도 없었다. 만약 자기 아내가 미리엄에게 모든 걸 털어놓았다고 생각한다면…….

"지금은 안 될 것 같아요."

넬리는 집 쪽을 힐끗 보았다. 리처드의 차가운 시선이 등에 꽂히는 기분이었다. 미리엄은 넬리가 공포에 떠는 걸 보며 혀를 끌끌 찼다.

"안 되기는 왜 안 돼요."

미리엄의 성난 눈빛을 보자 넬리는 그녀가 모든 걸 다 보고 들었다는 걸 알았다.

"저 남자 정말 못쓰겠네요. 정말 몹쓸 사람이야."

미리엄은 게이트를 열고 자기 정원으로 넬리를 데려가며 속삭였다.

"네."

넬리는 리처드와의 일로 기진맥진해진 채 미리엄에게 기댔다.

"하지만 제 남편인걸요."

"저 남자, 당신 남편 될 자격 없어요. 절대 곱게 그냥 잘 살지는 못 할 거예요. 두고 봐요. 내 말이 맞을 테니까."

19

살림과 요리 솜씨는 아주 중요하고 필수적인 기본기다. 좋은 가정의 아내는 자기 솜씨에 상당한 자부심을 가져야 한다. 소화불량이 생길 것 같은 집안 분위기에서 행복은 피어나지 않는다.

— 앨프리드 헨리 타이러 목사 『성의 만족과 행복한 결혼』(*Sex Satisfaction and Happy Marriage*, 1938)

앨리스

2018년 6월 13일

첫 번째 편지에 적힌 날짜는 1955년 10월 중순으로, 넬리 머독이 자신의 엄마에게 쓴 편지였다. 앨리스는 엘시 스완이 넬리의 엄마라는 사실을 알게 되었다. 그저 단조로운 일상에 대한 두 장짜리 편지였다. 적어도 앨리스가 보기에는 그랬다. 베이크드 알래스카라는 디저트를 선보인 디너파티, 정원의 민달팽이, 그리고 요즘 심해진 남편 리처드의 위궤양. 몇 주 간격으로 쓴 두 번째, 세 번째 편지도 비슷하게 단조로운 일상이 자세히 나와 있었다.

실망한 앨리스는 편지들을 옆으로 밀어두고 브로닌에게 전화를 했지만, 곧바로 음성 사서함으로 넘어갔다. 몇 초 뒤에 브로닌에게서 종일 미팅 중이라는 문자가 왔다.

나중에 얘기할까?

앨리스도 미팅이, 예전 스케줄이 그리웠다. 당시에는 정신없이 힘들었지만, 일은 자기 정체성의 기반이기도 했다. 조지아와의 담판에서 얻은 자신감은 어느새 희미해지고 다시 붕 뜬 느낌이었다. 일류 기업의 멋진 홍보 전문가가 아니라면 나는 누구일까? 지금까지는 실패한 소설가, 형편없는 정원사, 아마추어 요리사였다.

앨리스는 한숨을 쉬며 휴대폰을 편지 뭉치 위에 놓았다. 네이트, 브로닌, 그리고 엄마 말고는 문자도 오지 않았다. 베이크드 알래스카라는 디저트나 만들어볼까? 요리책 색인을 확인하고 중간 정도까지 넘기자 디저트 사진이 나타났다. 여러 겹을 켜켜이 쌓은 돔 형태의 케이크였다. 레시피를 훑어보니 주재료는 아이스크림, 달걀 흰자, 스펀지케이크였다. 손님들이 감동할 거예요!라는 요리책 설명과 함께 눈에 익은 엘시 스완의 손 글씨가 적혀 있었다. 화려하고 맛있음. 그리고 바로 밑에 넬리의 메모(편지 덕분에 앨리스가 알아볼 수 있었다)도 있었다. 성공! 그레이브스 부부, 라인하트 부부, 스털링 부부와 함께 저녁 식사—1955년 10월 14일

베이크드 알래스카

달걀노른자로 만든 지름 20센티미터 원형 스펀지케이크	
딸기 아이스크림	2리터
큰 달걀흰자	6개
타르타르 크림	$\frac{1}{2}$작은술
설탕	1컵

스펀지케이크를 만들고 식힌다. 둥근 그릇에 딸기 아이스크림을 담아(케이크 단의 지름보다 2.5센티미터 작게) 냉동실에 넣는다. 음식을 내기 직전에 달걀흰자에 타르타르 크림을 넣어 머랭을 친다. 설탕을 조금씩 넣어 머랭이 윤이 나고 흐르지 않을 때까지 섞는다. 식은 케이크를 베이킹용 철판에 올리고, 그릇에서 분리한 아이스크림을 뒤집어서 케이크에 얹힌다. 아이스크림과 케이크를 머랭으로 덮되, 철판까지 완전히 닿도록 머랭으로 밀봉한다. 아이스크림이 녹지 않게 보호하기 위함이다. 260도로 예열한 오븐에 3~5분 정도 혹은 머랭이 살짝 갈색이 될 때까지만 굽는다. 완성된 디저트를 접시에 옮겨 신속히 제공한다.

휴대폰을 확인하니(문자는 온 게 없고) 벌써 3시가 가까워져 있었다. 저녁 준비를 시작하기 전에 적어도 한 시간은 글을 쓰기로 스스로와 약속했기 때문에, 앨리스는 디저트 레시피를 펼쳐놓은 채 오늘은 진전을 보고야 말겠다는 결심으로 책상 앞에 앉았다.

그녀는 노트북 자판 위에 손을 올리고 뭔가 떠오르기를 기다렸다. 조지아와의 사건을 생각해보려고 했지만—그보다 더 「악마는 프라다를 입는다」 같은 이야기가 어디 있겠어?—자꾸만 넬리라는 여자는 수요일 오후를 어떻게 보냈을까 하는 생각만 떠올랐다. 지금까지 읽은 편지들 덕분에 청소, 요리, 정원 일, 이 세 가지를 주축으로 돌아가는 삶을 쉽게 그려볼 수 있었다. 그런 삶은 어떤 삶이었을까. 그러니까 깨끗한 집과 오븐에서 완성되어가는 미트로프로 모든 기대치를 충족시키는 그런 삶. 이런 단순함이 안도감을 주었을까? 아니면 그게 삶의 전부라는 사실 때문에 좌절했을까?

넬리에 대한 생각을 밀어내고 앨리스는 억지로 손가락을 놀려 타자를 치기 시작했다. 단어들을 모아 문장을 만들어나가며 금방 첫 두 쪽을 썼지만, 다시 읽어보니 얼굴이 절로 찌푸려져서 다 지워버렸다. 의기소침해진 앨리스는 노트북을 닫고 부엌으로 갔다.

저녁 메뉴로는 이미 파인애플 바비큐 양념에 재운 닭고기 넓적다리 살을 점찍어두었고, 디저트로 베이크드 알래스카까지 준비하면 네이트에게 깜짝 선물이 될 것 같았다. 네이트는 아이스크림을 좋아하니까. 닭 요리는 간단했다. 10분 후 양념에 잘 재운 닭고기는 냉장고에 넣어두었다. 앨리스는 손을 씻은 후 앞치마를 두르고 베이크드 알래스카 만들기에 착수했다.

저녁 식사 시간이 걱정이었다. 음식이 아니라 네이트에게 할 얘기 때문이었다. 디저트에 들어갈 재료들을 챙기면서 앨리스는 하고 싶은 말을 연습했다. 아이를 갖는 건 몇 달만 더 미루고 싶었다. 그

때도 서른이 될까 말까였다. 네이트가 속상할 수 있겠지만, 곧 앨리스 입장에서 이해해주기를 바랐다. 샐리 아주머니의 말대로 그들은 젊으니까.

앨리스는 냉장고를 열고 아이스크림이 충분한지 확인했다. 딸기 아이스크림은 없었지만 초콜릿 아이스크림이 한 통 있었다. 케이크는 따로 굽는 대신 슈퍼마켓에서 파운드케이크를 사 왔다. 오븐용 쟁반에 파운드케이크를 올리고 둥그런 모양이 비슷하게 나올 때까지 겉 부분을 자르고 쌓아 올렸다. 아이스크림은 너무 딱딱해서 잠시 상온에 두고 녹을 때까지 기다리는 동안 윗부분을 긁어 한 입 먹었다. 요리책을 넘기면서 보니 그 당시에는 젤리 샐러드가 무척 유행한 모양이었다. 그러다 레몬 젤라틴과 통조림 참치라는 레시피를 보고 앨리스는 경악을 금치 못했다.

15분쯤 지났을 때 앨리스는 이미 아이스크림의 3분의 1을 해치운 뒤였다. 남은 아이스크림은 작고 둥근 그릇에 눌러 담기 딱 좋게 녹아 있었다. 그릇에 옮겨 담은 아이스크림을 냉동실에 넣은 다음 앨리스는 책상에 가서 앉았지만, 한 시간 동안 창밖만 내다봤다. 소설은 전혀 진전이 없었다.

6시 반, 늦어도 7시면 집에 올 예정이던 네이트는 한 시간이 지나도록 오지 않았다. 앨리스가 문자를 보냈다.

오고 있어? 저녁 거의 다 됐는데.

답이 없었다. 8시 반이 되도록 네이트는 오지 않았다. 앨리스는 씩씩대며 와인 잔을 한 번 더 채웠고, 너무 많이 익은 채로 다 식어버린 닭고기와 쪼글쪼글해진 파인애플 조각을 접시에서 이리저리 굴렸다. 네이트에게 전화를 걸었더니 음성 사서함으로 바로 연결됐다. 짜증은 물러가고 슬슬 걱정이 되기 시작했다. 기차 연착이나 사고 소식이 있는지 확인해봤지만 아무것도 없었다. 기차역에서 자전거를 타고 집에 오는 길에 차에 치인 건 아닐까? 전전긍긍하며 거실을 서성이는 동안 앨리스는 와인을 모두 비웠다. 네이트를 찾아 나서야겠다고, 그런데 와인을 두 잔이나 마셨으니 그럴 수도 없겠다고 막 생각하는데 문자가 왔다.

자기야, 미안해. 스터디가 늦게 끝났어. 여기서 대충 먹을게.

저녁은 다음을 기약할까?

앨리스는 문자를 한참 노려보았다. 다음을 기약해? 앨리스는 네이트가 사무실에서 드루와 함께 있는 모습을 그려보았다. 매일 아주 중요한 일들을 함께 처리하고, 엄청나게 집중해서 일하는 사이사이 포장 음식을 사다 먹고 한바탕 웃는 모습을. 네이트는 집에서 기다리는 아내와의 저녁 식사는 완전히 잊어버린 게 분명했다.

네이트의 배려 없음에 씩씩거리며 앨리스는 하얀 거품이 반짝이면서 봉우리처럼 올라올 때까지 달걀흰자를 쳤다. 그리고 둥근 돔 형태로 딱딱하게 언 아이스크림을 가까스로 빼서 케이크 위에 얹었다. 그 전체를 하얀색 머랭으로 덮을 때는 없는 재주로 구름 모양을 균일하게 만들어보려고 엄청 애를 썼다. 앨리스는 마침내 네이트가 돌아오면 퍼부을 말들을 격렬하게 뱉어보았다.

전화 한 통 해주면 어디가 덧나니? 걱정했잖아.

드루랑은 좋은 시간 보내셨나?

다음을 기약해? 아내랑 저녁밥 먹는 걸 기약하는 사람이 대체 어디 있니?

당신 파인애플 치킨이 다 식어버렸다고…… 그리고 나는 지금 당장 아이 갖기 싫어.

앨리스는 계속 화가 난 채로 중얼거리면서 오븐 속에 들어간 머랭 돔을 지켜보느라 허리를 숙이고 있었다. 4분이 지나자 봉우리 부분이 황금색으로 변했지만, 기반이 되는 케이크 부분 아래에서 갈색 물이 흘러나와 고이기 시작했다. 서둘러 오븐에서 케이크를 꺼내 축 늘어진 머랭 부분을 찔러보며 앨리스는 오만상을 찌푸렸다. 넬리가 이런 걸 보고 '성공!'이라고 하지는 않았겠지. 도저히 먹을 수 있는 형태로 보이지 않았다. 앨리스는 커다란 부엌칼로 돔 표면을 한 조각 잘라내어 얼른 접시에 옮겨 담았다. 이 조각은 그나마 멀쩡했는데, 조각을 잘라내자마자 나머지 부분이 전부 다 내려앉았다. 앨리스가 칼로 한쪽을 지탱해보려 했지만 다른 한쪽이 찌그러져서 그냥 포기했다.

앨리스는 접시를 들고 싱크대 앞에 섰다. 그리고 어두워진 뒷마당을 내다보며 베이크드 알래스카 한 조각을 다 먹었다. 접시와 포크는 씻지 않은 채 디저트의 나머지 부분 옆에 내려놓았다. 몇 시간 뒤 네이트가 집에 왔을 때쯤에는 다 녹은 초콜릿 아이스크림과 질척질척해진 케이크만 중앙에 섬처럼 남아 있으리라. 앨리스는 그대로 잠자리로 향했다. 한 가지 결심을 마음에 굳힌 채.

20

넬리

1956년 7월 7일

민트 소스

정제 설탕	$1\frac{1}{2}$큰술
뜨거운 물	3큰술
잘게 다진 민트 잎	$\frac{1}{3}$컵
매우 순한 와인 식초	$\frac{1}{2}$컵

녹색 채소로 만든 천연 색소 몇 방울

뜨거운 물에 설탕을 녹인다. 식힌 설탕물에 다진 민트 잎과 와인 식초를 섞는다. 녹색 채소 색소를 몇 방울 떨어뜨리고, 30분간 두었다가 시원하게 제공한다. 이 재료는 소스 1컵 분량이다.

허브를 따기에 가장 좋은 시간은 이른 아침 이슬이 마른 뒤였다. 넬리는 허브 정원 일부터 시작해서 할 일이 많았다. 해가 좀 더 높이

솟고 리처드가 계속 자는 동안 넬리는 말려서 허브 믹스에 넣을 허브 잎과 줄기들을 잘라냈다. 로즈메리, 세이지, 파슬리, 딜, 레몬밤, 민트, 마저럼. 싹둑, 싹둑, 싹둑. 긁히지 않도록 정원용 장갑을 낀 넬리의 민첩한 손이 부지런히 움직였다.

리처드가 넬리를 때린 지 일주일이 다 되어가고 있었다. 넬리는 그날 이후 이 결혼은 아무리 노력해봤자 지키기 어렵고, 최악의 경우에는 아주 위험할 수도 있다고 인정했다. 디너클럽에서 만났던 리처드는 더 이상 존재하지 않았다. 넬리에게 관심과 선물 세례를 퍼붓던 매력적인 남자, 행복이 완전히 무르익어 따서 갖기만 하면 된다고 믿게 만든 남자는 이제 없었다. 잘 생각해보면, 그 남자는 결혼식 첫날밤부터 이미 사라지고 없었다. 리처드가 거칠게 그녀 안으로 밀고 들어왔을 때, 그의 이기적이고 성급한 두 손이 넬리의 아름다운 연청색 잠옷을 찢어버렸을 때, 그래서 섬세한 진주 단추들이 팝콘처럼 날아가버렸을 때. 아마도 넬리는 그때부터 리처드 머독의 아내로 산다는 것이 무엇인지 깨닫기 시작했으리라. 이런 삶에서 그녀가 할 수 있는 가장 중요한 일이란, 늘 그의 옆에 서서, 그의 시중을 들며 자기 자신을 야금야금 그에게 다 줘버리는 것이었다. 그는 그녀가 예쁘게 단장하기를 원했고, 따뜻한 식사를 차려주기를 원했으며, 두통이나 생리 핑계를 대지 말고 그에게 다리를 벌려주기를 원했다. 넬리는 열 벌이 넘는 그의 하얀색 셔츠에서 다른 여자의 립스틱 자국을 지우고 새것처럼 깨끗하게 관리하면서도 자기 생각 따위는 접어두어야 했다. 그러나 넬리는 아기를 간절히 원했기에 이 모든 걸 불사하며 그를 경계하고 또 참아냈다. 그녀의 노력이 결코 헛

되지 않기를 바라면서.

리처드를 떠나는 일이 간단치 않으리라는 걸 넬리는 알고 있었다. 경제적으로도, 사회적으로도 타격이 있을 수밖에 없었다. 그래서 계획이 필요했다.

정원 일이 만족스럽게 끝나자 넬리는 경련이 이는 근육들을 펴기 위해 일어나서 허리를 살짝 뒤로 젖혔다. 날이 정말 좋았고, 집 안에 들어가고 싶지 않았던 넬리는 담배를 한 개비 꺼내 입술 사이에 물었다. 그리고 잔디에 앉아 노곤하게 담배를 피웠다. 허브들은 그녀의 발 옆 행주 위에 쌓여 있었다.

일요일인 내일은 리처드의 서른다섯 번째 생일이었다. 넬리는 리처드가 제일 좋아하는 음식인 민트 소스를 곁들인 양갈비를 할 계획이었고, 오늘부터 준비해서 으깬 감자와 완두콩, 복숭아 파이도 만들기로 했다. 제일 예쁜 원피스를 입고 향수도 뿌린 넬리가 정말 안심을 줄 만한 미소를 띤 채로 두 사람은 맛있는 저녁을 먹게 될 것이다.

담배를 피우는 동안 해가 넬리의 쭉 뻗은 다리 위를 넓게 태웠다. 그녀는 월요일을 디데이로 잡았다. 리처드에게는 그가 한 번도 만나지 못한 친정 엄마를 보러 간다고 말할 생각이었다. 예전에 리처드가 엄마를 뵙자고 했을 때 넬리는 치매 때문에 엄마가 낯선 사람을 보면 굉장히 불안해하신다고 설명했었다. 아주 작은 여행 가방 하나에 조금씩 몰래 모아둔 돈 봉투를 깊이 넣을 참이었다.

넬리는 엄마한테 배운 대로 영리하고 신중했다. 장을 볼 때마다 할인하는 물건만 샀고, 일주일 예산에서 남은 돈은 모았다가 리처드가 볼 생각도 하지 않을 잡지 사이에 깊숙이 꽂아두었다. 때로 그가 과음을 했거나 복통으로 정신이 없을 때, 넬리는 세탁 전에 그의 주머니를 비우며 좀 더 챙기기도 했다. 그리고 리처드가 넬리에게 전권을 준 옷이나 화장품 혹은 생필품을 사기 위한 돈을 찾으러 은행에 갈 때면 필요한 액수보다 아주 조금 더 찾았다. 표 나지 않게 조금씩 아끼는 것만으로 얼마나 많을 돈을 모을 수 있는지 정말 놀라운 일이었다.

그랬다. 넬리는 월요일에 리처드를 떠나기로 했다. 일단 엄마를 찾아간 후, 다음 행보를 결정할 생각이었다. 넬리는 회복력이 좋은 편이었고 능력도 있으니 이 난관을 극복할 수 있으리라. 사랑하는 집과 아끼는 정원, 특히 다정한 미리엄을 떠나는 건 정말 가슴 아픈 일이었지만 애초에 이런 생각을 하게 해준 사람이 미리엄이었고, 미리엄은 넬리를 이해해줄 사람이었다.

"넬리, 당신은 아름다운 여자예요. 똑똑하기도 하죠."

뒷마당에서 리처드와 함께 있던 넬리를 구해준 미리엄은 커피를 따르며 말했다.

"요리 솜씨는 정말! 넬리가 못 할 일은 없어요. 마음만 먹는다면 말이에요."

"그렇게 말씀해주셔서 감사해요."

떨림은 마침내 가라앉고 있었지만 턱은 계속 욱신거렸다. 미리엄은 말린 꽃봉오리를 따뜻한 사과식초에 데워 물기를 꼭 짠 다음, 젖은 꽃들을 면포에 싸서 캐모마일 찜질포를 만들었다. 넬리는 통증을 진정시키는 향기 나는 면포를 볼에 갖다댔다.

"하지만 정말 그런지는 잘 모르겠어요."

미리엄은 얼굴을 찌푸리며 넬리를 쳐다보았다. 이해한다는 얼굴이었지만 동정은 섞여 있지 않았다.

"필요하면 언제든지 나랑 같이 지내도 돼요. 나도 누가 곁에 있는 게 좋으니까."

넬리는 따뜻한 커피 컵을 한 손으로 감싸 쥐며 고개를 끄덕였다. 하지만 절대로 있을 수 없는 일이었다. 리처드가 펄펄 뛸 게 분명했고, 미리엄까지 위험에 빠뜨릴 수 있었다.

"내가 며칠 도움을 필요로 한다고 말해도 되잖아요. 지독한 감기에 걸렸다거나 관절염이 너무 심해져서 혼자서는 물도 못 끓인다고."

"미리엄은 정말 좋은 친구예요."

넬리는 미리엄의 손을 잡고 가볍게 쥐었다가 놓았다.

"내가 모아둔 돈이 있어요."

미리엄은 서랍장으로 손을 뻗으며 말했다. 그리고 겉에 검정 잉크로 넬리의 이름이 적힌 두툼한 봉투를 건넸다. 넬리는 자신의 나약함이 부끄러웠고, 미리엄이 언제부터 자기를 위해 이 돈 봉투를 보관해왔는지 궁금했다.

"이거 넣어둬요. 내가 돕고 싶어 그래요."

넬리는 정말 고마웠지만 그 돈을 절대로 받을 수는 없었다. 아무리 나이가 더 많은 분이 하시는 말씀이어도 안 될 일이었다. 그래서 자기도 따로 모아둔 돈이 있다고, 많지는 않지만 리처드에게서 도망칠 정도는 된다고 미리엄을 안심시켰다.

마지막으로 담배를 한 모금 빨았을 때는 오전 10시가 가까워지고 있었다. 저녁 외출 전에 장까지 보려면 허브를 말리고 민트 젤리를 만들기 시작해야 했다. 오늘 저녁에는 그레이브스 부부가 초대를 했는데, 그 일로 리처드는 일주일 내내 기분이 언짢았다. 그 자리에 가면 그레이브스 씨와 친한 골드먼 씨도 분명히 와 있을 테고, 그러면 '재수 없는' 찰스 골드먼과도 대화를 해야 했기 때문이었다. 넬리는 키티와 친목을 다지는 일에는 전혀 관심이 없었지만, 마사를 만나는 것은 좋았고 그곳에 가면 적어도 리처드와 단둘이 있는 시간도 피할 수 있었다.

그렇게 되면 그의 생일인 일요일만 잘 넘기면 되었다. 리처드는 동네 남자 몇몇과 볼링을 칠 계획이었고, 그가 볼링을 치는 동안 넬리는 저녁을 준비하고 리처드를 왕처럼 대접해서 아무것도 의심하지 못하게 할 생각이었다. 다음 날 아침, 넬리는 편찮으신 엄마를 찾아뵙는다는 구실로 떠날 생각이었고 그것이 리처드 머독과의 마지막이 될 터였다.

넬리는 담배를 돌에 비벼 끄고는 허브를 들고 집 안으로 들어갔다. 허브가 건조되는 동안 숨을 쉴 수 있도록 헐렁하게 다발로 묶은 다음, 냉장고 위에 신문지와 행주를 깔고 허브 다발을 잘 올려두었다. 생일날 저녁에 쓸 민트 소스를 위해 넬리는 신선한 민트에 좋은 맛을 내줄 몇 가지 녹색 허브를 더해 다지기 시작했다. 설탕을 뜨거운 물에 넣고 녹인 후 식을 때까지 그녀는 담배를 한 개비 더 피웠다. 마지막으로 잘게 다진 민트와 허브에 식초, 선명한 녹색 색소를 넣고 섞자 한 컵 조금 넘는 분량이 완성되었다. 넬리는 그걸 잼

병에 담아 냉장고 안쪽에 넣었다.

그날 저녁 두 사람은 마치 생각에 잠긴 것처럼 침묵을 유지하며 저녁 초대에 갈 준비를 했다. 나가기 직전에 넬리는 구두를 바꿔 신었다. 골라둔 옷에는 하이힐이 더 어울릴 것 같았다. 주머니에 손을 찌른 채 넬리가 하이힐에 발을 밀어 넣는 모습을 지켜보는 리처드는 기분이 좋지 않은지 입을 꾹 다물고 있었다. 그는 넬리의 키가 더 커지는 걸 좋아하지 않았는데, 둘의 눈높이가 나란해지기 때문이었다. 하지만 리처드는 아무 말 없이 그저 먼저 나서라는 몸짓을 해보일 뿐이었다. 리처드를 반걸음 뒤에 두고 계단 앞에 섰을 때, 넬리는 아래쪽을 내려다보며 구두를 바꾸기를 잘했다고 생각했다. 높은 굽 덕에 치마 아래 그녀의 다리가 더 길어 보였다.

하지만 옷차림보다는 주변을 더 신중하게 살피고 주의했어야 했다. 넬리는 갑자기 균형을 잃었고, 헉 소리를 내며 계단 맨 위에서 앞으로 기우뚱했다. 가속도가 붙은 몸은 멈추지 않고 마치 헝겊 인형처럼 계단에서 굴러떨어졌다. 리처드는 넬리의 바로 뒤에 서 있었지만, 그녀가 넘어질 때 붙잡아주지 않았다.

21

본인은 소극적으로 행동하면서 남편이 당신을 행복하게 해주기를 기대하지 말라. 남편을 행복하게 해주기 위해 최선을 다한다면 스스로도 행복해질 것이다.

— 블랑쉬 에버트 『아내가 남편에게 꼭 지켜야 할 11가지 에티켓』(1913)

앨리스

2018년 7월 12일

연을 끊다시피 한 아빠 장례식에 입고 가기에 적합한 옷은 뭘까? 앨리스는 손님방 침대에 펼쳐놓은 검은색 옷의 바다 앞에서 결정을 못 내린 채 우두커니 서 있었다. 마침내 맨 위에서 치마와 재킷을 집었고, 소매 없는 흰 블라우스와 검은색 낮은 구두를 골랐다. 이미 늦었음에도 앨리스는 천천히 옷을 입었다. 한참 전에 준비를 마친 네이트는 앨리스를 기다리며 거실을 서성였다.

사흘 내리 비가 퍼붓더니, 차에서 내려 묘지의 질척거리는 잔디 위에 서자 해가 얼굴을 내밀었다. 앨리스 뒤에 있던 한 여자가 속삭였다.

"아, 그레그는 구름 뒤에 숨은 햇살을 좋아했지."

햇살이 아빠의 반들반들한 관을 비췄다. 앨리스는 고개를 숙였지만 울지는 않았다. 네이트가 그녀의 어깨에 한쪽 팔을 둘렀다.

앨리스는 검정 옷을 입은 조문객 무리에 익명으로 섞이는 일이 이렇게 쉽다는 사실에 안도했다. 옆 사람들이 그레그 리빙스턴에게 딸이 있었다는 걸 알기나 하는지, 그들이 앨리스와 아빠가 닮았다는 사실을 알아보는지 궁금했다. 아닌 것 같았다. 앨리스에게 예의를 차린 절제된 미소 이상을 건네는 사람은 아무도 없었다.

아니나 다를까, 해는 오래 머물지 않았고(아빠랑 정말 비슷하네, 앨리스는 생각했다) 곧 우산들이 차례로 펼쳐지며 회색빛 하늘에 대비되는 다채로운 색의 점들을 박아놓았다. 앨리스는 묘지에 둥그렇게 모인 이들이 어떤 사람들인지 전혀 알지 못했지만, 아빠를 좋아하는 친구들이 많은 건 분명했다. 앨리스는 그 사실을 기쁘게 받아들이고 싶었지만 이 모든 낯선 사람들이 자기가 모르는 아빠를 알고 있다는 사실을 깨닫고는 마음을 깊게 베였다. 그레그 리빙스턴은 떠난 후 단 한 번도 연락하지 않았다. 적어도 앨리스가 아는 한은 그랬다. 생일 카드도, 크리스마스 선물도 받은 적이 없었다. 안부 전화조차 걸려오지 않았다. 엄마도 아빠의 행방을 전혀 알지 못했기 때문에, 앨리스가 원했다고 해도 먼저 아빠를 찾을 수 없었다. 앨리스가 커가면서 아빠는 점점 희미한 기억이 되었고 더 이상 떠오르지도 않았다. 앨리스는 장례식에 참석하고 싶지 않았다.

"내가 왜 가야 하는데?"

나흘 전 일요일 밤, 엄마—아직도 아빠의 비상 연락망인—

가 전화를 해서 아빠가 세상을 떠났다는 얘기를 전했을 때, 앨리스는 네이트에게 말했다.

"우린 남남이야."

알고 보니 아빠는 연초에 플로리다에서 다시 뉴욕주로 옮겨 왔고 여름에 일용직으로 공사장에서 일했다고 한다. 그리고 지금은 네이트와 앨리스가 사는 곳에서 불과 25킬로미터 정도 떨어진 곳에 살고 있었다. 슈퍼마켓에서 스치고 지나가거나 기차를 같이 탔을 수도 있을 정도로 가까운 거리였다. 20년 가까이 못 보고 살았어도 앨리스가 아빠를 알아볼 수 있었을까?

엄마 말에 따르면 아빠는 혼자 죽었다고 했다. 방 한 칸짜리, 냉장고에 음식은 거의 없었겠지만 아마도 술은 잔뜩 쟁여놓았을 아파트에서.

"어떻게 된 거래요?"

이 소식에 영향을 받지 않으려고 애를 썼지만 충격은 어쩔 수 없었다. 그때까지만 해도 이 소식을 몰랐던 네이트는 앨리스의 목소리가 달라지자 걱정스런 표정으로 쳐다봤다.

"과다 복용 사고였나 봐."

"뭘요?"

앨리스가 물었다. 침묵.

"엄마, 뭘 과다 복용했다는 거예요?"

엄마는 한숨을 내쉬었다.

"지금 이 상황에 그게 중요하니?"

"네, 중요해요."

"바륨이라고 들었다. 잠을 잘 못 잤나 봐. 너희 아빠는 잠을 잘 잔 적이 없었지."

모녀 사이에 무거운 침묵이 흘렀다.

"앨리스? 듣고 있니?"

"네."

네이트가 위로하듯 한 손을 등에 댔을 때 앨리스가 대답했다.

"그래서 어떡하라고요."

엄마는 앨리스가 장례식에 갔으면 좋겠다고 말했다. 그리고 이 일로 몸이 상하면 안 되니까 비타민 C 복용량도 늘리라고.

"왜요?"

비타민 C가 아니라 장례식에 대해 묻는 거였다. 앨리스는 엄마의 요구를 도저히 믿을 수 없었다. 엄마는 자기도 가고 싶지만 그다음 날 스티브의 어깨 회전근 수술이 잡혀 있어서 집을 비울 수 없다고 했다.

결국 갈 수 있는 사람이 앨리스뿐이었기에 어쩔 수 없이 장례식에 참석하게 됐다. 빗속에 우산을 받치고 서 있는데 속 쓰림 증세가 마치 촉수처럼 뻗어나가 온몸이 아파왔다. 마치 독감에 걸려 열이 나는 것 같았고, 앨리스의 몸이 자신을 장악하려는 바이러스와 싸우고 있었다. 비타민을 더 먹으라는 엄마 말을 들었어야 했나, 몸이 점점 더 아파오는 걸 느끼며 앨리스는 생각했다.

그날 오후 앨리스는 장례식에 입고 간 옷차림 그대로 누워 있었다. 손을 이마에 얹고 눈은 감은 채. 차분한 호흡에 따라 흉곽이 오르내리는 것이 몸의 유일한 움직임이었다.

"뭐 해?"

네이트가 앨리스의 얼굴을 보려고 소파 한쪽 끝에 앉으며 물었다. 목소리에는 근심이 실려 있었지만 말투는 가볍게 유지했다. 앨리스는 혼자 있고 싶었다. 하지만 거실 한복판은 고독을 원하는 사람이 남의 눈에 띄지 않게 누워 있을 만한 이상적인 공간은 아니었다.

"집 안이 좀 따뜻해진 것 같지 않아?"

"따뜻해? 글쎄. 그런가?"

"이상하지 않아? 여기 엄청 추웠잖아. 늘 스웨터를 껴입고 있어야 했는데. 이젠 따뜻해졌어."

"창을 좀 열까?"

"아니, 지금이 좋아."

앨리스는 눈을 감은 채로 고요한 순간을 즐기며 숨을 크게 들이마셨다.

"뭐 필요한 거 없어? 물 한 잔 갖다줄까?"

"잡지에서 읽었는데, 지쳤다고 느낄 때는 바닥에 누워서 5분만 눈을 감고 있으래."

앨리스는 눈을 감고 있어서 네이트의 미소를 보지 못했다.

"무슨 잡지?"

"지하실에서 요리책이랑 같이 찾은 잡지들. 1950년대 잡지야."

네이트가 바닥에 앉는데 무릎에서 관절 꺾이는 소리가 났고, 앨리스 옆에 눕고 나자 그의 팔이 앨리스 팔에 맞닿았다. 네이트가 저녁 약속을 잊은 밤부터 두 사람 사이가 아주 편하지는 않았다. 네이트가 사과했고, 다음에 꼭 보상하겠다고 약속했는데도 그랬다. 하지만 계속 화를 내는 것도 쉬운 일은 아니었다. 두 사람은 얼마간 침묵 속에 나란히 누워 있었고 그들의 숨소리만이 둘 사이의 공간을 채웠다. 마침내 네이트가 물었다.

"혹시 얘기 좀 하고 싶어?"

"아니."

"그래."

안락한 고요가 다시 앨리스를 감쌌다.

"마음이 좋지 않은 건 당연해. 어쨌든 당신 아버지셨잖아."

"이름만 그렇지."

앨리스는 눈을 뜨고 석고 천장을 빤히 보았다. 석고를 오톨도톨하게 발라 여기저기 화려한 소용돌이와 자잘하게 돌출된 천장은 거미의 훌륭한 본거지였다. 내일 빗자루로 거미줄을 좀 걷어내야겠다고 앨리스는 생각했다.

"저녁 준비를 해야겠어."

네이트가 앨리스 쪽을 향해 옆으로 누워서 팔꿈치를 괴고 머리를 손바닥으로 받쳤다.

"오늘은 시켜 먹자고 할까 했는데."

"이미 닭고기를 해동했어."

앨리스는 천천히 일어나 팔로 무릎을 감쌌다. 머리가 멍했다. 아마도 오늘 아무것도 먹지 않아서겠지. 앨리스는 현기증이 가라앉기를 기다렸다.

"이 집이 내가 요리하는 걸 좋아하는 것 같아."

네이트는 잠시 멈칫했다.

"그러니까, 좋은 냄새가 나니까?"

그리고 앨리스를 따라 앉았다. 앨리스는 숨을 들이마시고 다시 내쉬었다. 하지만 여전히 어지러웠다.

"그것도 그렇고."

네이트가 고개를 저으며 가만히 웃었다.

"무슨 소리를 하는 거야."

"미친 소리 같은 거 알아. 하지만 내가 넬리 머독의 옛날 요리책에 있는 레시피로 음식을 만들기 시작한 다음부터 이 집에서 온기가 느껴지기 시작했어. 그리고 벌써 일주일 넘게 집에 문제가 하나도 안 생겼잖아."

앨리스가 일어섰다. 이제 괜찮은 것 같았다.

"부엌 수도에서 물도 안 새고, 냉장고 소리도 조용해졌어. 얼마나 조용해졌는지 눈치챘어?"

네이트는 입을 열었다가 그냥 다물고 웃으며 일어섰다. 네이트가 앨리스의 등을 쓰다듬자 재킷이 살짝 밀렸다.

"자기가 잠이 좀 부족한 것 같아."

"부엌에 가서 들어봐."

앨리스는 저녁을 준비하기 전에 옷을 갈아입으려고 계단으로 가며 말했다. 계단을 오르기 전에는 먼저 신발부터 벗었다. 넬리의 편지에는 바로 이 계단에서 미끄러져 심하게 굴렀다는 얘기가 적혀 있었다. 발목 골절 혹은 그보다 더한 부상은 생각만 해도 끔찍했다.

"들어보라니까. 더 이상 덜덜거리지 않는다고."

네이트는 허리에 손을 올리고 앨리스가 계단을 올라가는 모습을 인상을 쓰고 지켜봤다. 계단은 한 걸음 옮길 때마다 삐걱거렸다. 그러고 나서 네이트는 부엌으로 가서 열까지 세며 기다렸고, 다시 스물까지 세어보았다. 골동품 냉장고에서 쿵쿵, 덜커덕 소리가 들리기를 기다리며. 그런데 정말 아무 소리도 나지 않았다.

엘리너 머독의 책상에서

사랑하는 엄마,

계획대로 엄마를 보러 가지 못해 죄송해요. 발목 골절 때문에 계속 집에만 있어요. 한쪽 다리에 못생긴 석고 붕대를 감고 요양 중인데, 의사 선생님 말씀으로는 한참 이러고 있어야 할 것 같다네요. 제가 원래 덤벙대는 편은 아닌데, 새로 산 하이힐과 막 광을 낸 계단의 불운한 조합 때문에 제법 심하게 넘어지고 말았어요. 엄청나게 속이 상했지만 감사하게도 통증은 가라앉았어요. 존슨 선생님이 말씀하신 것보다는 빨리 깁스를 풀었으면 하는 바람이에요. 이 사고로 리처드의 생일 저녁도 망쳐버렸어요. 양고기와 어울리는 정말 근사한 민트 젤리를 만들었는데 말이죠. 조금이라도 빨리 망친 생일을 보상해줄 생각이에요.

우리 집에 일하러 오는 헬렌이 2주 정도 손님방에서 지내며 집안일을 돕기로 했지만, 솔직히 정원 일까지는 못 할 거예요.

이후에 제가 정원을 돌볼 수 있게 됐을 때는 정말 엉망이겠죠. 요즘 비가 엄청 많이 오거든요. 엄마가 여기 계시면 얼마나 좋을까요. 저도, 우리 집 정원도 엄마 덕을 정말 많이 볼 수 있을 텐데! 다행히도 넘어지기 전에 허브 믹스를 만들 수 있는 허브를 충분히 자르고 말려뒀어요. 그리고 제가 너무 좋아하는 옆집 사는 이웃 미리엄이 제가 다리를 못 쓰는 동안은 와서 도와준다고 했어요. 리처드가 식사할 때 허브 믹스 뿌려 먹는 걸 워낙 좋아해서 그것만은 떨어지지 않게 하려고요.

그이의 위통은 좀 나아지는 중이었다가 지난 며칠간은 좀 많이 안 좋았어요. 그래서 효과가 입증된 엄마의 환자식을 헬렌이 준비하게 했는데 아직까지는 별 효과가 없는 것 같아요. 저도 식욕이 많이 떨어졌지만 차라리 다행이지 싶어요. 요즘 매일 누워서 지내는데 배까지 살이 찌면 심난할 것 같거든요.

곧 또 소식 전할게요. 저의 모든 사랑을 보내며.

1956년 7월 18일

엄마 딸, 넬리 드림.

22

넬리

1956년 7월 18일

넬리는 소파 쿠션 위에 올린 다리의 두툼한 석고 깁스를 보며 눈살을 찌푸렸다. 사고 전에 발톱을 칠한 것이 그나마 다행이랄까. 목발을 옆에 비스듬히 세운 채, 넬리는 편지지가 구겨지지 않도록 잡지 몇 권을 받치고 편지를 쓰는 중이었다. 다 쓴 편지는 양 끝을 맞춰 잘 접은 다음 봉투 덮개에 침을 발라 봉했다. 봉투 중앙에는 엄마의 주소를 적고, 왼쪽 윗면 구석에는 자기 주소를 적은 다음 손을 뻗으면 닿는 옆 탁자 위에 올려두었다.

"머독 부인, 제가 부치러 갈까요?"

넬리가 거의 손대지 않은 점심을 치우러 헬렌이 거실로 들어왔다.

"이따 오후에 장 보러 가는 길에 우체국에 잠깐 들르면 되거든요. 일도 아니에요."

"헬렌, 넬리라고 부르라니까요."

넬리는 헬렌이 자기를 시어머니 이름인 머독 부인이라 부를 때마다 이렇게 말했다. 넬리보다 머리 하나는 더 큰 헬렌은 커다란 눈 때문에 늘 놀란 표정으로 고개를 끄덕였지만, 대답뿐이라는 걸 넬리는 알고 있었다.

"그리고 괜찮아요. 몇 개 더 쓸 생각이니까 다 쓰고 나면 그때는 부탁을 좀 하든지 할게요."

넬리는 편지 봉투를 『레이디스 홈 저널』 가장 최신호 표지 안쪽에 끼워 넣었다.

"나가기 전에 혹시 뭐 갖다드릴 게 있을까요?"

"괜찮아요. 그리고 오늘 저녁으로는 민트 소스를 곁들인 콜드램 샌드위치를 생각 중인데. 그린 샐러드도 같이요. 양고기 남은 게 있나요?"

"샌드위치 하나 만들 만큼은 있어요."

헬렌은 넬리 뒤쪽으로 와서 베개를 부풀려주었다. 넬리는 헬렌이 그렇게 가까이 다가오는 게 불편했다. 턱에 든 멍은 음영 정도로만 남아 있었지만, 넬리는 헬렌의 눈에 멍이 보이지 않도록 턱을 당겼다.

"점심은 다 드신 거예요?"

"네, 고마워요. 맛은 있는데 식욕이 영 안 돌아오네요."

넬리가 미안하다는 듯 웃어 보였다.

"양고기는 리처드를 위해 남겨두세요. 그이가 좋아하거든요."

헬렌이 고개를 끄덕였다.

"시장에 다녀와서 준비할게요. 사모님은 저녁으로 뭘 드시겠어요?"

"저는 샐러드만 조금 먹을게요. 수프를 좀 먹어도 좋고. 고마워요, 헬렌. 나는 신경 쓰지 말아요."

"똑똑!"

현관 쪽에서 미리엄의 목소리가 들려왔다.

"아, 문 좀 열어드릴래요?"

"그럼요, 머독 부인."

헬렌이 대답하자 넬리가 가벼운 한숨을 내쉬었다.

"이따 출출해지실 수도 있으니까 샌드위치는 여기 둘게요."

"그래요, 고마워요."

넬리는 목소리에 짜증이 드러나지 않도록 애썼다. 헬렌이 종일 곁을 지키며 수선을 떠는 바람에 넬리는 긴장을 풀 수 없었고, 밀실 공포증을 앓을 지경이었다. 도움이 필요하기는 했지만, 집에 혼자 있는 것에 익숙한데도 리처드는 확고했다. 그는 넬리가 좋든 싫든 혼자 집안일을 할 수 있을 때까지 헬렌과 같이 있어야 한다고 못 박았다.

"우리 환자분은 오늘 어떠신가요?"

미리엄이 천천히 들어왔다. 관절이 부어서 고생하는 게 분명했다. 미리엄은 넬리 맞은편 의자를 골라 앉으며 따뜻한 미소를 보냈다.

"좀 나아 보이네요. 예쁜 뺨에 혈색도 더 돌고."

"저한텐 언제나 너무 친절하셔요. 근데 부인은 어떠세요? 좀 편찮아 보이시는 것 같아요."

"아유, 나는 멀쩡하니까 걱정하지 말아요. 지금 남 챙길 때가 아니잖아요."

헬렌이 거실 안으로 고개를 내밀었다.

"클라우센 부인, 마실 것 좀 가져다드릴까요?"

"아, 그럼 정말 좋지요. 넬리가 마시는 거랑 같은 걸로 할게요."

"아이스티 드신다고 했어요."

헬렌의 말에 미리엄이 고개를 끄덕였다.

"좋아요, 고마워요 헬렌."

두 사람은 곧 시원한 아이스티와 미리엄이 가져온 커피 케이크 한 조각을 놓고 날씨 이야기(언젠가는 해가 나오겠지요)도 하고, 요즘 기승을 부리는 들쥐를 어찌해야 하나 의논도 했다. 이 작은 털북숭이 설치류는 다육식물 뿌리나 구근, 특히 잔디를 마구 먹어 치웠는데, 미리엄의 잔디를 헤집고 다니며 흙바닥을 군데군데 둥그렇게 파 놓기도 했다. 그러다 현관문 닫히는 소리가 났고, 헬렌이 시내로 일을 보기 위해 나가자 마침내 넬리와 미리엄 단둘만 남았다.

미리엄은 아이스티를 한 모금 마신 다음 컵 받침에 올려놓고 물었다.

"그래, 요즘은 좀 어때요?"

"그럭저럭 지내요. 리처드는 계속…… 바빠요."

어떤 일로 누구와 함께 바쁜지는 구체적으로 말하지 않았다.

"다행이네요, 안 그래요?"

넬리도 그렇다고 말했다. 이상한 일이지만 리처드를 바쁘게 만들어주는 그의 비서 제인에게 고마웠다. 그가 바쁜 이유 같은 건 이제 중요하지 않았다.

"오늘 제 허브 믹스 만드는 걸 도와주실 건가요?"

"그럼요. 내가 넬리한테 얼마나 도움을 많이 받았는데요."

"손에 무리 가는 일은 절대 없게 할게요."

"내 손은 말짱하다니까."

미리엄이 그렇게 말했지만 넬리는 사실이 아니라는 걸 알고 있었다. 혼자 할 수만 있었어도 도움을 청하지는 않았을 텐데.

"말 나온 김에 슬슬 시작해볼까요?"

미리엄이 두 손바닥으로 치마 아래 허벅지를 철썩 치며 일어났다.

"뭘 해야 하는지만 알려줘요."

"아, 그리고 작은 부탁이 하나 더 있어요."

넬리는 잡지 안쪽에서 봉투를 꺼냈다.

"이것 좀 부탁드려도 될까요?"

"다른 편지들처럼요?"

"네, 부탁드려요."

미리엄은 봉투를 핸드백에 집어넣었다. 넬리는 계속 든든하게 곁을 지켜주는 미리엄에게 진심으로 고마웠다. 그녀는 넬리가 대답하기 힘든 질문은 절대 하는 법이 없었다. 어떤 말은 하지 않는 편이 더 낫다는 걸 이해하는 분이었다. 나이 차이가 많이 났지만 미리엄은 넬리가 가장 신뢰하는 친구였다.

"자, 재료는 전부 부엌에 있나요?"

"네. 허브는 신문지에 잘 싸서 냉장고 위에 뒀어요. 스툴에 올라설 수 있으시겠어요?"

미리엄은 괜찮다고 장담했다.

"말린 잎들이랑 씨앗 꼬투리들을 털어서 그릇에 담아야 해요. 싱크대 옆 제일 위 서랍에 막자사발이 있고, 빻은 허브들을 담을 유리 용기 두 개는 조리대 위에 있어요. 그건 제가 도울 수 있어요. 저도 팔은 말짱하니까요."

하지만 미리엄은 넬리의 말을 들으려 하지 않았다.

"넬리는 가만히 있어요. 쉴 수 있을 때 쉬어야지. 내가 비록 늙고 좀 삐걱거리기는 해도 허브 몇 개 빻는 건 문제 없어요."

"감사합니다. 고무장갑 꼭 끼시고요."

넬리가 덧붙였다.

"어떤 줄기들은 거칠어요. 손을 베이시면 제가 정말 속상하니까요. 고무장갑은 수도 옆에 걸려 있어요."

"아유, 그냥 편히 누워 있으라니까."

미리엄은 혀를 끌끌 차며 넬리의 멀쩡한 다리를 토닥였다.

"내가 후딱 끝낼 테니까 그다음에 얘기도 이어서 하고, 케이크도 마저 먹자고요. 어때요?"

"네, 좋아요."

넬리가 미소를 지었다.

"레시피는 저희 엄마 요리책 안에 끼워 두었어요. 표지 바로 다음이요. 다 끝나시면 다시 안에 끼워주시겠어요? 집안 대대로 내려오는 레시피라 괜찮으시다면 우리끼리만 알았으면 해요."

"그럼요."

미리엄은 윙크를 하며 대답했다.

"비밀 한두 개쯤 없는 여자가 어디 있겠어요."

23

새로운 음식을 해볼 생각인가요? 그럼 먼저 레시피대로 해보는 게 좋습니다. 손님의 취향을 잘 알지 못한다면 너무 특이한 요리는 하지 않는 편이 낫겠지요. 남자는 대체로 복잡하지 않은 음식을 좋아하고, 여자는 '뭔가 다른 것'을 좋아한답니다.

—『베터 홈스 앤 가든스 홀리데이 요리책』(*Better Homes & Gardens Holiday Cook Book*, 1959)

앨리스

2018년 7월 14일

"아직도 시간 여행 체험 중이네."

브로닌은 복숭아색 찬장, 골동품 냉장고, 그리고 크롬 다리의 포마이카 테이블을 둘러보고는, 끝부분이 닳아 벗겨져 있는 부엌 꽃무늬 벽지를 손가락으로 가리키며 콧등에 주름을 잡았다.

"지금쯤이면 두 손 들고 나올 줄 알았는데. 솔직히 진작 도시로 돌아올 거라고 생각했어. 여기 있으면 미쳐버릴 것 같지 않아?"

브로닌은 앨리스의 팔꿈치를 잡았다.

"돌아와 앨리, 제발."

앨리스는 그런 브로닌을 보고 웃으며 계속 소스를 저었고, 레시피도 다시 확인했다.

"그래, 나도 네가 그리워."

콩, 깍두썰기 한 삶은 닭고기, 달걀, 양파즙을 넣었다. 앨리스는 지금까지 양파의 '즙'이라는 걸 내본 적이 없었고, 앞으로 다시는 안 할 생각이었다. 철철 흐르던 눈물은 브로닌과 브로닌의 남자 친구 대런이 도착하기 30분 전에야 겨우 멈췄다.

"믿기지 않겠지만 여기서 지내는 것도 그럭저럭 괜찮아. 다르기는 한데, 나쁜 쪽으로 다른 건 아니야."

브로닌은 낡은 벽지 위로 쓰러지듯 기대며 신음 소리를 냈다.

"이런, 우린 너를 영영 잃었어. 안 그래도 대런한테 네가 변했을까 봐 걱정이라고 말했는데. 이 촌구석의 포로가 되어서 끝장나버릴 거라고. 끝났네, 끝났어."

앨리스는 브로닌의 분석에 소름이 돋았지만 때때로 진짜 그렇게 느낀다는 사실을 인정할 용기는 없었다.

"내가 무슨 포로야."

앨리스는 어이없다는 듯 눈을 살짝 흘기며 웃었다.

"마침내 어른이 된다는 게 뭔지 알 것 같아."

그러나 브로닌이 맨해튼에 거주하며 잠보다 일에 시간을 더 쓰기로 한 결정이, 앨리스가 교외의 주부 겸 파트타임 소설가로 변신하는 것보다 '어른'답지 않은 일이라고는 절대 말할 수 없었다.

브로닌은 '어른답다'는 게 뭐냐고 씩씩대며 중얼거리다가 의자에 걸려 있던 핸드백에 정신을 빼앗겼다. 그러고는 퀼팅된 검정 가죽을 손가락으로 쓸며 휘파람을 불었다.

"너 이거 어디서 났어?"

브로닌은 어느새 금색 체인을 어깨에 메더니 포즈를 잡았다.

"지하실에서 찾은 박스들 안에 있었어. 전 주인의 옛날 물건이야."

핸드백과 함께 앨리스는 단아한 금시계도 발견했다. 태엽을 감으니 여전히 잘 작동했다. 자개로 된 긴 대롱 같은 것도 찾았는데, 구글에 검색해보니 앤티크 담뱃대였다.

"앨리, 이거 오리지널 샤넬 2.55야. 완전 진짜 중의 진짜. 코코 샤넬이 직접 디자인한 거라고."

앨리스는 패션에 무관심한 편이었지만, 브로닌은 거의 감정가 수준이었다. 작은 아파트의 자기 방을 거대한 옷장으로 쓰느라 마루에 간이침대를 놓고 자는 인간이었으니까.

"그래, 너라면 알 것 같았어."

앨리스는 대화 주제가 덜 부담스러운 쪽으로 넘어간 걸 다행으로 여기며 말했다.

"너 보라고 꺼내둔 거야."

"대박. 이거 완전 멋지다."

브로닌은 핸드백이 골반에서 움직이도록 모델처럼 걸으며 콧노래를 불렀다.

"근데 왜 이름이 2.55야?"

"이 핸드백 생일이야. 제일 처음에 만들어진 게 1955년 2월이거든. 전부 손으로 한 땀 한 땀 만든 거야. 심지어 한 번도 안 쓴 물건처럼 보이는데."

브로닌은 핸드백 덮개를 열고 안쪽을 들여다봤다. 그리고 갈망하듯 한숨을 쉬었다.

"이걸 가졌던 사람이라면 그게…… 이름이 뭐더라?"

"넬리. 넬리 머독."

"맞다. 어쨌든 넬리 머독의 부엌 인테리어 취향은 어떤지 모르겠다만 핸드백 고르는 안목은 완벽하다."

"너 갖고 싶으면 가져."

앨리스는 손가락에서 떨어지려는 소스를 핥으며 말했다.

"뭐라고? 아냐, 아냐. 이것 봐, 아줌마 그건 아니지. 아니, 그러니까 내가 갖기 싫은 건 아닌데, 빈티지 샤넬 2.55를 이런 식으로 거저 내주는 건 아냐. 앨리스 헤일 씨, 그건 안 돼."

브로닌은 핸드백을 테이블 위에 올려놓고 마지막으로 선망의 손길로 가방의 스티치 부분을 쓰다듬었다.

"그리고 이런 가방을 어두컴컴한 지하실에 두는 건 죄악이야. 이렇게 못생긴 테이블에 놓는 것도 마찬가지고."

앨리스는 웃음을 터뜨리고는 핸드백을 잘 '모시겠다고' 약속했다.

"지금 입은 옷도 그 마법의 지하 보물 상자에서 찾은 거야?"

브로닌은 동그랗게 원을 그리는 앨리스의 빈티지 연분홍 칵테일 드레스를 보며 물었다.

"너 지금 스타일 진짜 좋다. 특히 이거."

브로닌은 앨리스의 스타킹을 가리키며 말했다. 앨리스가 신은 레트로 스타킹은 누드색에 검은색 스티치 솔기가 뒤쪽 다리를 타고 내려가다 하이힐 바로 위에 리본을 그리며 끝났다. 스타킹과 드레스, 그리고 심플한 유리구슬 목걸이는 스카스데일의 빈티지 숍에서 샀고, 홍보 회사에서 일할 때 신던 빨간색 유광 하이힐로 스타일을 완성했다. 앨리스는 돌아서서 한쪽 다리를 들고 스타킹의 스티치와 나비 모양을 내려다봤다.

"나도 진짜 마음에 들어. 근데 이런 팬티스타킹을 신으면서도 페미니스트라고 할 수 있을까?"

"얘, 네가 신고 싶어서 신는 거면 당연히 괜찮지."

브로닌은 히죽히죽 웃으며 말했다.

"나중에 그거 벗기는 거, 네이트가 완전 좋아할 것 같은데. 그것도 이빨로 말이지."

브로닌이 눈썹까지 씰룩이며 말하자 앨리스는 또 웃음을 터뜨렸다. 앨리스는 정말로 브로닌이 그리웠다. 그린빌에서 앨리스에게 친구에 가장 가까운 사람은 샐리였다. 갑자기 깊은 향수가 몰려왔다.

"배우자 얘기가 나와서 말인데…… 대런이랑은 어떻게 돼가?"

네이트는 대런에게 집 구경을 시켜주고 있었는데, 아마도 브로닌이 최근에 사귀기 시작한 건축가 남친에게 집수리에 대한 질문을 쏟아내고 있을 게 뻔했다.

"지금쯤이면 네이트가 네 남친을 인질로 잡고 어느 벽이 하중벽이고 어느 벽이 때려 부숴도 되는 벽인지 대라고 협박하고 있지 싶다."

"대런은 바로 그딴 일에 목숨 거는 사람이야."

브로닌은 흰색 레이스 탑에 맞춰 검은색 슬림 팬츠를 입은 다리를 꼬고 앉았다.

"어쩌면 당장이라도 여기로 이사하자고 할걸. 이런 벽지를 바른 방들이 나의 생기를 차례차례 다 빼앗아갈 집으로 말이지."

그리고 인상을 쓴 채 못마땅하다는 듯 부엌을 둘러보았다. 앨리스는 그냥 무시하기로 했다.

"같이 살 생각도 있는 거야? 잘 돼가는 모양인데?"

"앨리, 너 내가 옷장을 남이랑 공유하는 걸 어떻게 생각하는지 알잖아. 난 그런 짓 안 해."

손가락으로 와인 잔을 돌리던 브로닌의 입가에 작은 미소가 피어났다.

"근데 저 남자는 꽤 괜찮아."

"한 블록 아래에 집 나온 거 있거든. 이런 벽지가 덕지덕지 붙어 있는. 이따 저녁 먹을 때 대런한테 꼭 말해줄게."

브로닌이 앨리스를 찰싹 때렸다.

"하기만 해봐. 내가 말했지. 난 맨해튼 안 떠난다고."

브로닌은 포테이토칩을 하나 집고는 소스가 든 작은 유리그릇을 가리키며 물었다.

"이건 뭐야?"

"할리우드 딩크라는 거야. 1950년대 애피타이저."

브로닌은 초록색 점들이 박힌 흰색 크림에 칩을 찍어 입에 쏙 넣었다. 그러고는 천천히 씹는데, 브로닌의 얼굴 표정이 매우 다양하게 변했다. 좋은 표정은 하나도 없었다.

"그래, 나도 알아."

앨리스는 칩과 소스를 삼키려고 애쓰는 친구를 보며 웃었다. 와인을 크게 한 모금 넘긴 브로닌이 씩씩거리며 말했다.

"대체 뭘로 만든 거야?"

"데블드 햄과 쪽파, 양파랑 호스래디시*."

브로닌이 앨리스를 빤히 보며 입 모양으로 말했다. 데블드 햄?

"햄을 다져서 마요네즈, 겨자, 고춧가루로 만든 핫 소스, 그리고 소금과 후추를 넣고 섞은 거야. 거기에 쪽파, 양파, 호스래디시를 넣고. 아, 그리고 마지막에 생크림을 추가해. 그걸 빼먹으면 안 돼."

"이런 걸 왜 만드는 거야? 설마, 먹으려고?"

브로닌은 냅킨을 입으로 가져가며 두 눈을 질끈 감았다.

"생크림이랑 햄은 절대 안 어울려. 절대, 절대, 절대로."

앨리스는 소스가 그대로 남은 유리그릇을 싱크대에 내려놓았다.

"맞아. 사실, 그래서 안 내놓은 거야. 궁금해서 해봤는데, 완전 맛없네."

"미리 경고해줘서 진짜 고맙다."

브로닌이 아예 병째 와인을 마시며 중얼댔다.

"말할 틈을 안 줬잖아!"

"배가 고팠단 말이야. 그동안 망할 주스로 해독 중이었다고."

---

* 서양고추냉이, 고추냉이무라고도 하며 생으로 갈아서 쓰거나 건조시켜 사용한다.

브로닌이 쏘아붙였고, 둘은 같이 웃었다.

"바나나를 햄으로 싸서 그 위에 홀란데이즈 소스를 뿌리고 굽는 레시피도 있는데, 그걸 안 만든 걸 다행으로 생각해라."

브로닌은 구역질하는 소리를 내며 와인을 벌컥벌컥 마셨다. 그러고는 턱을 와인 병 위에 얹고 말했다.

"내가 말했니? 네가 너무 보고 싶었다고."

"나도."

앨리스는 브로닌에게 모든 걸 다 말하며 살았다. 하지만 요즘에는 브로닌이 모르는 일이 더 많았다. 소송 사건도 그렇고, 네이트의 스케줄 때문에 짜증나는 것이며, 글이 안 써지는 것, 또 하던 일이 그리워서 어떤 날은 침대에서 몸을 일으키기도 힘들다는 것까지. 브로닌도 나름대로 노력은 했다. 문자에 답할 수 있을 때 답했고, 지키지는 못했지만 전화하겠다고도 약속했다. 그러나 한 주 한 주 흐를수록 둘 사이의 틈은 점점 벌어지기만 했다.

"여기서 지내는 게 나쁘지 않다는 건 알겠는데, 앨리, 여기서 사니까 행복하니?"

앨리스는 잠시 생각했다.

"나는, 그러니까, 70퍼센트 행복한 것 같아."

"그럼 나머지 30퍼센트는?"

"외롭고, 지루하고, 내가 엄청난 실수를 저질렀다는 생각이 각각 10퍼센트씩."

브로닌이 코웃음을 쳤다.

"그럼 뭐, 그다지 나쁘지 않네."

그리고 앨리스의 와인 잔을 채웠다.

“70퍼센트 행복한 너의 시골 삶을 위해 건배! 비록 도시 친구에게 토할 것 같은 음식을 만들어 먹이기는 했지만.”

모두가 만족한 식사가 끝난 뒤, 네 사람은 디저트를 먹기 위해 거실에 모여 앉았다. 앨리스는 배가 불렀고 와인을 마셔서인지 몸이 너무 뜨거웠지만, 그래도 첫 손님 초대를 성공적으로 마쳤다는 사실에 긴장도 풀리고 기분도 좋았다.

“정말 맛있었어. 그 할리우드 덩크인지 뭔지만 빼면 말이야.”

브로닌이 몸을 부르르 떨었고 앨리스는 웃으며 초콜릿케이크 한 조각을 건넸다.

“이렇게 멀리까지 와줘서 고마워.”

앨리스는 자기 몫으로 케이크 한 조각을 자르며 답했다.

“같이 시간 보낸 지 너무 오래됐다.”

“그러니까! 두 달 가까이 못 만났다는 게 믿어지니?”

브로닌과 앨리스는 매주 화요일에는 고정적으로 만나 저녁을 먹고 술도 한잔했으며, 이틀이 멀다하고 수다를 떨고는 했다.

“잠깐, 근데 우리 정말 못 본 지 두 달이나 된 거야?”

“그렇게 오래되지는 않았지.”

네이트가 포크로 케이크를 찍으며 말했다.

“둘이 트라토리아 델라르테에 갔잖아. 3, 4주 전쯤인가?”

네이트는 케이크 조각을 입에 넣고 앨리스를 쳐다봤다. 두려움이 앨리스의 배 속을 스멀스멀 채웠다.

"맞다. 그게 2, 3주밖에 안 됐구나."

앨리스는 와인을 마시느라 잠시 가만히 있는 브로닌에게 시선을 고정하며 말했다.

"그걸 잊어버렸네."

"그러게, 나도."

브로닌이 천천히 말했다.

"그런데도 너무 오래된 것 같네. 안 그래, 앨리?"

"진짜 그래."

앨리스는 볼이 확 달아오르는 걸 느끼며 말했다. 브로닌이 의아한 눈빛을 보내자 앨리스는 얼른 일어났다.

"커피 마실 분?"

네이트는 앨리스의 어깨를 지그시 눌러 도로 소파에 앉혔다.

"자기는 가만히 있어. 케이크나 드셔요. 커피는 내가 가져올게."

"나도 도울까?"

대런이 물었다.

"좋지. 그럼 부엌 공사에 대해 이것저것 좀 물어볼 수 있겠네."

두 남자가 거실을 나가자마자 브로닌이 앨리스를 보고 말했다.

"자. 그러니까 트라토리아에 간 적도 없는 우리가 왜 트라토리아에 가서 점심을 먹었던 거지?"

앨리스가 한숨을 쉬었다.

"나중에 말해줄게."

"왜 지금은 안 되는데?"

브로닌이 와인 잔을 가득 채우며 물었다.

"대런은 집수리 얘기가 나왔다 하면 말이 아주 길어진다고. 저 두 사람이 돌아오려면 100년은 걸릴 거야."

"말하자면 길어, 복잡하고."

"나 그런 얘기 제일 좋아해."

브로닌은 두 발을 앨리스의 무릎에 척 올리며 말했다. 앨리스는 부엌 쪽을 보다가 목소리를 낮췄다.

"별거 아냐. 조지아를 만나러 갔었는데, 네이트한테는 말 안 했어. 가뜩이나 회사 일도 복잡한데 다른 일로 걱정하게 하고 싶지 않아서."

"조지아가 널 왜 보자고 한 건데?"

"쉿. 브로닌, 이 집은 낡아서 방음이 전혀 안 된다고."

브로닌이 움찔했다.

"미안."

그리고 앨리스에게 더 가까이 다가가며 속삭였다.

"그런데 그 여왕님께서 왜 널 보자고 했냐고."

앨리스는 잠시 가만히 있었다. 브로닌에게는 말해도 괜찮았다. 아니, 말해야 했다. 사실 기꺼이 말하고 싶기도 했다. 앨리스는 자신이 일을 어떻게 정리해서 매듭지었는지에 대해 제법 승리감을 느끼고 있었다.

"제임스 도리언 일로."

앨리스가 나직이 말하자 브로닌의 눈이 커졌다.

"그 인간이 소송을 걸었는데……"

대런이 거실 쪽으로 머리를 쑥 내밀었다.

"앨리스, 설탕은 어디 있어?"

"음, 오른쪽 찬장, 마지막 서랍."

앨리스의 목소리가 갑자기 너무 크게 나왔다.

"고마워."

대런은 부엌으로 돌아갔다. 브로닌이 앨리스의 손을 잡았다.

"소송을 왜? 앨리, 대체 무슨 일이야? 괜찮은 거야? 왜 나한테 아무 말 안 했어?"

브로닌은 작은 목소리로 다급하게 물었다. 앨리스는 다행히도 소송이 취하됐다는 얘기만 겨우 할 수 있었다. 네이트와 데런이 머그잔, 설탕, 크림을 올린 쟁반을 들고 들어오는 바람에 자세한 대화는 할 수 없었다.

"커피는 잠시만 기다리면 됩니다."

네이트가 쟁반을 내려놓으며 말했다.

"그래, 무슨 얘기 중이었어?"

브로닌이 앨리스를 쳐다보며 입을 열었다가 도로 닫았다. 그러고는 활짝 웃으면서 네이트를 보고 말했다.

"그냥 와인을 한 병 더 따는 게 어떨까. 겨우 11시인데 커피는 너무 이르지 않아?"

대런은 어깨를 으쓱했고, 네이트가 답했다.

"난 좋아."

"됐어, 그럼."

브로닌은 소파에서 일어나 식탁 옆 장식장에서 와인 한 병을 새로 가져왔다.

"이걸 딸까?"

"그래."

앨리스는 이렇게 넘어가는 게 다행스러워서 고개를 힘차게 끄덕였다. 그들은 커피는 미뤄두고 와인 잔을 채웠고, 대화는 곧 집수리 쪽으로 다시 흘러갔다. 앨리스는 신음 소리를 내며 소파에 머리를 기댔다.

"네이트, 그만해. 대런, 시간당 상담료 얼마나 받아? 공짜 상담도 정도껏이지."

대런과 브로닌은 웃었고 네이트는 멋쩍은 표정을 지었다.

"맞아, 맞아. 미안해. 근데 대런이 2층 공사에 아주 좋은 아이디어를 냈어."

네이트는 의자 끝에 걸터앉았다.

"안방이랑 아기방 사이에 두 방에서 바로 문 열고 들어갈 수 있는 중간 욕실을 만드는 거야. 어떻게 생각해?"

"아기방?"

브로닌이 앨리스에게 시선을 고정한 채 물었다.

"우리의 작은 프로젝트."

네이트가 씩 웃고는 '작은'을 강조하며 말했다.

"우리 앨리는 배가 나오고 맨발로 막 다니는 게 아주 잘 어울릴 것 같아. 그렇지?"

네이트는 좀 취했는지 너무 크게 웃었고, 대런도 따라 웃었다. 브로닌이 네이트의 끔찍한 농담에 혀를 차며 대런에게 눈치를 주자 웃음소리가 잦아들었다. 네이트는 자신의 농담이 예상과 다른 반응을 불러일으키자 앨리스에게 다가가 볼에 입을 맞췄다.

"앨리, 왜 그래. 그냥 농담인데. 당신은 훌륭한 엄마이면서 동시에 뉴욕타임스 베스트셀러 작가도 될 수 있다고."

"부담은 갖지 말고."

브로닌이 속삭였다. 앨리스는 얼른 도리질을 했다. 화가 나서 심장이 쿵쾅거렸고, 네이트를 향한 분노가 고개를 들었다. 왜 지금 이 얘기를 꺼내는 거지? 그것도 이런 식으로? 그렇게 중요한 일을 이리도 형편없는 표현으로 요약할 수 있단 말인가? 그러나 이런 기분을 드러냈다간 분위기가 어색해질 게 뻔했다. 그래서 앨리스는 목청을 가다듬고 잔을 들어 올렸다.

"베스트셀러 작가와 임신을 위하여!"

이렇게라도 분위기를 맞추려는 자신이 너무 싫었다. 모두 함께 건배를 했고, 얼마 후 네이트는 다시 집수리 이야기를 시작했다. 앨리스는 와인을 홀짝였다. 살짝 마음에 걸리기는 했지만 네이트가 자신의 진짜 속마음을 읽지 못하는 게 얼마나 다행인지 생각하면서.

24

넬리

1956년 7월 30일

참치 캐서롤

버섯 수프 크림	2캔
우유	1컵
참치 캔 200그램	2개
얇게 썬 완숙 달걀	3개
소금	2작은술
삶은 콩	2컵
후추	1작은술
잘게 부순 감자칩	1컵

오븐용 용기에 버섯 수프와 우유를 넣고 섞은 다음, 참치와 얇게 썬 삶은 달걀, 삶은 콩, 소금과 후추를 넣고 잘 젓는다. 180도로 예열한 오븐에서 25분간 굽는다. 감자칩을 위에 뿌리고 5분간 더 구워준다.

곧 리처드가 집에 올 시간이었다. 넬리는 깁스를 한 채 움직이는 게 익숙해졌는데도 준비가 늦었다. 레시피를 검지로 짚어가며 다시 확인하던 넬리는 깁스한 다리의 정강이가 너무 가려워 얼굴을 찡그렸다.

작업 테이블에서 바퀴 달린 부엌 의자를 밀어서 이동한 다음 넬리는 조리대 위에 있던 뜨개질바늘을 집었다. 바늘을 깁스 안쪽으로 넣고 긁으니 시원해서 낮은 탄성이 절로 났다. 이제 발목에 통증은 없었지만, 몇 주째 깁스를 하고 있자니 가려움은 도저히 참기 어려웠다.

다리를 겨우 긁은 다음에야 넬리는 다시 식사 준비로 돌아왔다. 조리대 상판도 깨끗했고, 캐서롤도 오븐에서 준비되고 있었지만 요리책은 그대로 펼쳐두었다. 넬리는 엄마가 여백에 써놓은 주의 사항(조리가 끝난 뒤에 향신료를 넉넉히 뿌려줄 것)을 읽고 한 발로 깡충거리며 싱크대 옆 찬장으로 갔다. 넬리는 미리엄의 도움을 받아 만든 허브 믹스를 유리잔 옆에 가져다 놓았다. 잊지 않고 식사와 함께 내가기 위해서였다.

문 위쪽에 걸린 시계에서 정시를 알리는 멜로디가 흘러나오자 새로운 불안감이 파도처럼 넬리를 덮쳤다. 넬리의 꼴은 말이 아니었다. 머리핀으로 고정한 머리는 다 삐져나왔고, 난로의 열기를 받으며 목발을 짚고 저녁을 준비했더니 화장도 땀으로 다 지워져버렸다. 넬리는 싱크대 끝에 몸무게를 지탱하면서 얼굴을 닦기 위해 수돗물을 틀고 행주를 적셨다.

미리엄과 좀 더 일찍 헤어졌다면 지금 이렇게 다급하게 움직이지 않아도 됐을 텐데. 하지만 요즘 미리엄은 넬리에게 구세주였다. 여러 면에서 넬리가 한 번도 갖지 못한 엄마 같은 존재이기도 했다. 물론 넬리는 엄마 엘시를 사랑했다. 엄마는 똑똑했고, 옆구리가 결릴 정도로 웃게 해주는 재미있는 사람이었다. 세상에서 제일 맛있는 케이크를 눈 감고도 만들었으며, 마치 마법을 부리듯 아름다운 식물을 키워냈다. 그러나 엄마는 곁에 있기 힘든 사람이었다. 넬리는 아주 어릴 때부터 엄마에게 병이 있다는 걸 알았다. 엄마에게는 잠재력을 온전히 발휘할 수 없는 마음속 응달이 있었다. 엘시 스완은 자신을 집어삼키려는 시커먼 물 위로 얼굴을 계속 내밀고 있느라 언제나 고군분투하며 살았다. 그와 달리 미리엄은 햇살로 가득한 사람이어서 곁에 있으면 편안했다. 엘시의 내면에는 대부분 어두운 구름이 드리워져 있었다.

어린 시절을 보내는 동안 넬리는 자신이 엄마의 엄마 노릇을 한다고 느낄 때가 많았다. 학교 친구들은 엄마가 싸준 도시락을 들고 학교에 왔지만, 넬리는 점심을 스스로 준비했을 뿐만 아니라 매일 엄마가 먹을 음식도 냉장고 안에 마련해두고 집을 나왔다. 잠들어 있는 엄마의 머리맡에 어느 정도 데워 먹어야 하는지 메모를 남겨두기까지 했다. 집에 돌아와보면 엄마는 여전히 침대에 있었고, 준비해둔 점심은 냉장고에 그대로 있는 날들이 더 많았다. 넬리는 살림도 했다. 빨래, 청소, 그리고 혼자 장 보러 갈 수 있을 정도로 큰 다음에는 장도 봐 왔다. 돈 관리도 했는데 빠듯한 달에는 혼자 해결하기 어려웠다. 넬리는 열두 살에 이미 매우 독립적이었고, 집안일도 도맡을 능력이 있었기 때문에 마음만 먹으면 못 할 일이 없었다. 하지만 넬리는 리처드와의 결혼을 선택했다. 그 당시 젊은 여성에게는 당연한 일이었다. 누구의 '부인'이 되는 것은 평범한 여자들의 염원이었으니까. 그리고 결혼은 넬리에게도 자기를 돌봐줄 누군가가 생긴다는 의미이기도 했다.

넬리가 오븐의 타이머를 맞추는데 현관문이 열렸다. 예상보다 10분 빠른 시간이었다. 시간에 좀 더 신경을 쓰지 않았다는 사실에 넬리는 또 한 번 자책했다. 그리고 한 손으로 조리대를 짚어 균형을 잡으며 리처드가 마실 칵테일과 올드 패션드를 만들기 위해 허둥지둥 움직였다. 그렇게 서두르며 비터*와 함께 각설탕을 으깨다가 넬리는 칵테일 잔을 놓쳐버렸고, 결국 잔이 바닥에서 박살이 났다. 잔 깨지는 소리가 남과 동시에 부엌에 들어온 리처드는 유리 조각을 보고 얼굴이 구겨졌다.

"헬렌은 어디 있는 거야?"

날이 선 말투였다. 리처드는 기분이 아주 엉망인 것 같았다. 공장에서 일진이 안 좋았던 건가.

"오늘 아침에 집으로 보냈어요."

넬리는 쪼그려 앉을 수 없는데 어떻게 유리 조각들을 치워야 하나 난감해하며 대답했다. 넬리가 혐오해 마지않는, 그러나 이젠 익숙해진 무력감이 그녀를 덮쳤다.

"여기서 살다시피 했잖아요. 그 애도 돌봐야 할 가족이 있는데."

---

* 약용으로 쓰이던 술. 주로 농축액이라 희석해서 마신다.

리처드는 코트와 모자를 벗어서 부엌 의자에 내려놓고 짜증 섞인 한숨을 내쉬었다. 그는 헬렌을 좋아하지 않았지만(헬렌의 소심한 성격을 마땅찮아 했고, 그 단어를 절대 쓰지는 않았지만 헬렌의 큰 키를 위협적으로 생각했다) 그래도 집 안은 깔끔해야 했고, 집에 오면 따뜻한 식사와 마실 것이 기다리고 있어야 했다. 이렇게 엉망이 된 부엌 바닥이 아니라.

"내가 할게. 저리 비켜."

넬리는 리처드의 말대로 목발을 짚고 물러나 부엌 반대편 의자에 앉았다. 리처드는 허리를 굽히고 유리 조각을 수습하며 투덜거렸고, 비터와 설탕이 섞인 물을 행주로 닦았다. 넬리는 바닥은 걸레로 닦아야 한다고, 지금 쓰는 행주는 그릇이나 조리대를 닦는 데 쓰는 거라는 말은 하지 않았다. 저건 그냥 버려야겠지. 행주의 짜임 안에 작은 유리 조각들이 단단히 박혀 바닥을 닦을 때마다 손을 베일 테니까.

"미안해요. 목발을 짚고 하려니 모든 게 서툴러요."

리처드는 아무 말 없이 계속 넬리가 아끼는 행주로 바닥을 닦기만 했다.

"저녁은 오븐 안에 있어요. 얼른 마실 걸 만들게요."

머독 부부의 부엌에 한동안 이어지던 침묵은 리처드가 끙 하며 일어서는 소리와 한숨 소리, 그리고 수돗물 흐르는 소리로 깨졌다. 리처드는 공처럼 구긴 행주를 싱크대에 두고 선반에서 새 잔을 꺼내 자기가 마실 걸 준비했다. 넬리에게 뭘 좀 마시겠느냐고는 묻지 않았다.

리처드가 팔 하나 뻗으면 닿을 거리에 넬리가 앉아 있었다. 그러나 무력한 아내는 안중에도 없는 남편을 쳐다보며 넬리의 가슴에는 좌절감이 끓어올랐다. 화상을 입은 것 같았다. 없는 존재 취급을 당하고 무시당하는 것에 대한 분노였다. 아, 그들이 처음 만난 밤으로 돌아갈 수만 있다면! 리처드가 자기에게 보인 관심과 그의 돈에 황홀해했던 그때로! 어릴 적부터 늘 검소하게 살아온 넬리에게 리처드의 넉넉한 돈은 기분 좋은 변화를 만들었다. 다시 돌아간다면 그런 매력에 굴복하지 않을 텐데. 그러나 이런 소망을 품기에는 너무 늦었다.

리처드는 손수 만든 칵테일을 단숨에 마신 후 한 잔을 더 만들었다. 이번에도 넬리에게 원하는 거나 필요한 게 있는지는 묻지 않았다. 마침내 기분이 다소 누그러진 리처드는 타이를 느슨하게 풀고 식탁에 앉았다.

"저녁은 뭐지?"

유리잔의 얼음을 흔들며 리처드가 물었다.

"참치 캐서롤이에요. 버터에 익힌 당근이랑 과일샐러드도요."

리처드는 잔에 남은 마지막 한 모금을 마신 다음 고개를 끄덕였다.

"좋아. 시간은 얼마나 걸려?"

"한 15분 정도요?"

넬리는 타이머를 힐끗 봤다.

"다리가 이래서 평소처럼 빨리 움직이기가 힘들어요."

"그럼 시간이 충분하겠군. 따라와."

리처드가 일어나더니 거실로 향하며 말했다.

"어디로요? 왜 그러는데요? 오븐에서 캐서롤을 꺼내기 전까지 여기서 좀 쉬었으면 좋겠는데."

"엘리너, 따라오라고."

저 말투, 그리고 넬리의 이름을 저렇게 부를 때는 무조건 하라는 대로 해야 한다는 뜻이었다. 넬리는 겨드랑이 사이에 목발을 끼우고 절뚝거리며 그의 뒤를 따랐다.

"리처드, 왜 그래요?"

거실에 들어서서야 넬리가 물었다. 넬리에게 등을 보이던 리처드가 돌아섰을 때, 그는 벨트를 풀고 있었다.

"소파에 누워."

리처드는 초록색 소파를 고갯짓으로 가리켰다. 이 집에 처음 이사 올 때 생기 넘치는 봄의 잎들을 연상시키는 색이라 넬리가 고른 소파였다. 넬리는 그를 빤히 봤다.

"왜요?"

리처드가 불쑥 넬리 앞으로 다가오자, 넬리의 본능은 그녀에게 뛰어! 도망가!라고 말했지만 넬리는 그대로 있었다. 목발을 짚은 상태로는 너무 느려서 거실을 벗어나기도 전에 붙잡힐 게 뻔했다.

"엘리너. 소파에 누우라고. 그리고 그거 벗어."

"뭘 벗어요?"

"팬티 벗어 넬리. 얼른."

넬리의 입이 떡 벌어졌다. 설마 그걸 하자는 건 아니겠지? 심장이 마구 쿵쾅댔고 울고 싶었지만, 넬리는 그가 시키는 대로 했다. 눈물 따위는 흘리지 않았다. 대안이 없지 않은가? 넬리는 목발을 옆으로 비스듬히 세우고 소파 끝에 어정쩡하게 앉아 치마 아래로 팬티를 내렸다. 그리고 팬티를 가만히 접어 탁자 위에 올리고 소파에 누워 눈을 감았다.

"눈 떠."

리처드가 넬리의 치마를 걷어 올리고 넬리의 허벅지 사이로 육중한 무게를 실으며 무뚝뚝하게 말했다. 한 손으로는 거칠게 그녀의 다리를 벌리고, 다른 한 손으로는 지퍼를 내렸다. 그는 넥타이를 여전히 매고 있었고 셔츠 옷깃도 깨끗하게 빤 흰색 그대로였다. 립스틱 자국은 없었다. 그래서 저렇게 저기압인 걸까?

"리처드, 발목 아파요."

그가 소파 위에서 넬리의 깁스한 다리를 깊이 누르자 넬리가 헉 소리를 냈다. 정말 아픈 건 아니었지만 그것만이 넬리가 할 수 있는 유일한 반항이었다. 리처드는 사과하지 않았다. 자신을 넬리의 몸속으로 밀어 넣을 뿐, 넬리의 안위는 — 혹은 커튼이 열린 길거리 쪽 창문 역시 — 안중에도 없는 것 같았다. 넬리는 그를 받아들일 준비가 되어 있지 않았고, 불안감이 그가 들어오는 길을 더 불편하게 만들었다. 넬리는 입술을 깨물고 고개를 돌렸다. 리처드는 갑자기 거친 움직임을 멈추더니 넬리의 턱을 붙잡고 강제로 넬리의 시선을 되돌려놓았다.

"날 보라고, 엘리너."

넬리는 하라는 대로 했고 그 어느 때보다도 남편을 증오했다.

그가 거칠게 자기 몸을 밀어붙이며 신음 소리를 냈고, 그녀 위에서 몸을 비틀었다. 그때마다 소파 용수철도 그 무게에 함께 신음했지만 넬리는 가만히 있었다. 이길 수 없는 전투를 치르는 넬리는 침묵했고, 사색에 잠겼다. 그녀의 두 팔은 아무 쓸모 없이 놓여 있었다. 넬리 안에서 긴장감이 커져간다는 걸 보여주는 유일한 단서는 그녀의 꽉 쥔 두 주먹이었다. 어찌나 세게 쥐었는지 손바닥에 핏빛 손톱자국이 남을 지경이었다. 헬렌을 집에 보내지 말 걸 그랬나라는 생각이 들기도 했다. 그랬다면 저녁은 제때 준비됐을 것이고, 넬리는 유리잔을 깨지도 않았을 것이며, 리처드는 이런 식으로 폭력을 휘두르지도 않았을 테니까.

넬리의 정신은 거실을 빠져나왔다. 남편의 입김에서 위스키 냄새를 다 맡을 수 있을 정도로 얼굴이 가까이 와 있었다. 넬리는 그 얼굴을 피해서 그녀의 정원을 떠올렸다. 허브를 좀 더 솎아내야 할지도 모르겠다고, 미리엄을 위해 꽃을 좀 따는 게 좋을 것 같다고 생각했다. 장미로만 다발을 만들까? 미리엄은 넬리의 장미를 사랑했으니까. 넬리는 엄마가 정원에 있던 모습을 생각했다. 장미와 백합과 작디작은 물망초에게 찬송가를 불러주던 엄마. 넬리에게 함께 노래하자고 하던 엄마.

"하느님은 너에게 천사의 목소리를 주셨단다, 넬리. 그 목소리를 쓰는 걸 절대 수줍어하지 마."

마음이 배회하는 동안 몸은 무감각해졌고, 리처드가 거칠게 밀고 들어올 때에 맞춰 찬송가 한 소절이 떠올라 조용히 흥얼거리기까지 했다.

그는 빠르게 움직이기 시작하더니 곧 눈이 풀리며 축 늘어졌다.

그리고 몇 차례 전율하며 그녀의 가슴 위에 그의 무게를 완전히 맡겼다. 넬리는 숨을 제대로 쉴 수 없었지만 감히 한마디도 할 수 없었다. 그랬다간 일이 지연될 뿐이라는 걸 알았으니까. 리처드는 그런 면으로 굉장히 악의적이었다. 넬리는 자신이 벌을 받는 중이라는 걸 알았고, 그래서 순종적인 아내처럼 달게 받았다.

얼마 후 그는 몸을 굴려 그녀에게서 내려와 바지 지퍼를 올렸다. 셔츠는 굳이 바지 안으로 집어넣지 않았다.

"잠깐 그대로 있어, 넬리."

리처드는 몸을 굽혀 넬리의 입술에 입을 맞췄다. 부드럽게, 마치 좋은 남편들이 하는 것처럼. 그는 넬리의 치맛자락을 잡아 맨살이 드러난 허벅지를 덮었다. 어찌나 세심하게 다시 가려주는지, 방금 전에 그녀를 벗기던 남자와는 딴판이었다. 리처드가 미소를 짓자 넬리 안의 증오가 끓어올랐다.

"여기 아기가 생기려면 확실하게 해둬야지, 안 그래?"

넬리는 고개를 끄덕이고 미소를 머금은 채 가만히 있었다. 아니, 어쩌면 그보다는 무감각하게 있었다는 편이 더 맞는 표현이리라. 그래야 리처드가 자신을 그대로 내버려둘 것이었으므로.

"담배 갖다줄까? 알고 보니 당신 말이 맞았어. 의사 선생이 진짜로 담배가 여자들의 긴장을 풀어준다고 그러더군."

"네, 부탁해요."

넬리는 차분하게 말했다.

"바로 가져오지."

리처드는 그녀의 엉덩이를 두드리고 부엌으로 갔다. 넬리는 리처드가 마실 걸 준비하는 소리를 들었고, 위험이 따르는 일이라는 걸 알았지만—하지만 가만히 있는 게 더 위험한 일일 수도 있었으므로—일어서서 멀쩡한 다리에 무게를 실었다. 그리고 눈을 입구에서 떼지 않은 채 한쪽 다리로 제자리에서 뛰기 시작했다. 리처드가 돌아오기 전에 그가 그녀 안에 뿌려놓은 걸 털어낼 수 있기를 바라며. 넬리도 엄마가 되고 싶은 염원이 있었고, 그 염원은 마치 손쓸 수 없는 열병처럼 그녀 안에 타올랐지만, 남편 안의 사악함이 얼마나 뿌리 깊은 것인지 알 수 없었다. 따라서 넬리는 아들을, 리처드 머독 같은 남자를 하나 더 세상에 내놓고 싶지 않았다. 딸은 더더욱 안 될 일이었다. 리처드는 자기 딸도 마치 넬리를 다루듯 마음대로 조종할 수 있다고 생각할 테니까. 그런 권력이 전적으로 자기에게 있다고 생각할 사람이었다. 그는 자기 딸을 복종하는 아이로, 순종적인 아내로 길러낼 게 분명했다. 본인의 소망이 무엇인지는 한 번도 생각해볼 줄 모르는 그런 여자로.

얼마간 한쪽 다리로 뛰고 나자 넬리의 허벅지 사이가 젖었다. 그렇게 할 수 있는 모든 걸 다 했음을 확인한 넬리는 다시 초록색 소파에 누워 담배가 오기를 기다렸다.

25

결혼식 당일부터 신부는 임신과 육아가 가능한 이상적인 상태에 자기 삶을 맞춰야 한다. 그러지 않는다면 아내가 될 자격도 권리도 없다.

— 엠마 프랜시스 에인절 드레이크 『신부가 알아야 할 것들』(*What a Young Wife Ought to Know*, 1902)

앨리스

2018년 7월 19일

"소염 진통제는 드셨죠?"

앨리스가 고개를 끄덕이는데 머리 밑에서 종이가 바스락거렸다. 앨리스는 누워 있는 수술대 위에 달린 형광등 조명으로 시선을 옮기며 천장을 올려다봤다. 빛이 너무 밝아 눈이 아팠지만, 여기 아랫동네에서 벌어지는 일에 집중하는 것보다는 훨씬 나았다.

"앨리스 씨는 무슨 일을 하세요?"

"원래는 홍보 일을 했는데, 지금은 작가예요."

실은 되려고 노력 중입니다만. 앨리스가 계속 조명을 응시하자 시야에 작은 점들이 깜빡거리기 시작했다. 글을 쓰지도 않으면서 스스로를 작가라 해도 되는 걸까?

"아, 그래요? 어떤 글을 쓰세요?"

"이것저것이요. 지금은 소설을 쓰는 중이에요."

앨리스는 자기 책을 떠올려보았다. 매일 아침 글을 쓰고 싶다는 간절한 마음으로 눈을 떴지만, 몇 시간이 지나면 앨리스의 바람은 무너졌고 결국 내일은 나아질 거라는 희망을 품고 노트북을 닫았다. 이제는 예측 가능한, 그러나 걱정스러운 루틴으로 자리 잡았기에 어떻게 해결해야 할지 난감할 뿐이었다.

"그래서, 음, 여기 온 거예요. 아기를 갖기 전에 책을 완성해야 할 것 같아서요."

이런 말은 왜 하는 거지?

"책이랑 아기를 동시에 세상에 내놓는다? 네, 그건 정말 보통 일이 아니네요."

의사가 공감한다는 듯 말했다.

"저도 한때 왕성한 독자였는데, 요즘은 도무지 시간이 안 나요. 그래도 다음 휴가 때 읽을 책들이 침대 옆 탁자에 잔뜩 쌓여 있기는 해요!"

앨리스는 미소를 지었지만, 굳은 미소는 금세 사라졌다.

"좋아요, 그럼 수술용 집게 위치를 좀 잡을게요…… 좋아요. 긴장을 좀 푸시고, 무릎을 좀 더 옆으로 벌려주세요. 그렇죠, 아주 좋아요."

앨리스가 구글에서 검색해 찾은 스카스데일의 산부인과 의사

야스민 스털링은 앨리스의 다리 사이에 몸을 굽히고 있었다. 그녀가 고개를 들고 미소를 보냈다.

"괜찮으세요?"

"괜찮아요."

앨리스는 의사의 얼굴을 보기 위해 턱을 가슴 쪽으로 당겼다. 그리고 미소로 화답한 후, 다시 천장을 보았다. 비록 이것이 옳은 결정이라는 확신이 있기는 했지만(1년만 있다 뺄 거야) — 특히 네이트의 무신경한 '맨발의 배 나온 여자' 농담 이후 더더욱 — 배 속에서 죄책감이 꿈틀거렸고, 근육은 긴장되어 있었다. 수술용 집게가 살짝 미끄러지자 의사가 긴장을 풀라고 다시 말했다.

"미안해요. 이게…… 아니, 괜찮아요."

"지금 얼마나 불편한 느낌인지 잘 알아요. 오래 걸리지 않을 거예요. 마음 단단히 먹고요."

스털링 선생님이 말하다가 웃었다.

"사실 단단히 있으면 안 되겠네요. 긴장을 푸는 편이 낫겠어요. 긴장을 좀 푸세요."

스털링 선생님은 조명 위치를 다시 잡고 옆 테이블에서 뭔가를 집어 들었다.

"소독약으로 자궁 경관을 닦고 바로 시작합니다."

뿌리 염색이 시급해 보이는 의사의 머리카락은 단정하게 고정되어 있었는데, 머리카락이 단 한 올도 빠지지 않은 채 낮은 포니테일로 단단히 묶여 있었다. 이유는 알 수 없었지만 이 모습 때문에 앨리스는 자궁 내 피임 기구를 고정하는 산부인과 의사의 능력에 더 믿음이 갔다. 그 정도 정확도라면 이 피임 장치도 앨리스의 자궁 속 정확한 위치에 고정할 것이다.

"그건 그렇고, 핸드백이 정말 예뻐요. 우리 할머니도 비슷한 샤넬 백이 있으셨는데."

앨리스는 벗어둔 옷 위에 놓인 작은 검은색 직사각형 퀼팅 핸드백을 힐끗 보았다. 브로닌에게 꼭 잘 쓰겠다고 한 약속도 약속이었지만, 자기도 가방의 심플함이 좋다는 걸 인정할 수밖에 없었다. 가방은 그렇게 크지 않아서 열쇠나 립글로스를 찾느라 손을 깊숙이 넣고 헤맬 일도 없었다.

"오래된 집으로 최근에 이사를 왔는데, 예전 주인이 남긴 물건이에요. 50년대 가방인 것 같아요."

"운이 좋으시네요. 상태도 정말 좋은데요."

스털링 선생이 옆 트레이에 무언가를 놓으면서 금속끼리 부딪히는 날카로운 소리가 들렸다. 앨리스는 고개를 홱 돌렸다. 그 트레이 위에는 피임 기구를 포함해서 여러 기구들이 나란히 놓여 있었다. 자궁 내 피임 기구의 두 팔은 마치 튜브 맨 위의 작은 흰 닻처럼 보였다.

"준비는 다 됐어요. 자, 제가 튜브를 삽입하고 장치를 놓는 순간 조이는 느낌이 들 수 있어요. 아주 정상적인 증상이고 곧 지나갑니다."

앨리스는 긴장하지 않으려고 애쓰면서 고개를 끄덕였다.

"숨을 크게 들이마시고, 내쉬세요. 좋아요, 좋아요. 자, 한 번 더……."

아랫배 쪽에 압박이 있었고, 날카로운 통증이 진동하듯 시작되더니 금세 깊어졌다. 앨리스는 숨을 들이마셨고 발뒤꿈치로 발판을 세게 눌렀다. 현기증이 났지만 그건 아마도 숨을 너무 얕게 쉰 탓일 수도 있었다. 각오했던 것보다 훨씬 많이 아팠다.

산부인과 의사는 고개를 들지 않았다.

"계속 숨 쉬세요. 다 됐어요. 지금 자궁 경관 안에 튜브를 넣었고 곧 피임 기구를 놓을 거예요. 몇 초만 더 참으면 돼요. 좋아요…… 거의 끝나가요. 괜찮으세요?"

경련 비슷한 조이는 느낌이 이어졌고, 앨리스는 깊은 숨을 쉬었다.

"약간 조이는 느낌이 있기는 한데, 괜찮아요."

"좋아요. 마지막 단계입니다. 튜브를 제거할 거예요…… 됐어요……. 이제 자궁 몇 센티미터 아래에서 실을 끊을 거예요."

몇 초 후 시술이 끝났고 스털링 선생님은 빈 튜브를 트레이에 올려놓았다.

"한 달에 한 번 실을 체크해야 돼요. 피임 기구가 제 위치에 있는지 확인이 필요하거든요. 실이 안 느껴지면 바로 오세요. 흔히 있는 일은 아니지만, 장치가 빠져나올 수도 있어요. 그러면 임신이 될 수도 있습니다."

스털링 선생님은 가위를 트레이 위에 도로 올려두고, 앨리스의 다리 사이를 비추던 조명등을 끈 다음 앨리스가 시술대에서 내려올 수 있게 도와줬다. 그러고는 장갑을 빼고 바퀴 달린 의자를 벽 쪽으로 밀어 이동했다.

"이 안내 책자를 드릴게요."

스털링 선생님은 여러 겹으로 접힌 종이 책자를 앨리스의 샤넬 백 위에 놓았다.

"여기에 발생 가능한 부작용을 비롯해서 주의할 점, 예를 들면 염증이나 통증 같은 것들이 자세히 설명되어 있어요. 참기 힘든 통증이나 과도한 출혈 혹은 발열 증세가 있으면 오셔야 해요."

스털링 선생은 손을 귀에 갖다대며 전화받는 동작을 취했다.

"병원에 바로 전화하세요, 아시겠죠?"

앨리스는 고개를 끄덕였다. 미세한 경련이 골반을 관통하며 계속 이어졌다.

"자, 이 장치는 앞으로 5년간 유지할 수 있어요. 아마도 생리는 안 하게 될 거예요. 하지만 성관계를 통한 염증으로부터 보호되지는 않으니까 콘돔을 사용하셔야 합니다."

스털링 선생님은 세면대에서 손을 닦았다. 비누칠을 두 번 하고, 헹구고, 종이 타월을 뽑았다.

"혹시 다른 질문 있으신가요?"

"아뇨, 괜찮아요. 앉아도 될까요?"

"네."

스털링 선생님은 고개를 끄덕였다.

"앨리스 씨, 만나서 반가웠어요. 아까도 말씀드렸듯이, 질문이나 걱정스러운 점이 있으면 주저하지 마시고 전화주세요. 안내 책자 뒷면에 우리 간호사 이름이랑 전화번호가 있어요. 하지만 아마 별 탈 없으실 거예요. 젊고 건강하시니까요."

의사는 문을 열고 나가려다 고개를 다시 내밀고 말했다.

"아, 그리고 소설도 잘 쓰시기를 빌게요. 제가 나중에 유심히 찾아보겠습니다!"

26

건강과 활력을 위해 잘 챙겨 먹어야 한다. 매일 아침 식사 전에 머리를 빗고, 화장을 하고, 향수를 살짝 뿌리고, 심플한 귀걸이를 해도 좋겠다. 사기를 높이는 데 아주 효과적인 것들이다.

— 『베티 크로커의 그림 요리책 개정 확장판』(*Betty Crocker's Picture Cook Book, revised and enlarged*, 1956)

앨리스

2018년 8월 7일

"이게 다 뭐야?"

네이트는 식탁에 차려진 음식을 둘러보며 넥타이 매듭을 완성했다. 갓 착즙한 오렌지 주스. 달걀프라이. 토스트. 베이컨과 소시지. 이 모든 것들이 이 집에 남은 빈티지 접시에 담겨 있었다. 앨리스는 팔과 어깨가 드러난 여름 원피스를 입고 얇은 스타킹을 신었으며, 머리는 헐렁하게 뒤로 틀어 올렸고 립스틱과 마스카라도 발랐다.

"아침 식사지 뭐야. 앉아. 먹어. 따뜻할 때."

앨리스는 네이트를 위해 의자를 빼주었다.

"알았어."

네이트는 넥타이를 조심스럽게 셔츠 단추 사이의 틈으로 집어 넣었다. 정확하고 단정하게. 앨리스는 넥타이에 달걀을 안 묻히고 싶으면 그냥 어깨 뒤로 휙 넘겨버리고 먹으면 되지 않나 생각했다. 네이트는 앨리스가 최근에 사다 놓은 파프리카 가루 —오래된 요리책에 자주 등장하는 향신료였는데, 정말 쓸모가 많았다 — 를 달걀에 살살 뿌렸고, 앨리스는 주스를 잔에 따르고 네이트 맞은편에 앉았다.

"고마워, 자기야."

네이트가 토스트에 버터를 발랐고, 앨리스는 달걀을 잘랐다. 노른자가 접시로 흘러나왔다.

"하지만 안 물어볼 수가 없네. 오해는 하지 말고. 대체 무슨 일이야?"

앨리스는 원래 아침 식사 시간까지 잠자리에 있었다. 네이트는 7시 전에 바삐 집을 나섰는데, 그 전에 그린 스무디나 커피를 들고 나가거나 바나나 하나를 챙겨 가고는 했다.

앨리스는 어깨를 으쓱하며 포크 끝으로 달걀프라이를 세모 모양으로 잘랐다. 피임 수술을 받았어. 먼저 의논 안 해서 미안해. 원래는 아침 식사를 하며 털어놓을 계획이었는데, 입이 떨어지질 않았다. 네이트는 용서해줄 거야. 앨리스는 스스로를 안심시켰다. 하지만 다 먹은 다음에 말하는 게 나을지도 몰랐다. 아침 식사를 망치면 안 되니까.

"자기는 요즘 너무 열심히 일하고 나는…… 안 하니까. 나도 책을 쓰고 있기는 하지."

사실 안 쓰고 있었지만.

"그래도 뭔가를 좀 더 하고 싶어서. 밥값을 해야 당신이 날 안 버리지 않을까?"

앨리스가 장난스럽게 농담처럼 얘기했음에도 불구하고, 네이트는 소시지를 자르던 손을 멈추고 포크와 나이프를 내려놓았다.

"앨리, 혹시라도 내가 말실수한 거나……"

"그런 거 아니야. 미안. 그런 농담은 하는 게 아닌데. 그냥 내가 하고 싶은 말은, 우린 한 팀이고 내가 좀 더 보탬이 되고 싶다는 뜻이었어. 그리고 주부라는 이 일에도 점점 흥미가 생기는 것 같아."

전부 맞는 말은 아니었지만 요즘 들어 진짜로 좋아지는 것들도 있었다. 요리나 베이킹이 그랬다. 시간도 잘 갔고 뭔가 손에 만져지는 결과물이 나오는 게 좋았다. 앨리스는 토스트를 달걀노른자에 찍었고, 냉장고에서는 조용히 돌아가는 소리가 났다. 냉장고는 벌써 몇 주째 덜덜거리지 않고 조용했다.

"뭐, 자기가 행복하면 나도 행복해."

네이트는 주스를 한 모금 마시고 다시 미소를 지었다. 아주 빨리 사라지기는 했지만. 네이트, 정말로 그래? 그게 그렇게 간단해? 앨리스는 그렇게 물어볼까 생각하다가 그냥 달걀노른자에 적신 토스트를 한 입 먹었다.

"그래서 오늘은 뭐 하고 지낼 계획이야?"

네이트가 손에 포크와 나이프를 다시 쥐며 물었다.

"글 쓰면서 보내야지. 옛날 잡지들을 좀 봤는데, 샐리 아주머니가 여기 예전 주인이었던 넬리라는 분이 쓴 편지 뭉치를 갖다주셨어. 책에 도움이 될까 하시면서. 그래서 진짜 좀 영감을 받았거든. 그 사람이 좋은 주인공이 될 수도 있을 것 같아."

"어떻게?"

네이트가 정말로 궁금한 얼굴로 물었다.

"이걸 설명할 수 있을지 모르겠네."

사실 정말로 그랬다. 넬리에게는 정원 일, 식사 준비, 지겨운 터퍼웨어 파티로 이루어진 1950년대 주부들의 일상 이상의 무언가가 있었다. 리처드의 위궤양을 걱정하는 내용과 지인들의 새로 태어난 아기에 대한 이야기도 종종 언급되었다. 넬리의 삶이 뻔히 예측 가능한 것이었음에도 불구하고, 앨리스는 주부의 깨끗한 필기체로 쓰인 그 편지 행간에 무언가 숨겨진 이야기가 있다고 느꼈다.

"지금으로서는 예감이야."

네이트가 관심을 보이자 앨리스는 하고 싶던 이야기를 마저 꺼냈다.

"그래서 말인데, 내가 이런 말을 한다는 걸 믿기 어렵겠지만, 여기를 안 바꾸면 좋겠어."

"여기라는 건 어딜 말하는 거야?"

"부엌을 그냥 있는 그대로 두면 어때? 결국 냉장고랑 난로는 새 걸로 바꿔야 할 테고, 이 연파란색이 언제까지 예뻐 보일지는 솔직히 나도 모르겠지만 지금 당장은 이게 좋아. 나한테 잘 맞아. 내 말은, 글 쓰는 데에 도움이 된다는 뜻이야. 책에 대한 아이디어를 좀 바꿨어. 배경을 1955년으로 할까 해. 이 인테리어를 그대로 두면 우리는 정말 그 시대 안에서 사는 게 되잖아. 그 안으로 빠져들 수 있을 것 같아. 이런 빈티지 물건들도 도움이 되고. 다 잘 맞아떨어져. 내 눈에는 그래. 말이 되는지는 모르겠지만."

앨리스는 불안한 기운으로 몸이 떨리는 걸 느끼며 엄청 빨리 말했다. 포마이카 테이블 상판과 꽃무늬 벽지를 화제로 삼은 중간에 피임 기구 얘기가 불쑥 나올까 봐 무서웠다. 그래서는 안 된다. 네이트에게는 제대로, 원래 계획대로 잘 말해야 할 내용이었다. 차분하게, 이성적으로 대화해서 이 논리적인 남편이 임신 시기를 미룰 때의 이점들을 볼 수 있게 해야 했다. 커리어에 대한 문제는 차치하고라도(물론 임신 때문에 네이트가 지장받을 일은 없겠지만) 집의 빈티지한 매력은 그대로 보존하면서 아기를 위해 집을 더 안전하게 만드는 일에 집중할 수 있을 테니까. 전선을 교체하고 석면을 제거하거나, 벽지를 바르지 않은 벽에 납 페인트를 벗겨내는 일 같은 것들에. 네이트는 분명 긍정적으로 반응할 거라고 생각했다. 앨리스가 말을 그럴듯하게 잘하기만 한다면.

"그래, 연파란색이랑 구석기 시대 가전은 두는 걸로! 좋아."

네이트는 싱크대에서 자기가 먹은 식기를 헹구고 식기세척기에 넣기 전에 앨리스의 것도 헹궈주었다. 머리 힐에 살 때는 의식도 못 했던 이런 작은 제스처가 앨리스에게는 의미 있게 느껴졌고, 그러자 또 한 번 죄책감이 고개를 들었다. 저녁 먹을 때 얘기해야지. 꼭 그래야만 했다.

"먹자마자 나가야 해서 미안한데, 이만 가야겠다."

네이트는 고개를 숙여 앨리스에게 입을 맞췄다.

"아침 고마워."

“잠깐만.”

앨리스는 냉장고를 열고 에코백을 꺼냈다.

“점심이야.”

“점심 도시락도 쌌어?”

“터키 치즈 크루아상이랑 초코칩쿠키, 그리고 사과야.”

“어디 아픈 건 아니지?”

네이트가 웃으면서 손등으로 앨리스의 이마를 짚고 열 재는 시늉을 했다.

“하하. 긴장을 늦추지 않는 게 좋을 거야. 잊을 만하면 한 번씩 놀라게 해줄 거니까.”

앨리스는 장난스럽게 네이트를 현관 쪽으로 밀었다.

“자, 기차 놓치기 전에 얼른 가. 좋은 하루 보내고.”

네이트는 앨리스에게 다시 한 번 입을 맞췄다. 이번에는 좀 더 깊게.

“당신도. 오늘은 글을 좀 많이 쓸 수 있기를!”

“고마워. 이거 치우고 바로 시작할 거야.”

네이트가 앨리스를 당겨 안았다.

“내가 말했나 모르겠는데, 오늘 너무 예쁘네. 아침 메뉴 중에 이 립스틱이랑 스타킹이 제일 마음에 드는데?”

“베이컨, 달걀, 착즙 주스보다 더?”

“응.”

앨리스의 몸 양옆을 훑던 네이트의 두 손은 원피스 아래로 들어갔고, 스타킹이 감싼 허벅지 안쪽을 어루만지다 그녀를 현관문에 밀착시켰다.

“오늘 아침에 당신을 만날 거라고는 기대도 안 했는데. 이렇게 보니 좋네.”

“그런 것 같네…….”

앨리스는 숨을 멈췄고 다리 사이가 뜨듯해지는 걸 느꼈다. 두 사람은 평소에 비해 오랫동안 섹스를 하지 않고 있었다. 네이트가 너무 바빠서 두 사람이 동시에 깨어 있는 시간이 드물기 때문이었다.

“그리고 타이밍이 이보다 좋을 수는 없어.”

그가 입술로 앨리스의 턱을 훑으며 말했다.

“오늘이 무슨 날인지 알지?”

“음…… 화요일?”

앨리스는 집중하기가 쉽지 않았다. 네이트가 앨리스의 귀를 코로 비비며 속삭였다.

“12일 차야.”

앨리스는 눈을 꼭 감았고 몸이 반사적으로 뻣뻣해졌다. 마치 얼음 조각을 통째로 삼킨 것처럼 몸 한가운데가 싸늘해지며 불편해졌다. 그러나 네이트는 앨리스의 이런 변화를 전혀 감지하지 못한 듯, 스타킹을 말아 내리고 쭈그려 앉아 그녀를 올려다보고 웃었다. 네이트는 원래 오늘 밤을 위해 이 순간을 아껴둘 계획이었지만, 결국, 이렇게 됐다…….

앨리스는 마치 멀리서 이 장면을 지켜보는 것처럼 네이트를 보았다. 이 모든 상황에서 자기가 한 짓이 무엇인지 생각했다. 만약 몇 주 전부터 네이트에게 솔직했다면 오늘은 그냥 여느 때와 똑같은 화요일이었겠지. 한편 앨리스는 궁금했다…… 다른 남편들도 아내가 부탁하지 않아도 아내의 생리 주기를 이렇게 치밀하게 계산할까? 죄책감을 느끼면서도 동시에 남편에게 조종당하고 있다는 불쾌감을 느낄 수도 있는 걸까?

"이러다 기차 놓치겠어."

앨리스는 손을 아래로 뻗어 네이트의 손을 잡았다. 그리고 가만히 그를 일으켜 세웠다. 스타킹은 발목 쪽에 공처럼 말려 있었다. 네이트 때문에 올기가 뜯겨 버려야겠다고 앨리스는 생각했다. 네이트는 거친 숨을 내쉬며 자신의 이마를 앨리스의 이마에 갖다댔다.

"망할 놈의 기차."

"그러게."

앨리스는 웃으며 그의 품에서 나와 현관문을 열었다.

"그런데 서둘러야 하면 재미도 덜하잖아."

한 줄기 바람이 앨리스의 치맛자락 아래로 불어와 그녀가 속옷을 벗고 있음을 상기시켰다.

"맞아."

네이트는 앨리스의 옷차림을 갈망하는 듯한 눈길로 한 번 더 본 후, 자전거 헬멧을 썼다.

"내가 퇴근할 때까지 그대로 있으면 안 될까?"

"봐서."

그렇게 말하기는 했지만, 앨리스는 그때쯤에는 분명 자신이 파자마를 입고 잠들어 있을 거라고 생각했다.

앨리스는 아침 먹은 걸 치우고 커피를 한 잔 더 따랐다. 노트북을 열자마자 전화가 울렸고, 앨리스는 엄마겠지 생각하며 무시했다. 요즘은 전화를 거는 사람이 엄마밖에 없었다. 그러자 이번에는 문자가 오며 휴대폰이 진동했다.

지금 통화돼?

브로닌이 또 문자를 입력하는 중인지 작은 점 세 개가 화면 위에 꿈틀대다 사라졌다. 그리고 마침내 두 번째 문자가 왔다.

전화 줘. 할 말 있어!

앨리스는 걱정스러운 마음으로 브로닌에게 전화를 걸었다. 두 사람이 마지막으로 깊은 대화를 나눈 건 몇 주 전에 앨리스가 소송 막장극을 이야기한 때였다. 그 뒤에 브로닌은 앨리스에게 하이 파이브 이모티콘을 열 개쯤 보낸 후 이런 문자를 보냈다.

미친 여왕 : 0, 앨리스 헤일 : 1.

그 뒤로도 드문드문 문자가 오가기는 했지만, 브로닌은 요즘 새 프로젝트 때문에 일에 파묻혀 지내느라 도통 연락이 없었다.

"여보세요. 별일 없는 거야?"

브로닌이 전화를 받자마자 앨리스가 물었다.

"응! 별일 없어."

"무슨 일이야?"

"너, 시간 돼?"

"잠깐은 괜찮아. 너도 알다시피 내가 너무 바쁜 작가 선생님이라서 말이야."

앨리스는 책상에서 물러나 좀 더 편안한 소파에 앉아 미지근해진 커피를 홀짝였다.

"그래. 그래."

브로닌은 정신이 딴 데 팔려 있는 것 같았다. 잠시 긴 침묵이 이어졌고 들리는 건 차 소리뿐이었다. 앨리스가 이마를 찌푸렸다.

"진짜 아무 일 없는 거야?"

"잠깐만."

목소리가 좀 멀게 들렸지만 브로닌이 누군가에게 인사하고 있다는 건 알 수 있었다.

"미안, 우버에 타느라고."

"괜찮아. 마침 전화 잘했어. 나도 너한테 할 말이 있었거든, 저기……"

"나 결혼했어."

"하, 하, 하. 하나도 안 웃기거든."

"나 지금 진지해. 앨리, 나 결혼했다고."

한 방 얻어맞은 앨리스 쪽이 조용했다. 자동차 경적 소리와 차 소리가 들려오더니, 브로닌 쪽에서 흥분한 비명 소리가 튀어나왔다.

"못 믿겠지?"

"뭐라고? 누구랑?"

앨리스가 소파에서 벌떡 일어나며 탁자를 쳤다. 머그잔이 탁자 끝에서 위태롭게 흔들렸고, 앨리스가 잡으려 했지만 결국은 양탄자에 다 쏟아지고 말았다.

"대런이지 누구야! 내가 라스베이거스에서 컨퍼런스가 있었는데, 대런이 한 번도 못 가봤다면서 따라왔거든. 그리고 대런은 이상하게 그렇게 셀린 디옹을 좋아해. 내가 그 사람이 반은 캐나다 사람이라고 얘기했나? 엄마가 몬트리올 출신인데, 지금 대런의 아빠를 만나 코네티컷으로 왔고 거기서 자기가 태어났다고 했거든."

브로닌은 잠시 숨을 고르기 위해 멈췄다.

"어쨌든 대런 엄마가 셀린의 엄청난 팬인데, 대런은 셀린을 쎄엘-링이라고 발음해. 아마도 프랑스에서는 그렇게 발음하나 보지? 아니 캐나다인가? 암튼, 자랄 때 셀린 디옹 노래를 많이 들었는지 어쨌는지. 몰라. 어쨌거나 자기가 좋으면 좋은 거지 뭐, 안 그래?"

결혼을 했다고? 브로닌이? 브로닌은 결혼은 그냥 괜찮은 거라고 믿는 사람이었다. 오직 다른 사람한테만! 브로닌은 관계가 두 달째에 접어들면 바로 끝내는 사람이었는데, 그때가 가벼운 관계가 의미 있는 관계로 바뀌는 기점이기 때문이었다. 앨리스에게 '절대, 절대, 절대로' 결혼하지 않겠다고 맹세한 사람이 브로닌이었고, 앨리스의 결혼으로 신경 안정제를 두 배로 늘렸다는 농담을 한 사람도 브로닌이었다.

"완전 우발적이었어. 와, 정말 순식간에. 그냥 도박을 하고 놀다가 어느 순간에 정신 차렸는데, 엘비스 복장을 한 아저씨가 우리를 부부로 선언하는 거야. 오 마이 갓, 앨리, 나 결혼했어."

앨리스는 양탄자의 커피 얼룩 옆에 주저앉았다.

"혹시 임신했어?"

브로닌이 웃음을 터뜨렸다.

"뭔 소리야! 아냐, 임신 안 했어. 대박. 넌 우리 엄마보다도 심하다. 내가 임신했다고 결혼할 인간이니? 우리 할머니 세대도 아니고."

앨리스는 손으로 이마를 짚고 심호흡을 했다.

“미안해. 그 말은…… 그런 말을 하려고 했던 게 아닌데. 네가 나를 너무 놀라게 했잖아.”

“맞아. 너무 쇼킹하지 않니? 내가, 결혼을?”

브로닌은 약간 흥분한 것 같았다. 마치 아침에 에스프레소를 너무 많이 마신 사람처럼.

“내가 평생을 함께 하겠다고 약속한 사람은 내 제모 담당자 자라뿐이거든. 왜냐하면, 솔직히 말해서 그 사람만큼 나랑 긴밀하고 친밀한 관계인 사람이……”

“잠깐. 이게 언제 일이야?”

앨리스는 3주 전에 브로닌을 만났던 때를 되짚어보았다.

“아, 음, 지난 주말.”

“하지만…… 오늘이 벌써 화요일이잖아. 왜 나한테 바로 전화 안 했어?”

“했지!”

브로닌은 약간 방어적으로 대답했다. 앨리스는 브로닌이 전화를 했다면 자기가 몰랐을 리 없다고 확신했다. 브로닌의 전화를 놓칠 정도로 바쁘게 살고 있지는 않았다.

“하지만 네가 받지 않았고, 문자는 안 남겼어. 어제는 미팅 때문에 보스턴에 가야 했고, 그래서 지금 전화한 거야. 저기, 내가 미친 짓 한 거 알아. 만난 지 몇 달밖에 안 됐으니까. 하지만 잘한 것 같아. 다들 결혼하잖아, 안 그래? 그리고 그날 주말에 집으로 돌아오는데 그런 생각이 들더라. 인생은 짧잖아. 그렇지? 내가 일에만 파묻혀 살면 놓치는 것들이 뭘까? 5년 뒤, 어느 날 아침에 눈을 딱 떴는데, 나는 성공할 만큼 했어. 하지만 혼자라고 느끼고 싶지는 않더라. 다른 사람들은 다들 미래를 향해 나아가는데 말이야."

"그러니까, 잠깐만…… 네가 결혼한 게, 혼자 소외되는 게 두려워서라고?"

앨리스는 자기도 모르게 코웃음을 쳤다.

"브로닌, 넌 좀 다른 척하더니 완전 전형적인 밀레니얼 세대의 행보잖아?"

이번에는 브로닌 쪽이 조용했다.

"네 귀에는 이게 미친 소리 같지 않아?"

앨리스는 계속 밀어붙였다.

"맨해튼에 혼자만 얇은 눈썹을 가진 여자로 남기 싫어서 눈썹을 더 심는 거랑 뭐가 달라?"

앨리스는 바짝 날선 목소리를 죽이려고 노력했다.

"이건 평생을 함께 하겠다는 약속이야, 브로닌. 죽음이 두 사람을 갈라놓을 때까지."

"야, 세상 사람들이 전부 너같이 동화 속 왕자님을 만나는 건 아니거든, 알아? 아무나 센트럴파크를 달리는 네이트를 만날 수 있는 게 아니라고. 어떤 사람들은 만난 시간이 길지 않아도, 사랑한다고 확신하는 좋은 남자랑 결혼하기도 해. 그리고 평생을 약속하지."

브로닌은 한숨을 내쉬더니 약간 부드러워진 목소리로 덧붙였다.

"넌 네가 얼마나 운이 좋은지 잘 몰라."

"브로닌, 미안해. 나도 대런이 좋아. 정말이야. 그게……"

"난 그 사람이랑 함께 있으면 좋아. 그 사람 없는 삶이 상상이 안 된다고. 다른 사람들은 몰라도 너만은 날 이해해줄 줄 알았어. 난 네가 날 위해 기뻐해줄 줄 알았다고."

"기뻐, 기쁘다고!"

앨리스는 시간을 10분 전으로 돌리고 싶었다. 그래서 베프의 소식에 완전히 다른 반응을 할 수 있다면 좋겠다고.

"저기, 나 끊어야 돼. 미팅 장소에 다 왔어."

"음, 그래. 나중에 다시 통화할 수 있지? 그리고, 저기, 축하해. 미안, 그 말부터 했어야 했는데."

앨리스는 당황해서 급히 말했다.

"그래, 괜찮아."

브로닌은 잠시 말이 없더니 인사를 했다.

"안녕, 앨리."

다시 전화를 할까 생각했지만 브로닌이 받지 않을 것 같았다. 앨리스는 떨리는 손으로 책상 서랍 안을 뒤져 담뱃갑을 꺼내 비닐 포장을 뜯었다. 그런 다음 부엌으로 들어가 네이트가 바비큐 불을 붙일 때 쓰던 성냥을 꺼내, 창문 앞 조리대 위에 걸터앉아 창문을 활짝 열었다. 앨리스가 성냥을 그으려는데 책상에 둔 앤티크 자개 담뱃대가 생각났다.

담뱃대를 써보려다가 첫 번째 담배는 부러뜨렸고, 두 번째 담배로 겨우 끼우는 데 성공했다. 앨리스는 담뱃대 끝부분을 입에 물고 담배 끝에 불을 붙였다. 넬리가 딱 이런 모습으로 담배를 피우는 모습을 상상해보았다. 그녀가 스커트 차림에 진주 목걸이를 걸고, 주방 조리대 위에 걸터앉아 담뱃대를 손가락 사이에 끼워 앨리스와 같은 창문 밖으로 나른한 동그라미들을 피워 올리는 모습을.

연기로 가득한 깊은 숨을 들이쉬고 나자 앨리스는 기침을 심하게 했다. 두 눈에 눈물이 가득 고였고 다시 한 모금 빨자 어지러웠다. 방충망을 통해 연기를 밖으로 토했지만 일부는 바람에 실려 앨리스에게로, 그리고 부엌 안으로 도로 들어왔다.

담배를 다 피우고 나니 속은 좋지 않았지만, 니코틴 덕분에 머리는 맑아졌다. 앨리스는 두 가지 생각이 들었다. 첫째, 자기는 누구의 결혼도 비난할 자격이 없는 형편없는 친구라는 것. 더구나 요즘 자기가 한 짓들을 생각하면 더더욱. 둘째는 브로닌의 생각이 맞을지도 모른다는 것. 어쩌면 결혼이라는 게 다 우발적이라고. 이성보다는 감정에 근거한 것이라고. 완벽한 결합을 만들려고 힘들게 노력하면 할수록 관계가 아닌 결혼이라는 제도 자체에 더 힘을 실어주게 될지도 모른다고. 사실 모두가 더 집중해야 하는 건 관계인데도.

캘리포니아로 이사한 직후, 열 살도 되지 않았던 앨리스는 엄마에게 언제 스티브 아저씨와 결혼할 거냐고 물었다. 앨리스의 부모는 공식적으로 결혼한 사이가 아니었고, 사실혼 상태로 격동의 10년을 함께 보냈기에 앨리스는 엄마가 어서 결혼반지를 끼고 다른 엄마들과 비슷해지기를 간절히 바랐다. 공식적으로 부부 사이가 되면 스티브 아저씨는 엄마와 자기를 버리지 않을 것이고, 그럼 또 이사할 필요가 없을 테니까.

재클린은 앨리스의 작은 턱을 손바닥으로 감싸며 제법 진지한 눈빛으로 말했다.

"앨리스, 사랑 말고도 결혼을 하는 이유는 아주 많아. 정신을 못 차릴 정도로 사랑에 빠져도 결혼은 안 할 수도 있지. 하지만 그 사람이 없으면 죽을 것 같다는 생각이 들지 않을 때는—양쪽 모두—선불리 결혼하면 안 되는 거란다. 서로가 서로에게 산소보다 더 중요한 존재여야 해. 그렇지 않다면 매년 결혼기념일이 돌아올 때마다 숨 막힐 것 같은 기분일 거야."

27

넬리

1956년 8월 28일

보일드 초콜릿 쿠키

그래뉴당(설탕)	2컵
우유	$\frac{1}{2}$컵
코코아	$\frac{1}{2}$컵
버터	1큰술
퀵 오트밀	2컵
코코넛	1컵
바닐라 추출물	1작은술

설탕, 우유, 코코아, 버터를 5분간 끓인다. 불을 끈 다음 오트밀, 코코넛, 바닐라를 넣고 빠르게 잘 젓는다. 다 저으면 한 술씩 왁스를 입힌 종이 위에 올리고 식힌다.

쿠키가 식는 동안 넬리는 연어 피클 롤 샌드위치를 쟁반에 모두 올렸고, 그때 첫 번째 손님인 키티 골드먼과 마사 그레이브스가 도착했다. 둘 다 어떤 일이든 절대 1분도 늦지 않는 사람들이었다. 헬렌이 문을 열어주자 키티의 목소리부터 들렸다.

"이건 바로 테이블에 올려도 되는 거예요. 괜찮다면 정중앙에 놔줘요. 아, 조심해요. 두 손으로 하는 게 좋을 것 같은데. 그 쟁반은 우리 어머니가 물려주신 거예요. 정말 귀한 거라고요."

마지막 말을 어찌나 연극 대사처럼 말하는지, 앞치마를 두르던 넬리는 키티의 과장된 행동에 웃음이 났다.

"넬리, 우리 왔어요!"

한 달에 한 번씩 돌아오는 마을 지킴이 모임이 있는 날이었다. 보통은 모임 대표인 키티의 집에서 열리고는 했지만, 이번에는 넬리의 부상 때문에 키티가 마지못해 넬리의 집에서 모이는 데 동의했다. 깁스를 푼 지 벌써 이 주가 다 되었지만, 넬리는 깁스를 한 동안 다리가 약해지고 발목은 뻣뻣하게 굳어서 빨리 걷지 못했다.

넬리는 두 여자를 현관 복도에서 맞았고, 헬렌은 키티가 가져온 쿠키를(얼굴은 살짝 찌푸렸지만 두 손으로 조심스럽게) 들고 들어갔다. 데블드 에그 접시를 거대한 배 위에 걸친 마사는 넬리의 볼에 입을 맞추려고 몸을 기울이며 헉헉거렸다. 배 속 아기 때문에 얼굴이 붓고 발갛게 상기된 마사는 익을 대로 익어, 마치 금방이라도 나무에서 떨어지려는 자두 같았다. 헬렌이 마사의 접시를 받으려고 돌아왔지만, 마사는 혼자서도 충분히 가능하다며 진심 어린 따뜻한 미소를 보냈다. 키티는 마땅찮은 표정이었다.

"마사, 그건 내가 받을게요."

넬리는 마사의 접시를 받으려고 손을 뻗으면서 임신한 마사의 배가 무척 팽팽하다고 느꼈다. 마치 배 속에 볼링공을 넣고 있는 것 같았다.

"헬렌, 괜찮다면 남은 그릇들을 좀 닦아줄래요?"

"왜 안 괜찮겠어요?"

헬렌이 미처 대답하기도 전에 키티가 말했다.

"바로 그런 일을 하려고 여기 와 있는 건데."

키티는 고개를 옆으로 꺾으며 헬렌을 향해 차가운 미소를 던졌다. 사람을 가지고 노는 듯한 우월감 섞인 웃음이었다. 헬렌이 부엌으로 들어간 후 넬리가 말했다.

"키티, 꼭 그래야겠어요?"

"뭘요?"

키티는 거실 입구 긴 테이블에 핸드백을 내려놓고 메모지를 손에 들었다.

"이 집 일을 하는 아이 맞잖아요! 넬리 일을 도우려고 와 있는 거고."

마사는 고개를 끄덕였지만 아무 말도 하지 않았고, 넬리는 한마디 더 하고 싶은 걸 겨우 참으며 헬렌이 아이스티와 레모네이드, 샌드위치와 초콜릿 쿠키를 차려놓은 거실로 두 사람을 안내했다.

"아, 넬리가 만든 보일드 초콜릿 쿠키 진짜 좋아하는데."

마사는 테이블 위의 쟁반을 부러운 눈길로 쳐다보며 말했다.

"요즘은 물 한 모금 들어갈 자리도 없어요."

마사는 불룩한 배를 손으로 문질렀다.

"얼마나 남았죠?"

넬리는 다른 사람들이 오기를 기다리는 동안 아이스티를 컵에 따르며 물었다. 교회와 마을 지킴이 모임의 모든 여자들 중에서 넬리는 마사와 가장 친했다. 마사는 꾸밈이 없고 선한 성품이라 함께 시간을 보내기 편안했다. 그러나 넬리는 동네 부인들과 우정을 쌓는 데 조심스러울 수밖에 없었는데, 이 사회의 계급을 이해하기 때문이었다. 동네 부인들은 남편들을 따르기 때문에, 마사나 키티와 나눈 이야기는 리처드의 귀로 들어갈 수 있었다.

"얼마 안 남았어요. 제발 그래야 해요."

마사는 소파 — 리처드가 그 짓을 한 이후 넬리는 더 이상 소파에 앉지 않았다 — 위에서 어정쩡하게 몸을 움직여 쿠션에 몸을 기댔다. 얼굴이 통증으로 일그러졌다.

"얼마나 버틸 수 있을지 모르겠어요. 허리가 너무 아파서 정말 힘드네요."

마사에게는 이미 첫째가 있었다. 엄마를 많이 닮아 귀엽고 상냥한 아서라는 남자아이였다.

키티는 눈썹을 치켜올렸지만, 다행히 아무 말도 하지 않았다. 키티는 애가 셋이었고, 막내는 겨우 13개월이었지만 언제 임신한 적이 있기나 하냐는 듯 예전 몸으로 가뿐하게 돌아갔다. 몸매는 날씬했고, 얼굴에는 주름 하나 없었다. 하긴 키티는 스물여섯이었고 집에는 살림과 육아를 돕는 입주 가정부가 있었다. 그 덕에 키티는 교회 자선 사업과 마을 지킴이 모임, 그리고 틈날 때마다 터퍼웨어 파티를 주최하는 데 전념할 수 있었다.

넬리는 마사의 어깨에 손을 얹고 아이스티를 건넸다.

"마사, 지금 예쁘기만 한데요. 임신한 모습이 정말 보기 좋아요."

마사는 활짝 웃었지만 곧 넬리가 최근에 유산한 사실을 기억하고는 웃음기를 잃었다.

"이렇게 기적 같은 일에 불평이나 늘어놓다니. 미안해요, 넬리. 내가 생각이 짧았어요. 힘든 일을 겪은 사람 앞에서."

마사는 넬리를 보며 슬픈 미소를 지었다.

"마사, 그만해요. 넬리가 지금 그런 얘기를 듣고 싶겠어요?"

키티가 마치 자기 자식을 다루듯 꾸짖는 투로 말했다. 자책하는 마사에게 넬리는 안심하라고 미소를 보였다.

"괜찮아요. 그냥 잊어버려요."

"넬리는 정말 좋은 사람이에요."

마사의 안도감이 상대에게까지 전해졌다.

"너무 좋아 탈이지."

키티는 작은 소리로 말했지만, 모두가 들을 수 없을 정도로 작지는 않았다. 그러다 갑자기 키티가 헉 소리를 냈다.

"넬리 머독, 이게 뭐예요?"

키티는 창가의 자그마한 책상 앞에 서 있었다. 그리고 입을 떡 벌리고 눈은 커지더니 핸드백 하나를 들고 빙글 돌아섰다.

"리처드가 선물로 줬어요."

넬리는 차분한 목소리로 대답했다. 샤넬 2.55, 핸드 스티치와 버터처럼 부드러운 까만 퀼팅 가죽, 금색 체인으로 된 어깨끈. 넬리가 속한 모임의 모든 여자들이 탐낼 만한 가방이었다. 코코 샤넬이 직접 디자인한 작품이었으니까.

"세상에나. 정말 예뻐요."

마사는 숨을 죽이며 말했다. 키티는 가방을 든 채 앉아 있던 의자로 돌아갔다. 심지어 묻지도 않고 가방을 열더니, 안쪽의 빨간색 천을 손가락으로 만졌다. 넬리는 그런 키티가 무례하다고 생각했다.

"아직 한 번도 안 썼나 봐요."

키티가 고개를 들고 넬리를 보았다.

"대체 왜요? 우리 남편이 나한테 이런 가방을 선물했다면 나는 잘 때도 끼고 잘 텐데!"

키티가 웃자 마사도 따라 웃었다. 넬리는 어깨만 으쓱할 뿐이었다.

"특별히 들고 나갈 일이 없었어요."

"아유, 답답하기는. 특별할 때 드는 가방이 아니에요. 그게 바로 이 가방의 매력이라니까."

키티는 금색 체인을 한쪽 어깨에 멨다.

"어디에나, 무엇에든 다 어울린다고요."

"나도 좀 봐도 돼요?"

마사가 물었다.

"자기 손은 아이스티가 묻어서 끈끈하잖아."

키티의 말에 마사가 무안해하며 손을 냅킨에 닦았다. 키티는 그 모습을 보며 짜증스러운 한숨을 내쉬었고, 가방이 마사의 손에 닿지 않도록 옆으로 뺐다.

"말해봐요. 결혼기념일이었어요?"

키티가 마지못해 가방을 마사에게 넘겨주며 물었다. 넬리는 잠시 말없이 있었고, 그때 고맙게도 현관 벨이 울렸다.

"다들 도착했나 보네요."

넬리가 일어나서 현관으로 향했다. 이제 다리를 절뚝이는 것도 거의 표가 나지 않았다.

"샌드위치도 좀 먹어봐요. 금방 올게요."

얼마 안 있어 거실은 여자들로 가득 찼고, 그들은 동네의 따분한 일상에 대해 수다를 떨었다. 누구네 집은 잔디를 제때 깎지 않더라, 동네 개가 짖어서 아이들이 밤에 잠을 잘 못 잔다, 동네 보도의 어느 특정 부분이 자꾸 부서져서 위험하다 같은. 넬리는 아이스티를 마시며 직접 질문을 받을 때만 대화에 참여했다. 키티가 모든 여자들이 다 쳐다보고 찬양할 수 있게 아주 잘 보이는 자리에 놓아둔 샤넬 백에서 자신의 눈을 떼기 어려웠다. 여자들이 가방을 보고 황홀해하며 자기 남편들도 리처드를 좀 본받았으면 좋겠다고 말할 때, 넬리는 그저 예의 바르게 미소 지으며 이 사치스러운 선물을 받은 이유를 생각했다.

넬리는 임신을 했던 것이다.

28

그와 결혼한 뒤에는 그를 잘 살핀다. 그가 비밀스럽게 행동하면 그를 믿는다. 그가 말을 많이 하면 잘 듣는다. 그가 질투를 느끼면 풀어준다. 그가 사교 생활을 즐기면 그와 동행한다. 당신이 그를 이해한다고 생각하게 한다. 그러나 절대 그를 감독한다는 느낌을 주어서는 안 된다.

—『웨스턴 가제트』(*Western Gazette*, 1930년 8월 1일)

앨리스

2018년 8월 12일

네이트는 세 번째 침실에서 마지막 벽지를 뜯어내는 중이었다. 그는 그 방을 계속 '아기방'이라고 불렀다. 강력 접착제 제거제에서 나오는 연기가 걱정된다면서 네이트는 앨리스에게 자꾸 집 밖으로 나가라고 했다.

"혹시 벌써 임신했으면 어떡할래?"

앨리스가 같이 일하면 훨씬 더 빨리 끝날 거라며 버티자 네이트가 이렇게 말했다.

"임신 안 했거든."

앨리스는 두 사람이 방 중앙으로 옮긴 간이침대에 시트를 씌우며 말했다. 방이 크지 않았기 때문에 네이트가 벽에 세운 사다리 사이를 지나갈 만한 공간도 겨우 나왔다. 벌써 일요일이었지만 앨리스는 자기가 한 짓을 얘기하지 못했기에 연극은 계속되는 중이었다. 그냥 말해버려. 네 면의 길이가 잘 맞도록 시트를 잘 펼치며 앨리스는 생각했다. 네이트, 나는 아기방을 만들 준비가 안 됐어.

"어떻게 알아?"

네이트가 쓰고 있던 마스크를 머리 위로 올린 다음 목젖 부분까지 내리고 물었다. 그리고 창문을 활짝 열고 닫히지 않도록 페인트 저을 때 쓰는 막대기를 지지대처럼 괴어놓았다. 앨리스는 네이트가 화요일 일을 생각하고 있다는 걸 알았다. 오늘이 12일 차잖아. 그날 밤 그는 다른 날보다 일찍 집에 왔고, 앨리스의 죄책감이 그녀의 결심을 무너뜨렸다. 게다가 사실 상관도 없었다. 임신이 될 일은 없었으니까.

"우리 애들이 발가락이 열한 개인 채로 세상에 나온다면 난 평생 죄책감에 시달릴 거야."

"그런 농담하는 거 아니야."

앨리스의 말을 네이트가 바로 받아쳤다.

"농담 아니야!"

앨리스가 마스크를 두 개 쓰겠다고 했는데도 네이트는 강경했다. 그냥 나가서 잡초나 뽑으라고 했다. 결국 네이트가 벽지를 처리하는 동안 앨리스는 뒷마당으로 느릿느릿 걸어갔다. 잡초를 뽑다 보니 금방 덥고 더러워졌고, 근육들은 그만 쉬라고 비명을 질러댔다. 겨우 한 시간 뽑았을까, 앨리스는 쉬기로 마음먹고 넬리가 쓴 편지의 두 번째 뭉치를 들고 정원 의자에 자리를 잡았다.

정원 일에 정을 붙이려고 노력해봤지만, 아니 적어도 정원 일의 장점들을 즐겨보려 했지만, 잡초 뽑기보다는 넬리의 편지가 더 흥미로웠다. 이미 책을 쓰기 위한 첫 번째 기획안을 버렸기 때문에 더욱 그랬다. 과연『악마는 프라다를 입는다』같은 책을 또 쓸 필요가 있을까? 그렇기에 앨리스는 이 편지들과 잡지들에 시간을 투자해야 했다. 바로 글을 쓸 수 없을지는 몰라도, 넬리 머독 덕분에 자료 조사는 가능했으니까. 앨리스는 편지 뭉치의 고무줄을 풀고 맨 위 편지의 얇은 종이를 펼쳤다.

엘리너 머독의 책상에서

사랑하는 엄마,

못 견딜 정도로 엄마가 보고 싶어요. 우리가 만난 지 너무 오래되었지만 곧 찾아뵐 수 있을 거예요. 발목이 완전히 낫고 며칠 집을 떠날 시간을 낼 수 있게 되면 바로 갈게요. 리처드는 사업 때문에 계속 바빠요. 껌을 만드는 일이 이렇게 시간이 많이 드는 일이라는 걸 누가 알았겠어요? 아무튼, 지금 당장은 집을 비울 수가 없어요.

발목 얘기가 나와서 말인데, 엄청 많이 좋아져서 지금은 훨씬 수월하게 움직이고 있어요. 안타깝게도 저의 정원은 제 다리만큼 좋지 않지만, 고맙게도 이웃 남자아이 하나가 잡초를 뽑고 가지 치는 일을 도와주고 있어요. 옥잠화들은 언제나 그렇듯이 동네 건달처럼 정원을 다 잡아먹을 기세지만, 그래도 장미들은 꿋꿋하게 잘 자라고 있어요. 다음에 찾아뵐 때 좀 가져다드릴게요.

아, 그리고 엄마한테 드릴 말씀이 있어요. 저, 아기를 가졌어요.

앨리스는 몸을 똑바로 펴고 앉아 그 부분을 다시 읽었다. 넬리가 임신을 했다고? 그런데 왜 머독 부부에게 자녀가 없었던 거지?

몸은 괜찮고요, 아직까지는 임신이 제게 별 영향을 주는 것 같지 않아요. 짐작하시겠지만 리처드는 기뻐서 하늘을 날 기세예요. 전혀 예상치 못했던 일이고, 이 얘기는 꼭 해야 할 것 같은데……

"뭘 읽고 있어?"

앨리스는 깜짝 놀라 편지를 잔디에 떨어뜨렸다. 그 바람에 다른 손에 들고 있던 물병을 놓치면서 발 옆에 떨어진 편지로 물이 콸콸 쏟아졌다.

"앗!"

앨리스는 젖은 편지들을 얼른 집으며 편지가 손상되지 않았기만을 바랐다. 하지만 너무 늦었다. 낡고 오래된 종이는 물벼락을 견디지 못해 잉크로 얼룩져 있었다.

"젠장."

"미안해."

앨리스가 손에 든 흠뻑 젖은 종이를 보며 네이트가 말했다. 그러고는 햇살을 모자챙으로 가리느라 야구 모자를 살짝 젖혔다. 마스크가 조였던 네이트의 양쪽 눈과 콧등에 빨갛게 눌린 자국이 나 있었다.

"중요한 거야?"

"아냐."

앨리스는 종이를 테이블 위에 펼치며 중얼거렸다. 그리고 손가락에도 묻은 잉크를 청 반바지에 문질렀다. 네이트는 정원 바닥과 작은 잡초 더미 몇 개를 둘러보았다.

"벌써 쉬고 있어?"

"자료 조사를 좀 하는 중이었어."

"그렇군. 이게 그거구나?"

네이트는 앨리스 옆 의자에 앉아 테이블의 편지 뭉치를 가리켰다.

"응. 지난번 아침에 얘기했던 편지들이야. 넬리가 1950년대에 엄마한테 쓴 편지들. 샐리 아주머니가 주셨어."

네이트가 고개를 끄덕였다.

"멋지네."

그는 의자에 등을 기대며 두 다리를 쭉 뻗었다.

“그래서 정원은 어떻게 되고 있어? 우리 어디까지 한 거지?”

앨리스는 ‘우리’라는 말에 약간 짜증이 났다. 네이트는 정원 일을 한 번도 한 적이 없었다. 집 안의 온갖 궂은일을 도맡아 하기는 했다. 게다가 매일 아침 7시면 집에서 나가 거의 매일 밤 11시나 되어야 들어왔다. 이 집과 거기에 딸린 모든 것들을 부양하기 위해서였다. 그러니 적어도 망할 놈의 잡초 정도는 입 다물고 뽑아야 한다고 앨리스는 스스로를 타일렀다.

“알고 보니 정원 일이라는 게 잡초 뽑기였어. 끝없는 잡초 뽑기.”

앨리스는 한숨을 쉬고 고무줄로 편지 뭉치를 다시 묶었다.

“벽지는 어떻게 돼가?”

“더뎌. 떼어낼 게 너무 많아. 좀 도와줄까? 접착제 제거제에 약간 취한 것 같아. 신선한 공기를 좀 마셔야겠어.”

네이트는 상체를 일으켜 의자에서 일어났다.

“좋지.”

앨리스는 장갑을 집어 들고 네이트를 따라나서며 말했다. 그는 허리에 두 손을 얹고 입술을 오므리며 사방을 둘러보았다.

“뭐 하면 돼?”

“솔직히 말하면, 나는 뭐가 잡초고 뭐가 아닌지 잘 모르겠어. 그러니까 그냥 여기에 속하지 않아 보이는 애들부터 뽑아내면 어때? 얘들처럼.”

앨리스는 민들레가 돋아난 부분 앞에 쪼그리고 앉았다.

“얘들이 잡초인 건 알겠어. 장갑 줄까?”

“아냐, 됐어.”

앨리스는 삽을 들고 민들레 뿌리 주변을 파낸 다음 뿌리에 들러붙은 커다란 흙더미와 함께 하나를 뽑았다. 흔들어서 흙을 털고 등 뒤쪽으로 잡초를 던졌다. 네이트는 정원 오른쪽에서 민들레를 더 찾기 위해 커다란 옥잠화 잎을 옆으로 걷어냈다. 앨리스는 뿌리를 너무 높은 부분에서 자르지 않기 위해 샐리가 시범을 보여준 것처럼 삽을 깊숙이 박는 일에 몰두하고 있었다. 그때 네이트가 물었다.

"얘들 예쁘네. 이건 뭐야?"

네이트는 디기탈리스 옆에 서서 꽃을 향해 손을 뻗고 있었다.

"만지지 마!"

앨리스가 소리쳤다. 네이트가 움찔 손을 뺐다.

"왜?"

"디기탈리스야. 샐리 아주머니가 그러는데 독성이 있대."

네이트가 반바지 위에 손을 얼른 문지르고 그 식물을 다시 봤다. 굵은 초록색 줄기를 따라 빼곡히 피어난 꽃송이들이 종처럼 매달려 있었다.

"'독성'이 있다니 그게 무슨 뜻이야?"

"맨손으로 만지면 안 된다는 뜻이야."

앨리스는 민들레를 옆으로 던지며 말했다. 네이트는 두 손을 다시 허리께에 얹고 앨리스와 꽃을 번갈아 봤다.

"우리 정원에 독이 있는 꽃이 있단 말이야? 그 독성이라는 게 대체 어느 정도인데?"

"샐리 아주머니 말로는 심장 문제를 일으킬 수도 있대. 알고 보니 무슨 심장약 만드는 재료로 쓰인다는데, 어쨌든 그 꽃 전체—

줄기, 꽃, 씨앗 — 에 독이 있대."

네이트는 정원을 천천히 걸으며 혼자 중얼거리다가, 눈을 커다랗게 뜨고 앨리스를 향해 돌아섰다.

"세상에. 앨리, 온 마당을 뒤덮고 있잖아."

정원에는 디기탈리스가 세 군데 정도 피어 있었는데, 앨리스는 그걸 어떻게 '뒤덮고 있다'고 하는지 이해할 수 없었다. 네이트는 입가가 굳은 채 손을 내밀었다.

"장갑 좀 줘봐."

"왜?"

"앨리, 장갑 달라고."

앨리스는 끼고 있던 장갑을 빼서 네이트에게 건넸다. 네이트는 자기 손에 장갑을 억지로 끼워 넣고 앨리스가 쓰던 모종삽을 잡았다. 그러고 나서는 디기탈리스 줄기 맨 밑부분을 한 방에 갈라버렸고, 꽃은 옆으로 쓰러졌다. 그는 꽉 맞는 장갑을 낀 손으로 꽃을 뽑아 잡초 더미 위로 던졌다.

"뭐 하는 거야?"

네이트가 옆에 있는 디기탈리스를 똑같이 처리하자 앨리스가 말했다.

"그 꽃은 사슴이 안 먹는 꽃이란 말이야! 그런 꽃은 몇 개 되지도 않는다고. 그리고 땅에 빈 구멍이 생겼잖아. 지금 거기다 뭘 심어? 여름이 절반은 지났는데."

앨리스는 이 정원을 그렇게 아끼지 않았지만, 이상하게도 넬리가 그토록 사랑하며 가꿨던 무언가를 지켜야 한다는 이상한 책임감을 느꼈다. 네이트는 앨리스의 질문을 무시한 채 잘라낸 디기탈리스 줄기 주변의 흙을 파내며 끙 소리를 냈다.

"상관없어. 관목 같은 거 심으면 돼."

관목 같은 소리 하네. 앨리스는 어이없다는 듯 눈을 굴렸다. 네이트는 줄기를 뿌리째 뽑으려고 잡아당기면서 중얼거렸다.

"사슴 따위 누가 신경 쓴다고? 우리 정원에 이런 치명적인 식물을 놔둘 수는 없어."

"치명적이라고는 안 했어. 그리고 나는 사슴 신경 쓴다고."

앨리스는 팔짱을 끼고 네이트가 두 번째 디기탈리스를 뽑아내는 모습을 지켜보았다.

"당신은 언젠가 생길 우리 아기 걱정은 안 돼? 우리 예쁜 딸이 정원에 들어와서 저 독 있는 잎을 따 먹으면 어떡할래?"

줄기가 검은 흙을 사방에 뿌리며 뽑힐 때 네이트는 휘청 균형을 잃었다.

"다 뽑아버릴 거야. 오늘 안에."

"딸?"

네이트는 새로 캐낸 디기탈리스가 피부에 닿지 않게 조심하며 잡초 더미에 쌓았다. 그러고는 이마를 팔로 닦아냈다.

"나는 정말 딸이었으면 좋겠어. 당신은 안 그래? 미니 앨리스 말이야."

"그래."

죄책감이 온몸을 관통하는 느낌이었다. 그러다가 앨리스는 바로 그 자리에서, 점점 커지는 디기탈리스 무더기 옆에 서서 자기가 한 짓을 다 고백할 뻔했다. 네이트는 앨리스를 사랑했고, 이해해줄 거였다. 두 사람은 젊지 않은가! 미니 앨리스를 만들 시간은 충분했다. 어쩌면 하나가 아니라 더 많이.

"자, 이거 잡고 있어."

네이트는 앨리스에게 정원용 쓰레기봉투를 건넸다.

"잘 안 되면 어떡해?"

앨리스는 네이트가 디기탈리스 잔해를 버릴 수 있게 봉투를 붙들고 물었다. 네이트는 줄기가 앨리스의 손에 닿지 않게 조심했다.

"뭐가?"

"이거."

앨리스는 한 손을 빼서 배 앞에 동그라미를 그렸다.

"아기."

"왜? 혹시 무슨 문제 있어?"

네이트는 쭈그려 앉아 또 한 더미를 모으다 말고 앨리스를 올려다봤다.

"아니."

그렇게 대답은 했지만 앨리스는 너무 오래 뜸을 들였다. 그걸 알아챈 네이트는 장갑을 벗어 잔디에 던져놓고 앨리스 손에서 봉투를 뺐다. 그리고 앨리스 앞에 다가섰다. 팔을 잡은 그의 손이 땀으로 축축하고 따뜻했다.

"나한텐 뭐든지 다 말해도 되는 거 알지?"

"알아."

"요 몇 달이 좀 힘들었다는 거 알아. 요즘 내가 너무 늦게까지 일하고 피곤해서 집에 와서도 정신이 딴 데 가 있었는지도 모르고. 하지만 약속할게. 계속 이렇지는 않을 거야."

"집에 있는 시간을 좀 늘릴 수는 없어? 별로 방해할 일 없어. 자기 일할 때 나도 일하면 되잖아. 예전처럼 지낼 수 있을 거야."

그전에는 둘 사이에 치토스 그릇을 두고 나란히 침대에 앉아, 네이트는 시험공부를 하고 앨리스는 언론사에 보낼 홍보 자료들을 쓰고는 했다.

네이트는 미소를 지었지만 눈은 웃고 있지 않았다.

"사무실에서 일하는 게 편해. 필요한 게 전부 거기 있으니까."

앨리스는 그에게서 살짝 몸을 뺐고 네이트도 그녀를 놓아주었다.

"별로 오래 안 걸릴 거야, 알았지?"

앨리스는 고개를 끄덕였다.

"자, 그럼 이 사악한 꽃 소탕 작전으로 돌아갈까?"

"그래."

네이트는 장갑을 다시 꼈고 앨리스는 쓰레기봉투를 최대한 넓게 벌렸다. 네이트가 디기탈리스와 다른 잡초들을 봉투에 던지는 동안 앨리스는 네이트에게 말하지 않은 모든 것들을 떠올렸다. 직장에서 있었던 일, 제임스 도리언과의 일, 담배, 피임 기구, 글을 거의 못 쓰고 있다는 사실까지. 그리고 네이트는 자기에게 어떤 걸 숨기고 있을까 생각해보았다.

29

넬리

1956년 9월 1일

허브 치즈 팝오버

체로 친 밀가루	1컵
소금	$\frac{1}{2}$작은술
가당 우유	1컵
녹은 버터	1큰술
달걀	2개
강판에 간 치즈	$\frac{1}{3}$컵

신선한 쪽파, 혹은 다른 종류의 건조시킨 허브 2큰술

밀가루, 소금, 우유, 녹은 버터, 달걀을 고루 잘 섞는다. 치즈와 쪽파를 추가한 후 잘 젓는다. 기름을 칠한 머핀 판에 반만 차도록 반죽을 붓고, 200도로 예열한 오븐에 넣고 굽는다. 팝오버가 황금 갈색이 될 때까지(대략 20~25분) 둔다. 식기 전에 제공한다.

넬리는 럭키 담배를 피우며 선글라스 너머로 정원에 쭈그려 앉아 있는 소년을 지켜보았다. 피터 펠로시는 여름 동안 돈을 벌기 위해 정원 일을 하는 동네 아이로, 겨우 열일곱이었지만 튀어나온 이두박근과 건장한 어깨 때문에 벌써 충분히 남자로 보였다. 두 볼은 귀여웠지만 턱과 목젖 주변에는 면도하다 생긴 상처가 남아 있었다.

"옥잠화는 어떻게 할까요?"

피터가 넬리 쪽을 돌아보며 밝은 햇살에 눈을 가늘게 떴다. 반바지 아래 근육이 드러난 다리 위로 땀방울이 흙먼지와 섞이며 양말과 운동화로 흘러들었다. 넬리는 잡지를 무릎 위에 놓고 식물을 잘 보기 위해 손을 이마에 갖다대고 해를 가렸다. 평소 넬리의 정원은 최상의 상태였지만, 발목 골절로 지난 두 달 동안은 거의 아무것도 하지 못했다.

"저 옥잠화들, 정말 드세기도 하지. 몇 주 기다렸다가 잘라내고 싶기는 한데 가을이 벌써 코앞이네."

넬리는 담배 한 개비를 더 꺼내고 담뱃갑을 피터에게 내밀었다.

"한 대 피울래?"

"고맙습니다."

피터는 잠시 망설이다 말했다. 그리고 두 손을 바지에 문지르고 뒷주머니에서 지포 라이터를 꺼냈다. 그 아이는 셔츠 소매 아래에 자기 담배가 있었지만 넬리가 주는 담배를 받았다. 피터가 라이터를 켰고, 넬리는 자개 담뱃대를 입에 대고 럭키 담배 끝을 불에 가져갔다. 한 모금 빨아들인 넬리가 옆 의자를 톡톡 쳤다. 피터는 의자에 앉아 담배를 오래 빨았다가 늦여름 더운 공기 속으로 뱉어냈다.

“내년에는 학교에 복학하지 않니?”

넬리가 묻자 피터가 고개를 끄덕였다.

“기대돼?”

“네.”

넬리는 담배를 한 모금 더 빨면서 피터를 지켜보았다.

“피터, 누구 진지하게 사귀는 사람 있어?”

피터의 귀 끝이 빨개졌고 젊은 혈기로 무릎이 움찔했다.

“아니요.”

“어머, 피터, 그 말은 정말 안 믿긴다.”

피터의 얼굴은 더 빨개졌는데, 기쁘기도 하면서 혼란스러운 표정이었다. 두 사람은 얼마간 말없이 있었다. 잠시 후 넬리가 담배로 두드러지게 웃자란 옥잠화를 가리켰다.

“저건 잘라버려. 인정사정 볼 것 없어. 뿌리가 생각보다 훨씬 질기니까.”

“네.”

피터는 담배를 비벼 끈 다음 파티오에 놓인 연장들 중에서 괭이를 집었다. 아이는 정원 중앙으로 돌아가 옆에 없었지만 향기는 남아 있었다. 깨끗한 땀에 그 아이의 엄마가 사용하는 빨랫비누 섞인 냄새가 났다.

“맙소사. 오늘 정말 덥네.”

넬리는 잡지로 부채질을 했다. 그리고 시계를 보고 시간을 확인한 다음 미소를 지었다. 이제 얼마 안 남았다.

"시원한 음료수 좀 가지고 올게, 알았지?"

"와, 좋아요. 감사합니다, 머독 부인."

피터는 옥잠화 한가운데에 괭이를 겨누고 말했다. 그리고 끙 소리를 내며 괭이 끝을 세게 내리쳐 옥잠화 정중앙을 깨끗하게 갈랐다.

집 안으로 들어온 넬리는 얼음을 꽉 채운 유리잔에 레모네이드를 따르고 갓 딴 민트 잎을 띄웠다. 냉장고에 레모네이드 병을 도로 집어넣은 다음, 맨 위 칸의 녹색 병 사이에 손가락을 끼워 리처드의 맥주를 꺼냈다. 넬리는 낮은 소리로 노래를 흥얼거리며 쟁반에 레모네이드 잔과 그 옆에 맥주병들을 올리고 엉덩이로 냉장고 문을 닫았다.

"레모네이드도 있는데 이것도 좋아할 것 같아서."

넬리는 밖으로 나와 맥주병을 하나 들어 보이며 말했다.

"아, 저는 마시면 안 될 것 같은데요."

피터는 넬리가 든 맥주병을 쳐다보며 입가의 땀방울을 핥았다.

"아무한테도 말 안 할게."

넬리는 병따개로 뚜껑을 따서 피터에게 병을 건넸다.

"넌 마실 자격이 충분해. 어서, 우리 둘 사이의 비밀로 하자."

"감사합니다."

피터는 씩 웃더니 병을 받았다. 그리고 병을 입에 물고 기울였다. 거품이 이는 호박색 액체를 들이켜자 상처 난 목젖이 오르락내리락했다. 그때 방충망 문이 닫히는 소리가 나며 리처드가 뒷마당 파티오에 나타났다. 피터의 입에서 조금 샌 맥주가 턱으로 흘러내렸다. 리처드는 상황을 파악하느라 잠시 멈칫했다. 넬리는 냅킨으로 피터의 턱에 흐른 맥주를 닦아주었다.

"자, 됐다."

넬리의 손가락은 피터의 턱에 필요 이상으로 오래 머물렀다. 리처드가 확실히 보게 하기 위해서였다. 팔을 뻗으면 닿을 거리에 머독 씨가 서 있었다. 어린 피터는 리처드가 그의 아내와 자신이 하고 있는 짓을 다 보고 있다는 걸 깨닫자 숨도 제대로 못 쉬었다.

"어머, 왔어요? 오늘 볼링은 어땠어요?"

넬리는 그제야 리처드가 온 걸 알았다는 듯 고개를 돌렸다. 그리고 맥주병을 하나 더 따서 한 모금 길게 들이켰다. 입술에 닿는 유리 가장자리가 환상적으로 차가웠다. 피터의 눈이 커졌다. 넬리는 그런 피터를 보며 생각했다. 이 아이는 여자가 병째 맥주 마시는 걸 한 번도 못 본 모양이구나, 이 아이 엄마는 술을 입에도 대지 않는구나. 리처드는 팔짱을 끼고 눈살을 찌푸렸다. 빨간색과 검은색 볼링 셔츠가 그의 가슴께에서 늘어나면서 단추 부분이 팽팽해졌다.

피터는 머독 부부를 번갈아 본 다음 맥주를 테이블에 올려놓고 팔을 뻗어 리처드에게 악수를 건넸다.

"안녕하세요, 머독 씨."

긴장감으로 피터의 목젖이 꿈틀거렸다.

"피터, 아버지는 안녕하시지?"

리처드가 힘을 잔뜩 주고 피터와 악수를 했다. 피터는 움찔했지만 그대로 있었다.

"네, 잘 지내세요. 어, 저는 하던 걸 마저 할까요?"

피터는 이 부부 사이만 아니라면 어딜 가도 좋겠다고 생각하며 옥잠화를 쳐다봤다.

"좋은 생각이야."

리처드는 방금 전까지만 해도 피터가 있던 의자에 앉으며 10대 소년을 노려보았다. 그러고는 피터에게 주려고 내놓았던 레모네이드 잔을 들고 민트 잎을 건져 잔디에 던져버렸다. 피터가 힐끗 돌아보자 넬리는 안심하라는 듯 미소를 보냈다.

"피터, 그것도 가운데를 잘라버려, 그 질긴 식물이 아예 말썽을 못 일으키게."

넬리는 의자에 다시 자리를 잡고 피터가 괭이질하는 모습을 지켜보며 말했다.

"쟤가 아무도 안 사귀고 있다는 게 믿어져요? 저렇게 잘생긴 사내아이가?"

넬리는 고개를 저으며 맥주를 홀짝거렸다. 넬리의 입맛에 썩 맞지는 않았지만 리처드가 너무 못마땅하게 쳐다보기에 에라 모르겠다, 다 마셔버리자라고 생각했다.

"지난 일 년 새 많이 자라서 어느새 남자가 다 됐지 뭐예요."

리처드가 눈을 부릅뜨고 넬리를 쳐다봤다.

"저 애한테 돈을 주는 건 정원을 관리하라는 거지 당신이 그렇게 구경하며 계속 지껄이라는 게 아니야."

"어머, 별걱정을 다 해요."

넬리는 리처드에게 몸을 기울이며 속삭이듯 말했다.

"내가 저 어린아이에게 첫 맥주를 준 것 같아요!"

"제발, 넬리."

리처드가 자신의 머리를 쥐어뜯었다. 그는 좌절하고 있었다. 리처드는 남편에게 순종적인 아내 넬리에게 익숙했다. 얌전하고, 친구들의 아내들보다 예쁘고, 맥주 같은 건 아예 입에도 안 대는 그런 아내. 그런데 병째로 맥주를, 그것도 건장하고 젊은 남자와 마시고 있다니(확실히 짚고 넘어가자면 그 젊은이는 리처드보다는 넬리와 비슷한 연배였다). 넬리 머독은 흠잡을 데 없는 아내였지만, 그건 과거일 뿐이었다. 요즘 들어 넬리는 막 나가기 시작했고, 이런 행동이 리처드를 불편하게 했다. 그렇다고 넬리에게 벌을 줄 수는 없었다. 아기 때문에 어떤 섣부른 짓도 할 수 없었다. 넬리는 이제 권력이 자기 손에 있다는 걸 잘 알고 있었다. 피터 펠로시와 보란 듯이 시시덕거려도 리처드는 이러지도 저러지도 못할 것이라는 걸.

"점심으로 치즈 팝오버와 월도프 샐러드를 만들었어요."

리처드의 마음이 어두워질수록 넬리의 기분은 밝아졌다. 넬리는 담배를 한 개비 더 꺼내 불을 붙였고, 잡지를 무릎 위에 펼쳤다. 그러고 나서는 리처드의 얼굴을 훔쳐보며 충격을 받은 듯한 그의 표정을 음미했다.

"어서 가서 드세요. 저는 아까 뭘 좀 먹기도 했고, 어린 피터를 여기 바깥에 혼자 놔두고 싶지 않아서요."

30

남편이 다른 여자와 알고 지낸다고 질투하지 말라. 남편이 당신을 최고라고 생각하는 이유가 무엇이기를 바라는가? 다른 여자를 전혀 못 만나봤기 때문에? 아니면 많은 여자를 만나봤지만, 역시나 이 세상에 그의 여자는 당신뿐이라는 생각이 들어서? 그러니 좋은 여자들을 집에 자주 불러도 좋다.

— 블랑쉬 에버트 『아내가 남편에게 꼭 지켜야 할 11가지 에티켓』(1913)

앨리스

2018년 8월 13일

"어제 제가 쓸 책의 자료 조사를 하려고 넬리가 엄마에게 쓴 편지를 읽다가 뜻밖의 내용을 알게 됐어요."

월요일 오후, 앨리스는 정원에 무릎을 꿇고 앉아 새로 심은 관목 주변의 흙을 토닥이고 있었다. 어제 디기탈리스가 뽑힌 구멍을 메우기 위해 사 온 관목들이었다. 샐리는 고관절 골절로 누워 있는 스탬퍼드의 친구에게 가져다줄 장미를 자르고 있었다.

"그게 뭔데요?"

"넬리와 리처드 사이에 아이가 없었다고 하셨잖아요?"

"그랬죠. 내가 알기로는 그런데."

샐리는 장갑 낀 손에 든 장미 다발을 살펴보려고 뒤로 좀 물러섰다. 그리고 풍성한 꽃다발에 흡족해하며 가시를 잘라내려고 장미를 테이블 위에 올려놓았다. 샐리의 장미를 본 앨리스는 자기 정원을 둘러보며 말했다.

"정말 예쁘네요. 제가 정원을 잘 꾸미게 될 날이 과연 오기나 할지 모르겠어요."

"적어도 사계절을 두어 번은 보내봐야 확실히 알 수 있어요."

샐리가 싹둑싹둑 가위질을 하자 뾰족한 가시들이 테이블 위로 떨어졌다.

"정원이 예쁘기만 한데 뭘 그래요. 열심히 일한 것 같은데."

그러고는 검고 축축한 밑동 부분의 흙에 손자국이 그대로 남은 관목을 가리키며 말했다.

"정말 미안하지만, 그게 그 자리에서는 잘 자라지 못할 것 같아요."

앨리스는 방금 심은 낮은 키의 관목을 쳐다봤다.

"왜요?"

"뿌리 쪽에 공간이 충분하지가 않네요. 그 자리에는 다른 걸 골라 심는 게 좋을 것 같아요. 원래 뭐가 있던 자리죠?"

"디기탈리스요. 네이트한테 독성이 있다고 말했더니 다 뽑아버렸어요. 있지도 않은 아이가 그 잎으로 샐러드라도 만들어 먹을까 봐 걱정을 하더라고요."

앨리스는 황당하다는 표정을 지었다.

"정말 어이가 없어요. 왜냐하면 첫째, 이 아이가 언제 나타날지, 과연 정말 생기기나 할지도 모르고, 둘째, 샐러드를 먹는 아기가 대체 어디 있어요?"

샐리가 웃었다.

"맞는 말이네."

"그럼 이걸 다시 파내야 할까요? 아니면 좁다고 느끼지 않을 만한 다른 자리에 심어줘야 할까요?"

샐리는 손가락을 윗입술에 대고 꽃밭을 쭉 둘러봤다. 그리고 공간이 좀 더 여유로운 정원의 한구석을 가리켰다.

"저기, 에키네이셔 옆이 좋겠네요. 보라색 데이지처럼 생긴 꽃이에요."

"확실히 해야겠어요."

앨리스는 쪼그리고 앉아 관목을 파내기 시작하며 말했다.

"사실 이건 어디에도 심고 싶지 않아요. 저는 디기탈리스가 좋았단 말이에요."

"디기탈리스는 원예용품점에서 언제든지 구할 수 있어요. 아이들은 잘 가르치면 돼요. 남편도 마찬가지 아닐까요."

샐리가 가시를 자른 줄기에 금색 노끈을 감으며 앨리스에게 윙크를 했다.

"난 가봐야 할 것 같은데, 그 전에 넬리의 편지에서 알게 된 게 뭐라고요?"

앨리스는 장갑 낀 손으로 뿌리를 가운데 두고 도넛 모양을 그리며 흙을 파냈다. 그런 다음 관목을 당겨봤지만 꿈쩍도 하지 않았다.

"넬리가 엄마한테 임신했다고 썼더라고요. 근데 아이는 없었다고 하셨던 것 같아서요."

이번에는 관목의 맨 밑부분 쪽을 잡고 세게 당겼는데, 너무 세게 당긴 모양이었다. 앨리스는 관목을 품에 안고 마당에 자빠지며 얼굴 전체에 흙을 덮어썼다. 곧이어 입에 들어간 흙을 뱉어내고 웃기 시작했다. 샐리는 웃음을 감추느라 손으로 입을 가리고 물었다.

"아이고, 괜찮아요?"

"네, 제 자존감만 빼고는 다 괜찮아요."

앨리스는 웃으며 일어나 흙을 털어냈다.

"어쨌든, 궁금했어요. 임신을 했는데 아이가 없었다니까."

"흠. 아이가 없었던 건 맞아요. 확실해요. 하지만 그 얘기를 들으니 마음이 안 좋네요. 그랬다면 넬리가 힘들었겠어요. 우리 어머니가 그러셨거든요. 넬리는 정말 좋은 엄마가 될 사람이라고. 그 시절에 결혼한 여자가 아이 없이 사는 건 쉬운 일이 아니었을 거예요. 가족에 대한 사회적 기대치가 엄격했던 때라."

샐리는 장미 다발을 챙기며 말했다.

"대충 상상이 가요. 솔직히 지금도 만만치 않게 엄격하죠."

"그러게요, 그럴 것 같아요."

샐리는 앨리스를 지긋이 바라보며 부드러운 미소를 지었다.

그날 아침, 배란 키트의 테스트기 하나가 화장실 세면대에 놓여 있었다. 앨리스의 칫솔 바로 옆에. 네이트는 거기에다 물 많이 마셔! 라는 검사를 암시하는 말과 스마일 얼굴을 그린 포스트잇을 붙여

놨다. 앨리스는 네이트가 준 집들이 선물을 까맣게 잊고 있었지만 네이트는 그렇지 않았던 모양이다. 앨리스는 네이트가 퇴근하면 뜯지 않은 테스트기를 건네주고 모든 걸 솔직히 말해야 한다는 걸 알고 있었다. 그러나 배란 키트(그리고 네이트의 바보 같은 포스트잇)의 재등장에 짜증도 나고 지치기도 해서, 대강 협조하는 척 맞춰주는 게 더 쉽겠다는 생각이 들었다. 앨리스는 파자마 바지를 내리고 테스트기를 뜯어 그 끝에 소변을 보았다. 그리고 이를 닦은 다음, 네이트가 저녁에 발견할 수 있도록 소변에 젖은 테스트기를 세면대 물컵 옆에 두었다.

"앨리스? 어디 갔어요?"

앨리스는 고개를 흔들었다.

"아, 죄송해요. 오늘 계속 정신이 딴 데 가 있네요. 아무래도 커피가 부족했나 봐요."

샐리를 보고 웃으며 말하는 순간, 앨리스는 갑자기 복부에 강렬한 통증이 느껴져 옆구리를 움켜잡았다. 샐리는 장미 다발을 떨어뜨리고 앨리스 쪽을 향해 두 팔을 뻗었다. 마치 두 사람 사이의 거리를 초월해서 앨리스를 잡겠다는 듯이.

"앨리스, 왜 그래요?"

"잘 모르겠어요……."

앨리스는 심호흡을 했다. 통증은 왔을 때만큼이나 빨리 사라졌다. 어지러웠고 살짝 속이 안 좋았다.

"관목을 뽑을 때 어디를 삐끗했나."

젊은 이웃이 옆구리를 문지르는 걸 지켜보며 샐리의 주름이 깊어졌다.

“정확히 어디가 아팠죠?”

앨리스는 골반 가까이에 있는 왼쪽 옆구리를 가리켰다.

“이젠 안 아파요. 괜찮아진 것 같아요.”

앨리스는 허리를 구부렸다가 양쪽 옆구리를 늘려보았다.

“괜찮아요.”

“확실해요?”

“근육에 경련이 났었나 봐요. 보세요, 저는 정원 일이랑은 안 맞는다니까요.”

샐리는 웃으며 나이 든 사람들이 하듯 허리를 조심조심 굽히고 떨어진 장미를 주웠다.

“오늘은 그만하는 게 좋겠어요. 누워서 다리를 올리고 시원한 것 좀 마셔요. 의사의 처방입니다.”

“넵, 선생님!”

“나는 오늘 친구네서 자고 올 거라, 내일 봐요. 디기탈리스 구멍에 뭘 심을지 같이 생각해보자고요.”

샐리가 들어간 다음, 앨리스는 정원의 구멍 세 개를 보며 무심코 옆구리를 문질렀다. 구멍은 그냥 흙으로 덮어버리자고 생각하면서.

“어머니한테 다시 전화드렸어?”

앨리스와 네이트는 침대에 나란히 앉아 있었다. 앨리스는 지하실에서 새로 가지고 올라온 『레이디스 홈 저널』 잡지 중 하나를 넘기는 중이었고, 네이트는 앨리스의 노트북을 허벅지 위에 올려두고 있었다. 앨리스는 네이트가 자기 컴퓨터를 쓰는 걸 좋아하지 않았다. 책 쓰는 일에 진전이 없다는 걸 네이트가 알게 될까 걱정이 되어서였다. 하지만 네이트의 노트북은 업데이트 중이었고, 그사이 욕실 타일 검색을 하고 싶다 해서 어쩔 수 없었다.

"아직. 내일 할 거야."

네이트가 급한 일은 아니라고 했다. 추수감사절에 캘리포니아로 여행 오라는 얘기였다고. 앨리스는 계속 통증이 있는 옆구리 쪽에 핫 팩을 대고 오후 내내 소파에 누워 있었고, 저녁은 남은 음식으로 때우고 평소보다 일찍 잠자리에 들었다. 네이트는 앨리스가 밖에 내놓은 테스트기를 본 게 확실했다. 세수하러 들어갔을 때 세면대에 있던 테스트기는 사라지고 없었다. 하지만 네이트는 아무 말도 하지 않았고, 앨리스도 마찬가지였다.

"이 흑백 벌집무늬는 어때? 무채색이 좋아 아니면 색깔이 좀 들어간 게 좋아?"

네이트가 화면 썸네일을 자세히 들여다보며 물었다.

"그래, 좋아."

앨리스는 주부의 식품 창고에 자리 잡은 백식초의 가치(달걀 삶을 때, 창문 닦을 때, 윤기 있는 머리카락을 위해)를 다룬 기사에 빠져 있었다. 앨리스는 여전히 네이트가 남긴 메모와 테스트기, 그리고 그에 대해 한마디도 못 하는 자신의 답답함 때문에 계속 마음이 불편했고, 그래서 저녁 내내 조용했다. 하지만 네이트는 앨리스가 가라앉은 이유가 정원 일을 하다가 '결린 근육'의 통증 때문이라고 생각했다.

"앨리, 내 말 듣는 거 맞아?"

"흠, 뭐? 응. 그냥 식초가 만들어내는 기적에 대해 읽고 있었어. 50년대 여성들한테는 엄청 획기적인 뉴스였나 봐."

네이트는 노트북을 옆에 내려놓았다. 화면에는 DIY 욕실 타일 붙이기가 단계별로 소개된 블로그 창이 열 개도 넘게 떠 있었다. 네이트는 앨리스 옆에 파고들어 그녀의 어깨에 턱을 올리고 잡지를 무심히 보았다. 네이트가 표지를 보려고 잡지를 덮자, 앨리스는 보던 곳을 기억하려고 잡지 사이에 손가락을 끼웠다.

"그럼 당신 머리의 범인이 이 잡지야?"

네이트는 앨리스의 머리를 가리키며 물었다. 앨리스는 낡은 티셔츠를 잘라 머리카락을 몇 가닥씩 묶고 감싸서 머리 전체를 온통 동글동글하게 해놓고 있었다. 이렇게 하고 자면 아침에는 머리카락에 탱글탱글한 예쁜 컬이 생길 거라고 했다. 적어도 옛날 잡지에는 그렇게 적혀 있었다.

"맞아."

앨리스는 동그랗게 싸놓은 머리카락 뭉치를 톡톡 건드렸다. 손가락 끝에 머리카락의 탄력이 느껴졌다.

"잘 어울리는데."

네이트의 말에 앨리스가 씩 웃었다. 결코 누구에게도 어울릴 만한 스타일이 아니었다. 네이트는 손바닥을 앨리스의 옆구리에 대고 몇 번 가만히 문질렀다.

"좀 괜찮아?"

네이트가 몸을 밀착해오자 그의 숨결이 그녀의 목을 간지럽혔다. 그의 손이 앞으로 넘어와 그녀의 가슴을 만졌고, 그 손길에 앨리스의 가슴이 단단해졌다. 그제야 앨리스는 테스트기 결과가 어떻게 나왔는지 알 수 있었다, 곧 배란이 시작될 거라는 걸.

원래는 협조하지 않겠다고 결심했었다. 그날 아침 앨리스의 의사와 상관없는 네이트의 행동과 너무 빤한 목적에 화가 났기 때문이었다. 그러나 앨리스의 몸은 네이트의 손길에 흔들리며 그녀의 의지를 배신했다. 네이트의 손은 잠옷의 얇은 옷감 위를 이리저리 떠돌며 그녀의 몸을 만졌고, 그의 입술은 그녀의 목선을 따라 더듬어 내려오다가 어깨뼈에서 멈췄다. 앨리스는 네이트가 머리 위로 잠옷 셔츠를 벗길 수 있도록 두 팔을 들었다. 그런데 잠옷의 목 부분이 천으로 동그랗게 말아놓은 머리카락에 걸렸다.

"그냥 잡아당겨."

셔츠가 목소리를 한 겹 덮어 작게 들렸다. 네이트는 머리 위로 셔츠를 잘 벗기려고 너무 조심하는 중이었다. 얼마 안 가 두 사람은 이불 위에 나체로 누워 있었고, 네이트는 앨리스가 위로 올라오도록 몸을 굴렸다.

"자기가 오르가슴을 느끼면 더 좋잖아."

그야 당연하지. 앨리스는 그가 임신을 염두에 두고 하는 얘기라는 걸 알았지만, 그 말은 무시하기로 했다.

네이트는 그녀의 골반을 잡고 눈을 감았다. 앨리스가 그의 위에서 움직이는 동안 네이트는 턱을 뒤로 젖혔고, 앨리스는 숨을 내쉴 때마다 속도를 높였다. 네이트가 앨리스 아래에서 신음 소리를 내는데 톡톡 쏘는 통증이 골반에서 느껴졌다.

"아!"

앨리스가 숨을 몰아쉬며 네이트의 가슴을 찰싹 내리쳤다. 그녀의 손톱이 그의 피부를 파고들었다. 불타는 듯한 통증이 복부를 강타했다. 네이트는 상황 파악을 하지 못한 채 움찔했다가 곧 웃으며 그녀의 손을 잡으려고 했다.

"살살해, 자기야. 그러다 손자국 남겠어."

앨리스는 숨을 제대로 쉴 수 없었다. 통증은 낮에 느꼈던 것보다 훨씬 강렬했다. 마치 그녀를 반으로 쪼개는 것 같은 통증이었다. 앨리스는 네이트를 밀쳐내고 침대 아래쪽에서 몸을 공처럼 웅크렸다. 정원에서 공벌레가 눈앞의 위험을 감지했을 때 하는 것처럼.

네이트는 사태의 심각성을 파악하고, 무릎을 가슴 위까지 말아서 몸을 비트는 앨리스 옆으로 튀어 왔다. 앨리스는 땀을 엄청나게 흘리며 낮은 신음을 내뱉었다.

"앨리! 왜 그래? 옆구리가 아파?"

네이트는 무엇이 이렇게 극심한 통증을 일으키는지 알아내려고 애쓰며 손으로 앨리스의 몸을 더듬었다. 의식이 혼미한 가운데 앨리스는 언뜻 자기가 벌을 받고 있다고 생각했다. 하지만 정확히 무엇 때문에? 전부 다.

"자기야, 얘기해봐. 왜 그래?"

앨리스는 옆구리를 잡아 뜯으며 비명을 질렀고, 네이트는 그녀를 붙들었다.

"911 부를까?"

그는 휴대폰을 더듬다가 바닥에 떨어뜨렸고 큰 소리로 욕설을 뱉었다. 그리고 한 손으로 앨리스의 골반을 단단히 누르고 다른 한 손을 휴대폰을 향해 뻗었다.

“기다려, 911에 전화할 테니까.”

“아냐. 하지 마.”

앨리스가 밭은 호흡을 하며 겨우 말했다.

“잠깐 기다려.”

통증이 조금 가라앉고 있었다. 이대로 괜찮아질지도 몰랐다. 이제는 적어도 숨은 제대로 쉴 수 있었다. 네이트는 떨리는 손으로 휴대폰을 잡고 그녀의 옆구리를 문질렀다. 너무 셌다. 그만 좀 하지, 앨리스는 생각했다. 그의 손길이 통증의 파도에 더해지자 속이 불편해졌다. 앨리스는 호흡에 집중했다. 들이쉬고. 내쉬고. 들이쉬고. 내쉬고.

“좀 나아?”

네이트의 목소리는 높았고, 호흡은 앨리스만큼이나 고르지 못했다. 앨리스는 고개를 끄덕였지만 여전히 통증이 심했다. 네이트는 그녀에게서 손을 떼고 잠시 자기 가슴에 가져갔다. 그의 가슴에 앨리스의 손톱자국이 빨간 초승달처럼 남아 있었다.

“괜찮은 거야? 정말 깜짝 놀랐어.”

“미안해. 나도 놀랐어.”

앨리스는 네이트의 부축을 받으며 천천히 일어났다. 하지만 곧바로 후회하며 왼쪽 옆구리를 손으로 꾹 눌렀다. 통증이 또 한차례 밀려오자 앨리스는 숨을 급히 들이마셨다.

“지금도 안 좋아?”

네이트가 미간을 모으고 물었다. 그러고는 앨리스의 어깨에 손을 얹으며 얼굴을 보려고 허리를 숙였다.

“응급실에 가야겠다. 근육에 경련이 났다고 이러지 않아.”

“나아지고 있어.”

하지만 어느새 통증이 다시 시작됐다. 이 정도로 끝날 일이 아닌 모양이었다. 앨리스의 심장박동이 빨라졌다. 나, 혹시 죽는 걸까? 맹장염일 수도 있나? 하지만 맹장은 오른쪽이었다. 확실했다. 잠깐…… 혹시 디기탈리스를 건드렸나? 아냐, 그건 네이트가 뽑았고 앨리스는 쓰레기봉투만 잡고 있었다. 상황이 잘 정리가 안 되자 앨리스는 너무 혼란스러웠다.

“네이트?”

앨리스가 네이트를 향해 몸을 돌리며 속삭였다. 네이트의 두 눈은 머리에 비해 거대해 보였고, 그의 입술이 움직였지만 아무 소리도 들리지 않았다.

“나 왜 이러지?”

네이트가 대답할 새도 없이 격렬한 통증이 다시 시작됐고, 앨리스는 비명을 질렀다. 그녀 내부가 다 녹아내리는 것처럼 엄청난 통증이었다.

“토할 것 같아.”

앨리스가 중얼거리듯 말했다. 그 길만이 그녀 안에 도사린 암흑을 뱉어내는 방법이라 확신했다. 앨리스는 재빨리 침대에서 내려왔지만, 다리에 힘이 풀리자 겁에 질린 네이트가 앨리스를 붙들었다. 화장실 문 쪽으로 겨우 한 발짝이나 뗐을까, 앨리스는 침실의 새 양탄자 위에 맹렬히 토했다.

네이트는 한쪽 팔을 그녀의 가슴과 겨드랑이 사이에 넣은 상태로 알몸을 받치며 끊임없이 욕을 했다. 그녀의 몸이 허물어지며 가슴이 그의 팔에 짓눌렸다. 그는 다른 한쪽 손으로 휴대폰을 누르며 그녀를 침대에 도로 눕히려 했지만, 앨리스가 거부했다.

"이불을 더럽히고 싶지 않아."

일시적인 안도감이 앨리스를 채웠다.

"양탄자는 미안해. 내가 나중에 치울게."

"앨리스, 그만해. 그만. 그냥 내가 안고 있게 가만히만 있어줘…… 앨리, 정신 차려, 알았지? 눈 뜨라고. 네, 여보세요? 제 아내가…… 구급차 좀 보내주세요."

네이트의 목소리가 높아졌다. 앨리스는 말하고 싶었다. 자기는 괜찮다고, 걱정하지 말라고. 하지만 곧 포기했다. 너무 어지러워서 네이트가 앨리스를 침대에 눕히게 놔두는 것 말고는 아무것도 할 수 없었다. 어떻게든 버티려 했지만 잠드는 것만이 지금 이 통증과 악몽을 멈출 수 있다는 생각에 눈을 감고 굴복했다. 벽의 금 사이로 집이 나직이 흥얼거렸다. 마치 엄마가 아기에게 달콤한 자장가를 불러주듯이. 제정신이 아닌 네이트의 비명 소리가 허공으로 흩어지는 사이 앨리스는 정신을 잃었다.

31

넬리

1956년 9월 8일

로즈 캐러멜

가당 우유	2$\frac{1}{2}$컵
바닐라 추출물	1작은술
말린 장미 꽃잎 다진 것	2작은술
당밀	$\frac{1}{2}$컵
그래뉴당(설탕)	1컵

작은 냄비에 우유, 바닐라, 장미 꽃잎을 넣고 데운 뒤 5분간 끓인다. 체로 꽃잎을 거르고 끓인 우유를 식힌다. 별도의 냄비에 당밀과 설탕을 넣고, 여기에 식힌 우유를 추가해 15~20분간 끓인다. 그렇게 끓인 것을 기름칠한 철판에 붓는다. 식을 때까지 기다렸다가 작은 네모 모양으로 자른다. 선물용으로 훌륭하다!

리처드는 넬리와 차에 타기 직전에 생울타리에 토했다. 리처드가 속탈이 나서 이미 출발 시간을 미룰 만큼 미룬 뒤였기에 10분 안에 골드먼네 집에 도착해야 했다. 걸음걸이마저 불안정한 리처드가 과연 운전을 할 수나 있을까 싶었다. 넬리가 취소하면 간단하니 그냥 집에 누워 있는 게 어떠냐고 했지만, 리처드는 괜찮으니 신경 끄라고 했다. 하지만 그 직후 그는 몸을 거의 반으로 접더니 넬리의 정원 관목에 토해버렸다.

"전혀 안 괜찮잖아요."

넬리는 키티에게 주기 위해 직접 꺾어 만든 장미 꽃다발과 로즈 캐러멜 상자를 현관 앞 계단에 내려놓고, 몸을 구부린 채 핸드백 안을 뒤졌다. 입을 닦으라고 휴지를 건넸지만 그는 밀쳐냈다. 리처드는 재킷 주머니에 들어 있던 소화제를 마신 다음 껌을 하나 꺼내서 차를 향해 걸어갔다. 넬리에게 차 문을 열어주기 전에는 잠시 숨을 고르느라 문짝에 몸을 무겁게 기대고 있어야 했다.

"나 혼자 가면 어때요? 몸이 안 좋다고 하면 다 이해할 거예요."

넬리가 존슨 선생님께 왕진을 요청하자고 설득도 했지만 소용이 없었다.

"넬리, 진정해. 먹은 게 잘못됐나 봐. 곧 지나갈 거야."

넬리는 두 사람이 같은 걸 먹었지만 자기는 괜찮다는 말을 굳이 하지 않았다. 그래봐야 괜히 리처드의 화만 더 돋울게 뻔했다. 리처드 머독은 친구들 앞에서 결코 약한 모습을 보일 사람이 아니었다. 특히 찰스 골드먼 앞에서는 더더욱.

"무조건 가는 거야. 둘이 같이."

하지만 기운이 다 빠진 리처드의 목소리에는 확신이 없었다. 그는 운전하는 내내 머리를 창밖으로 내밀고, 갑자기 차를 세울 일이 생길 경우를 대비해서 차를 인도 쪽에 바짝 붙여 몰았다. 넬리가 운전을 하겠다고 했지만 들을 리 없었다. 몇 분 후 골드먼네 집 앞에 차를 세웠고, 리처드는 머리를 뒤로 기댄 채 눈을 감고 코로 숨을 들이마시고 입으로 내쉬었다. 이마 바로 아래 송골송골 맺힌 땀 때문에 브이 라인의 머리 선이 두드러졌다.

"들어갈 수 있겠어요?"

리처드는 대답 없이 차에서 내려 조수석 문을 열었다. 그가 팔을 내밀었고 넬리가 그 팔을 잡았다. 하지만 도움이 필요한 사람은 리처드였다. 진입로를 걸어 들어가는데 리처드가 비틀거렸다. 넬리는 흔들리는 리처드를 지지하려고 다리 근육에 힘을 줬다.

"당신이 일어나고 싶을 때 일어나요. 나는 상관없으니까."

사실 그 편이 오히려 좋았다. 사이가 좋은 척 연극하는 게 오히려 기분도 안 좋고 힘들기만 했다.

"넬리, 그만해!"

리처드가 버럭 화를 냈다.

"오늘 밤에 내 몸이 안 좋다고 입이라도 뻥긋했다간 가만 안 있을 줄 알아! 알아들어?"

리처드는 초인종을 눌렀고 키티가 문을 열었다. 있는 대로 차려입은 키티는 피부색에 맞지도 않는 코랄색 립스틱을 바르고 있었다.

"넬리, 리처드, 어서 와요!"

키티는 두 사람을 안으로 맞이했고, 넬리에게 어떻게 로즈 캐러멜 같은 좋은 아이디어를 생각했느냐고 했다("어머! 직접 만든 거예요? 정말 고급스럽네요. 하지만 저는 단 거 별로 안 좋아하는데" 하고 덧붙이기는 했지만). 처음에는 노란색 장미 꽃다발을 보고 호들갑을 떨더니, 바로 식탁 위에 놔두고 두 번 다시 쳐다보지 않았다. 노란 장미는 우정의 꽃이었다. 어떤 노력을 한들 키티가 과연 사려 깊은 친구가 될 수 있을지는 의심스러웠지만, 넬리는 꽃의 예언에는 절대 의심을 품지 않는 사람이었다. 아주 솔직히 말하면, 오늘의 안주인에게 딱 알맞은 꽃은 수선화*라 생각했다. 그러나 수선화는 봄의 전령이었고, 지금은 정원에서 사라진 지 오래였다.

거실에 자리를 잡자 키티가 칵테일을 내왔다. 리처드가 올드패션드를 받아 들고 한 모금 마신 뒤 녹색에 가까워진 땀투성이 얼굴을 찡그렸다. 넬리가 한쪽 눈썹을 치켜올렸다. 고집스러운 인간. 넬리는 그가 키티의 거실 양탄자에 토하기만을 바랐다. 양탄자는 새것 같았고, 아주 비싸 보였다. 그 두 가지 디테일은 아마도 손님들이 모두 도착해서 관중이 완전히 갖추어지면 키티가 얘기할 게 분명했다.

분위기는 무척 흥겨웠다. 칵테일이 계속 제공됐고, 리처드도 활기를 띠었지만 얼굴의 잿빛 창백함은 그대로였다. 그러나 넬리 외에

---

* narcissus. 그리스 신화에서 물에 비친 자신의 모습을 사랑하여 물에 빠져 죽고 수선화가 된 청년의 이름에서 유래했다.

그가 몸이 안 좋다는 걸 눈치챈 사람은 아무도 없었다. 넬리는 약속대로 아무 말도 하지 않았다. 다만 거실 한쪽에서 다른 여자들과 어울리며 다음 이웃 지킴이 모임과 키티의 새 양탄자, 그리고 며칠 전에 태어난 마사의 아들 보비에 대한 이야기를 나눌 뿐이었다.

"마사는 몸집이 집채만 하다니까요."

키티가 탄성을 지르며 말했다.

"아기는 정말 귀여워요. 나는 개인적으로 보비라는 이름은 별로지만. 마사는 식모 없이 둘을 돌보려면 정신없이 바쁠 거예요. 아휴, 나는 죽었다 깨도 그렇게는 못 해!"

키티가 웃음을 터뜨렸고, 다른 여자들이 따라 웃었지만 넬리는 웃지 않았다. 화장을 좀 고쳐야겠다며 자리를 잠시 빠져나왔다.

넬리가 거실로 돌아왔을 때 갑자기 함성이 터져 나왔다. 특히 키티는 아주 좋은 소식을 들었는지 신이 나 있었고, 넬리를 향해 비명에 가까운 소리를 지르며 다가왔다. 잠시 자리를 비운 사이 대체 무슨 일이 있었던 건지 넬리는 영문을 알 수 없었다. 그러다가 리처드와 눈이 마주쳤고, 그의 의기양양한 웃음이 모든 걸 설명했다.

"넬리, 이 앙큼한 여우 같으니라고! 왜 우리한테 말 안 했어요?"

키티가 넬리의 팔을 잡더니 와락 껴안았다. 다른 여자들도 모여들어 몸은 좀 어떠냐고, 발목은 안 부었느냐고 호들갑을 떨었다. 남자들은 리처드에게 축하의 악수를 건넸고 어깨를 두드렸다. 넬리는 속이 부글부글 끓었지만, 잘 연습한 미소 뒤에 분노를 감췄다. 리처드는 넬리에게 오늘 밤에는 절대 발표하지 않겠다고 약속했었다. 넬리가 다음 모임 때 여자들에게 먼저 얘기하고 싶다 말했고(마음속에는 다른 계획이 있었지만) 리처드도 동의했다. 솔직히 놀랄 일은 아니었다. 리처드는 어디서든 자기 마음대로 하는 사람이었으니까.

곧 왁자지껄한 소란이 가라앉고 모두 저녁 식사를 위해 자리에 앉았다. 넬리 옆자리에는 노먼 우드로가 앉아 있었다. 불과 6개월 전에 아내 캐슬린을 잃은 친절하고 조용한 남자였다. 캐슬린은 아프기 전에 같은 이웃 지킴이 모임 회원이었고, 교회 뜨개질 그룹의 회장이었다. 암 진행이 어찌나 빠르던지 아주 건강해 보이던 그녀는 겨우 몇 주 만에 해골 같은 몰골로 병상에 눕고 말았다.

넬리는 늘 캐슬린이 좋았다. 캐슬린은 좋은 엄마이자 친구였고, 다른 여자나 그들의 남편 이야기를 절대 뒤에서 떠들지 않았으며, 교회의 기금 모금 행사나 빵 바자회에도 열성적으로 참여했다. 캐슬린은 늘 낮은 구두를 신고 다녔다. 모두들 캐슬린의 키가 크기 때문이라고 생각했지만 언젠가 한번 캐슬린은 넬리에게 고백했다. 하이힐을 신으면 너무 고통스럽고, "삶은 괴로운 구두를 신고 다니기에는 너무 짧다"고. 캐슬린의 말이 옳았다. 특히나 '삶이 너무 짧다'는 부분이.

넬리는 장례식 이후에 노먼을 본 적은 없었지만, 혼자 잘 지낸다는 건 들어서 알고 있었다. 캐슬린이 세상을 떠난 다음 이사 온 장모님의 도움으로 두 어린아이들을 돌보며 바쁘게 지낸다고 했다. 넬리는 노먼이 좋아 보인다고 생각했다. 예전보다는 여유도 있고, 마지막으로 봤을 때처럼 슬픔으로 수척해 보이지도 않았다.

식사를 하는 동안 두 사람은 담소를 나누었고, 넬리는 노먼이 아주 유머 감각이 뛰어난 사람임을 알게 되었다. 여러 사람이 함께 하는 대화가 잠시 소강상태일 때 그가 건넨 농담에 넬리가 몇 번 웃었고, 그는 넬리가 잘 들어주는 것이 기쁜 눈치였다. 그러나 리처드는 넬리가 노먼에게 관심을 보이는 것을 불쾌해했다. 그럴수록 넬리는 노먼에게 더 관심을 주고 싶었고, 그가 요즘 잘 지내는 모습이 얼마나 보기 좋은지 얘기하며 노먼의 팔에 손을 얹었다. 그 순간 리처드는 폭발했다.

고요한 질투였다. 그 테이블에 앉은 사람은 아무도 알지 못했다. 그러나 넬리는 그에게서 질투심이 뿜어져 나오는 걸 느꼈다. 넬리는 눈을 한 번 치켜뜨고 리처드를 쳐다보았을 뿐, 노먼의 팔에서 손을 떼지 않았다.

"멍청한 짓 좀 하지 마."

리처드가 새된 소리로 낮게 말했다. 사람들은 저녁 식사 접시를 치우며 술을 다시 채우는 중이었기 때문에 누구도 리처드가 하는 말을 듣지 못했다. 하지만 넬리는 예외였다. 넬리가 들으라는 얘기였다. 다른 손님들은 키티가 들고 나온 아이스 초콜릿케이크에 집중했고, 심지어 넬리 바로 옆자리에 앉아 리처드의 말소리를 들을 법한 노먼조차 주변이 어수선해서인지 아무 소리도 못 들은 것 같았다.

넬리는 목소리를 낮추지도 않고 차분하게 대꾸했다.

"그런 사람 눈에는 그렇게만 보이겠죠."

넬리는 디저트 포크를 집어 들었다. 키티가 자기 앞에 케이크 조각을 놓아주자, 넬리는 고맙다는 미소를 지으며 칭찬을 아끼지 않았다.

"키티, 정말 맛있어 보여요."

솔직히 말하자면 전혀 촉촉해 보이지 않았다. 너무 오래 구운 게 틀림없었다.

"어머, 고마워요, 넬리. 베이킹 솜씨가 제일 좋은 사람한테 칭찬을 들으니 기분이 더 좋네요!"

키티는 또 한 조각을 잘라 접시에 덜었다.

"이게 이번에 새로 배운 레시피인데……"

"엘리너."

리처드가 키티의 말을 끊었다. 모두가 놀라 그를 쳐다봤다. 매너 좋기로 유명한 리처드 머독이 아닌가. 파티에서 절대 무례한 짓을 할 사람이 아니었고, 더구나 자기 아내에게 저런 식으로 말할 사람이 아니었다.

"조용히 입 다무는 게 좋을 거야. 지금은 이럴 때가 아니라고."

그제야 손님들은 남편과 아내 사이의, 곧 터지기 직전인 팽팽한 긴장감을 감지하고 당황했다. 리처드와 넬리 사이에 대체 무슨 일이야?

"네, 이럴 때가 아니죠."

넬리는 포크의 초콜릿을 핥으며 말했다.

"그러니까 리처드 당신, 좀 조용히 하는 게 좋겠어요."

여자들 중에서 누군가 헉 소리를 냈다. 키티? 주디스? 넬리는 확실치 않았지만 그 덕에 힘이 더 솟았다. 넬리는 키티를 보며 미소를 지었다.

"늘 그렇지만 저녁 식사는 정말 훌륭했어요."

넬리가 의자를 뒤로 밀고 일어나자 다른 남자들이 예의 바르게 따라 일어났다. 오직 리처드만 석상처럼 자리에 앉아 있었다.

"하지만 우린 지금 일어나야겠어요. 좀 피곤해서요. 모두 이해해주시리라 생각해요."

넬리는 손을 배 위에 올려놓았다. 키티는 뭐라고 대답을 하려고 했지만, 그때 리처드의 목에서 마치 숨이 막히는 것 같은 이상한 소리가 나서 모두 그쪽으로 고개를 돌렸다. 창백하던 리처드의 얼굴은 마치 오랫동안 숨을 참은 것처럼 새빨갛게 변해 있었다.

"리처드? 괜찮으세요?"

키티가 리처드 바로 옆에 앉아 식탁보 위에서 격렬하게 떨리는 그의 팔을 잡았다. 그리고 남편을 향해 이마를 찌푸리며 말했다.

"찰스, 리처드를 좀 데리고 나가는 게 어때요? 신선한 공기 좀 마시게요."

"좀 나가서 걸을까?"

찰스 골드먼은 냅킨을 테이블 위에 올려두고 리처드 뒤에 섰다. 리처드는 마치 대답을 할 것처럼 입을 열었지만, 그의 입에서 뿜어져 나온 것은 말이 아니었다. 커다란 트림에 이어 올드 패션드 칵테일과 제산제 용액, 그리고 저녁에 겨우 넘긴 약간의 음식이 모두 쏟아졌다. 리처드의 위를 채웠던 내용물이 키티의 팔에 흩뿌려졌고, 아름다운 식탁보와 남아 있던 케이크 위로도 쏟아졌다. 모두들 거품이 떠 있는 핑크색 액체 폭포에 경악하며 뒤로 펄쩍 물러났다. 키티는 금방이라도 기절할 것처럼 보였고, 모두들 잠시 어찌할 바를 몰라 했다.

결국 넬리는 남편을 보필하는 아내 연기를 하며 리처드를 닦아주고 차에 태운 다음 노먼을 향해 말했다.

"오늘 밤 이야기 즐거웠어요. 다음에 언제 또 기회가 있었으면 좋겠네요."

노먼은 고개를 끄덕이기는 했지만 같은 테이블에 앉아 있던 다른 손님들처럼 방금 일어난 사건의 놀라움에서 벗어나지 못한 상태였다. 넬리는 시퍼렇게 질린 채 오물을 뒤집어 쓴 리처드의 얼굴을 보며 승리의 미소가 자꾸 비어져 나오려는 걸 꾹 참았다.

32

아프다고 맥 빠져 있거나 울면 어떤 재미도 누릴 수 없다. 남자는 밖에서 온갖 재미를 다 본다. 그가 돌아와 그 얘기를 당신에게 해주면 당신도 웃을 수 있다. 조금은 말이다. 아픈 것에 대한 의견을 말하자면, 여자는 절대 아프면 안 된다.

—「아내를 위한 조언」,『아일 오브 맨 타임스』(*The Isle of Man Times*, 1895년 10월 12일)

앨리스

2018년 8월 14일

"제발, 나랑 얘기 좀 해."

한 시간 전 병원에서 집으로 돌아온 후, 앨리스는 네이트에게 계속 같은 말을 하고 있었다. 열 번도 넘게 말했지만 네이트는 대답하지 않았다.

"그러니까, 뭐야…… 나랑 영원히 말 안 할 생각이야?"

네이트가 탁자 위에 세게 던지는 바람에 휴대폰은 미끄러져 바닥으로 떨어졌다. 앨리스는 소파에 기대어 누워 있다가 휴대폰을 집기 위해 손을 뻗었다.

"그만해. 그냥 거기 누워서 쉬지 못 하겠어, 제발?"

그의 목소리는 피로와 좌절감으로 날이 서 있었다. 잘못을 깨달은 앨리스는 원래 자세로 돌아갔다. 머리 뒤에는 베개를 받치고 웅크린 몸 위에 담요를 덮었다. 티셔츠를 자른 옷감으로 말아놓은 머리는 그대로 남아 두피를 불편하게 잡아당겼다.

네이트는 앨리스를 거실에 눕혔다. 앨리스가 계단을 오를 수 없는 상태인 데다, 침실이 엉망이라 치우기도 해야 했다. 네이트는 몹시 화가 나 있었지만, 그래도 앨리스를 이런 상태로 혼자 둘 수 없었기에 냉대하며 같이 있는 중이었다.

네이트가 거실을 서성거리는 걸 지켜보던 앨리스는 네이트의 옷 때문에 웃음이 나오려는 걸 꾹 참았다. 웃었다간 상황이 더 악화될 게 뻔했다. 게다가 자기도 웃을 처지는 못 되었다. 하지만 네이트는 정말 우스꽝스러운 꼴을 하고 있었다. 911에 전화를 한 뒤 아무렇게나 되는 대로 꺼내 입은 트레이닝복 바지 위에는 와이셔츠를 입고 있었는데, 마치 어둠 속에서 골라 입은 옷처럼 상하의 옷감과 패턴, 단추 중 어느 하나 맞는 게 없었다.

알고 보니 앨리스가 느낀 통증의 원인과 정말 극적으로 구급차에 실려 오게 만든 범인은 바로 난소낭종 파열이었다.

"성교 중에 발생할 수 있는 일입니다. 사실 이틀 사이에 벌써 두 번째 환자세요."

응급실 레지던트의 설명이었다. 처음에는 모든 게 괜찮아 보였다. 겁에 질린 네이트가 걱정한 것처럼 앨리스가 죽는 것도 아니었고 난소도 괜찮은 것 같았다. 레지던트가 임신에도 문제가 없을 거라고 했을 때 네이트는 울컥하기까지 했다. 그러니까 낭종이 생긴 이유가 드러나기 전까지 말이다. 의사는 앨리스의 호르몬을 전달하는 피임 기구가 범인인 것 같다고 했다. 그때까지만 해도 네이트는 앨리스의 자궁 안에 그런 게 들어 있는지 전혀 알지 못했다.

네이트는 혼란스러운 얼굴로 의사의 의견에 반박하려고 했다. 앨리스는 피임 기구 같은 건 없는데요…… 우린 임신하려고 노력하는 중인걸요라고까지 말할 뻔했다. 그러나 그때 네이트는 앨리스를 보았고, 앨리스는 오랫동안 그 표정을 잊을 수 없을 것 같았다. 의사의 말이 사실이라는 걸 알게 된 순간, 상처받은 듯이 일그러지고 도저히 믿을 수 없다는 네이트의 그 표정. 그는 입을 꾹 다물고 마치 이 모든 걸 다 알고 있던 것처럼 고개를 끄덕였다. 그리고 바로 응급실 밖으로 나가버렸다.

"남편분이 오실 때까지 기다려야 할까요? 보내드리기 전에 몇 가지 절차가 필요해서요."

앨리스는 눈물을 참으며 고개를 저었다. 레지던트는 퇴원 절차를 설명하면서, 앞으로 낭종이 생길 위험이 약간 높아졌기 때문에 예방 차원에서 피임 기구를 제거하는 게 나을 것 같다는 말을 한 번 더 했다. 앨리스는 그러겠다고 대답했다. 이런 일을 남편에게 비밀로 하고 있었다는 게 얼마나 큰 잘못인지 그제야 인정하면서 수치심과 당황스러움을 느꼈다. 너무 큰 사고를 쳤어.

앨리스가 소파에 누워 있는 동안 네이트는 부엌을 뒤집어엎을 기세였다. 냉장고 문이 쓸데없이 세게 열렸다 닫혔다. 그다음에는 찬장 문이 쾅 닫히는 소리, 유리로 된 무언가를 조리대 위에 내던지다시피 하는 소리에 이어 병뚜껑을 스테인리스스틸 싱크대에 탕 하고 던지는 소리가 났다. 긴 한숨 소리(네이트가 쿵쾅거리는 것에 불편해진 이 집이 내는 소리였다)가 앨리스 귀에 들렸고, 앨리스도 대답처럼 한숨을 내쉬었다. 네이트는 마침내 한 손에 거품이 잔뜩 낀 맥주 한 잔과 다른 한 손에는 탄산수 병을 들고 나타났다. 아침 7시였지만 앨리스는 맥주에 대해 아무 말도 하지 않았다.

"출근해. 난 혼자서도 괜찮아."

앨리스가 차분하게 말했다. 네이트는 그 말을 무시했다.

"통증은 어때?"

그리고 앨리스의 가방을 뒤져 약병 두 개를 꺼내 인상을 쓰고 라벨에 적힌 글씨를 읽었다. 네이트는 그때까지도 앨리스에게는 눈길도 주지 않았고, 앨리스는 그가 제발 자기를 봐주기를 절박하게 원했다. 이런 일이 터질 거였으면 네이트가 출근한 사이였다면 좋았잖아? 그럼 네이트는 앨리스가 무슨 짓을 한지도 몰랐을 거고, 이런 벌을 받지 않고 그냥 피임 기구를 빼버리면 간단했을 텐데.

"심하지 않아."

앨리스가 말하는 음절들이 피로와 모르핀 때문에 길게 늘어졌다.

"그래서 오늘은 아예 출근 안 할 거야?"

네이트는 그건 네가 상관할 바 아니라는 표정을 지었다. 약병 뚜껑을 열고 파란색 작은 알약 두 정을 꺼내서 탄산수와 함께 앨리스에게 건넸다.

"자."

앨리스는 순순히 알약을 혀 위에 올리고 물을 들이켰다. 거품이 목구멍에서 보글보글 터지며 넘어갔다.

"그거 왜 꺼내놨던 거야?"

"뭘 꺼내놔?"

네이트는 약병을 탁 닫으며 물었다.

"배란 테스트기. 어제 아침에."

잠깐의 정적이 흐른 후 네이트가 날카롭게 말했다.

"이 마당에 그게 지금 상관있기나 해?"

앨리스는 손을 대충 내저으며 머리를 다시 뒤로 기대고 눈을 감았다.

"맞아. 잊어버려."

좀 더 긴 정적이 흐른 뒤 네이트가 말했다.

"당신은 아기를 원하지도 않았잖아."

"나도 원해."

앨리스가 눈을 떴다. 모든 게 빙빙 돌다 멈추기까지 몇 초 정도 걸렸다. 과연 모르핀은 장난이 아니었다.

"그럼 나랑 갖고 싶은 게 아닌가 보네. 그런 거야?"

그는 분노에 차 입은 굳게 다문 채 손을 떨었다.

"아냐! 네이트. 그런 게 아니야."

앨리스는 고개를 저으며 네이트에게 모든 걸 설명하고 안심시키기 위해 생각들을 정리하려 애썼다.

"그런 거 아냐."

"그럼, 뭐야? 앨리? 대체 뭔데?"

단어들이 그에게서 폭발해 터져 나오는 것만 같았다. 앨리스는 움찔했다. 네이트의 이런 모습은 한 번도 본 적이 없었다. 그의 온몸에 가득한 독설이 전부 다 그녀를 향하고 있었다. 네이트 역시 자신의 분노가 이렇게 폭발하자 놀란 것 같았고, 놀란 표정에 이어 후회가 얼굴에 자리 잡았다. 네이선 헤일은 자기 아내에게 이런 식으로 고함치는 남편이 아니었다. 절대 그럴 사람이 아니었다. 그러나 누구에게나 한계점이 있는 법 아닌가.

앨리스는 그를 마주하기 위해 조심조심 옆으로 몸을 굴렸다.

"내가 실수했어, 네이트. 당신한테 얼마나 미안한지 진짜 모를 거야."

"실수? 지금 이 상황을 실수라고 말하는 거야? 어떤 부분이 실수인데? 피임 기구를 집어넣은 거, 아니면 나한테 걸린 거?"

네이트는 차갑게 웃었다. 그런 질문을 당해도 쌌다. 앨리스는 너무 깊이 고민하지 않았고, 어느 게 더 진실에 가까운지 자신조차 확신이 없었다.

"미안해, 난……"

앨리스가 통증 때문에 움찔했지만 네이트는 보고도 괜찮냐고 묻지 않았다.

"어쩔 줄 모르겠더라고. 이 집도 그렇고, 내 책도 그렇고."

그의 표정을 읽어내기가 쉽지 않았다. 앨리스는 계속 밀고 나갔다.

"자기는 집에 없는 시간이 대부분이고. 일 끝나고 또 시험공부를 했으니까. 언제나 혼자 있는 것 같았어."

네이트가 드루와 함께 보내는 시간이 자기를 얼마나 비이성적으로 질투 나게 했는지는 굳이 덧붙이지 않았다.

"그래서 지금 이게 다 내 탓이라는 거야?"

네이트는 믿을 수 없다는 반응이었다.

"누구의 탓도 아니야."

앨리스가 운을 뗐지만, 네이트의 표정을 보고는 말을 바꾸었다.

"그래. 내 잘못이야. 내가 다 망쳤어. 하지만 수리도 하다 만 이 집에 온종일 아기랑 나랑 단둘이 있는 모습이 자꾸 그려졌단 말이야. 그러고 나니까…… 어찌할 바를 모르겠더라고. 내가 할 수 있는 말은 너무 미안하다는 것뿐이야. 내가 어떻게든 바로잡을게, 응? 약속해."

앨리스는 울음을 삼키며 말했다. 네이트는 한숨을 내쉬고 소파 옆에 쭈그리고 앉았다.

"앨리, 이 정도로 안 끝날 수도 있었어."

그는 분노와 걱정이 남은 얼굴을 일그러뜨린 채 앨리스의 뺨에 흐르는 눈물을 닦아주었다.

"알아."

앨리스는 그의 손을 붙들고 꼭 잡으며 속삭였다. 진통제가 들기 시작하면서 눈 깜빡이는 시간이 길어졌다.

"나는 엄마가 되면 안 될 것 같아."

아마도 이 말이 지난 몇 주간 네이트에게 한 말 중에 가장 진실했을지도 몰랐다. 모두가 괜찮은 부모가 될 수 있는 건 아니었다. 앨리스의 부모, 특히 아빠가 바로 그 좋은 예였다. 엄마도 그 상황에서는 최선을 다했다고 생각했지만, 롤 모델로 삼기에는 많이 부족했다. '좋은' 엄마는 자기를 희생할 줄 알고, 현명하며, 쿠키를 적어도 대여섯 가지는 척척 구워 낼 수 있는 사람이었다. '내가 평생 한 일 중에 제일 잘한 일이 바로 널 낳은 거야'라는 말을 온화하게, 주기적으로 말해주는 그런 사람.

"그렇지 않아."

네이트는 앨리스의 손가락에 가볍게 입을 맞추며 말했다.

"자기도 준비가 되면 그때는 최고로 좋은 엄마가 될 거야."

네이트의 말이 너무나 확신에 차 있어서 앨리스는 거의 믿을 뻔했다.

앨리스는 또다시 눈물이 쏟아졌다.

"자기는 지금 날 미워해야지. 왜 미워하지 않는 거야?"

네이트는 말없이 앨리스의 손을 주물렀다.

"앨리, 나는 당신을 절대 미워하지 못해. 그래서 정말 화가 나서 돌아버릴 것 같아."

네이트는 잠긴 목을 가다듬으며 그들의 맞잡은 손에 시선을 고정했다.

"어젯밤은 내 인생에서 가장 무서운 순간이었어."

"나도."

앨리스는 고개를 격렬하게 끄덕이다 더 어지러워지는 바람에, 도로 눈을 감을 수밖에 없었다.

"피임 기구 제거할 테니까 우리 다시 노력해보자."

좀 다르게 살 때가 됐어, 앨리스.

네이트는 앨리스의 손을 놓고 일어서며 자기 목을 주물렀다.

"그건 좋은 생각이 아닌 것 같아."

앨리스도 일어나 앉았다. 너무 급히 움직였는지 현기증이 나서 몸을 지탱하려고 손을 등 뒤로 짚어야 했다.

"왜 아냐? 내 난소에 문제도 전혀 없다고 했는데. 안 될 이유가 어디……"

"앨리, 그런 뜻으로 한 말이 아니야."

앨리스는 네이트에게 집중하려고 애를 썼지만 마치 눈에 안약이라도 넣은 것처럼 모든 것들의 가장자리가 번져 보였다. 소파 위에서 자세를 유지하느라 팔꿈치가 떨렸고, 결국 힘이 풀리며 몸이 소파 위로 무너졌다.

"기다리는 게 맞는 것 같아."

네이트는 두 볼 가득 숨을 채웠다가 확 숨을 뱉었다.

"내가 바보였어. 당신을 너무 몰아세우고, 너무 스트레스를 줬나 봐. 그러면 안 되는 건데. 미안해야 할 사람은 나야."

네이트의 말을 이해해보려고 앨리스는 너무나 느려진 뇌로 열심히 생각했다. 네이트는 앨리스의 침묵을 동의로 받아들였다.

"잠시 쉬자."

네이트가 앨리스 옆자리에 앉았다.

"이 집에서 수리하고 싶은 부분들을 천천히 고치고, 당신도 책을 완성하고 나도 시험에 집중하면 되잖아."

네이트는 앨리스의 몸 양옆으로 손을 갖다대며 아내를 보고 가만히 웃었다. 네이트도 몇 시간 전보다는 훨씬 나았지만, 여전히 좋아 보이지 않았다.

"얼마간 아이 문제는 신경 쓰지 말자. 좀 시간을 두고 보는 거야. 반년 아니면 1년 정도. 어때?"

앨리스는 충격을 받았지만 약 때문에 감정이 둔해져서 어떻게 표현할 길이 없었다. 스물네 시간 전만 해도 남편은 자기를 임신시키려고 매우 적극적으로 노력하고 있었다. 그린빌로 이사 온 이후 줄곧 밀고 나가던 계획이었다. 네이트는 정말 그렇게 간단히 마음을 바꿀 수 있는 걸까? 또 한 번 앨리스는 네이트가 자기에게 뭔가 숨기고 있음을 감지했다. 자기가 많은 일을 네이트에게 숨겨왔던 것처럼…….

그러나 정면으로 따지고 들기에는 통증과 약 때문에 너무 지치고 혼란스러워서 앨리스는 대답했다.

"그래. 좋아."

사실 안도했어야 하는 것 아닐까? 앨리스가 원하던 대로 되지 않았나? 그러나 늘 예측 가능했던 남편 마음의 급작스러운 변화로 앨리스는 머릿속이 빙빙 돌았고 불안해졌다. 네이트, 나한테 말 안 하는 게 뭐야? 마음을 바꾼 이유가 정말 타이밍과 다른 계획들 때문인 거야, 아니면 뭔가 다른 일이 있는 거야?

33

당신에게 가장 중요한 건 그의 자아(바깥일을 하다 보면 쉴 새 없이 멍드는)를 추켜세우고 지키는 일임을 기억하라. 사기를 북돋는 건 여자가 할 일이다.

— 에드워드 포돌스키 『현대 결혼 생활에서의 성』(*Sex Today in Wedded Life*, 1943)

앨리스

2018년 8월 15일

현관 벨이 울렸고, 막 샤워하고 나온 앨리스가 얼른 목욕 가운을 걸쳤다.

"내가 나갈게."

앨리스는 복도를 향해 소리쳤다. 평소의 앨리스라면 절대 목욕 가운만 걸치고 머리에서 물이 뚝뚝 떨어지는 채로 현관문을 열지 않을 것이다. 하지만 도저히 가만있을 수가 없었다. 네이트는 계속 서성거리면서 한 시간에 한 번씩 통증 정도를 체크했고, 앨리스가 약 먹을 시간에 알람을 맞추며 가만히, 조용히 있으라고 계속 잔소리를 했다. 그의 걱정은 정말 사려 깊었지만, 오히려 앨리스를 편히 쉴 수 없게 만들었다.

"가만히 있어."

네이트가 침실에서 나오며 말했다. 그는 귀에 휴대폰을 대고 말했다.

"네, 저도 반가웠습니다. 네, 바꿔드릴게요."

그러고는 앨리스에게 전화를 건넸다.

"누구야?"

"어머니."

네이트가 속삭였다. 엄마와 전화할 기분이 아니었던 앨리스는 투덜거렸다. 엄마가 네이트의 번호로 전화를 건 것도 기분 나빴다. 엄마의 전화를 받지 않은 건 다 이유가 있었다. 앨리스는 잔뜩 인상을 쓰며 휴대폰을 최대한 멀리 들었고, 네이트는 어깨를 으쓱했다.

"앨리, 당신 엄마잖아."

네이트가 현관을 열려고 계단을 내려가는 동안 앨리스는 마지못해 전화를 귀에 대고 계단 꼭대기에 자리를 잡았다.

"엄마."

"잘 있었니. 몸은 좀 어때?"

"좀 나아요. 고마워요."

앨리스는 수건이 귀를 가리지 않도록 위치를 옮기고 아래쪽을 내려다봤지만 현관 벨을 누른 사람은 안으로 들어오지 않았다.

"엄마는 어때요? 스티브 아저씨 어깨는요?"

"우리는 잘 지내. 아저씨도 괜찮고. 다음 주에 산속에서 열리는 침묵 명상 수행을 떠나려고 준비하고 있어. 너랑 네이트도 나중에 한번 해봐. 추수감사절 때 올 거면 그때 며칠 해봐도 좋고."

"음, 봐서요. 하지만 명상이라는 게 원래 말없이 하는 거 아니에요?"

앨리스는 계단 위에 앉은 채로 혼자 칠한 발톱을 살펴보았다. 관리가 필요할 정도로 심각한 상태였다. 마지막으로 패디큐어를 한 때가 언제였는지 기억해내려고 했지만, 생각이 나지 않았다.

"그래, 그렇기는 한데, 말을 하기는 하지……."

갑자기 네이트가 큰 소리로 웃는 바람에 앨리스는 명상에 대해 지루하게 설명 중인 엄마에게서 흥미를 잃고 말았다.

"엄마, 나중에 다시 걸어도 될까요? 누가 찾아와서요."

"그럼, 그럼. 엄마는 3시에 요가 가는 것 말고는 종일 집에 있어. 캘리포니아 시간으로, 그러니까 너한테는 6시."

앨리스는 점점 조바심이 나서 코로 길게 숨을 들이마셨다.

"넌 지금 충분한 휴식이 필요해. 알았지? 붉은토끼풀 차는 호르몬 균형을 잡는 데 아주 좋은데, 내가 좀 보내줄까?"

"엄마, 진짜 끊어야 돼요."

"그래, 그래. 자기 전에 전화할게. 붉은토끼풀 차는 부쳐주고."

"알겠어요. 끊어요."

앨리스는 전화를 마치며 말했다.

"맨날 그놈의 차 타령!"

"뭐라고?"

네이트가 계단 맨 밑에서 물었다. 한 손에는 은박지로 싼 그릇과 다른 한 손에는 장미 꽃다발을 들고 있었는데, 꽃다발 줄기를 묶은 금색 매듭을 보고 앨리스는 샐리의 선물임을 알았다.

"샐리 아주머니께서 저녁으로 먹으라고 치킨 라자냐와 꽃을 주고 가셨네."

"들어오시라고 했어야지."

앨리스는 계단을 내려오며 지금으로서는 샐리의 방문만큼 좋은 약이 없을 거라 생각했다.

"어디 가시는 길이래. 나중에 자기한테 전화한다고 하셨어."

네이트는 라자냐를 옮겨 들며 말했다.

"이건 냉장고에 넣고 이건 물에 꽂아둘게. 내가 자기가 알아서 잘 쉴 거라고 믿어도 되는 거야, 아니면 확실히 하려면 자기를 깔고 앉아 있어야 되는 거야?"

네이트는 웃고 있었지만 그의 말투—그리고 그의 말—에 앨리스는 기분이 상했다.

"네이트, 나 쉬는 거 지겨워. 너무 지나친 것 같아. 난 괜찮다고."

앨리스가 손을 뻗었다.

"이리 줘. 내가 할게. 당신은 일해야 하잖아."

네이트는 결국 은박지로 싼 쟁반과 장미를 앨리스에게 건네고 손님방으로 갔다.

앨리스는 라자냐를 냉장고에 넣고 장미는 화병에 꽂았다. 그리고 머리를 싸고 있던 수건을 풀어 젖은 머리카락을 툭툭 털었다. 정원에 나가 담배나 한 대 피웠으면 했지만 네이트가 집에 있는 한 그건 불가능했다. 남편에게 숨기는 또 하나의 비밀이었으니까. 앨리스는 한숨을 쉬고 냉장고를 뒤졌다. 니코틴을 향한 갈망을 잊게 해줄

간식을 찾을 생각이었다. 냉장고에는 아주 기본적인 것들만 남아 있었다. 우유, 빵, 달걀 한 개, 반쯤 먹은 피클 병, 다 시들어가는 당근 세 개. 나중에 장을 봐야 할 것 같았다. 네이트가 집 밖으로 내보내주기만 한다면.

앨리스는 빵과 우유를 냉장고에서 꺼내고 우유 토스트를 만드는 데 필요한 다른 재료들을 찾기 시작했다. 리처드가 몸이 안 좋을 때 아침으로 싸 주던 음식이라고 넬리가 어느 편지에서인가 언급한 적이 있었다. 처음에는 너무 이상할 것 같았지만(따뜻한 우유에 적신 토스트라고?) 먹어보니 맛이 제법 괜찮았다. 먼저 식빵을 굽고 우유와 바닐라를 보글보글 끓을 때까지 데운 다음, 펄펄 끓는 우유를 토스트 위에 붓는다. 마지막으로 시나몬과 설탕을 적당히 뿌리면 완성!

부엌에서 맛있는 냄새가 퍼졌고, 앨리스가 막 우유 토스트를 입에 넣으려는 순간 휴대폰이 울렸다. 앨리스는 엄마가 다른 차 치유법을 알려주려고 건 것이겠거니 하며 주머니에서 폰을 끄집어냈는데 화면에 브로닌의 이름이 떠 있었다. 결혼 소식을 전하려고 브로닌이 전화를 한 이후로 두 사람은 제대로 얘기를 나누지 못했다. 의미 없는 문자가 몇 번 오가기는 했지만, 앨리스는 브로닌이 언제 자신을 용서해줄지, 과연 진심으로 용서해주기나 할지 알 수 없었다. 앨리스는 숟가락을 우유 토스트 그릇에 내려놓고 얼른 전화를 받았다.

"여보세요?"

"안녕, 앨리. 나야."

"안녕! 잘 지내?"

앨리스는 극성스럽게 느껴질 정도로 열심히, 빨리 말했다.

"잘 지내. 별일 없어. 그런데 넌 괜찮아? 네이트가 너 병원에 갔었다고 하던데?"

"네이트랑 통화했어?"

앨리스는 깜짝 놀랐다. 네이트한테서는 들은 적이 없었는데.

"음, 응. 대런한테 물어볼 게 있다면서 전화했어."

브로닌은 아무렇지도 않게 말했지만, 네이트가 뭘 물어보았고 언제 통화했는지 묻기도 전에 계속해서 말을 이었다.

"그래서, 어떻게 된 거야?"

"아주 제대로 성이 난 난소낭종이었어."

앨리스가 자세한 얘기를 하자 브로닌은 적절히 걱정을 표했다. 앨리스는 브로닌이 일부러 모른 척하고 듣는 건지 아닌지 알 수 없었다. 어쩌면 네이트가 전부 다 말하지 않았는지도 몰랐다.

"에구. 그래서 지금은 괜찮은 거야?"

"그런 것 같아."

잠시 정적이 흘렀다. 두 사람 다 아무 말이 없었다.

"그래, 넌 어떻게 지내?"

브로닌은 이미 아까 형식적으로 "별일 없어"라고 답했지만, 앨리스는 통화를 이어가고픈 마음이 간절했다. 베프가 필요한 순간이 있다면 지금이 바로 그때였으니까.

"바빠, 하지만 잘 있어. 고마워."

또 한 번의 정적.

"너 괜찮은 거지?"

이번에 앨리스는 좀 더 오래 기다렸다가 물었다. 브로닌은 가볍게 한숨을 쉬었고, 앨리스는 눈물을 참으며 입술을 꽉 물었다.

"잘 지내, 앨리."

그 말은 화해의 신호였고 앨리스는 두 손으로 그걸 꽉 붙들었다.

"저번 일, 내가 얼마나 미안한지 알았으면 좋겠어. 나 네가 대런이랑 잘돼서 좋아. 그냥 내가 나쁜 년이야. 간단해."

"그래, 너 좀 나쁜 년이야."

그렇게 말하며 브로닌은 웃었다. 앨리스는 안도했다.

"하지만 나도 나쁜 년이야. 결혼할 때 당연히 너한테 얘기했어야지. 사실은 결혼하기 전에. 근데 진짜로 결혼을 할 때까지도 무슨 일이 벌어지는지 나도 잘 몰랐어. 그래도 넌 내 베프니까 너한텐 말했어야 했는데. 미안해, 앨리."

"괜찮아. 그래도 다음번에는 엘비스 주례 선생님 앞에 서기 전에 전화 한 통은 기대할게, 알았지?"

"시끄러. 다음번은 없거든."

앨리스도 그러기를 바랐다.

"어쨌든 대런이랑 나, 결혼 피로연 겸해서 파티를 열까 해. 그래서 말인데, 계획 짜는 것 좀 도와줄래? 지금 일에 파묻혀서 숨 쉴 시간 내기도 힘들거든."

"당연하지. 필요한 거 말만 해."

정신없이 바쁜 대신 그만큼 만족감을 주는 브로닌의 스케줄을 떠올리자 앨리스는 질투가 났다. 자신과는 매우 상반되는 생활이었다.

"언제쯤 할 건데?"

"확실치 않아. 곧 알려줄게. 이따 점심시간에 대런 만날 거니까 자세한 내용은 문자로 보낼게."

"좋아. 내 안부도 좀 전해줘."

"알았어. 그리고 병원은 그만 가셔요. 너 때문에 네이트가 10년은 늙은 것 같더라. 네 걱정 엄청 하더라고."

앨리스는 죄책감에 움찔했다.

"그래, 알아."

잠깐의 정적 후, 브로닌이 물었다.

"저기, 너 진짜로 괜찮은 거지?"

"아아아, 나 그 질문 좀 그만 들었으면 좋겠어. 나도 괜찮고, 내 난소도 괜찮아. 영구적인 손상은 전혀 없다고."

앨리스는 좀 과장된 신음 소리를 내며 말했다.

"네 난소 얘기를 한 게 아니야, 앨리."

브로닌의 말투는 부드러웠지만 예리했고, 앨리스는 순간 깨달았다. 네이트는 브로닌에게 모든 걸 얘기했던 것이다. 무엇 때문에 낭종이 생기고 파열했는지. 앨리스는 발가벗겨진 기분이었고, 아닌 척한 자기가 바보같이 느껴졌다. 어쩌다 일을 이 지경까지 몰고 온 건지 설명하기 어려웠다. 브로닌은 그 누구보다 자기를 잘 이해해줄 사람이었다. 처음부터 네이트에게 솔직하지 않았다는 사실이 앨리스 자신을, 그리고 자신의 결혼 생활을 어떻게 보이게 할까?

"얘기하고 싶으면 난 언제나 곁에 있어, 알았지?"

앨리스는 혹시 네이트가 브로닌에게 전화를 걸도록 부탁한 건 아닌가도 생각했다.

"그래. 고마워."

하지만 지금 와서 브로닌에게 얘기할 수는 없었다. 네이트가 이미 선수를 쳐버리지 않았는가! 어떻게 이야기를 한다고 해도 자기는 남편과의 임신을 피하려고 몰래, 너무 멀리까지 (그리고 누군가는 선을 넘었다고 할 정도까지) 나간 아내로 영원히 낙인찍혀버린 것이다.

"나 진심이야, 앨리. 무슨 얘기든, 언제든 괜찮아. 하긴, 지금 당장은 안 되겠다. 남편을 만나 점심을 먹어야 하니까. 남편이라는 말이 입에 잘 안 붙어."

"얼른 가, 사랑꾼 신혼부부 같으니라고. 나중에 얘기하자."

배 속이 시멘트처럼 굳는 느낌이었지만 앨리스는 최대한 밝게 말하려 애썼다.

"안녕, 사랑해."

"나도 사랑해."

앨리스가 답하는데 네이트가 부엌으로 들어왔다.

"누구야?"

앨리스는 흠뻑 젖은 토스트를 그릇에서 이리저리 뒤적였다.

"엄마."

"또? 이번에는 뭐라셔?"

"캘리포니아에서 추수감사절 보내는 걸 의논하고 싶으신가 봐."

"음. 가는 게 어때? 재미있을지도 몰라."

네이트는 어깨를 으쓱하더니 서랍에서 포크를 하나 꺼내 앨리스의 그릇에 놓인 토스트를 찍었다.

"이거 중독되는 맛 같아."

"나머지 다 먹어. 난 별로 배 안 고파."

앨리스가 인상을 쓰며 그릇을 네이트 쪽으로 밀었다.

"괜찮아?"

"아주 좋아."

앨리스는 활짝 웃으며 말했다. 요즘은 거짓말이 입에 붙었고, 이래도 되나 싶을 정도로 쉬웠다.

34

넬리

1956년 9월 9일

레몬 라벤더 머핀

밀가루	2컵
베이킹파우더	3작은술
베이킹 소다	1작은술
소금	$\frac{1}{2}$작은술
달걀	2개
가당 우유	1컵
꿀	3큰술
녹은 버터	3큰술, 식혀서
레몬 껍질	
라벤더 꽃송이	2작은술

밀가루를 체로 쳐서 베이킹파우더, 베이킹 소다, 소금을 넣고 섞는다. 달걀, 가당 우유, 꿀과 버터를 따로 젓는다. 섞은 밀가루 가운데를 우물처럼 만들고, 그 안에 우유와 섞은 다른 재료들을 붓는다. 신속하게 섞지만 완전히 풀어지기 전에 멈춘다

(재료 혼합물에는 덩어리가 있어야 함). 레몬 껍질을 갈아 혼합물에 넣고 말린 라벤더를 첨가한다. 잘 섞이게 젓는다. 머핀 틀에 기름을 바르고 반죽을 3분의 2까지만 채운다. 오븐에 넣고 190도에서 20~25분간 굽는다.

넬리는 말린 라벤더 꽃송이를 손가락으로 비벼 그릇에 뿌린 다음, 맛이 전체적으로 균형이 잡히도록 나무 주걱으로 잘 저어주었다. 라벤더의 맛은 은은해야 했다. 그래야 시큼한 레몬 껍질과 잘 어우러져 맛을 지배하지 않았다. 정확한 계량이 생명이었다. 계량에 실패하면 머핀은 서랍장 안 방향제 맛이 났다. 넬리는 마사의 베이비 샤워를 위해 머핀을 굽는 중이었다. 베이비 샤워는 오후에 열릴 예정이었지만, 제시간에 맞춰 알맞게 식을 수 있도록 리처드가 출근하자마자 제일 먼저 머핀 만들기에 착수했다.

넬리는 라벤더 머핀을 자주 만들지 않았다. 이 머핀은 엄마의 건강이 좋았던 때를 떠오르게 해 넬리를 힘들게 했다. 그럼에도 라벤더 머핀은 넬리가 가장 좋아하는 레시피 중 하나였다. 레몬에서는 햇살 맛이 났고, 라벤더는 가장 강력한 허브였다. 라벤더는 여성의 아름다움과 우아함의 상징이었기에, 넬리는 마사의 출산을 축하하는 선물로 이보다 더 좋은 것이 없다고 생각했다.

넬리가 아기 보비의 출산을 축하하려고 전화했을 때, 마사는 자신이 수리가 안 되는 망가진 낡은 배가 된 것 같다고 고백했다.

"넬리, 댄이 내게 손길 한 번 안 준 지 오래됐어요. 사실 그이를 탓할 수도 없어요! 온몸이 다 살찌고 처지고."

마사는 울음을 터뜨렸고 뒤에서 보비가 따라 우는 소리가 들렸다. 넬리는 마사가 여전히 아름답다고 최선을 다해 위로했다. 엄마가 되면서 그 아름다움이 더 확실하게 입증된 것뿐이에요. 넬리는 마사를 달랬다. 전화를 끊고 곧 있을 베이비 샤워 생각을 하는데, 라벤더가 바로 떠올랐다. 마사에게는 숙면과 아내의 희생을 고맙게 여길 줄 아는 남편만큼이나 이 머핀이 꼭 필요했다.

재료들을 머핀 틀에 붓기 전에 넬리는 작은 덩어리들이 다 풀어지지 않도록 주의하며 섞었다. 그러고 있자니 옛 생각이 났다. 엄마가 가장 좋아하는 레시피 중 하나였던 이 머핀을 넬리와 엄마는 셀 수 없이 많이 만들었다. 엄마는 매번 덩어리를 다 풀지 말라고 강조했고, 그다음에 이어질 말이 무엇인지 아는 넬리는 미소를 지었다.

"너무 많이 저으면 안 돼, 넬리. 그랬다가는 다 버려야 한다고."

넬리는 타이머를 맞추고 마사의 머핀이 구워지는 동안 식탁에 앉아 담배를 피웠다. 그리고 엄마와 함께 마지막으로 머핀을 구운 때를 떠올렸다. 넬리의 열일곱 번째 생일 직전, 독감에 걸린 엄마 친구를 위해 머핀을 구웠다. 엄마는 작은 부엌에 앉아 앞에 놓인 라벤더 줄기에서 꽃송이만 떼어냈다. 너무 말라서 늘 추위를 타던 엄마는 여름인데도 넓은 옷깃이 목을 감싸도록 빨간색과 초록색 털실로 짠 겨울 스웨터의 단추를 맨 위까지 잠그고 있었다. 식탁 위에 펼쳐 둔 키친타월 위에 꽃송이들을 모았다. 그날 아침에는 다른 허브 잔가지들도 식탁에 놓여 있었다. 오레가노, 백리향, 로즈메리, 딜, 민트, 바질, 타라곤. 다른 레시피에 쓰려고 물에 담가놓거나 옷장과 서랍에 넣을 향주머니, 그리고 목욕용으로 깔끔하게 분류되어 있었다.

허브는 엄마의 빅토리 정원*에 남은 것들 중에서 따 온 것이었다. 3년 전에 엄마는 시내 상점마다 붙은 내 손으로 기른 내 것을 쓰세요 포스터에서 영감을 받아 정원에 허브를 심었다. 전쟁 중 정원 가꾸기 운동은 놀라울 정도로 효과적이어서, 엘시 스완이 사는 동네 대부분의 사람이 참여했다. 하지만 전쟁이 끝나자 정원 대부분은 방치되었다.

넬리는 엄마 옆에 앉아 손바닥 사이에 레몬을 굴려 껍질에서 과육을 발라냈다. 즙은 나중에 레모네이드를 만들 때 쓸 생각이었고, 지금은 밝은 노란색 껍질만 갈았다. 한 번씩 갈 때마다 주름진 껍질에서 나온 기름이 손가락에 묻었다. 껍질이 금방 소복이 쌓였고, 넬리는 껍질을 집어 반죽에 퐁당퐁당 떨어뜨렸다.

"라벤더는 다 됐어요?"

넬리가 엄마에게 물었다. 엘시는 넬리에게 작은 접시에 담긴 라벤더 꽃송이를 건넸다. 레시피에는 말린 라벤더 2작은술이라고 적혀 있었고, 넬리는 늘 그랬지만(이번 레시피에서는 특히) 엄마가 건넨 라벤더를 달아보고 감탄했다. 엄마는 눈대중으로 재료의 정확한 양을 계량했다.

"내 부엌에서 나는 라벤더 향기는 절대 질리지 않을 거야."

엄마는 허브 향이 밴 손가락을 얼굴에 가져가며 말했다.

---

* 세계대전 중에 미국, 캐나다, 유럽에서 채소와 과일, 허브 등을 자급하며 동시에 국민들의 사기를 끌어올릴 목적으로 개인이 가꾸기를 장려한 정원.

"만족스러운 냄새가 나잖아?"

엄마는 쉽게 만족을 느끼며 사는 사람이 아니었기 때문에, 엄마가 그렇게 말하는 걸 들으면 넬리의 가슴속에서 희망이 꽃처럼 피어났다. 엄마가 노래를 부르기 시작하자 넬리도 따라 불렀다. 작은 부엌 안에서 두 사람의 목소리는 듣기 좋게 하나가 됐다. 마치 레몬 껍질과 라벤더 꽃송이가 머핀 반죽과 하나가 되듯이.

그 시절 엄마와 자주 함께 요리했던 시간은 학교의 가정 수업 같은 것만은 아니었다. 엄마가 딸에게 자신의 비법을 전수하며 미래의 주부로 준비시켜주는 시간이었다. 엘시는 넬리에게 직접 빵 효모 만드는 법, 수프에 오트밀을 약간 첨가해야 하는 이유(걸쭉하게 만들기 위해서), 콜리플라워를 하얗게 삶으려면 식초를 몇 방울 떨어뜨려야 한다는 걸 가르쳐주었다. 그런 가르침 뒤에는 넬리가 좋은 남자를 만나기를 바라는 소망이 담겨 있었다. 자기가 선택했던 넬리의 아빠 같은 남자 말고. 그들은 사치품 따위 하나 없이 소박하게 살았지만, 넬리를 향한 엘시의 사랑은 그녀의 정원만큼이나 풍요로웠다.

"너는 나의 가장 큰 기쁨이란다."

엘시는 잠자리에서 넬리의 이불을 덮어주며 말했고, 넬리의 이마와 두 뺨, 눈꺼풀에 입을 맞추었다. 엄마에게서는 장미와 밀가루 냄새가 났다.

"나의 가장 큰 기쁨. 넬리, 널 위해 뭘 좀 적어봤어. 자, 여기."

머핀이 구워지는 동안 엄마는 부드러운 곡선의 글씨체로 적은 레시피 카드를 내밀었다. 엄마의 목소리만큼이나 넬리에게 익숙한 글씨였다.

"이게 뭔데요?"

넬리는 카드를 받아 재료를 훑어보았다.

"아, 엄마, 저 이거 아는 거예요."

그러고는 잠시 엄마의 정신 상태를 염려했다. 카드에 적힌 레시피는 넬리가 이미 외운 스완 가문의 레시피였다.

"아마 네 머릿속의 레시피가 내 것보다 더 나을 거야."

엄마는 기품 있는 미소를 띠며 말했다.

"딜 때문이지. 그걸 넣으면 맛이 정말 특별해지거든."

넬리는 생각했다. 아, 저 미소를 붙잡아둘 수만 있다면. 엄마는 웃을 때 정말 아름다웠다.

엘시는 부드럽고 도톰한 울 스웨터 안 앙상한 팔꿈치로 몸을 받치고는 유일한 혈육인 딸이 자기에게 온전히 집중하기를 기다렸다. 넬리는 레시피 카드를 두 손으로 꼭 쥔 채 작은 식탁 맞은편에 앉아 있었다. 레몬유 때문에 촉촉한 넬리의 손가락이 카드 가장자리에 작은 지문을 남겼다.

"하지만 하나가 빠졌어. 우리 딸도 알아도 될 만큼 많이 컸으니까."

엄마는 목소리를 낮췄고, 넬리도 엄마 쪽으로 몸을 기울였다. 엄마의 얼굴이 아주 가까워졌다.

"어떤 흔적도 남기지 않고, 오직 입으로만 전해져야 하는 게 있단다. 엄마가 하는 말 잘 들어야 해!"

엄마의 목소리에 담긴 절절함 때문에 심장이 빠르게 뛰었다. 넬리는 귀를 쫑긋 세우고 엄마의 말을 들었다. 잠깐 넬리의 눈이 커졌다가 원래대로 돌아왔다. 그러나 엄마의 아픈 친구에게 가져다줄 수 있을 정도로 머핀이 충분히 식은 뒤로도 심장은 계속해서 쿵쾅거렸다.

35

만약 당신이 불감증이거나 성적으로 다소 무감각한 여자라 해도 성급하게 남편에게 말할 필요는 없다. 당신이 불감증이더라도 남자가 그 행위를 통해 느끼는 즐거움은 전혀 영향을 받지 않는다. 그가 당신이 불감증이라는 걸 알아내기 전까지 말이다. 당신이 말하지만 않는다면 그는 알 수 없고, 그가 알지 못한다는 사실이 그에게는 해가 되지 않는다.

— 윌리엄 J. 로빈슨 『결혼 생활과 행복』(*Married Life and Happiness*, 1922)

앨리스

2018년 8월 20일

피임 기구 제거는 삽입 시술보다 훨씬 간단했다. 앨리스는 기구를 제거한 뒤 피임약 처방전을 받아서 나오다가, 병원에서 가까운 빈티지 숍을 구경하기 위해 들렀다. 가게 점원은 잠깐 담배를 피우러 나와 있었다. 윤기 나는 단발머리에 에메랄드그린 펜슬 스커트를 입은 모습까지, 『레이디스 홈 저널』 잡지에서 막 튀어나온 것처럼 보였다. 앨리스가 옷이 예쁘다고 칭찬하자 그 여자, 세라는 담배를 한 개비 건네며 필터가 없는 거라고 경고해주었다.

"고마워요. 이런 건 한 번도 피워본 적이 없어요."

앨리스는 입술 사이에 담배를 물었다.

"운이 좋았네요."

세라가 성냥을 켜서 담배 끝에 대주며 말했다.

"얼마나 차이가 큰지 아마 믿기 어려울 거예요."

앨리스는 담배를 한 모금 빨자마자 곧바로 기침을 해대기 시작했다. 목구멍에 화상을 입은 것 같았다.

"처음에는 그래요, 하지만 익숙해지죠."

세라는 문 담배를 깊이 빨았다가 연기를 길게 뱉었다.

"예전에는 필터를 직접 잘라냈어요. 그게 훨씬 돈이 덜 들거든요. 하지만 맛이 달라서 이제는 온라인에서 구입해요."

앨리스는 기침으로 눈동자에 눈물이 고인 채 고개를 끄덕였고, 머뭇거리다가 다시 한번 담배를 빨았다. 이번에는 타는 듯한 느낌이 줄었고 기침도 하지 않았다. 세라의 말이 맞았다. 필터가 없으니 담배의 구운 맛과 효과가 더 강렬했고, 니코틴도 앨리스의 혈관으로 곧장 들어가는 느낌이었다. 아찔한 느낌은 기분 좋게 머물렀다. 빈티지 숍을 구경하고 집으로 돌아온 앨리스는 바로 담배 끝부분을 잘라냈다. 원래 계획은 글을 쓰는 것이었지만, 앨리스는 새로 산 빈티지 치마를 입고 뒷마당 파티오에 앉았다. 집 안에 담배 냄새가 배지 않게 하기 위해서였다. 담배 연기로 고리를 만들어 허공에 띄웠다. 반백 년 전에 넬리 머독이 자신과 똑같이 하지 않았을까 상상하면서.

그 주의 나머지 날들은 쉽게 흘러갔다. 네이트는 매일 아침 출근했다가 약속대로 집에 와서 저녁을 먹었고, 앨리스는 소설에 집중하려고 노력했다. 대부분의 시간은 인터넷에서 1950년대의 구체적인 생활상을 검색하고 잡지와 넬리의 편지들을 다시 읽으며 보냈다. 앨리스는 네이트가 출근한 동안은 자개 담뱃대에 필터를 자른 담배를 끼워 피웠다. 매일 담배를 피웠고, 곧 끊어야 한다는 걸 모르지 않았다. 네이트에게 영원히 숨길 수는 없었으니까. 네이트가 알아낸다는 생각만으로도 피곤했고, 걱정됐다. 하지만 담배는 좌절감을 달래주고 집중하는 데 도움이 됐다. 게다가 50년대에는 모두가 담배를 피웠다. 심지어 의사들마저 담배가 건강에 긍정적인 효과를 주기도 한다고 믿었다. 그래서인지 앨리스는 앤티크 담뱃대에 담배를 밀어 넣는 일이 시적으로 느껴지기까지 했다. 담배를 피우는 것도 자료 조사에 꼭 필요한 부분이었다.

샐리 아주머니는 토요일 저녁, 친구 병문안을 갔다가 함께 저녁식사를 하기 위해 놀러왔다. 진작 했어야 하는 초대가 늦어졌다. 앨리스는 넬리의 요리책에서 본 웰시 레어빗(삼각 토스트에 체다 치즈, 크림, 겨잣가루, 향신료 등으로 만든 소스를 바른 것)과 토마토 슬라이스, 그리고 구운 소시지와 '플러피 화이트 케이크'로 간단한 저녁을 준비했다. 플러피 케이크는 그다지 플러피*하지 않았지만, 그래도 맛있었다. 샐리가 옛날 모험담으로 모두를 즐겁게 해준 덕에 세 사람

* fluffy. '폭신폭신한'이라는 뜻.

은 많은 와인을 마시며 늦은 시간까지 대화를 즐겼다.

앨리스와 네이트는 잠자리에 들어서도 제법 취해 있었고, 평소(특히 요즘)와 달리 기분이 좋아서 샐리 아주머니에게 좋은 남자를 소개해주는 계획까지 세웠다. 이름은 생각 안 났지만, 그들과 같은 거리에 살며 늘 잔디에 갈퀴질을 하는 잘생긴 노신사가 한 분 계셨다. 난소낭종 파열 대참사 이후 처음으로 섹스도 했다. 전반적으로 정말 유쾌한 저녁이었다. 앨리스는 정말 오랜만에 평소보다 낙천적인 기분을 느꼈다.

월요일에 다시 책상 앞에 앉은 앨리스는 피임약을 복용해서인지, 아니면 소설을 쓸 만한 영감이 부족해서인지 속이 더부룩했고 기분도 침울했다. 담배를 피우며 창밖만 내다보고 소설은 전혀 안 쓰는데, 네이트가 자전거를 타고 진입로를 달려오는 게 보였다. 완전히 당황한 앨리스는 컴퓨터 화면의 시간을 보았다. 오후 3시 7분. 앨리스는 손가락 사이에서 담배가 타들어가는 채로 잠시 마비됐다. 창문이 열려 있었지만 가느다란 연기가 얇은 베일처럼 그녀를 둘러싸고 있었다. 앨리스는 손으로 미친 듯이 연기를 쫓아냈다. 거실에서 담배를 피우는 위험을 감수하다니 바보 같은 짓이었다. 하지만 바깥에는 비가 퍼붓고 있었고 네이트는 사업차 이 지역에 온 대학 동창을 만나 늦게 온다고 했었다. 평소 퇴근 시간보다도 늦을 예정이었는데, 이렇게 일찍 올 줄이야.

"젠장, 젠장, 젠장."

앨리스는 중얼거리며 담배를 담뱃대에서 빼서 물잔 안에 던져

넣었다. 그런 다음 잡지로 부채질을 해서 열린 창문 밖으로 연기를 내보냈다. 현관문이 쾅 닫히는 소리가 났고, 곧이어 네이트가 거실로 들어왔다. 헬멧을 그대로 쓰고 메신저 백을 가슴에 크로스로 멘 상태였다. 네이트는 빗속에서 자전거를 타고 와서 흠뻑 젖어 있었다.

"아니, 전화를 하지 그랬어. 내가 역으로 데리러 나갔을 텐데."

앨리스의 긴장과 불안이 목소리에 그대로 드러났다. 네이트가 믿을 수 없다는 듯 앨리스를 쳐다보았다.

"자기, 담배 피워?"

앨리스는 두 손을 들고 빨리 생각을 정리해보았다. 부인할 수는 없었다. 여전히 담배 연기 냄새가 거실에 진동했다.

"한 개 피웠어. 자기한텐 말한 적 없는데, 나 사실 담배 피운 적 있어. 대학 때, 정말 아주 잠깐."

목소리가 히스테리를 부리는 것처럼 들려서 앨리스는 숨을 깊이 들이마셨다.

"미안해. 정말 내가 미친 것처럼 보이겠지만, 책을 쓴다는 게…… 내가 평소에 안 하던 짓을 하게 만들어. 생각했던 것보다 글 쓰는 게 너무 힘들고, 스카스데일 빈티지 숍에 있던 여자가 나한테 하나 권했는데, 자료 조사를 하다 보니 50년대에는 담배를 안 피우는 사람이 없었더라고. 그래서 꼭 직접 해봐야겠다는 생각이 들었어. 그러니까, 진짜로 담배를 피울 생각은 아니었어. 맹세해, 네이트! 제발 그렇게 쳐다보지 좀 마."

네이트는 앨리스의 목을 조르고 싶은 사람처럼 노려봤다.

“글 쓰다가 벽에 부딪혔어. 담배가 도움이 될 것 같았다고. 그러니까, 담배를 피우면 무슨 통찰력이 생기거나 뭔가 엉뚱한 생각 같은 게 떠오르지 않을까 싶었나 봐. 이거 딱 한 대야. 진짜로.”

앨리스는 유리잔을 가리켰다. 반쯤 피우다 만 담배꽁초가 수면에 동동 떠 있었고, 담뱃잎들이 찻잎처럼 흩어져 있었다. 그러다가 책상 끝에 쌓아놓은 잡지 뒤에 담배 한 보루가 살짝 보인다는 사실을 알아차린 앨리스는 네이트의 시야를 가리기 위해 자리를 옮겼다.

네이트는 여전히 꿈쩍도 하지 않았다. 거실 출입구에 석상처럼 서 있는 그의 발밑으로 빗물이 뚝뚝 흘러내렸다. 불신이 가득한 표정이었다.

“대학 때 담배를 피웠다고?”

“거의 안 피웠어. 어쩌다가 한 번씩. 네이트, 그러지 마. 그냥 한 대 피운 거야.”

“앨리, 요즘 대체 왜 이러는 거야?”

네이트가 물었다. 아니, 고함을 쳤다. 그때 앨리스는 비흡연자인 아내가 대낮에 담배를 빠는 현장을 잡으려고 네이트가 일찍 온 게 아니라는 걸 깨달았다. 그보다 훨씬 안 좋은 일로 온 게 분명했다. 앨리스는 이마를 찌푸렸다.

“잠깐. 근데 왜 이렇게 일찍 온 거야?”

“왜인지 알고 싶어?”

네이트의 목소리가 높아졌다.

그래서 물어봤잖아. 앨리스는 떨리기 시작하는 두 손을 맞잡았다.

“그래, 알고 싶어.”

앨리스는 머릿속에 가능한 시나리오를 떠올려봤다. 네이트가 아프다(사실, 별로 아파 보이지 않았다), 저녁 약속이 취소되어서 나머지 일은 집에서 할 생각이었다, 낭종 사건 이후에도 앨리스가 걱정됐다(다만 앨리스는 이제 멀쩡하다는 걸 둘 다 잘 알고 있었다). 이 중 어떤 것도 네이트가 머리끝까지 화가 난 이유를 설명하지 못했다.

네이트는 앨리스에게서 눈을 떼지 않은 채 자전거 헬멧의 버클을 만지작거렸다.

"점심 먹으러 갔다가 제시카 스탈워트를 만났어. 그 사람 기억하지? 그쪽에서는 당신을 기억하던데."

앨리스는 고개를 끄덕였다. 머릿속에 서서히 그림이 그려졌지만, 앨리스는 여전히 멍하고 궁금한 얼굴이었다.

"어떻게 만났어?"

지금까지 네이트와 제시카의 동선은 한 번도 겹친 적이 없었다. 어떻게 된 일인지 도저히 정리가 안 되었다.

"그 여자가 제이슨 커틀러랑 사귀는 사이야."

제이슨은 네이트와 어울리는 회사 동료였다.

"오늘 점심시간에 제이슨을 만나러 왔더라."

제시카 스탈워트는 앨리스가 해고되기 반년 전에 위팅턴에 입사했다. 앨리스는 제시카를 만난 순간부터 마음에 들었다. 앨리스와 같은 부류의 야심가였고, 머리 회전도 빠른 데다 자신감 있는 여자였다. 만약 일이 이렇게 안 되었다면 친구가 되었을 수도 있었다. 앨리스는 자기가 떠난 후 제시카가 조지아의 몸종 역할을 맡았다고 전해 들었다. 그 말은 곧 많은 걸 안다는 의미였다. 오직 조지아를 통해서만 들을 수 있는 사적인 것들, 예를 들면 잠정적인 소송 사건이나 특정 유명 작가에 대한 이야기. 망했다.

"잘 지낸대?"

앨리스는 마침내 겨우 물었고, 그 시점에서 네이트는 감정을 자제하려는 내면의 싸움을 포기하고 말았다. 그는 분노를 폭발시키며 거실로 들어와 가방을 바닥에 내동댕이쳤고, 헬멧도 풀어 던져버렸다. 앨리스는 헬멧이 마루에 닿는 순간 움찔했고, 동시에 바닥이 그녀의 발밑에서 기분 나쁘게 진동했다.

"제시카는 잘 지내. 최근에 위팅턴을 나왔더라고. 그런데 제일 의외였던 건 그 여자가 당신이 괜찮은지 걱정하더라."

"나? 왜?"

앨리스는 당황한 표정을 지으려고 최선을 다했다.

"앨리, 왜 나한테 말 안 했어?"

네이트는 격분하며 가까이 다가왔다. 그리고 눈을 질끈 감고 손가락으로 콧등을 잡았다.

"제임스 도리언 일, 왜 말 안 한 거야?"

앨리스의 머리가 정신없이 돌아갔다. 제시카가 네이트에게 대체 어디까지 말한 걸까.

"네이트, 특별히 이야기할 게 없었어."

네이트는 입을 꾹 다물고 고개를 저었다.

"그놈이 앨리 너를 때렸잖아."

아. 그러니까 네이트가 지금 이러는 건 앨리스가 제임스의 비밀을 폭로하고 일자리를 잃은 것, 무엇보다 네이트에게 거짓말한 것

때문이 아니었다.

“그렇게 심각한 일이 아니었어. 내가 위험에 처하거나 그랬던 건 절대 아냐. 그래, 그 남자가 내 무릎에 손을 얹고, 뭐 그딴 짓은 했지만, 내가 그래도 좋다고 한 적은 절대 없어. 하지만 그게 다야.”

앨리스는 잠시 숨을 골랐다.

“그 인간은 주정뱅이고 여성 혐오자일 뿐이야. 하지만 내가 해결할 수 없는 일은 아니었어.”

“해결할 수 없는 일이 아니었다고?”

네이트의 눈이 커지면서 그의 목소리가 착 가라앉았다.

“경찰에 신고했어야 할 일이라고.”

그는 씩씩거리면서 거실을 빙빙 돌았다. 그러다 실수로 헬멧을 걷어차는 바람에 헬멧이 더 멀리까지 굴러갔다.

“당신을 그런 상황으로 내몬 조지아를 고소하고, 직원 보호를 제대로 못한 위팅턴 그룹도 고소해야 한다고.”

네이트는 격분해 있었지만, 그 분노가 앨리스를 향한 것이 아니었기에 앨리스는 긴장을 풀었다. 경찰이나 소송은 필요 없었다. 이미 자기가 다 잘 처리한 일이었다. 어쩌면 네이트가 제시카 스탈워트를 만난 건 잘된 일이었다. 제시카의 폭로 덕분에 앨리스는 체면을 차릴 수 있게 되었다. 제임스 도리언의 변태적인 행동은 앨리스가 위팅턴을 떠날 만한 확실한 이유가 되었으니까. 이 일에 침묵한 이유는 자신이 처리할 수 있는 일로 네이트를 걱정시키고 싶지 않아서였다고 설명하면 될 터였다. 그러나 앨리스가 다시 입을 열기 전에 네이트가 물었다.

"해고된 거야? 제시카가 그러던데, 당신 해고당한 거라고."

"아니, 난……"

"조지아 그 여자가 이 일로 당신을 해고한 거야? 만약 그런 거라면……."

네이트는 앨리스의 손을 붙들고 꽉 잡았다. 이런, 그의 얼굴이 너무 슬퍼 보였다. 하지만 여전히 그의 두 눈에 분노가 끓고 있었고, 이를 악문 턱이 씰룩거렸다.

지금 네이트에게 말해야 했다. 하지만 얘기하지 않는 편이 훨씬 쉬울 거라는 게 앨리스의 결정이었다. 제임스 도리언과 위팅턴 사이에 있었던 일의 구체적인 내용은 더 이상 상관없는 일이었다. 게다가 피임 기구 사건의 상처도 제대로 아물지 않은 마당에, 지금 당장 또 무언가를 폭로하면 이 결혼이 버텨줄지 의문이었다.

"더 이상 거기서 일할 수 없었어. 정말 안 좋은 환경이었고, 제임스 도리언이랑 조지아, 그리고 위팅턴에서 벗어나야 했어."

앨리스도 네이트의 손가락을 맞잡았다.

"나는 잊었어. 그러니까 당신도 잊어. 뭘 더 하고 말고도 없는 일이야. 알았지?"

네이트는 코로 깊은 숨을 들이마시고 큰 소리로 내쉬었다.

"알았어, 앨리. 알았다고."

마침내 네이트가 말했고, 앨리스는 고맙다고 속삭이며 그에게 기댔다.

"자기가 거기서 나왔다는 게 다행스러울 뿐이야."

"나도 그래."

둘 사이에 뭔가가 진동했고, 앨리스가 뒤로 몸을 빼자 네이트는 누가 걸었는지 보려고 주머니에서 휴대폰을 꺼냈다. 드루 벡스터. 아주 미묘했지만 앨리스는 네이트가 눈을 휴대폰에 고정한 채, 갑자기 몸을 뒤로 빼는 걸 느꼈다.

"아, 미안해. 이건 받아야겠다. 롭이야."

네이트가 상사인 롭 손턴을 팔며 말했다. 네이트는 앨리스가 화면에서 드루의 이름을 봤다는 걸 알지 못한 채, 휴대폰에서 눈을 떼고 앨리스를 올려다봤다. 네이트는 어찌해야 할지 갈등하는 것 같았다. 심각한 일을 겪은 아내와의 대화에 집중해야 하나, 아니면 스터디 파트너에게서 걸려온 전화를 받아야 하나. 사실 선택하고 말고 할 문제도 아니었다.

"안 받아도 돼……."

전화는 계속 울렸다. 네이트는 분명 받고 싶은 눈치였다. 앨리스는 팔다리가 다 무감각해지는 느낌이었지만 애써 웃어 보였다.

"아냐, 받아. 받아야지."

네이트는 미소를 지으며 휴대폰을 귀에 대고 계단 쪽으로 가더니 계단을 한 번에 두 개씩 올라가기 시작했다. 앨리스는 계단 밑에 서서 대화의 한 토막이라도 들어보려 했다. 하지만 "힘든 거 알아…… 나도 그래……"까지 들었는데 네이트가 방문을 닫았다. 말투가 어찌나 허물없고 친밀한지 도저히 일과 관련된 전화 같지 않았다. 배 속에서 뭔가 툭 떨어지는 느낌이었다. 앨리스가 두려워했던 대로 남편과 드루 벡스터 사이에 뭔가가 벌어지고 있었다.

36

넬리

1956년 9월 13일

쑥국화차

말린 쑥국화	1~2작은술
설탕에 절인 오렌지 껍질	1작은술
끓는 물	1컵
꿀	1작은술

끓는 물에 꽃과 오렌지 껍질을 넣고 물 색깔이 금빛을 띨 때까지 둔다. 꿀을 넣고 마시면 좋다. 마시고 싶을 때마다 마신다.

엘시 마틸드 스완

사랑 많은 엄마, 너무 일찍 떠나다.

1907년 9월 2일~1948년 10월 5일

넬리는 반년 만에 엄마를 찾아왔다. 묘비 주변이 상당히 어수선했다. 마구잡이로 자란 풀은 길이도, 색깔도, 크기도 들쭉날쭉했다. 마치 엘시 스완과 그녀의 재주 많은 손이 없는 곳에서는 풀들이 일정하게 자라는 법을 모르는 것 같았다. 넬리는 제멋대로 자란 풀 몇 개를 뽑아 흙을 털었다. 달리아 꽃다발은 묘비 앞에 놓았다. 달리아는 마치 예술 작품처럼, 중심부로부터 싱싱한 꽃잎이 나 있는 가장 조화로운 꽃이었다. 분홍색과 하얀색 꽃들의 밝고 명랑함은 잔뜩 흐리고 음울한 날과 대비를 이루었다. 달리아는 오래갔다(넬리는 이른 서리가 내릴 때까지 버티는 달리아를 본 적도 있었다). 그리고 두 사람이 맹세한 변함없는 약속을 상징하기도 했다. 넬리는 달리아가 그렇게 깊은 의미를 품기에는 너무 발랄한 꽃 같다고 생각했지만, 엘시는 그 점이 달리아가 그토록 매력 있는 이유라고 했다.

"예쁜 만큼이나 강인한 꽃이야, 꼭 너처럼."

넬리의 손가락은 연보랏빛이 감도는 차가운 돌에 새겨진 엄마의 이름, 그 부분을 손가락으로 쓸어보다 사망 일자 언저리에서 잠시 머물렀다.

"엄마, 안녕. 늦었지만 생일 축하드려요. 너무 오랜만에 와서 죄송해요. 사실 이렇게 오는 것도 쉽지 않았어요. 하지만 앞으로는 자주 올 수 있을 것 같아요."

넬리는 치맛자락을 아래쪽으로 당기며 무덤 옆에 앉았다. 풀이 종아리를 간지럽혔다. 언제나처럼 넬리는 엄마를 마지막으로 본 기억을 떠올리지 않으려고 애썼다. 그러나 시간이 흐른다고 절대 수월해질 일은 아니었다. 어느새 7년이 다 되어가는 그날, 학교에서 돌아왔을 때 보았던 끔찍한 광경. 욕조에 넘치기 직전까지 차 있던 물. 엄마는 수면 아래, 옷을 입은 채 초점 없는 눈을 크게 뜨고 있었다. 넬리는 혼자 삶을 헤쳐나가기에는 너무 어렸다. 그러나 엄마는 다른 선택지를 남겨주지 않았다.

엘시 스완은 리처드를 만난 적도 없었고, 넬리의 결혼식에도 참석하지 않았으며, 딸이 쓰던 편지를 한 번도 읽지 못했다. 무슨 이유였는지 넬리는 엄마에 대한 진실을 리처드에게 꼭 숨기고 싶었다. 두 사람 사이에 문제가 없었던 신혼 때도 마찬가지였다. 어쩌면 어찌할 바를 몰랐기 때문이었을 수도 있다. 대부분의 사람들이 스스로 목숨을 끊는 일은 죄악이라 생각했고, 넬리는 엄마에 대한 기억이 손상되는 걸 원치 않았다. 무엇보다 두려움이 가장 컸다. 엄마를 데려간 어둠이 어느 날 넬리를 잡으러 올지도 모른다는 것. 그리고 리처드가 이 사실을 알게 되면 그것을 넬리에게 불리하게 이용하려 들지도 모른다는 것.

리처드는 엘시 스완이 필라델피아 외곽의 요양원에서 치매를 앓는 걸로 알았다. 요양원 측에서는 잠깐의 방문, 그것도 넬리 한 사람만의 방문을 권했고, 그래서 리처드는 한 번도 아내를 따라가지 않았다. 그러나 넬리 역시 필라델피아에는 간 적이 없었다. 엄마는 지금 넬리와 리처드가 사는 곳에서 그리 멀지 않은 플레전트빌에 묻혀 있었다.

"리처드와 사는 게…… 감당이 안 되는 지점까지 왔어요. 엄마를 뵙고 집에 돌아가면 좀 나아지기를 바라고 있어요."

넬리는 미리엄에게 필라델피아에 계신 엄마를 만나 하루 자고 돌아올 거라고 얘기했다. 미리엄이 편지를 가져가겠느냐고 물었다.

"아뇨, 안타깝지만 엄마는 편지를 읽을 상황이 아니에요."

미리엄은 넬리를 꼭 안고 관절염을 앓는 손가락으로 넬리의 등을 위로하듯 쓰다듬었다. 그리고 어머니의 의식이 좀 또렷해지셨을 수도 있다고, 그렇게 되기를 기도해왔다고 말했다. 넬리는 미리엄에게 거짓말하고 싶지 않았지만, 이러는 편이 쉬웠다.

리처드는 임신과 집안 살림에 대한 책임을 언급하며 이 여행을 반대했지만, 넬리는 엄마 상태가 좋지 않다며 뜻을 꺾지 않았다. 마지막 방문이 될 수도 있다는 말에 리처드는 마지못해 허락했다. 대신 그렇게 장거리임에도 불구하고 넬리에게 일박만 하고 오겠다는 약속을 받아냈다.

"저 또 임신했어요."

넬리는 엄마의 묘비에 대고 말했다.

"리처드는 정말 좋아해요."

넬리가 깊은 한숨을 쉬었다.

"전 노력했어요. 진짜로 노력했어요, 엄마. 하지만 그이는 너무 세요. 한번 결심한 건…… 끝내 해내고야 말죠."

넬리는 이미 정돈한 달리아를 다시 매만졌다.

"하지만, 걱정 마세요."

넬리의 목소리가 밝아졌다.

"저한테 계획이 있어요. 모든 게 다 잘될 거예요."

넬리는 눈을 감고 엄마의 아름다운 미소를 그려보았다. 엄마가 여기 계셨다면 넬리의 근성과 용기를 자랑스러워하셨을 텐데.

"언젠가 한번 엄마 친구 파월 아주머니 생각을 했어요."

천둥이 낮게 우르릉거렸고 넬리는 하늘을 올려다보았다. 잿빛 구름이 몰려오고 있었다. 팔의 잔털이 곤두섰다. 곧 닥칠 폭우와 함께 번개가 모습을 드러내기 시작했다.

"아주머니가 엄마한테 줬던 예쁜 자개 담뱃대 기억하세요? 엄마는 담배를 안 피우는데도 늘 갖고 다니셨잖아요…… 참 재미있는 것 같아요. 어떤 물건들은 우리 곁에 계속 남아 있잖아요. 아무튼, 이젠 제가 그걸 매일 써요. 정말 좋은 선물이었어요."

베티 앤 파월은 멋진 여자였다. 큰 키에 야윈 몸, 입술은 늘 장밋빛이었고 손톱은 반짝였으며, 자개 담뱃대를 들고 있기도 했다. 열세 살 넬리에게 파월은 그때까지 본 사람 중에 가장 이국적인 여성이었다. 넬리는 엄마가 파월 아주머니의 두 어린아이들을 돌보는 걸 도우며 아주머니와의 대화를 즐겼다. 아주머니는 정신도 에너지도 밝은 사람이었다. 적어도 또 임신했다는 사실을 알게 되기 전까지 그랬다. 임신 이후 베티 앤 파월에게서 웃음이 사라졌다.

넬리는 엄마한테 뭐가 문제인지 물었다. 이해하기 힘들 수도 있겠지만, 파월 아주머니는 또 아이를 원하지 않는다고 엄마는 설명했다.

"여자들에게는 선택의 폭이 거의 없어, 넬리야. 우리의 성별은 우리의 가장 큰 장점이기도 하지만 우리의 가장 큰 약점이기도 하단다."

엄마의 예상대로 넬리는 이해하기 힘들었다. 아이를 원치 않는다는 것도(아이를 원하지 않는 여자가 있다고?), 장점과 약점에 대한 얘기도. 하지만 마치 이해한다는 듯 고개를 끄덕였다.

아마도 그때쯤이었을 거다. 엄마가 좀 다르게 보이기 시작했던 시기가. 나를 낳은 것은 엄마의 선택이었을까 아니면 할머니의 강요로 일어난 일일까?

"넬리야, 엄마의 심장이 계속 뛰는 유일한 이유는 네가 그걸 들을 수 있기 때문이란다."

엄마는 언젠가 말했다. 넬리는 겁이 났다. 그 당시에는 비극과 슬픔을 겪으면서도 심장은 계속 뛴다는 걸 이해할 만큼 성숙하지 않았지만(결국은 엘시가 가르쳐주기는 했지만), 여자의 생존은 오직 아이를 가지는 것으로만 확실해진다는 믿음이 그녀 안에 새겨졌다.

넬리는 그때 사람의 심장이 어떤 것인지 알게 되었고, 엄마에게 마음의 병이 있다는 것도 깨달았다. 그리고 엄마의 선택 여부를 떠나, 자기 때문에 엄마가 오랫동안 깊은 고통을 참으며 살아가고 있으며, 넬리만 없었다면 엄마는 이미 한참 전에 세상을 버렸을 수 있다는 것까지도. 다른 사람을 위해서 산다는 건 작은 희생이 아니었다. 엄마로부터 파월 아주머니가 더 이상 아이를 원하지 않는다는 사실을 들은 얼마 뒤, 넬리와 엄마는 파월 아주머니네 집에서 오후를 보냈다. 엄마와 아주머니는 베란다에 마주 앉아 작은 소리로 이야기를 나눴고, 아주머니는 엄마가 정원에서 딴 꽃을 넣고 끓인 금빛 쑥국화차를 마셨다. 그사이 넬리는 아이들과 놀아주며, 살아서 고동치는 심장과 여자가 할 수 있는 선택들을 생각해보았다.

이틀 후, 넬리는 또 파월 아주머니의 아이들을 봐달라는 부탁을 받았다. 엄마는 파월 아주머니가 전염성 독감에 걸려 호되게 위통을 앓고 나서 아기를 잃었다고 했다. 아직 어려서 신비로운 상상을 잘하던 넬리는 파월 아주머니의 아기가 엄마의 가장 깊은 곳에 숨은 생각과 후회를 엿본 건 아닐까, 그래서 자기를 원치 않는다는 걸 알고 죽은 게 아닐까 생각했다. 나중에서야 넬리가 진실을 이해할 수 있을 만큼 컸다고 판단했을 때, 엄마는 아주머니의 유산이 독감이나 아주머니의 생각과는 아무 상관이 없다고 얘기했다.

방향을 바꾼 바람이 넬리의 종아리를 쓸고 지나갔다. 넬리는 몸을 떨었다.

"아쉽지만 이만 가봐야겠어요, 엄마."

넬리는 일어나서 치마 주름 사이에 붙은 풀을 몇 개 털어냈다.

"폭우를 만나면 안 되니까요."

넬리는 허리를 굽혀 비석에 입을 맞추었다. 비가 내리기 시작했고, 빗방울은 점점 더 굵어지고 더 거세졌다. 하지만 넬리는 비가 오는 것도, 젖은 옷이 살갗에 달라붙는 것도 개의치 않으며 그저 따뜻한 차 한 잔을 기대하며 호텔로 뛰어갔다.

· · ·

넬리가 묵은 호텔은 엄마가 묻힌 플레전트빌 묘지, 그리고 리처드와 함께 사는 집에서 멀지 않았다. 호텔로 돌아온 후 넬리는 폭우로 인한 한기를 달래기 위해 차를 끓였다. 활짝 핀 쑥국화는 솜털이 보송보송한 레몬색 단추처럼 보였다. 넬리는 잘 말려 쪼그라든 쑥국화가 든 종이봉투를 가방에서 꺼냈다. 설탕에 조린 오렌지 껍질도 컵에 함께 넣고, 꽃과 오렌지 껍질 위로 뜨거운 물을 붓고는 푹 젖어 들 때까지 기다렸다. 꽃잎에서 다소 씁쓸한 맛이 나서 약간의 달콤함을 위해 꿀도 1작은술로 넣었다. 넬리는 차를 세 잔 마시고 침대에 누웠지만 잠에 들지 않았다. 엄마를 뵙고 온 뒤로 전혀 잠이 오지 않았다. 넬리는 생각에 잠겼다.

몇 시간 뒤 넬리의 몸이 격렬하게 아파왔다. 넬리는 타일이 깔린 화장실 바닥에 누워 떨면서 자기가 죽어가고 있다고 확신했다. 어쩌면 여자의 심장박동은 정말 이런 일로 멈추는구나라는 생각마저 들었다. 그러자 잠시나마 다행스러웠다. 다시 토할 때는 심장이 멈출 것이고, 자비롭게도 모든 게 끝나는 모습이 그려졌다. 하지만 아침이 되었을 때는 최악의 시간이 지난 뒤였고, 넬리는 거리에 웅덩이를 만들며 내리는 일정한 빗소리에 눈을 떴다.

넬리는 조심스럽게 일어나 떨리는 손으로 싱크대를 붙잡았다. 날카로운 경련이 복부를 관통해 몸을 앞으로 접었다. 또 한 번 경련이 정점을 찍었고, 넬리는 숨을 몰아쉬며 신음을 뱉었다. 통증만큼이나 강한 안도감이 들었다.

이것이 유일한 길이라고 믿었음에도, 자궁의 진통이 멈추고 작은 통증들까지 가라앉았을 때 넬리는 흐느껴 울었다. 자신의 선택은 가장 증오하는 사람에게조차 일어나지 않기를 바라는 일이었지만, 그래도 이 선택을 할 수 있어서 기뻤다. 넬리의 뜰과 꽃들이 절박한 여인에게 준 선물에 감사했다.

얼마 후, 기운이 다 빠진 넬리는 몸을 씻고 찻잔을 닦은 다음 쑥국화의 흔적을 모두 화장실 변기에 버렸다. 그리고 화장실 창문 앞에 서서 럭키 담배를 피우며 비 오는 풍경을 구경했다. 이 비는 언제 그치려나. 넬리가 한숨도 자지 않은 침대에 작은 여행 가방을 올리고 짐을 싸는데 전화가 울렸다. 날카로운 전화벨 소리가 작은 방 안 전체를 울렸다. 넬리는 좀 더 기다렸다가 전화를 받았다.

"넬리?"

미리엄이 약간 숨이 찬 듯 말했다. 넬리는 기대감이 밀려드는 걸 느끼며 수화기를 귀에 바짝 댔다.

"넬리, 지금 당장 집에 와야겠어요."

얼마 후 넬리는 자신을 그린빌의 집으로 데려다줄 기차의 출발을 기다리며 좌석에 앉아 있었다. 모든 게 예전과 같지 않을 그린빌이었다. 넬리는 두 팔로 복부를 단단히 감싼 채 몸을 굽혔다. 산통 같은 경련이 넬리를 놓아주지 않고 있었다. 빗발은 수그러들 줄 몰랐다. 넬리는 눈물로 얼룩진 뺨을 차창에 댔고, 두 눈으로는 유리창에 긴 물줄기를 그리는 빗방울들을 좇았다.

한번은 넬리가 엄마를 도와 꽃을 심을 화단을 준비하는데 비가 내리기 시작했다. 사실 내린다기보다는 퍼붓는 쪽이었다.

"넬리야, 비가 고양이랑 개와 쏟아지려나 봐.*"

하지만 엄마는 그대로 앉아 하던 일을 했다. 세차게 내리는 비도, 곧 쏟아질 거라는 동물들도 개의치 않는 듯했다. 고양이랑 개가 쏟아진다고? 넬리는 하늘을 올려다보며 대체 뭐가 쏟아지려고 하는

* Raining cats and dogs. '비가 엄청나게 쏟아진다'는 뜻의 관용어.

지 겁을 먹은 채, 눈동자로 떨어지는 빗방울 때문에 눈을 계속 깜빡였다. 엄마는 깔깔 웃고 나서 고개를 뒤로 젖히고 혀를 내밀어 빗방울 몇 개를 받아먹었다.

"그건 그냥 표현이야, 넬리. 하늘에서는 비만 내릴 거야, 우리 딸."

안심한 넬리는 엄마처럼 고개를 뒤로 젖히고 비를 받아먹었다. 혀에 닿는 빗방울은 시원하고 달콤했다. 비는 계속 퍼부었지만 엄마는 정원 일을 계속했다.

"비가 그치고 나면 날씨가 아주 좋아진단다."

엄마의 목소리가 어찌나 절절하던지, 엄마는 마치 하늘이 그 약속을 절대로 저버리지 않는다고 믿는 것 같았다.

하지만 엄마는 험악한 하늘과는 잘 지내지 못했다. 넬리가 물이 넘치는 핏빛 욕조에서 숨이 멈춘 엄마의 몸을 발견한 날은 한 줌의 햇볕도 없이 일주일째 비가 내리던 날이었다. 정말 끔찍하게 비만 내리던 한 주였다. 여기저기서 물이 갑자기 불어났고, 사람들은 정말 급한 일이 있을 때만 무채색 우산 아래에 숨어 밖으로 나갔다. 엘시 스완이 반쯤 먹다 만 우유 한 잔(절대 다시 깨어날 수 없도록 치명적인 초록색 살충제를 넣고 저어서 에메랄드그린 빛깔을 띤)을 욕조 가장자리에 둔 채 물에 빠져 죽은 다음 날, 해가 나왔다. 강렬하고, 뜨겁고, 삶을 바꿀 만한 태양이었다. 넬리는 엄마가 했던 말을 떠올렸다. 왜 엄마는 여성에게도 선택의 방법이 있다는 진리를 믿지 못했을지 영원히 의아할 것 같았다. 태양은 언제나 돌아온다…… 당신이 그것을 기다릴 만큼 강인하기만 하다면.

37

너무 많은 시간을 혼자 보내는 주부는 남자에게 '혼자 남겨진다'는 것이 외로움을 의미하지 않는다는 걸 이해하지 못한다. 남자에게 '혼자 남겨진다'는 건 여자의 요구 사항과 통제로부터 완전히 벗어남을 의미한다. 어떤 남자는 하룻밤 시간을 내어 친구들과 볼링을 치거나 카드놀이를 하며 이 환상을 성취하기도 한다. 어떤 남자는 차고를 닫고 차를 정비하기도 하고, 어떤 이는 탐정 이야기를 읽기도 한다. 남자가 이 혼자만의 행복한 시간을 구체적으로 무엇을 하며 보내든, 이 시간을 누릴 수 있도록 신경 써주는 게 현명한 아내가 할 일이다. 남편은 때때로 속박에서 벗어나고 싶기 때문이다.

— 데일 카네기 부인 『남편의 사회적 성공을 돕는 법』(*How to Help Your Husband Get Ahead in His Social and Business Life*, 1953)

앨리스

2018년 9월 4일

"왜 어머님께서 넬리의 편지들을 보관하셨는지 알 것 같아요. 아니면 적어도 왜 부치지 못했는지."

샐리는 만능 의사 선생님이라고 적힌 머그잔 두 개에 커피를 따랐다. 몇 년 전에 의대 학생들이 선물한 머그잔이었다.

"왜죠?"

"넬리의 엄마는 넬리가 리처드를 만나기 몇 년 전에 이미 돌아가셨더라고요. 그러니까 애초에 그 편지를 받을 사람이 없었어요."

앨리스는 책을 써야 할 시간에 만든 레몬 파운드케이크 한 조각을 집어 들었다. 끈끈한 아이싱이 손가락에 묻었다.

"책을 위해 자료 조사를 하다가 플레전트빌에서 엘시 스완의 사망증서를 발견했어요. 신고인란에 엘리너 스완이라는 이름이 적혀 있더라고요."

"정말요?"

샐리는 머그잔에 크림을 넣고 커피색이 균일한 베이지 빛깔을 띨 때까지 저었다.

"알고 보니, 음독과 질식이 사인이었어요. '일시적 정신이상 상태로 인한 익사'라고 적혀 있던데 대체 무슨 말인지."

"아, 자살했다는 뜻이네요. 사인으로 '일시적 정신이상 상태'라는 말이 등장하면 자살을 완곡하게 표현한 거라고 보면 돼요. 1960년대에 자살을 처벌 대상에서 제외시키기 전까지는 자살 시도로도 감옥에 갈 수 있었거든요."

자살이라니. 넬리의 엄마는 스스로 목숨을 끊었다. 앨리스는 슬픔이 밀려왔다. 이 집을 소유했다는 것 외에는 넬리와 공통점이 거의 없는 사이인데, 타인에게 이 정도로 짙은 감정을 느낀다는 게 이

상했다. 앨리스는 넬리에게 연대감을 느꼈다. 그리고 앨리스는 편지에 적힌 내용보다 넬리에게 더 깊은 이야기가 있음을 감지했다.

"어머니가 돌아가셨는데도 왜 계속 편지를 썼을까요?"

"한 가지는 추측할 수 있겠어요."

샐리는 창밖을 내다보았다. 비가 내려 두 사람은 어쩔 수 없이 집 안에서 만났다. 6개월 전만 해도 누가 앨리스더러 나이 지긋한 이웃 아주머니와 한낮에 커피를 마실 거라고 했다면 마구 비웃었을 것이다. 하지만 이제는 샐리와 보내는 그 시간이 하루 중 가장 기다려졌다.

"어쩌면 엄마와의 대화를 그리워했을지도 몰라요."

"엄마가 그리우세요? 그러니까, 함께 대화하는 시간 같은 게?"

"그럼요. 매일요. 엄마를 혼자 남겨두었다는 죄책감에서 못 벗어나겠어요. 우리 엄마는 회복력이 좋으셨어요. 아빠가 돌아가신 다음에도 행복하게 사는 길을 찾았죠. 엄마는 충만한 삶을 사셨지만, 그래도 제가 가까이 살았다면 더 좋아하셨을 거예요. 그리고 스웨터를 떠줄 손자가 있었다면 엄청 기뻐하셨겠죠."

샐리는 웃었지만, 평소답지 않게 잠시 회한에 찬 표정이었다.

"저는 엄마랑 별로 안 친해요. 우린 너무 달라요."

앨리스가 말했다.

"어떻게 달라요?"

"상상 가능한 모든 면에서 달라요. 엄마가 낙천주의자라면, 저는 현실주의자예요. 엄마는 차를, 저는 커피를 좋아하고요. 엄마는 말랐고, 저는, 음…… 레몬 케이크를 좋아해요. 엄마는 요가가 유행하기 전부터 요가를 해왔고, 저는 뻣뻣함의 끝판왕이에요. 가끔 달리기는 하지만 그건 대부분 칼로리 소모를 위해서 뛰는 거고요."

앨리스는 빵을 한입 크게 베어 물고 눈썹을 치켜올렸다. 샐리가 킥킥 웃었다.

"엄마의 사랑을 의심하지는 않았지만. 엄마는 싱글맘이었어요."

앨리스는 어깨를 으쓱했다.

"부모 역할을 혼자 떠맡은 걸 좀 분해하는 느낌이었달까. 마치 제 인생 때문에 엄마 인생을 희생했다는 그런 느낌이요."

샐리는 그 마음을 이해한다는 듯 미소를 지었다.

"나도 자식을 낳아보지 않아서 확실히 알 수는 없지만, 엄마라는 역할은 정말 세상에서 제일 복잡한 것 같아요."

"엄마도 최선을 다하기는 한 것 같아요. 그냥 엄마는 저를 잘 이해 못 하고, 저도 엄마를 잘 이해 못 하겠어요. 하지만 우리 둘 다 그걸 잘 알기 때문에 관계는 그럭저럭 괜찮아요."

앨리스가 한숨을 쉬었다.

"아빠는요?"

"새아빠는 정말 훌륭해요. 믿음직하고, 자상하고, 정말 헌신적인 그런 남자예요. 친아빠는 제가 어릴 때 저희를 버렸어요."

샐리는 아무 말도 하지 않았다. 앨리스가 더 얘기를 이어나가거나 화제를 바꾸기를 기다려주었다. 그런데 갑자기 앨리스는 아빠 얘기를 하고 싶어졌다. 자기가 엄마를 닮지 않고 아빠를 쏙 빼닮았다는 사실이 너무 무섭다는 걸 털어놓고 싶었다.

"아빠는 두 달 전쯤 돌아가셨어요."

"정말 유감이네요. 어떤 상황이든 잘 넘기기 힘든 일이에요."

"감사합니다. 하지만 이십 년이 넘도록 아빠를 만난 적도, 얘기를 나눈 적도 없는 걸요."

앨리스는 알고 있었다. 부모가 곁에 있든 없든, 좋은 분이든 나쁜 분이든 그들은 나의 일부로 남는다는 사실을. 원하든 원치 않든 자기 안에 남아 있다는 걸.

"거의 남이었어요."

"남으로 살았다고 해도 아빠잖아요. 관계라는 건 언제나 어려워요. 특히 혈연관계는."

샐리는 앨리스에게 손을 뻗었고, 둘은 잠시 손을 잡았다.

"자, 그럼 앨리스 씨, 얘기 좀 해봐요. 책은 잘 되어가요?"

앨리스가 끙 소리를 냈다.

"잘 안 되고 있어요. 그 주제도 패스해도 될까요?"

"또 장벽에 부딪혔어요?"

"비슷해요. 정말 마음에 드는 아이디어가 생각나서 자료 조사도 하는데, 너무 진도가 안 나가서 단편이나 쓸 수 있을지 모르겠어요."

샐리는 잠시 생각했다.

"소설을 정말 쓰고 싶기는 해요?"

"그런 것 같아요. 아님 그렇다고 생각만 한 걸지도 모르죠. 잘 모르겠어요."

앨리스는 샐리를 마주보며 말했다.

"아이고, 그럼 대체 왜 하는 거예요?"

"바보 같은 짓을 해서 직장에서 해고당했는데, 남편한테 무슨 일이 있었는지 말을 안 했거든요. 남편은 교외로 이사하고 싶어 했는데, 더 이상 머리 힐에 계속 살자고 할 월급도, 변명거리도 없어졌어요. 저는 소설 쓰고 싶다는 얘기를 입에 달고 살았거든요. 그건 누구나 하고 싶어 하는 일처럼 보이기도 했고, 아기를 가지려고 노력하는 동안 몰두할 만한 다른 일이 필요했어요."

앨리스는 잠시 말을 멈추고 숨을 골랐다. 거기서 멈추지 않았다면 아마 피임 기구 대참사와 그에 대한 깊은 후회까지 다 말해버렸을지도 몰랐다. 어쩌면 아기를 갖기가 망설여지고 그것 때문에 결혼 생활을 망치고 있다는 느낌까지도. 그리고 어쩌면 네이트가 자신에게 숨기는 비밀이 생겼다는 두려움이나 그가 실은 보기만큼 좋은 남편이 아닐지도 모른다는 것까지도.

"엄마가 간단한 대답을 원한다면 절대 간단하게 질문하지 말라고 하셨는데 진짜네요."

샐리는 앨리스의 마음이 편안해지도록 미소를 지으며 말했다.

"전 늘 안절부절못하고 살아요. 마치 진짜 삶이 시작되기를 기다리는 사람처럼. 그냥 모든 게 무너져 내리고 다시 제자리를 찾을 때까지 시간만 보내는 것 같아요."

"앨리, 쓸 만한 조언을 해주고 싶은데, 나는 책을 쓴다는 것도, 결혼 생활에 대해서도, 아기를 가져야 한다는 압박감에 대해서도 아는 게 하나도 없네요. 아, 마지막 문제에 대해서는 조금 알 것도 같아요. 왜냐하면 저희 엄마도 아기를 가지라고 끝도 없이 얘기하셨거든요. 혼자서라도 낳으라고 하셨어요. 여기로 이사 와서 병원에서 일하라고, 그러면 엄마가 아기를 대신 키워주겠다면서. 심지어 동네에 괜찮은 독신남 리스트를 만들어서 새로 업데이트해가며 정기적으로 보내주기도 하셨어요. 각 독신남의 장단점까지 써서. 그 리스트 때문에 얼마나 웃었는지. 장점 칸에 멋쟁이, 단점 칸에 대머리의 조짐 같은 걸 쓰셨다니까요. 사실 그런 것들은 좋은 배우자를 찾는 데 필요한 요소들이 아닌데."

둘은 함께 웃었다. 샐리가 마저 말했다.

"엄마가 받은 가정교육, 그리고 당시 여성들은 그저 집 안에 얌전히 있어야 했고, 집 밖의 삶에서는 어떤 꿈도 가질 수 없었다는 사실을 고려해볼 때 엄마는 확실히 페미니스트였어요! 엄마가 저한테 준 최고의 선물(엄마는 훌륭한 엄마였기 때문에 많은 선물을 주셨지만)은 어떤 질문에 대한 답을 알아야 한다는 말씀이었어요."

"어떤 건데요?"

샐리는 곧게 앉아 표정에 활기를 띠고 자신의 엄마처럼 손가락을 흔들었다.

"뭐라고 하셨느냐면, 샐리, 우리가 삶을 살아가며 스스로에게 해야 할 질문은 나는 누구인가란다. 우리가 그 질문에 스스로 대답하는 게 가장 이상적이지. 하지만 다른 사람들이 자꾸만 대신 답을 하려고 난리들을 칠 거야. 절대 그렇게 하지 못하게 해!"

앨리스의 목구멍에 무언가 이물질이 걸리는 기분이었다. 앨리스는 눈물이 터져 나오려고 했다.

"그러니까 앨리스, 내가 앨리스한테 똑같은 선물을 줄게요. 앨리스가 할 일은 책 쓰기, 장미 가꾸기, 식사 준비보다 훨씬 중요한 일이에요. 그건 이 질문에 앨리스 자신의 대답이 무엇인지 찾아내는 거예요."

"저는 샐리 아주머니의 엄마를 무척 좋아했을 것 같네요."

샐리가 앨리스의 무릎에 손을 얹었다.

"우리 엄마도 앨리스를 좋아하셨을 거예요. 안절부절못하는 사람들한테 워낙 약하신 분이었거든요."

38

남편이 어쩌다가 실수했을 때는 괜찮은 조언들이 받아들여질 수 있는 좋은 기회다. 나의 조언은 용서하고 잊으라는 것이다. 더 나은 선택은 아무것도 모르는 척하는 것이다. 똑바른 길 위에서 어쩌다가 한 번씩 실수하는 것은 그가 당신을 사랑하지 않게 됐다는 의미가 아니다. 그는 예전처럼 당신을 사랑하고 있을 것이다. 어쩌면 그보다 훨씬 더 많이.

— 윌리엄 J. 로빈슨 『결혼 생활과 행복』(*Married Life and Happiness*, 1922)

앨리스

2018년 9월 23일

"뭐 먹을래? 내가 살게."

브로닌은 H&H 베이글의 작은 구석 테이블 위에 공책을 올리고 주문을 하기 위해 의자를 뒤로 뺐다. 브로닌은 앨리스에게 맨해튼에 하루 놀러 오라고 했다. 친구가 시골 사람이 다 된 것 같다며 유일한 치료법은 H&H 베이글 주입과 매니큐어라면서. 브로닌은 모든 일정을 다 짜놓았다. 결혼 피로연 장소도 가보고, 앨리스의 예전 친구 몇몇과 함께 저녁도 먹고 술도 한잔하기로 했다. 하지만 일단은 베이글부터 먹어야 했다. 브로닌은 혈당이 떨어지면 기분이 안 좋아졌다.

"맨날 먹던 걸로?"

앨리스는 오전 내내 속이 안 좋았지만 위장에 뭐라도 채워야 할 것 같았다. 아침에 커피 한 잔과 바나나 하나 먹은 게 다였으니까.

"응, 좋아. 고마워."

앨리스는 7번(깨를 뿌린 베이글에 달걀, 아보카도, 페퍼 잭 치즈) 메뉴, 브로닌은 호밀 흑빵에 훈제 연어와 양파 크림치즈를 바른 베이글을 먹고는 했다. 브로닌이 주문을 하는 동안 앨리스는 목에 건 진주 목걸이를 만지며 창밖을 내다봤다. 그녀는 검은색 바지에 물방울무늬 민소매 블라우스를 입었다. 머리는 핀으로 컬을 만들어 뒤에서 고정하고, 진주 목걸이를 했다. 브로닌은 앨리스가 진짜 멋져 보인다고—그리고 날씬하다고!—난리였다. 앨리스는 칭찬에 기분이 좋았다. 늘 입던 대로 캐주얼한 스타일이 아니라 이렇게 입기를 잘했다고 생각했다. 이사를 한 뒤로 살도 많이 빠졌다. 외식을 자주 할 수 없었고, 스트레스도 많았던 데다, 아마도 최근에 담배를 피우게 된 것까지, 이 모든 게 평소보다 한 사이즈 줄어든 이유인 것 같았다.

두 사람은 함께 베이글을 먹었다. 브로닌이 조금밖에 못 먹는 앨리스를 걱정하자, 앨리스는 괜찮다고 했다. 조용한 점심이 끝난 뒤 브로닌이 테이블 위에 양쪽 팔꿈치를 올리고 탐색하듯 친구를 바라봤다.

"앨리, 무슨 일이야?"

"뭐가?"

두 사람은 서로를 아주 잘 알았고, 브로닌은 앨리스가 아무렇지 않은 척한다는 걸 대번에 눈치챘다.

"너 말이야. 무슨 일이냐고."

"아무 일 없어, 진짜로. 글 쓰고, 정원 일하고, 요리하다 집을 홀랑 태워먹지 않으려고 노력하며 살고 있어."

앨리스는 친구를 보며 웃었고, 냅킨으로 손가락을 닦았다.

"모두 모범 주부가 해야 할 일들이지."

"야, 농담처럼 말하려는 거 알겠는데, 너 지금 농담 아니잖아."

브로닌은 손을 뻗어 앨리스의 팔을 잡았다.

"나한테 말해봐, 앨리."

앨리스는 말하고 싶은 기분이 아니었다. 진실을 캐내기 위한 대화 말고, 그냥 이 파란 하늘의 일요일과 점심을 즐기고 싶었다. 아침에 기차를 타고 나오며 앨리스는 브로닌과의 사이가 예전으로 돌아갔다고 생각했다. 자기가 사과했고, 브로닌은 용서했다. 하지만 브로닌을 본 순간 싸움의 찌꺼기가 남아 있음을 느꼈다. 마치 끈끈한 걸 엎지르고 닦아냈는데 며칠 뒤에 거기를 밟았더니 양말이 바닥에 다시 달라붙는 느낌. 둘이 포옹도 하고, 브로닌이 앨리스를 역에서 만나 "이제야 세상이 제대로 돌아가는 느낌이군!"이라고 외쳤을 때도 두 사람 사이의 근본적인 무언가가 바뀐 듯한, 그런 흥분과 외침이 오히려 전시용으로 느껴졌다.

"솔직히, 진짜 할 얘기 없어. 나 괜찮아."

앨리스는 물을 마셨다. 컵이 놓였던 자리에 동그랗게 남은 물방울들을 냅킨으로 닦으며 네이트와 드루를 떠올렸다. 앨리스는 인상을 쓰지 않으려고 노력했다.

"다 좋아, 브론. 그렇게 걱정스런 표정하지 마."

"걱정이 되는 걸. 너 뭔가가 좀 달라 보여."

"어떻게?"

"일단, 청바지를 안 입은 것도 그렇고……."

"그러니까 네가 지금 이러는 게 내 옷 때문이야?"

앨리스는 자기가 입고 나온 옷을 내려다보고 어깨를 으쓱했다.

"내 책을 위해 50년대에 빠져 사는 중이야. 일종의 자료 조사랄까. 위대한 작가들은 다 그러지 않나?"

앨리스는 자기가 이렇게 빈티지 옷을 좋아하게 될 줄 몰랐다. 빈티지 숍의 세라는 눈썰미가 좋았고, 세라가 권해주는 옷이 잘 어울리는 것 같았다. 게다가 살이 빠져서 예전 옷은 예쁘게 맞지를 않았다.

"글쎄……."

브로닌은 진주 목걸이와 머리핀을 가리키며 말했다.

"오해는 하지 말고. 다 예쁜데 그냥 너 같지가 않아."

앨리스는 두 손을 번쩍 들었다.

"아까는 예쁘다며!"

브로닌은 고개를 끄덕이며 자기가 그렇게 말하긴 했다고 중얼거렸다.

"정말 옷 때문에 이러는 것 같아?"

브로닌은 목소리를 좀 더 낮추고 아랫입술을 깨물었다. 말을 해야 하나 말아야 하나 망설일 때 나오는 브로닌의 버릇이었다.

"네이트가 네 걱정을 많이 해."

앨리스는 눈을 가늘게 떴다.

"네이트가 내 걱정을 많이 한다니, 대체 무슨 뜻이야?"

"좋아, 알았어. 다 말할게. 그래, 난 네가 너무 만나고 싶었어. 너는 너무 보고 싶고, 대런은 글루텐은 안 먹어서 나랑 H&H에는 절대 안 온단 말야. 그런데 마침 네이트한테서 전화가 온 거야. 요즘 네가 스트레스가 너무 많았다면서 너를 맨해튼에서 하루 종일 놀게 해주고 싶다고."

그러면서 '스트레스'라는 단어를 말할 때 손가락으로 따옴표를 만들어 보였다. 앨리스는 그게 자기가 말하지 않은 피임 기구와 그 때문에 일어난 응급실 소동을 의미한다는 걸 알았다.

"베이글이랑 매니큐어랑 거부할 수 없는 나의 매력으로 너를 꾀어내라고 했다고."

브로닌은 활짝 웃다가 앨리스의 표정을 보고 웃음기를 거뒀다.

"너희 둘, 정말 대단하다."

앨리스는 의자를 뒤로 확 밀고 일어나며 말했다. 의자가 끼익 바닥을 긁자 옆 테이블 사람들이 놀라서 쳐다봤다.

"뭐라고? 잠깐, 앨리. 왜 그래."

하지만 앨리스는 이미 문밖으로 나가는 중이었다. 브로닌이 숨죽여 욕을 하며 앨리스를 따라갔다. 앨리스는 왜 그렇게 화가 난 건지 말해달라고 애원하는 브로닌을 철저히 무시하며 핸드백 안을 뒤졌다.

"브로닌, 내가 한마디만 할까?"

앨리스는 핸드백을 뒤지느라 계속 고개를 숙인 채 말했다. 그러고는 마침내 휴대폰을 찾아 꺼냈다.

"그렇게 내 걱정을 할 시간에 두 사람 다 자기 걱정들이나 하셔."

"그게 대체 무슨 소리야?"

앨리스는 기도 안 찬다는 듯이 웃고 나서 브로닌의 얼굴을 똑바로 봤다.

"넌 제대로 알지도 못하는 남자랑 결혼했어. 그것도 라스베이거스에서. 왜냐! 그 남자가 너한테 안방만 한 옷장을 만들어준다고 약속했고, 넌 싱글로 사는 데 지쳤으니까. 결혼은 장난이 아니야, 브로닌. 너네 커플 최대 딱 1년 본다."

정말 잔인하고 끔찍한 말이었다. 하지만 앨리스는 도저히 참을 수가 없었다. 네이트와 브로닌이 자기를 걱정한답시고 뒤에서 이러쿵저러쿵하다니! 그런 얘기는 자기한테 직접 해야지, 왜 둘이 하냔 말이다. 내가 돌봐줘야 하는 애라도 되나?

브로닌은 한 발 뒤로 물러섰다. 상처와 충격을 받은 표정이었다.

"넌 대런에 대해 아무것도 몰라."

"그래 맞아. 몰라. 왜냐하면 넌 나한테, 네 베프한테 결혼한다는 말도 안 했거든. 내가 그 사람을 알 시간을 주기나 했어?"

앨리스는 덜덜 떨었고, 브로닌은 곧 울음이 터질 듯한 얼굴로 앨리스를 쳐다봤다.

"네이트는 자기 스터디 파트너 걱정이나 좀 하라고 해. 그 여자가 우리 결혼을 파탄 내려는 중이고, 네이트도 그 장단에 놀아나고 있으니까."

브로닌이 이마를 찌푸렸다.

"앨리, 왜 이래. 네이트는 절대 그런 짓 할 사람이 아니잖아."

앨리스가 코웃음을 쳤다.

"네가 그 인간을 얼마나 잘 알아서? 하긴, 잘 알 수도 있겠다. 너네들 둘이 나를 따돌리고 한통속이 된 것 같으니까."

브로닌이 한마디 하려는데 앨리스가 말을 막았다.

"네이트가 그 여자에 대해 나한테 거짓말을 하고 있다고. 그러니까 그 인간이 그런 짓을 할 사람인지 아닌지 나한테 말하지 마. 사람들은 놀라운 면들을 보여주고는 한단다. 그게 매번 꼭 좋은 일은 아니라고!"

"네이트는 좋은 남자야. 너희 부부는 동화책에나 나오는 로맨스처럼 살고 있고, 알아? 네이트는 너를 두고 바람피울 사람이 아니야. 절대로, 절대로."

브로닌은 앨리스의 손을 잡고 가까이 다가가려 했다.

"그 여자는 그냥 스터디 파트너라고. 그게 다야, 앨리. 없는 일을 만들어내려고 하지 마."

"너희 이 일에 대해서도 둘이 얘기 했니? 드루라는 여자에 대해서도?"

앨리스는 친구 손을 뿌리치며 몇 걸음 물러났다.

"아니! 앨리스. 그만해. 이게 무슨 말도 안 되는 짓이야."

하지만 말하는 것과는 달리 브로닌은 뭐랄까…… 긴장한 것처럼 보였다. 이 친구는 앨리스가 모르는 무엇을 아는 걸까?

앨리스는 집에 가고픈 생각뿐이었다. 점점 질 떨어지는 이 대화에서 벗어나고 싶었다. 그러고 보니 네이트는 집에서 공부하고 있었다. 아니면 그냥 그렇게 말한 것인지도. 만약 앨리스가 경고 없이 일찍 현관문을 열고 들어가면 그가 과연 혼자 있을까 생각해봤다. 만약 브로닌과 함께 그녀를 집 밖으로 불러낸 이 계획이 단순히 앨리스의 스트레스를 풀어주기 위한 것이 아니었다면? 어느 쪽이었든 앨리스는 알아야 했다.

"음, 속이 안 좋아. 베이글이 얹혔나 봐. 스파랑 다 준비해줬는데 미안해. 다른 날 다시 하자."

앨리스는 돌아서서 빨리 걷기 시작했다. 브로닌이 기다리라고 소리쳤지만 앨리스는 멈추지 않았다.

39

가장 좋은 음식은 밝고 행복한 마음으로 준비한 음식이다. 당신이 사랑하는 사람들이 가장 좋아하는 음식을 준비하는 것…… 샐러드에 파슬리를 조금 뿌리거나, 치즈를 갈아 올리거나, 근처에서 딴 산딸기로 장식하는 등 작은 노력을 하는 것. 이런 노력은 '당신이 작은 것이라도 좀 더 신경 쓰고 있다'는 표현이다. 이러한 마음가짐은 요리 과정을 즐겁고 만족스럽게 해준다. 먹기 좋은 만큼 보기에도 좋은 음식을 만들자.

—『베티 크로커의 그림 요리책 개정 확장판』(*Betty Crocker's Picture Cook Book, revised and enlarged*, 1956)

앨리스

2018년 9월 23일

"어떻게 된 거야?"

공부 중이던 네이트는 컴퓨터를 옆으로 밀고 거실 소파에서 벌떡 일어났다. 앨리스가 집을 나선 지 두어 시간 정도 흐른 뒤였다. 브로닌이 이미 네이트에게 전화했다는 걸 알 수 있었다. 네이트가 앨리스를 보고도 놀라지 않았으니까. 드루의 흔적은 없는 것 같았다. 하지만 브로닌이 전화한 다음에 빠져나갈 시간은 충분했겠지.

"감기가 오려나 봐."

앨리스는 코트를 걸고 구두를 벗었다. 그리고 책상에서 넬리의 편지들을 챙기고 노트북은 팔 밑에 꼈다.

"뭐 좀 갖다줘? 차라도?"

앨리스는 이미 계단을 오르기 시작한 다음이었다.

"그냥 좀 누워 있을게."

네이트가 뭐라고 더 말했다 해도 앨리스는 계단을 너무 바삐 올라가느라 듣지 못했을 것이다.

앨리스는 기차를 타고 돌아오는 내내 씩씩댔다. 네이트와 브로닌이 공모해서 자기를 걱정스러운 사람으로 만들고 있다는 사실에 화가 났다. 브로닌이 한 말들과 네이트가 드루에 대해 한 거짓말, 그리고 드루에게서 걸려온 전화로 생각이 탁구공 튀듯 옮겨 다녔다. 누구를 믿어야 할지 알 수 없었다.

샐리 아주머니가 부재중이라 앨리스에게는 동맹이 없었다. 자신의 좌절감과 불안감을 들어줄 선한 귀가 없었다. 앨리스는 이런 일로는 절대 엄마를 찾지 않았고, 브로닌 외의 다른 친구들은 앨리스가 그린빌로 이사 오자마자 단순한 지인 이상의 의미를 잃었다.

네이트도, 브로닌도, 드루도 생각하고 싶지 않았다. 몰두할 무언가가 필요했던 앨리스는 침대 옆에 쌓아둔 『레이디스 홈 저널』 잡지들에 손을 뻗었다. 그리고 베개에 기대앉아 읽지 않은 잡지를 넘겨보기 시작했다. 최고의 모던 가정주부가 되는 법에 대한 기사들과 광고를 열 장쯤 넘겼을까, 웬 봉투가 하나 나왔다. 잡지의 다른 지면들과 다르지 않게 누렇게 변색된 편지 봉투가 책갈피에 깊이 꽂혀 있었다. 겉봉에는 아무것도 쓰여 있지 않았다.

앨리스는 잡지를 옆에 내려놓고 봉투를 열었다. '사랑하는 엄마'로 시작하는, 넬리가 엘시에게 쓴 편지였다. 이 편지는 다른 편지들에 비해 많이 짧았는데, 반 페이지밖에 되지 않았다. 넬리가 바쁘게 써 내려간 단어들을 읽던 앨리스의 눈이 점점 커졌다. 그리고 마지막 부분을 다시 한번 읽었다. 호흡과 맥박이 정신없이 빨라졌다.

엘리너 머독의 책상에서

사랑하는 엄마,

리처드가 죽었어요.

저는 괜찮으니까 걱정은 절대 하지 마세요. 돈도 충분하고 저를 돌봐줄 좋은 친구 미리엄도 곁에 있으니까요. 엄마, 저는 혼자 사는 게 더 나을 거라고 생각해요. 엄마도 아시다시피 리처드는 제가 바라던 좋은 남자가 아니었으니까요. 엄마는 제가 좋은 남자를 만나기를 그렇게 바라셨는데. 하지만 이젠 다 끝난 일이에요.

제게 쑥국화차 레시피를 알려주신 것도 감사드리고 싶어요. 엄마가 가르쳐주신 대로 조심했어요. 마음이 찢어지는 것 같았고, 배도 너무 아팠지만 기대만큼 효과가 있었어요. 저는 자유예요. 정말 큰 축복이에요. 진실은 무덤까지 갖고 갈 거예요.

엄마를 다시 만날 때까지.

1956년 9월 15일

사랑하는 딸, 넬리 드림.

앨리스는 편지를 뒤집었지만 뒷장은 비어 있었다. 더 이상의 단서는 없었다. 앨리스는 편지를 다시 읽어보았다. 진실은 무덤까지 갖고 갈 거예요…….

무슨 이유에서인지 넬리는 이 편지를 미리엄에게 남긴 편지들과 함께 두지 않았다. 숨기고 싶어 잡지 사이에 끼워둔 게 확실했다. 그렇지만 정말 아무도 읽지 않기를 바랐다면 없앴어야 했다. 그랬다, 넬리는 이 편지를 누군가 마땅한 사람이 발견하기를 원했던 것이다. 바로 앨리스 헤일 같은 사람이. 이 편지는 오랜 시간 앨리스를 기다리고 있었다.

앨리스는 노트북을 열었다. 화면 빛이 얼굴을 밝혔다. 구글 검색창에 '쑥국화차'라고 쳤다. 검색 결과를 쭉 훑어보는데 '치유력' '소화관 병'이라는 말과 '독성' '낙태용 허브'라는 단어들이 차례로 등장했다. 앨리스는 이미 감은 잡았지만 검색창에 '낙태용'이라고 치고 이어 나온 설명에 숨을 멈췄다. 앨리스는 왜 넬리가 임신을 했지만 아기가 없었는지 깨달았다.

낙태제는 유산을 유도하는 물질이다…….

앨리스는 벌떡 일어나 노트북을 닫고 빨래 바구니의 수건들 밑에 방금 읽은 편지를 넣었다. 그리고 지하실로 향하면서 네이트 앞을 지날 때만 빨래를 하러 간다고 말하려고 잠깐 멈췄다. 네이트는 좀 괜찮은 거냐고 물었고, 앨리스는 "조금"이라고만 말하고 얼른 지하실 문을 닫았다.

어두컴컴한 지하실과 거미들의 출현에도 앨리스는 흔들림 없이 계단을 바삐 내려가 세탁기 앞으로 갔다. 빨래를 기계에 넣은 다음, 앨리스는 잡지들이 담긴 상자 앞에 쪼그리고 앉아 잡지를 한 번에 최대한 많이 꺼냈다. 그렇게 세 번 정도 반복해 전부 다 꺼냈다. 앨리스는 계단 맨 아래 칸에 앉아 잡지를 한 권씩 차례로 뒤졌다. 에너지 효율이 높은 전구를 가장 필요한 곳에 쓰는 중이었다. 자신이 무얼 찾는지도 확실치 않았다. 첫 번째 잡지에서는 아무것도 나오지 않자, 앨리스는 자신의 직감이 틀렸나 생각했다. 어쩌면 넬리는 더 이상 아무것도 남기지 않았을지도 몰랐다.

앨리스가 여덟 번째 잡지를 털었을 때, 무언가가 툭 떨어졌다. 1956년 9월호였다. 파란색과 흰색 줄무늬 치마를 입은 통통한 금발 아기가 표지를 장식한 그 잡지에서 또 다른 봉투가 나왔다. 이번 봉투는 다른 것보다 두툼했고, 가운데 부분이 단단했다. 접힌 종이 사이에 작은 카드가 들어 있었는데, 그 위에는 '엘시 스완의 주방에서'라고 인쇄되어 있었다. 앨리스는 심장이 두방망이질하는 걸 느끼며 레시피 카드를 읽었다.

카드에는 허브 레시피의 재료와 만드는 법이 적혀 있었다. 바로 스완 가문의 허브 믹스 레시피였다. 넬리의 요리책에서 종종 언급된 걸

본 적이 있었다. 레몬밤, 파슬리, 바질, 백리향, 마저럼, 세이지, 모든 허브를 동량으로 계량한다(각각 1큰술씩). 앨리스는 엘시의 필체를 알아보았다. 그러다가 넬리의 필체로 쓰인 마지막 재료를 보았을 때, 앨리스는 숨을 멈췄다.

앨리스는 떨리는 손으로 봉투 속에 접혀 있던 편지지를 펼쳐 읽었다. 넬리의 가장 큰 비밀, 무덤까지 가지고 가겠다던 그 비밀이 마침내 드러났다.

40

넬리

1956년 9월 18일

"헬렌이 마무리하게 두고, 넬리는 다리를 좀 위로 올리고 쉬어요."

미리엄이 넬리를 초록색 소파로 인도하려 했지만, 넬리는 거부했다. 저 소파에는 절대로 다시 앉지 않을 것이다. 아무리 리처드가 이 세상 사람이 아니라고 해도 그 마음은 변함없었다. 미리엄이 다시 한 번 넬리를 가만히 당기는데 햇볕에 탄 미리엄의 두 손이 넬리의 팔 위에서 살짝 떨렸다.

"넬리, 오늘 종일 힘들었을 텐데 내 말대로 해요."

"고맙습니다. 하지만 저는 괜찮아요. 누울 필요는 없어요."

식탁은 음식 접시들로 어수선했다. 사각 조각 케이크와 참치 캐서롤, 빨간 고추가 점점이 박힌 삼각 달걀 샐러드 샌드위치. 넬리는 음식을 전부 헬렌에게 싸줄 참이었다. 먹일 가족이 있는 헬렌은 분명 남은 음식을 고마워할 거였다. 다만 마사가 넬리의 레시피로 구워온 라벤더 레몬 머핀은 예외였다. 사려 깊은 마음 씀씀이에 눈물이 고인 넬리는 그 머핀만은 남기기로 했다.

리처드의 조문객들은 머독 부부의 거실에서 음식을 먹으며 뻔하고 흔한 대화들을 주고받았다. 젊은 우유 배달부가 왔다가 리처드가 셰퍼드 파이*에 머리를 처박고 소파에 쓰러져 있는 걸 발견했다는 얘기도 낮게 속삭였다.

"의사 말로는 심장마비랍니다. 무슨 일이 일어나는지 깨닫기도 전에 이미 돌아가셨을 거예요."

찰스 골드먼은 동그랗게 모인 리처드 부부의 이웃과 친구들에게 작은 소리로 말하며 짙은 색 머리를 손으로 쓸어 넘겼다. 머리카락 사이사이 흰머리가 눈에 띄었다. 정말 끔찍하네요! 가엾은 넬리! 그들의 동정에 넬리는 별 관심이 없었다. 리처드의 때 이른 죽음의 진실을 알게 된다면 그들은 뭐라고 할까? 넬리가 남편을 위해 만들고 간 셰퍼드 파이, 그 파이에 리처드는 홈메이드 허브 믹스를 양껏 뿌려 먹었다.

넬리는 리처드가 제일 좋아하던 안락의자에 앉아 여자들이 모여 떠드는 얘기를 들었고, 그들의 남편들이 얼굴을 찌푸리고 얼음이 든 술잔을 흔드는 모습을 지켜보았다.

넬리의 상황은 특히 더 비극적이었다. 곧 아기가 태어날 텐데 아빠 없이 자라야 하다니. 여자들은 그것을 치명적인 약점이라 생각했다. 누군가 젊고 아름다운 넬리는 재혼할 사람을 찾을 수 있지 않겠느냐고 말했을 때 대화는 더 활기를 띠었다. 아내를 잃은 노먼 우드로가 나설 수도 있지 않을까?

모두가 넬리가 임신 중이라고 믿었다. 심지어 미리엄까지도. 넬

* 으깬 감자 안에 다진 고기를 넣어 구운 파이.

리는 일주일을 더 기다릴 생각이었다. 그리고 리처드의 갑작스러운 죽음과 슬픔 때문에 유산했다고 말할 생각이었다. 그러면 또 몇 주간 캐서롤 접시가 배달되겠지. 동네 여자들은 넬리를 동정하며 수군거릴 것이다. 넬리가 못 들을 거라고 생각하며 쑥덕거릴 테지. 그럼 이제 넬리는 누구지? 엄마도 아니고, 리처드 머독의 아내도 아니면?

"나는 누구지?"

넬리는 아무도 들을 수 없는 작은 소리로 속삭였다.

"나는 생존자야."

· · ·

넬리는 떨리는 손으로 럭키 스트라이크를 한 개비 꺼내 불을 붙이고 첫 번째 연기를 손으로 날려 보냈다. 미리엄은 걱정스러운 눈으로 넬리의 얼굴을 살피며 맞은편 의자에 앉았다.

"넬리, 뭐 필요한 거 없어요?"

"걱정해주셔서 감사합니다. 하지만 괜찮아요."

넬리는 담배를 오래 깊이 빨았다.

"괜찮은 거 알죠. 나도 알아요."

미리엄은 입을 꼭 다물고 손으로 무릎을 꽉 잡았다.

"헬렌이 집에 갈 때까지 옆에 있어주세요."

눈 밑이 시커멓게 패고 심하게 수척해진 넬리는 무척 피곤해 보였다. 미리엄에게는 엄마를 보러 갔을 때 몸이 안 좋았다고 말했다. 임신 초기에 그렇듯이 아기가 자라느라 그런 것 같다고 했다. 넬리는 훨씬 좋아졌다고 말했지만, 아이스티와 담배 빼고는 아무것도 목으로 넘기지 못했다.

"당연히 그래야죠."

미리엄이 검은색 스커트 위로 넬리의 무릎을 토닥이며 말했다.

"헬렌한테 저녁으로 수프를 좀 끓여달라고 할게요. 우리 같이 먹어요."

넬리는 고개를 끄덕였다. 그리고 담배를 다 피우자마자 새로 불을 붙였다.

"엄마한테 편지를 쓰고 싶은데. 편지지 좀 갖다주시겠어요? 책상 첫 번째 서랍에 있어요. 그리고 부엌에 있는 제 요리책도요. 엄마에게도 알려주고 싶은 레시피가 있어서요."

"그래요."

미리엄은 넬리가 부탁한 것들을 모두 건네주고 말했다.

"뭐든 또 필요하면 불러요. 난 부엌에 있을 테니까."

곧 낮은 허밍 소리가 물 흐르는 소리, 접시 쌓는 소리와 함께 들려왔다. 미리엄은 오랫동안 넬리를 혼자 놔두지 않을 게 분명했다. 넬리는 서둘러 편지를 쓰기 시작했다. 엄마에게 부치는 마지막 편지였다.

엘리너 머독의 책상에서

사랑하는 엄마,

엄마가 절대로 적어서는 안 된다고, 우리의 비밀은 입으로만 전해져야 한다고 하셨지만 저에게는 앞으로 비밀을 속삭여줄 딸이 없을 거예요. 그래서 저는 마지막 재료를 레시피 카드에 적어뒀어요.

후회는 없어요. 그가 다시는 저를 해치지 못하게 하려면 그 방법밖에는 없었어요. 어찌 보면 정말 쉬운 방법이었어요. 저는 과부가 되었지만 괜찮아요. 혼자인 것보다 훨씬 힘든 상황도 있다는 걸 알게 되었으니까요.

엄마가 제게 가르쳐주신 것과, 언젠가 저의 정원에 가져다가 꼭 심으라고 하셨던 아름다운 디기탈리스도 감사해요. 그 꽃은 사슴을 저지하는 데에만 쓰이기를 바랐는데. 하긴, 저의 기분을 북돋아줄 예쁜 꽃이기도 했어요! 리처드가 좋은 남편일 거라 믿었지만 속아버렸죠. 아, 남자들은 정말 단순한 유형으로 보이는데. 훌륭한 남자들도 있겠지만 더 이상 확신을 가질 수 없을 것 같아요.

곧 또 찾아뵐게요. 달리아들이 계속 꽃을 피우고 있어요. 여름의 끝자락에 기분 좋은 놀라움을 선사하는 꽃이죠.

1956년 9월 18일

사랑하는 딸, 넬리 드림.

넬리는 편지를 다 쓴 후 요리책 앞부분에서 레시피 카드를 뺐

다. 여러 해 전, 엄마가 죽기 직전에 넬리에게 준 카드였다. 카드 맨 아래에 메모를 적고 편지와 함께 접어 봉투에 넣었다. 봉투를 봉한 다음『레이디스 홈 저널』잡지 최신호 사이에 깊숙이 꽂아 넣었다. 나중에 1956년 9월호를 포함해서 이 잡지들과 요리책을 함께 상자에 넣어둘 것이다. 넬리에게는 필요하지 않았다. 더 이상 누군가를 위해 저녁을 만들 필요가 없어졌으므로. 게다가 넬리가 좋아하는 레시피들은 이미 머릿속에 있었다.

갓 내린 커피와 수프를 들고 거실로 돌아온 미리엄이 편지를 다른 편지들과 함께 보관해주기를 원하는지 물었다. 자신의 서랍장 속에 보관 중인 넬리의 편지 뭉치에 대해서는 별말이 없었다. 왜 편지를 쓰기만 하고 보내지 않느냐는 질문도 없었다.

"그냥 나중에 쓰기로 했어요. 고맙습니다."

넬리는 요리책을 덮고 무릎 위에 올리며 말했다. 미리엄은 고개를 끄덕이고 수프를 먹기 시작했고 넬리는 커피를 마셨다. 거실은 조용했고, 둘 다 고요 속에서 생각에 잠겼다.

41

남편과 다투지 말라. 손뼉도 마주쳐야 소리가 난다는 걸 기억하자. 그중 한쪽 손이 되지 말자. 연인 간의 사랑싸움은 괜찮을지 몰라도 부부 싸움은 뒤에 쓴맛을 남기는 법이다.

— 블랑쉬 에버트 『아내가 남편에게 꼭 지켜야 할 11가지 에티켓』(1913)

앨리스

2018년 9월 24일

월요일 아침, 앨리스는 손님방에서 눈을 떴다. 온 집 안에 조용한 햇살이 가득 찰 때까지 늦잠을 잤다. 아직도 화가 풀리지 않아 네이트와 같이 자기 싫었다. 남편이 스터디 파트너와 바람을 피우고 있을지도 모른다는 의심이 들 때(어쩌다가 일이 이 지경까지 갔지?) 보통 일을 어떻게 처리하는지도 알지 못했다. 앨리스는 남편을 멀리하는 진짜 이유를 밝히기보다 대충 둘러댔다. 몸이 안 좋은데 큰 시험을 앞둔 네이트에게 옮길까 봐 걱정이 된다고. 네이트는 그 구실을 믿고 넘어가야 할지 망설이는 눈치였지만, 진짜 이유가 뭐든 그걸 풀고 파헤치기에는 너무 지쳐 보였다. 앨리스는 시리얼 한 그릇을 먹고 네이트에게 배고프면 마카로니 앤 치즈를 찾아 먹으라 하고는 새로 발견한 편지와 레시피 카드를 잡지 안에 숨겨 팔 밑에 낀 채 다시 자러 갔다.

앨리스는 네이트가 출근한 다음에 일어났기 때문에 네이트가 밤을 어떻게 보냈는지 알 수 없었다. 앨리스는 밤새 뒤척거리다 아침을 맞았다. 전날 오후에 발견한 사실 때문에 마음이 크게 동요해서 밤새 잠을 못 잤지만, 무너지기 시작한 부부 관계를 잊고 집중할 무언가가 생긴 게 차라리 다행스러웠다. 지칠 대로 지친 피로감과 함께 앨리스는 자기 생각이 맞았다는 기쁨도 느꼈다. 먼저 본 편지들에서는 드러나지 않았지만, 넬리 머독에게는 뭔가가 더 있었다. 그건 앨리스가 책을 쓰기 위해 필요로 하던 거였고, 자신이 무슨 이야기를 쓰고 싶은지 분명하게 알 수 있었다.

앨리스는 서둘러 샤워를 하고 옷을 챙겨 입었다. 그리고 버터와 잼을 바른 토스트 한 쪽과 커피를 준비해서 노트북 앞에 앉았다. 몸이 에너지로 충만했고 머릿속에는 아이디어가 넘쳤다. 손가락도 키보드 위에서 달릴 준비가 되어 있었다. 마침내, 마침내, 몇 쪽을 써낼 의욕이 생겼고 신나게 써 내려갈 일만 남아 있었다. 그런데 첫 글자를 겨우 쳤을 때 휴대폰이 울렸다.

"여보세요?"

앨리스는 계속 키보드를 두드리기 위해 휴대폰을 스피커로 돌리고 눈을 화면에서 떼지 않았다.

"앨리스 씨?"

"네, 누구시죠?"

앨리스는 빨리 다시 하던 일로 돌아가고 싶어 조바심이 났지만, 들어본 목소리 같아 휴대폰 화면을 확인했다.

"저 베벌리 딕슨이에요, 공인중개사요."

"아, 베벌리 씨, 안녕하세요. 무슨 일이시죠?"

앨리스는 갑자기 방해꾼이 나타났다는 사실이 짜증스러웠다. 아마도 추천서나 소개가 필요한 거겠지.

"오늘 아침에 네이트 씨가 연락이 안 되는데, 제가 매물을 확인해야 해서 혹시나 하고 걸어봤어요."

앨리스의 손가락이 그대로 멈췄다. 앨리스는 미간을 모으고 휴대폰의 스피커를 끈 다음 귀에 갖다댔다.

"무슨 매물이요?"

"지금 사시는 집이요. 목요일까지는 올려야 하는데, 네이트 씨가 교체했다는 가전이 어떤 거였는지 도통 기억이 안 나서요. 오븐이었나요, 냉장고였나요?"

"둘 다 아닌데요."

앨리스는 숨이 막히는 느낌을 받으며 일어났다.

"그래요? 그럼 다른 집이랑 제가 헷갈렸나 보네요. 괜찮아요. 그럼 그대로 적어둘게요…… 자, 됐습니다."

앨리스는 약간 어지러워지며 숨이 가빠졌고, 곧 기절하는 게 아닌가 싶어 쪼그리고 앉았다.

"좋습니다, 다 됐고요. 앨리스 씨, 통화가 되어서 너무 좋네요! 네이트 씨께도 편하게 연락하시라고 전해주세요. 오후랑 저녁때는 집 보여줄 일이 있어서 나가기는 하는데, 질문 있으면 문자 남겨놓으시면 돼요. 그럼 제가 바로 연락드린다고요."

"네, 감사합니다."

앨리스는 아예 누웠다. 한 손을 이마에 얹고 대체 무슨 일이 일어난 건지 가늠하려고 애를 써보았다.

"지금은 이렇게 인사드리고요, 집 보여주는 날을 잡아야 하니까 곧 다시 전화드릴게요. 캘리포니아로 갈 준비를 하시려면 일이 너무너무 많으시겠어요. 네이트 씨가 새로운 직장을 잡으셨다니 얼마나 좋은 일인가요! 두 분 모두에게 그렇죠! 저는 늘 서핑을 배우고 싶었는데 지구온난화랑 해수 온도 상승 때문에 상어 떼가 해안에 아주 가까이 들어온다는 거예요, 그래서……"

"이만 전화 끊어야겠어요."

앨리스는 인사도 없이 전화를 끊어버렸다. 여전히 바닥에 누운 채, 앨리스는 천장이 머리 위에서 돌아가는 걸 지켜보고 있었다. 천장의 금이 게으른 환풍기처럼 돌아갔다. 앨리스는 두 눈을 감고 손을 배 위에 올려 몇 번 깊은 호흡을 했다. 그리고 벌떡 일어나 앉아 현기증이 가라앉기를 기다렸다.

"네, 정말 급한 일이에요. 미팅에서 잠깐만 불러내주실 수 있을까요?"

앨리스는 들쑥날쑥해진 손톱을 물어뜯었다. 그리고 휴대폰을 귀와 어깨 사이에 끼우고 담뱃갑에서 담배를 한 개비 꺼내 담뱃대에 꽂았다. 불을 막 붙이려는 순간 네이트가 전화를 받았다.

"앨리, 무슨 일이야?"

네이트는 당황스럽고 걱정스러운 목소리였다.

앨리스는 울기 시작했다. 하지만 눈물은 나지 않았다.

"왜 그래? 괜찮은 거야?"

"부엌이…… 네이트, 어떡해. 정말 끔찍했어."

앨리스는 뭐라고 되는 대로 더 지껄인 다음에 담배를 한 모금 빨았다.

"진정해. 심호흡을 좀 해봐. 부엌이 왜?"

"오븐에서 불이 났어! 내가 바꿔야 한다고 말했잖아. 몇 주 전부터 그랬다고!"

이제는 거의 히스테리를 부리는 수준이었다.

"이런 젠장…… 세상에. 괜찮은 거야? 다쳤어?"

"괜찮아. 한쪽 손을 데기는 했는데 심하지 않아."

네이트가 떨면서 숨을 내쉬었다.

"병원에 가봐야 할 것 같아? 샐리 아주머니는 집에 계셔?"

"친구 만나러 하트퍼드에 가셨어. 괜찮아. 얼음을 대고 있어."

앨리스는 멀쩡한 손을 살펴보았다.

"잘했어. 부엌은 어때? 얼마나 안 좋아?"

"많이."

앨리스는 속삭이듯 말하고 있었다. 그리고 담배를 한 모금 더 빨기 위해 잠시 멈췄다.

"집에 올 수 있어? 미팅 중인 건 알아, 이러는 거 미안한데……"

"지금 바로 갈게. 물건만 좀 챙기고. 아…… 다음 기차를 탈 수 있을 것 같아. 만약에 놓치면 우버를 타고 갈게."

"그렇게 서두를 거 없어. 그냥 기차 기다렸다가 타고 와. 나 괜찮으니까. 소화기로 불 껐는데 오븐 뒤 벽은 다 시커매."

앨리스는 훌쩍거리며 말했다.

"아, 어떡하지……."

네이트의 목이 잠겼다. 아마도 이 순간에도 이 집을 ― 앨리스의 집을 ― 목요일에 어떻게 매물로 올리나 생각 중인지도 몰랐다. 앨리스는 자신이 이렇게 연극을 한다는 것에 아주 약간 죄책감을 느끼다가 조금 전 베벌리와의 대화를 기억했다. 네이트가 캘리포니아에 새 직장을 잡고 자기에게는 말도 하지 않았다는 사실을.

"당신이 괜찮으면 된 거야. 나머지는 다 손보면 되니까."

"그래, 맞아."

앨리스는 마지막으로 담배를 한 모금 더 빨았다.

· · ·

한 시간 반 뒤, 네이트가 전력 질주하듯 집으로 돌아왔을 때 앨리스는 정원에서 새로 심은 꽃 주변의 흙을 토닥이고 있었다.

"앨리, 어디 있어?"

네이트가 소리쳤다.

"여기, 밖에!"

앨리스가 큰 소리로 대답했다. 마당에 있는 앨리스의 소리가 들릴 수 있도록 뒷문은 열어두었다. 꽃을 다 심은 다음 앨리스는 일어서서 무릎에 묻은 고동색 흙을 털어냈다. 잠시 후 네이트가 문밖으로 나와 계단을 내려왔다.

"부엌이 멀쩡한데?"

네이트는 당황하기도 하고 안도하기도 한 것 같았다. 앨리스는 자기가 괜찮은지 확인하기 전에 네이트가 부엌부터 확인하고 왔다는 사실을 놓치지 않았다. 가슴에 크로스로 멘 메신저 백은 정원을 가로질러 몇 걸음 뛰어오느라 엉덩이 쪽으로 돌아가 있었다.

"어디 손 좀 봐봐."

앨리스는 정원용 장갑을 뺀 다음 한쪽 손을 내보였고, 네이트가 손바닥을 볼 수 있게 뒤집었다.

"화상은 어디 있는 거야?"

네이트가 다친 곳을 찾으려고 앨리스의 손을 계속 뒤집으며 물었다. 그리고 혼란스럽다는 듯 이마에 주름을 만들며 앨리스를 쳐다봤다. 앨리스는 손을 뺀 다음 장갑을 도로 꼈다.

"아까도 말했지만 난 괜찮아."

네이트는 잠시 그냥 서 있다가 입을 열었다.

"앨리스 헤일, 대체 이게 무슨 짓이야?"

네이트가 앨리스의 이름을 줄이지 않고 제대로 갖춰 부르는 일은 거의 없었다. 어딘가 형식적이고 이상하게 들렸다.

"늦여름 꽃 심기를 좀 하는 중이야."

앨리스는 새로운 꽃을 가리키며 말했다. 그 꽃은 옥잠화를 호위하는 병사처럼 늠름하게 서 있었다.

"사슴들이 우리 집 정원을 무슨 뷔페처럼 드나들고 있잖아."

네이트가 꽃을 보았다. 대롱 모양의 꽃들이 녹색 줄기에 달려 있었다. 네이트는 이 꽃이 왜 이렇게 낯이 익은가 기억해내려고 애썼다.

"디기탈리스야."

앨리스는 삽을 들어 흙을 고르고 뒤로 좀 물러나서 자신의 작품에 감탄했다.

"오늘 아침에 원예용품점에 가서 사 왔어. 더 화사한 색을 사고 싶었는데, 거기 계신 분이 이 캐멀롯 크림색이—그게 이 색 이름이야—11월까지 꽃을 피운다잖아. 정말 대단하지."

"하지만…… 당신이 디기탈리스는 독성이 있다고 했잖아. 그래서 다 뽑았고. 왜 다시 심은 거야?"

네이트는 완전히 당황한 눈치였다.

"내가 말했잖아. 사슴들이 우리 옥잠화를 다 먹어버린다고."

앨리스는 차분하게 말했다.

화가 난 네이트는 씩씩대며 메신저 백을 목 위로 힘겹게 벗겨낸 다음 바닥에 내동댕이쳤다.

"도대체 왜 이러는 거야?"

"베벌리 씨가 전화했어."

그 말에 네이트가 잠잠해졌다. 분노로 뻘겋던 얼굴이 잿빛으로 변했지만 광대 부분의 홍조는 그대로 남아 있었다.

"뭐라고?"

"베벌리 딕슨 알지? 우리 공인중개사?"

앨리스는 갈퀴와 삽을 창고에 넣고 문을 닫은 다음 자물쇠에 빗장을 걸었다.

"매물을 올리려는데, 냉장고랑 오븐 중에 뭘 바꿨는지 기억이 잘 안 났나 봐. 하지만 걱정 마. 내가 확실하게 알려줬으니까."

네이트는 고개를 푹 숙이고 두 손을 허리에 올린 채 숨을 깊이 들이마셨다.

"내가 설명할게."

"사슴이 정원을 마음대로 뛰어다니는데, 나는 임신을 하지도 않았고, 게다가 우리는 곧 캘리포니아로 이사 갈 거라며. 그러니까 설사 아기가 생겼다 해도 이 꽃이나 잎을 따먹지 못할 거고. 그래서 디기탈리스를 다시 심어도 되겠다 생각했어. 이 집을 사는 사람한텐 메모를 남기면 되지. 독성이 있기는 하지만 사슴을 막아주는 꽃이라고."

"이런 세상에. 당신이 이런 식으로 알게 되기를 바라지 않았는데."

네이트의 목소리가 죄책감으로 무거워졌다. 앨리스가 날카롭게 폭소를 터뜨렸다.

"그랬어? 엿 먹어 네이트. 난 아무 데도 안 갈 거니까."

앨리스는 장갑을 그에게 집어 던지고 집 안으로 성큼성큼 들어갔다.

42

바가지를 긁는 것은 아주 파괴적인 정서적 질병이다. 만약 당신도 그러는지 의심이 된다면 남편에게 물어보라. 그가 당신도 바가지를 긁는다고 대답한다면 격렬하게 부인하지 말자. 그러면 남편 말이 맞다는 걸 입증해줄 뿐이니까.

— 데일 카네기 부인 『남편의 사회적 성공을 돕는 법』(*How to Help Your Husband Get Ahead in His Social and Business Life*, 1953)

앨리스

2018년 9월 27일

네이트의 노력에도 불구하고 네이트와 앨리스는 사흘 내내 말을 하지 않았다. 각자 다른 방에서 잠을 잤고, 밥도 따로 먹었다. 두 사람은 서로를 피해 다녔다. 어색하고 불편한 일이었지만 앨리스 입장에서는 꼭 거쳐야 할 과정이었다.

목요일 아침, 앨리스가 노트북으로 글을 쓰는데 베벌리의 메일이 도착했다. 집을 매물로 올렸다는 내용이었다. 벌써 관심을 보이는 분들이 계셔서 집 보여줄 날짜를 의논해야 할 것 같아요.

앨리스는 메일을, 그리고 매물로 올라온 집을 한동안 노려보았다. 분명 최근에 찍은 것으로 보이는 집 사진들이 올라와 있었다. 벽지를 떼어낸 벽과 새로 칠한 현관문, 수리가 끝난 진입로, 베이지색 사무 공간(예전 아기방) 사진들을 앨리스는 보며 네이트가 어떻게 자기가 모르는 사이에 이 모든 걸 다 해냈을까 감탄했다. 분노가 차오르기 시작했고, 결국 참을 수 없던 앨리스는 네이트에게 전화를 걸었다. 장하게도 네이트는 바로 전화를 받았다.

"왜 베벌리가 나한테 우리 집을 매물로 올렸다고 메일을 보내는 거야? 내가 말했잖아, 난 이사 안 간다고. 베벌리한테도 그렇게 말했어. 근데 당신은 다른 계획이 있나 보네?"

네이트가 옆 사람에게 뭐라고 말하는 것 같았지만, 손으로 휴대폰을 막았는지 내용은 들을 수 없었다.

"앨리, 그 집은 팔 거야."

문 닫히는 소리가 들렸고 그와 동시에 사무실 소음이 사라졌다.

"앨리, 나 진짜 전화로 이런 얘기하고 싶지 않았어. 그런데 지난 며칠 동안 당신은 나랑 같은 공간에 있는 것도 싫은 것 같더라. 그러니까 잘 들어."

앨리스는 담배에 불을 붙였다. 창문 따위는 열 생각조차 하지 않았다. 담배를 든 손이 덜덜 떨렸다. 앨리스는 담배를 빨기 위해 떨리는 손을 입가로 가져왔다.

"네이트, 드루 때문에 이러는 거야?"

"뭐라고?"

앨리스는 초조하게 연기를 뿜어냈다.

"이게. 다. 드루. 벡스터. 때문이냐고?"

"앨리, 도대체 이게 무슨 소리……"

"그 여자는 당신이 유부남이라는 사실은 안중에도 없는 거야? 당신은 어때?"

"아니 대체 무슨 소리를 하는 거야?"

"내가 무슨 말을 하는지 아주 잘 알 것 같은데?"

앨리스가 코웃음을 쳤다. 무언가 다른 감정이 끓어오르며 그녀의 분노를 삼켰다. 두려움이었다. 네이트 옆에 얼씬도 하기 싫었지만 앨리스에게는 네이트가 필요했다.

"그 여자랑 잤니?"

네이트가 헉 소리를 냈다.

"앨리? 미쳤어? 정말로 내가 바람을 피운다고 생각하는 거야? 드루랑?"

"그날 그 여자가 당신한테 전화한 거 알아. 당신은 나한테 롭이라고 했지. 그러니까 그렇게 당당할 거 없어. 나한테 거짓말했잖아."

네이트가 한숨을 쉬었다. 전화를 통해 그의 좌절감이 전달됐다.

"롭이라고 한 건 그날 당장 말을 꺼내고 싶지 않아서였어. 제임스 도리언 사건 얘기를 하는 중이었잖아. 당시에는 타이밍이 아닌 것 같았어."

"그게 당신 애인의 안부 전화가 아니면 뭐였는데?"

"앨리, 그만해."

네이트도 화가 나 있었다. 좋아. 적어도 그는 앨리스를 진지하게 대하고 있었다.

"나는 절대로…… 아, 세상에. 당신 진짜 나를 그런 남자로밖에 안 보는 거야?"

앨리스는 어깨를 으쓱했다. 네이트가 자기를 볼 수 없다는 것도 잊고 있었다.

"드루랑 나랑 둘 다 LA 지사 자리에 제안을 받았어. 하지만 확실해질 때까지 당신한테 말 안 하고 싶었어. 그리고 그날 오후에 드루가 전화를 한 건, 드루 어머님이 암 치료를 받고 계신 중이라 뉴욕을 떠나는 게 너무 걱정된다고 한 거야. 우린 그날까지 결정을 해야 했고, 드루가 결정을 할 수 있도록 돕고 있었다고. 드루는 내 친구야. 그뿐이야."

드루에 대한 얘기가 진실인지는 확실히 알 수 없었지만 네이트는 다른 면에서도 앨리스를 배신했다. 일방적으로 이 땅의 반대편 일자리를 수락하고 앨리스는 그냥 순순히 따라오기를 바라다니.

"당신 마음대로 결정을 내린 건 대체 언제야?"

잠시 정적.

"일주일 전에 수락했어."

"나한테 먼저 의논도 없이?"

앨리스가 부르르 떨며 담배를 비벼 껐다. 속이 안 좋았다.

"나한테 왜 이래? 우리한테 왜 이러는 거야?"

"앨리, 내 말 들어봐."

네이트의 목소리가 한층 부드러워졌다. 그는 자기를 이해해달라고 애원하다시피 말했다.

"이건 엄청난 승진이야. 돈도 훨씬, 정말 훨씬, 많이 받을 거고, 거기다 시험까지 통과하면 월급은 더 올라. 내가 내 팀을 꾸릴 수 있게 된다고! 그리고 타이밍도 좋잖아. 우린 막 이사했고, 당신은 어디에서나 글을 쓸 수 있고, 아기는 거기 가서 정착한 다음에 가져도 되고."

아기를 가져? 앨리스는 두 눈을 질끈 감고 두 손에 이마를 묻었다.

"어머님이랑 스티브도 가까이 계시니까 도와주실 수 있고. 솔직히 말해서 난 당신이 안심할 줄 알았어."

"안심해?!"

"당신 돈 때문에 스트레스 받았잖아. 이 집이 계속 돈을 잡아먹는다고. 여기로 이사 오는 것도 너무 힘들어했고. 이해해. 엄청난 변화니까."

네이트는 잠시 말을 멈추고 숨을 골랐다.

"요즘 들어 우리 사이도 예전 같지 않아서, 이사를 하면 우리 다시 괜찮아지지 않을까 생각했어."

앨리스가 한숨을 내쉬었다.

"언제까지 LA로 가야 하는데?"

"10월 말."

네이트의 목소리가 가라앉아 있었다. 후회하는 마음이 전해졌다. 10월 말이면 한 달 반밖에 남지 않았다.

"시험 끝나자마자. 회사에서 비용은 다 대줘. 이사 전문 업체를 고용해서 짐 싸는 것도 다 해줄 거야. 그러니까 당신 혼자 해야 할 일이 아니야."

닥쳐, 네이트.

"내가 안 가고 싶다면?"

네이트는 격분해서 씩씩댔다.

"대안이 뭔데? 여기, 그린빌에 혼자 남겠다고? 나는 이 집이랑 LA에 또 다른 집을 다 유지할 능력이 안 돼. 그러니까 어쩌려고? 더 빨리 말했어야 하는 거 알아. 하지만 이건 우리에게 좋은 일이야. 진짜 성공이 코앞이라고."

성공해서 뭘 할 건데? 앨리스는 샐리의 질문을 생각했다. 나는 누구인가? 불안정하기 짝이 없는 실업자 작가, 평범한 주부, 남편의 야망에 맞춰 사는 것 말고는 대안이 없는 여자. 앨리스는 질문의 답 때문에 속이 울렁거렸다.

네이트는 말을 멈추고 기다리고 있었다. 앨리스가 다 괜찮다고, 지금까지 말해주지 않은 걸 용서한다고, 돈이 중요하다는 걸 이해한다고, 회사에서 그의 성공이 중요한 것도 마찬가지로 이해한다고 (어쨌든 이 집안의 밥벌이를 하는 건 네이트였으니까), 그러니 더 많은 걸 원하는 그를 탓하지 않는다고 할 때까지. 우리는 한 팀이니까. 그게 네이트가 바라는 대답이었다. 우리는 함께이니까.

"7시 반까지 저녁 준비할게. 늦지 마."

앨리스는 전화를 끊었다.

· · ·

앨리스는 계획을 세우며 남은 하루를 보냈다. 그리고 7시 20분, 네이트가 현관문을 열고 들어섰을 때는 모든 준비가 끝난 뒤였다.

앨리스는 폭찹과 으깬 감자, 샐러드로 간단한 저녁을 준비했고, 와인을 한 병 딴 채로 두는데 네이트가 부엌 문 앞에 와서 섰다. 앨리스를 힐끗 보고 무언가 변화를 감지한 네이트의 얼굴에 희망이 피어났다.

"와서 앉아."

앨리스는 와인을 따르며 말했다. 네이트는 포마이카 식탁 맞은편에 앉아 앨리스가 내미는 와인 잔을 받았다.

"일단, 내가 정말 화났다는 걸 알아줬으면 해. 이건 중요한 문제야. 그런데 나랑 상의도 없이 일자리를 승낙했다는 게 믿기지 않아."

"알아, 다시 한번 말하지만, 미안해."

네이트는 그렇게 말하고 차분히 덧붙였다.

"요즘 들어 우리 둘 다 서로에게 솔직하지 못했잖아, 안 그래?"

희미한 담배 냄새가 거실에 떠돌았다. 네이트가 그걸 감지하지 못했을 리 없었다. 앨리스는 끊으려 했지만 그즈음에는 담배가 너무나도 절실했다. 언젠가는 끊으리라.

앨리스는 네이트의 말에 아무 반응을 보이지 않았다. 맞는 말이었다(굳이 따지자면 앨리스가 거짓말을 더 많이 했다). 하지만 그 얘기는 하고 싶지 않았다. 싸움으로 이어질 게 뻔했으니까. 그보다는 일단 직면한 문제를 푸는 것에 집중해야 했다.

"오늘 생각을 좀 해봤어. 내가 원하는 게 과연 뭔지. 그래서 당신한테 제안을 하나 하고 싶어."

네이트가 눈썹을 치켜올렸다. 궁금하면서도 경계하는 표정이었다.

"듣고 있어."

"오늘 전화를 몇 통 돌렸는데, 그중에 메건 툴리라고 출판 에이전시에서 일하는 친구, 기억하지?"

네이트가 고개를 끄덕였다.

"내 책의 아이디어를 얘기했더니 관심을 보였어. 정말 진지하게 관심이 있다고 했어. 아이디어가 진짜 좋아서 그런 책이라면 당장 달려들 편집자가 대여섯 명 정도 바로 떠오른다고."

"그래, 그건 진짜 좋은 소식이네."

네이트는 차분하게 말했다.

"맞아."

긴장한 앨리스는 가만히 앉아 있는게 힘들어서 폭찹을 꺼내기 위해 오븐 쪽으로 걸어갔다.

"생각해봤는데…… 나한테 6개월만 시간을 줘. 그럼 책을 다 쓰고 메건이 팔아줄 거야. 잘되면 책 계약금을 받을 테니 이 집 비용에 보탤 수 있겠지. 출판하고 나면 또 저작권료가 들어올 거고. 만약 책이 안 팔리면 자기를 따라 LA로 갈게."

앨리스는 고기를 접시에 담느라 네이트의 표정을 보지 못했다. 네이트의 호기심 어린 표정은 어느새 믿을 수 없다는 얼굴로 바뀌어 있었다.

"어때?"

앨리스는 두 사람 앞에 접시를 놓으며 물었다. 그리고 마침내 네이트의 표정을 본 앨리스는 심장이 쿵 떨어지는 느낌을 받았다.

"앨리, 나는 그 자리를 승낙했어. 계약서에 서명했다고. 이미 결정된 일이야."

"하지만 돈 때문에 그러는 거잖아. 몇 달만 있으면 - -길어야 1년 안에 —나도 벌 수 있다니까. 당신 혼자 다 짊어지지 않아도 된다고."

앨리스는 의자를 뒤로 빼고 식탁에서 물러났다. 입맛이 뚝 떨어졌다.

"승진을 좀 유예해달라고 해봐. 회사에서는 당신을 좋아하고, 당신 일 잘하잖아. 몇 달 후에 간다고 하면 자리를 비워둘 거야."

"아니, 그렇지 않아."

네이트는 믿을 수 없다는 말투였다.

"좀 일찍 이런 제안을 했다면 모를까. 6월이나 7월쯤. 그때라면 가능했을 수도 있어. 하지만 지금 와서? 앨리, 너무 늦었어. 우린 가야 해."

"너무 늦어? 아무것도 모르고 있었는데 내가 어떻게 제안을 해? 캘리포니아는 수천 킬로미터는 떨어진 곳이라고."

네이트는 팔짱을 끼고 목소리를 높였다.

"대체 뭘 기준으로 수천 킬로미터 떨어져 있는데? 당신이 여기 직장을 두고 떠나야 하는 것도 아니잖아. 대체 여기에서 당신을 붙잡는 게 뭐야?"

앨리스는 눈살을 찌푸렸다. 그리고 와인을 한 모금 마시고는 식탁에서 일어났다. 주방에서 나와 거실 책상에 앉은 앨리스의 근육은 팽팽하게 긴장되어 있었고, 아드레날린 때문에 몸이 떨렸다. 그러는 사이 네이트가 바로 뒤에 와서 섰다.

"좋아, 이렇게 나오겠다 이거지? 어디 당신 책 좀 보자."

네이트가 따지듯이 말했다.

"뭐라고?"

네이트는 노트북을 가리키며 말했다.

"열어봐. 당신이 쓴 게 뭔지 나도 좀 보자고."

앨리스는 고개를 저었다. 네이트가 놀라는 척을 해보였다.

"왜 안 돼? 여기서 써서 그 책을 팔아야 하니까 나보고는 승진도 거절하라는 거 아냐. 작품에 아주 자신 있는 모양인데."

"싫어."

"이거 왜 이래, 1장만 보자고. 딱 1장만!"

"네이트, 그만해. 난 준비가……"

하지만 네이트가 빨랐다. 네이트는 앨리스를 피해서 책상에 있던 노트북을 잡아챈 뒤, 앨리스가 어떻게 해보기도 전에 노트북을 켜고 자판을 두드렸다. 네이트에게 암호를 알려준 게 너무 후회됐다. 네이트의 행동에 충격을 받았다. 너무 그답지 않은 행동이었고 적어도 예전의 네이트와는 달라도 너무 달랐다.

앨리스는 한 번 더 그에게서 노트북을 빼앗으려 했지만, 앨리스보다 키가 큰 네이트는 노트북을 자기 머리 위로 들어 올렸다. 네이트가 워드에서 '소설'이라는 제목의 문서 파일을 열었고, 앨리스는 무겁게 숨을 내쉬며 두 팔을 떨어뜨렸다. 네이트는 첫 페이지를 보며 한동안 화면을 스크롤해서 내리더니 앨리스를 뚫어지게 쳐다보았다. 화면에는 첫 페이지가 열려 있었고, 굵고 큰 폰트로 적힌 제목이 밝은 빈 화면과 대비를 이루었다.

완벽한 아내를 위한 레시피, 글 앨리스 헤일.

앨리스의 심장이 마치 벌새의 날개처럼 파닥였다.

"이게 다야?"

네이트가 화면을 계속 내리며 물었다. 문서 마지막에 다다라서야 커서가 멈췄다. 겨우 두 페이지였다. 네이트는 문서를 화면에서 축소해두고, 책상의 데스크톱을 보기 시작했다.

"다른 파일이 있는 거야?"

"네이트, 이리 줘."

"앨리스, 당신 책은 대체 어디 있는데?"

네이트가 앨리스를 향해 돌아섰다.

"그게 다야."

"이게 다라고?"

네이트는 다시 화면으로 시선을 옮겼다.

"거의 아무것도 없잖아."

"알아."

"그동안은 뭘 했던 거야?"

"자료 조사를 엄청나게 했어. 웹 사이트들을 북마크하고……."

앨리스는 아드레날린이 솟구쳐 숨이 막히는 것 같았다.

"계속 노력은 했어, 정말이야. 하지만…… 생각보다 힘들었어."

"나한테 계속 거짓말해왔던 거야? 또? 여태까지 계속?"

네이트는 노트북을 낮춰 들고 물었다.

"당신한테 무슨 일이 있었던 거지?"

네이트는 정신 나간 사람처럼 머리를 박박 문질렀다.

"이사를 오지 말 걸 그랬어…… 당신한테도 안 좋고, 나한테도 그렇고…… 이 망할 놈의 집……."

그 순간 앨리스는 폭발했다. 분노에 찬 신음을 뱉으며 네이트 손에서 노트북을 낚아채 뒷문으로 뛰어갔다. 네이트가 멈추라며 쫓아왔다. 앨리스는 문을 벌컥 열어젖히고 노트북을 있는 힘껏 파티오 돌바닥에 패대기쳤다. 노트북이 부러지면서 키보드가 바닥에 이리저리 튕기다가 풀이 우거진 잔디에 떨어졌다. 앨리스는 샐리가 집에 없는 게 다행스러웠다.

"당신 미쳤어?"

네이트는 박살난 노트북 조각들이 멈추자 소리를 질렀다. 이 정도 수위의 부부 싸움은 네 벽으로 둘러싸인 집 안에서 해야 했다. 그게 이웃 간의 예의였다.

뒤뜰 파티오 사건 이후 싸움은 흐지부지됐다. 앨리스는 몸이 아플 지경으로 기가 다 빠졌고, 네이트라고 해서 그보다 낫지는 않았다. 두 사람이 주방으로 돌아왔을 때, 음식은 다 식어 있었다. 앨리스는 묵묵히 두 접시를 다시 데웠지만 아무것도 먹을 수 없었다. 얼마 후 앨리스는 손도 대지 않은 저녁을 치우고 위층으로 올라갔다. 그때까지도 네이트와는 한마디도 하지 않았다. 곧 뒷문이 삐걱 열리는 소리가 들렸다. 가는 빛줄기가 파티오의 돌을 훑었다. 침실 창문 밖을 내다보니 네이트가 작은 손전등을 입에 물고 노트북 조각들을 쓸고 있었다. 그러고 나서는 손전등을 끈 다음 한동안 어두운 정원을 바라보았다. 달빛 아래 석상처럼 미동도 없이.

43

밤파이어가 살아 있는 제물이 잠든 사이 피를 빨아먹듯이, 여자라는 뱀파이어도 남자 배우자 혹은 제물의 생명을 빨아먹고 활기를 빼앗아간다.

— 윌리엄 J. 로빈슨 『결혼 생활과 행복』(*Married Life and Happiness*, 1922)

앨리스

2018년 9월 28일

"괜찮아?"

네이트가 화장실 문을 두드렸다.

이른 아침이었다. 네이트는 출근하려고 일어났고, 앨리스는 변기 앞에 엎드려 숨을 몰아쉬고 있었다.

"앨리?"

네이트가 다시 문을 두드렸다. 앨리스는 토하는 사이사이 대답을 해보려고 했지만 숨을 헐떡이느라 말이 잘 나오지 않았다.

"나 들어간다."

네이트가 문손잡이를 잡고 돌리는데 앨리스가 겨우 숨을 가다

듣고 말했다.

"아냐, 들어오지 마. 잠깐만 기다려."

돌아가던 손잡이가 멈췄고 네이트의 발자국 소리가 복도로 멀어졌다. 앨리스는 변기 물을 내리고 얼굴을 씻었다.

네이트는 앨리스가 침실로 쓰는 손님방 침대에 앉아 앨리스를 기다렸다. 사각팬티에 티셔츠 차림인 그는 지치고 걱정스러운 얼굴이었다. 앨리스는 목을 가다듬었다. 아침에 일어나자마자 속이 뒤집어질 것 같은 구토 증상 때문에 화장실로 달려갔는데 이제는 거의 가라앉았다.

"나 괜찮아."

앨리스는 레깅스와 스웨트 셔츠를 찾아 입었다. 다시 잠이 올 리 없었다.

"별로 괜찮은 것 같지 않던데. 속이 안 좋아?"

네이트는 사각팬티에 달린 끈을 만지작거리며 말했다.

"먹은 게 뭐가 잘못됐나 봐. 이제는 괜찮아."

실은 전날 밤 사건 때문에 속이 안 좋은 게 아닐까 앨리스는 생각했다. 그리고 박살난 노트북이 떠올라 민망해졌다. 앨리스는 폭발해버렸고, 네이트 역시 그랬다. 두 사람 사이는 그 어느 때보다도 심각했다.

"그래 그럼, 난 샤워를 해야 해서. 다시 들어갈 일 없겠어?"

"응, 어서 해."

네이트는 고개를 끄덕이고 침대에서 일어나 앨리스를 살짝 스치며 지나갔고, 앨리스는 접촉을 피하려고 옆으로 비스듬히 몸을 틀었다. 샤워 소리가 들리기 시작하는 것 같더니 네이트가 앨리스를 불렀다.

"비누 좀 줄래?"

샤워 커튼 사이로 물이 뚝뚝 떨어지는 네이트의 머리가 쑥 나왔다.

"여기 다 썼네."

"그래."

앨리스는 지난번 코스트코에서 사 온 비누 묶음을 찾으려고 수건들을 넣어둔 창고로 향했다. 서로 예의를 차리고 있었다. 이게 가능할 거라고는 사실 기대도 하지 않았지만. 앨리스는 비누 묶음으로 손을 뻗다가 비누 옆의 상자를 보고 멈칫했다. 뜯지 않은 탐폰 상자였다. 앨리스는 미간을 모았고 손이 공중에서 맴돌았다.

"앨리?"

네이트가 조바심을 냈다.

"잠깐만."

상황을 파악할 시간이 필요했다. 날짜를 헤아려보았다. 저걸 안 뜯었을 리가 없는데. 머릿속에서 날짜를 거꾸로 헤아리는데 이상하리만치 얼얼하고 뜨뜻한 기분에 휩싸였고, 곧이어 앨리스의 두 눈이 커졌다. 젠장. 말도 안 돼. 어떻게 된 거지…….

앨리스는 비누를 꺼낸 다음 창고 문을 닫고는 정신을 가다듬었다. 그러고 나서 네이트에게 비누를 건네준 후 잠깐 나갔다 오겠다고 말했다.

"6시도 안 됐는데?"

네이트가 눈가의 물을 닦으며 앨리스가 이 닦는 모습을 쳐다봤다. 앨리스는 입을 헹군 다음 당황한 네이트를 화장실에 남겨두고 나왔다.

"볼일이 좀 생겼어."

앨리스는 스카스데일의 스타벅스 화장실에 들어가 문을 잠갔다. 임신 테스트기를 산 약국 말고 이 시간에 문을 연 곳은 거기뿐이었다. 누군가 노크를 하자 앨리스가 소리쳤다.

"사람 있어요!"

그리고 세면대 옆에 서서 테스트기를 들여다보았다. 떨리는 손으로 테스트기를 눈앞으로 가까이 가져왔지만 굳이 그럴 필요도 없었다. 테스트기 작은 동그라미 안에는 부인할 수 없는 양성 표시가 떠 있었다.

나는 누굴까? 앨리스는 카페 화장실 거울을 바라봤다. 눈동자에는 약간의 동요가 차 있었지만 확신이 깃들었고, 눈빛도 밝았다. 엄마, 엄마가 되면 모든 게 달라질 거야…….

저녁을 먹은 후에 앨리스는 임신 테스트기를 네이트에게 건넸다. 미간을 모으고 있던 네이트가 밝게 웃었다. 두 사람은 함께 거실 소파에 앉았다. 최근 일주일 동안 이들이 이렇게 가까이 붙어 있는 건 처음이었다.

"믿을 수가 없어."

네이트는 앨리스의 양말 신은 발을 자기 무릎 위에 얹고 문지르며 말했다. 앨리스는 간지러웠지만 발을 빼지 않았다.

"아니, 불가능한 건 아니겠지만 백 퍼센트 보장되는 건 없으니까…… 하지만 그래도. 와!"

피임약을 먹는 동안 임신이 될 수도 있었지만(특히 앨리스처럼 매일 같은 시간에 먹는 걸 잊어버린 경우는 더더욱) 그래도 가능성은 정말 희박했다. 네이트는 통계와 리스크를 산소처럼 생각하고 사는 사람이었기 때문에, 늘 — 아무리 희박해 보일지라도 — 아주 작은 가능성에도 대비가 되어 있었다. 그의 직업 특성상 그런 작은 가능성들은 대개 엄청난 파급력을 몰고 오는 큰일이 되기 때문이었다. 그럼에도 불구하고 네이트는 앨리스의 임신 소식에 어리둥절했고, 기뻐서 어쩔 줄 몰랐다.

"아들인 것 같아, 딸인 것 같아?"

"병원에도 안 가봤어. 그러니까 너무 앞서가지 말자고."

앨리스는 소파 쿠션에 머리를 기대고 천장의 벌어진 틈을 올려다보았다.

"저거 고쳐야 할 것 같아."

"뭐?"

네이트가 묻자 앨리스가 위쪽을 가리켰다.

"그래, 좋은 생각이야. 집 보여주기 전에 고쳐야지. 잘하는 사람 있는지 베벌리 씨한테 전화해서 물어볼게."

앨리스는 고개를 끄덕이고 말했다.

"고치기는 고쳐야 하는데, 집 보여주려고 그러는 건 아니야."

"응?"

네이트는 뒤로 젖히고 있던 고개를 돌려 앨리스를 보았다.

"왜?"

앨리스는 고개를 들고 네이트를 마주 보았다.

"왜냐하면, 우리는 이사 안 가니까."

"앨리, 왜 그래. 또 시작하는 거야?"

네이트의 턱이 굳으며 앨리스의 발을 잡고 있던 손을 내렸다. 그러고는 다시 천장을 올려다보았다.

"미안해, 그런 말이 아니었고, 나는 이사 안 가."

네이트가 똑바로 일어나 앨리스를 마주 보려고 옮겨 앉았다.

"자기도 갈 거야. 앨리, 아기도 태어나잖아."

앨리스도 일어나 앉았다.

"나도 알아, 그리고 나는 이 집을 안 떠날 거야. 우리 아기는 여기서 키우려고 해, 네이트. 캘리포니아가 아니라. 거기는 친구도 하나 없고, 낯선 데다가, 출판 중심가에서 비행기로 다섯 시간이나 걸리고, 계절도 하나밖에 없잖아. 자기는 동쪽에서 자라서 30도에 육박하는 날씨에 크리스마스트리를 장식하는 게 얼마나 우울한 일인지 잘 몰라. 나는 여기 남을 거야. 당신이 나와 함께 여기 남는다면 환영해. 아니면 할 수 없고."

네이트는 앨리스의 두 발을 밀어내고 벌떡 일어섰다.

"왜 이렇게 까다롭게 구는 거야? 당신, 친구들은 더 이상 만나지도 않잖아. 그리고 출판? 아니…… 앨리, 왜 그래. 애를 달고 새 커리어를 시작하겠다고? 정말 비현실적인 생각이야. 이러지 말자. 지금 꼭 이래야겠어?"

네이트는 앨리스를 쏘아보며 말했다.

"지금이 바로 이 얘기를 할 때야."

앨리스도 소파에서 일어났다. 그런 다음 책상으로 가서 서랍에서 펜과 노트를 꺼냈다. 서랍 뒤쪽에 담뱃갑이 살짝 보였다. 앨리스는 곧 저걸 내다 버려야겠다고 생각했다. 앞으로 다시는 담배를 피우지 않을 것이다. 테스트기에 임신 표시가 뜨는 순간 담배에 대한 욕구가 싹 사라졌다. 사랑으로 인한 보호 본능과 책임감, 테스트기를 바라보면서 느낀 그 두 가지 감정이 앨리스를 흔들어놓았고, 또 동시에 붙들어주었다.

앨리스는 노트에 몇 자 적은 다음 네이트에게 건넸다.

"내 입장에서 볼 때, 당신에게는 두 가지 선택지가 있어."

"지금 장난해?"

네이트는 앨리스가 적은 내용을 보고 분노로 얼굴이 일그러졌다.

"1번, 앨리스와 아기와 함께 그린빌에 남는다. 2번, LA에 간다. 혼자서."

네이트는 앨리스를 마주 보았다. 네이트의 얼굴은 굳어 있었다.

"3번을 빼먹었잖아. LA에 간다. 앨리스와 아기와 함께."

앨리스는 네이트에게서 노트를 받아 들며 고개를 저었다.

"아니, 네이트. 그건 선택지가 아니야."

네이트는 분노로 몸을 떨었다. 그는 두 주먹을 꽉 쥐고 앨리스에게 한 걸음 더 다가갔다. 네이트가 얼마나 화가 난 건지 생각해볼 때, 지금 그와의 거리는 앨리스가 불편하게 느낄 정도로 가까웠다. 아주 잠깐 앨리스는 자기가 네이트를 너무 멀리 밀어낸 건지 생각해보았다.

“우리는 함께 이사 가는 거야. 그게 최종 결정이라고.”

“당신이 LA로 가기로 결정했다면 혼자 가. 나는 여기서 책을 끝내고, 집을 관리하고, 우리 아기를 키울 거야. 당신도 그 일부가 되겠다면 기꺼이 환영할게. 하지만 아니라도 괜찮아. 당신이 선택할 일이야.”

앨리스는 네이트에게서 한 걸음 물러났지만 목소리는 차분했다. 감정은 싹 뺀 편안한 말투였다.

“그걸 어떻게 선택해?”

네이트의 목소리가 거실에 쩌렁쩌렁 울리며 금이 간 천장 틈 사이로, 집의 뼈대까지 스며들었다.

앨리스는 어깨를 으쓱할 뿐, 네이트의 절망이나 강압적인 말투에는 꿈쩍도 하지 않았다. 다만 배를 보호하듯이 팔짱을 꼈고, 두 사람 다 그 행동이 무엇을 뜻하는지 잘 알고 있었다.

“네이트, 선택의 기회는 언제나 있는 거야.”

44

보통 남자는 자기보다 덜 똑똑한 여자와 결혼한다. 똑똑한 여자가 결혼을 절대 안 하는 이유다. 아주 월등하게 똑똑한 남자는 만날 기회가 없고, 별로 안 똑똑한 남자를 얻기 위해 자신들의 총명함을 숨기지도 않으니까.

— 클리퍼드 R. 애덤스 『모던 신부』(*Modern Bride*, 1952)

앨리스

2018년 10월 30일

앨리스는 야트막하게 나온 배에 맞춰 앞치마를 살짝 위로 맸다. 원래 이삿날로 잡아둔 날이었지만, 집은 지난 몇 달 전과 달라진 게 없었다. 부칠 상자도 없었고, 집수리가 곳곳에서 한창 진행 중이었다. 헤일 부부가 곧 떠난다는 흔적은 어디서도 찾기 어려웠다. 앨리스가 일찍 일어나 샐리 아주머니 집으로 가져갈 빵을 굽는 동안 네이트는 식탁에서 아침 식사를 하고 있었다. 앨리스가 레몬 껍질째 강판에 갈고 잘라 즙을 내자 레몬 향이 부엌을 가득 채웠다.

"좀 괜찮아?"

네이트가 달걀 조각을 핫 소스에 찍으며 물었다. 네이트는 앨리스가 언제나처럼 입덧 때문에 죽상을 하고 누워 있는 게 아니라서 놀라는 눈치였다.

"많이 좋아졌어."

지난 몇 주간 입덧이 정말 심했다. 앨리스는 많이 힘들었지만 거의 불평이 없었다. 네이트는 앨리스가 힘들어하는 모습을 보며 화가 많이 누그러진 것처럼 보였다. 두 사람 사이에 무슨 일이 있었든, 앨리스가 어떻게 네이트의 손발을 묶어버렸든 간에 앨리스의 몸속에는 그의 아기가 자라고 있었다. 하지만 두 사람의 사이는 여전히 좋은 것과는 거리가 멀었고, 관계의 균열은 수리하지 못한 천장의 금만큼이나 분명했다.

앨리스는 레몬에 젖은 손가락을 앞치마에 문지르고 커피포트로 손을 뻗었다.

"따뜻한 걸로 더 마실래?"

"좋아."

앨리스는 김이 오르는 커피를 따라주었고, 머그잔이 반쯤 찼을 때 네이트가 머그잔을 살짝 들었다.

"고마워."

네이트는 커피를 한 모금 마시고 휴대폰으로 읽고 있던 기사로 다시 눈을 돌렸다.

"저녁은 집에 와서 먹을 거야?"

앨리스는 레시피를 읽고 양귀비씨를 4분의 1컵 계량했다.

"좋지. 준비하기 힘들면 그냥 집에 오는 길에 아무거나 사 올게."

"괜찮을 것 같아. 쉬운 걸로 준비할게."

네이트는 휴대폰에서 눈을 떼지 않고 고개만 끄덕였다. 앨리스는 그릇의 옆면까지 싹싹 긁어 전체를 마지막으로 한 번 더 잘 저은 후, 검은 점이 박힌 노란 반죽을 빵틀에 부었다.

"주말에 아기방에 페인트칠할 거야?"

앨리스는 빵틀 양 끝을 잡고 조리대 위에 한 번, 또 한 번 쳤다. 굽기 전에 공기 방울을 없애기 위해서였다. 두 번째 빵틀도 똑같이 했다.

네이트는 쿵 소리가 거슬린다는 듯 이마를 찌푸리며 힐끗 시선을 보냈다.

"일요일쯤. 토요일에는 사무실에 몇 시간 들러야 할 것 같아."

커피를 비운 다음 네이트는 접시와 컵을 헹궈서 식기세척기에 넣었다.

"내가 오늘 페인트 사 올게."

앨리스는 빵틀을 오븐에 넣으러 가면서 몸이 최대한 네이트에게 닿지 않게 하려고 애썼다.

"어머, 미안해."

그러다 결국 앨리스는 네이트를 밀고 말았고, 둘 다 넘어지지 않게 자세를 잡으려던 네이트의 손이 앨리스의 엉덩이에 닿고 말았다. 네이트의 손가락은 잠시 머물다 물러나고는 이내 식기세척기를 닫았다. 앨리스의 몸에 그의 손이 닿은 지 정말 오래된 것 같았다. 마지막으로 한 달쯤 됐던가.

"혹시 기다리고 싶어? 성별에 따라서 색을 고를 수도 있으니까?"

"마음대로 해."

네이트는 셔츠 단추 사이에서 넥타이를 빼내며 무심하게 대답했다. 그리고 넥타이를 가슴에 평평하게 잘 편 뒤 의자에 걸려 있던 양복 재킷을 입었다.

"그냥 지금 칠해버리는 게 나을 것 같아. 은은한 노랑이나 민트 그린이 괜찮겠지?"

"둘 다 괜찮아."

네이트는 옆 의자에 걸린 메신저 백을 집어 머리 위로 넣고 가슴에 크로스로 멨다.

"오늘은 추울 거래. 코트도 입는 게 나을 거야."

앨리스는 반죽 그릇을 헹궈서 선반에 올리며 어깨 너머로 말했다. 네이트가 얼굴을 찡그렸다. 아마도 LA에 산다면 10월에 코트를 입을 일은 없을 거라는 생각을 하는지도 몰랐다. 승진을 거절했다는 사실이 하루에 몇 번이나 네이트의 머릿속에 떠오를지 앨리스는 상상해보았다. 드루가 따뜻하고 햇살 좋은 캘리포니아로 가서 자기 팀을 꾸린 모습도 언뜻언뜻 스쳐가겠지. 네이트는 뉴욕에서도 잘 지내고 있었다. 시험을 통과했고, 그에 상당하는 월급 인상도 받았다. 그러나 맨해튼 지부 고위 관리직 중에는 그에게 맞는 공석이 없었기 때문에(1년쯤 뒤에는 자리가 나기를 모두 기대하고 있었지만), 사실상 살짝 오른 월급을 받으며 예전과 같은 일을 하는 셈이었다. 게다가 네이트는 새 일자리에 대한 약속을 어김으로써 일에 대한 포부가 꺾였고, 그의 직업윤리도 의심받았다. 이 모든 게 야심찬 남편을 속상하게 했다는 걸 앨리스는 잘 알았다.

"그거 없어도 되는데."

네이트는 앨리스가 건네준 커피 텀블러를 받고 앨리스의 볼에 형식적으로 가볍게 입을 맞췄다.

"앨리, 난……."

얼마간 두 사람의 눈이 마주쳤고, 앨리스는 네이트의 말이 끝나기를 기다렸다. 하지만 네이트의 목에 알 수 없는 뭔가가 걸린 것 같았다. 네이트는 얼른 기침을 해서 잠긴 목을 풀고 앨리스에게서 한 걸음 물러났다.

"당신이 나아진 것 같아 기뻐. 엽산 잊지 말고 챙겨 먹어."

"이미 먹었어. 멀티 비타민도 먹었고."

네이트는 7시보다 늦어지면 연락하겠다 했고, 앨리스는 좋은 하루를 보내라고 말했다. 네이트를 보내고 현관문을 닫은 앨리스는 아침 들어 처음으로 어깨의 긴장이 풀리는 걸 느꼈다. 솔직히 네이트도 집을 나서며 앨리스가 느낀 안도감을 똑같이 느꼈을 거라는 걸 알았다. 앨리스는 혼자 있는 편이 훨씬 좋았다. 남편에게서 계속 뿜어져 나오는 실망의 기운과 함께 생활하기란 쉽지 않았다.

겉보기에는 아무렇지 않은 이 신경전을 매일 하는 것은 정말 피곤했다. 품이 많이 드는 일이었다. 얼마나 이 상태를 지속할 수 있을까? 어쩌면 아이를 낳으면 휴전이 될 수도 있지 않을까? 적어도 이 결혼의 권태감에서 신경이 분산될 수는 있겠지.

커피를 한 번 더 내리는데 브로닌에게서 문자가 왔다.

오늘 입덧 스코어는?

앨리스는 킥킥 웃으며 답을 보냈다.

입덧 : 0, 앨리스 : 1

끔찍했던 베이글 점심 이후 두 친구는 화해했다. 브로닌의 표현대로 앨리스가 그날 "사이코 나쁜 년"으로 행동한 것에 대해 브로닌은 용서해주었다. 앨리스가 치킨 수프 말고 무언가를 소화시킬 수 있게 되면 베이글과 매니큐어를 포함한 두 사람의 데이트를 다시 계획하기로 약속했다. 샐리 외에도 자기 삶의 상수처럼 항상 곁에 있어주는 브로닌이 고마웠다. 그리고 네이트와 드루의 드라마 따위로 이 우정을 망칠 뻔했다는 사실이 아찔했다. 돌이켜보면 피임 기구에 대해 속이고, 담배를 피우기 시작하고, 남편을 바람피우는 남자로 몰아세운 사람이 자기와 같은 사람이었는지 의아할 정도였다. 그 사람은 지금의 앨리스 헤일과 다른 사람이었다. 목표를 상실하고 자신의 잠재력을 발견하지 못했던 사람. 그 버전의 앨리스 헤일이 영원히 떠났다는 사실에 앨리스는 안도했다. 이제는 집중할 중요한 것들이 있었다. 바로 자기의 책과 아기.

앨리스는 살짝 튀어나온 배를 문지르며 미소를 지었다. 그리고 머그잔에 크림을 부었다. 마침내 출출함을 느낀 앨리스는 얼른 레몬 양귀비씨 빵을 먹고 싶어 죽을 지경이었다. 위장에 무언가를 집어넣으면 그게 배 속에서 탈 나지 않고 있어준다는 사실만으로도 안심이 되었다.

그날 오후, 샐리와 함께 빵을 먹으며 대화를 나눈 뒤 피곤해져서 돌아온 앨리스는 낮잠이 간절했다. 아기가 자라는 데 이렇게 많은 에너지가 필요하다는 게 놀라웠다. 네이트 말로는 아기가 겨우 무화과만 하다고 했는데 말이다. 앨리스는 곧장 침대로 기어들고 싶었지만, 원고를 써야 한다는 생각이 더 강했다. 낮잠은 나중에 자기로 하고 차 한 잔을 마시며 기운을 차리기로 했다. 주전자에 물을 채우는데 휴대폰이 조리대 위에서 진동했다. 화면에 네이트의 이름이 떴다. 앨리스는 한숨을 쉬고는 휴대폰이 네 번 더 울린 다음에 전화를 받았다.

"여보세요?"

"나야, 오늘 하루는 어땠어?"

앨리스는 주전자를 불에 올리고 찬장의 차로 손을 뻗었다.

"잘 보내고 있어, 당신은?"

"나도. 근데 윌리엄스 브리지에 뭔 일이 났나 봐. 기차가 통과를 못 하네."

"흠. 무슨 일일까?"

주전자를 확인한 앨리스는 자신이 불 켜는 걸 깜빡했다는 걸 깨달았다.

"사람들 말로는 누가 사람을 밀었다는데."

"어머. 끔찍하다. 누가 그런 짓을 하지?"

앨리스는 손을 배 위에 올렸다.

"상상하기도 싫어. 정말 잔인한 일이야."

네이트는 잠시 멈추었다 말했다.

"그래서 말인데, 저녁은 여기서 먹고 출발해야겠어. 기차에 그냥 앉아서 기다리느니 그 편이 나을 것 같아. 당신만 괜찮다면."

"당연히 괜찮지. 전화해줘서 고마워."

앨리스는 혼자 저녁 시간을 보낼 수 있어서 좋았다.

"음, 그래. 뭘."

네이트가 전화를 끊었다. 앨리스는 휴대폰을 무음으로 바꾼 뒤 창문으로 뒷마당을 내다보며 물이 끓기를 기다렸다. 화사하고 무성한 꽃들은 진 지 오래였지만, 초록색 식물들과 디기탈리스는 사슴을 쫓으며 서 있었다. 디기탈리스는 가을까지 바닐라색 꽃을 선보일 거라고 하더니, 역시 그랬다. 앨리스는 자주 넬리 생각을 했다. 넬리가 사랑한 이 정원이 잘 유지되고 있다는 걸 알면 기뻐할 것 같았다.

앨리스는 또 딴생각에 빠졌다. 임신 초기 증상 중 하나였다. 마치 아기가 앨리스의 집중력을 모두 뺏어가기라도 하는 것처럼. 이번에는 방금 전 네이트와 주고받은 통화 내용을 떠올렸다. 일부러 그런 것도 아니었는데 섬뜩한 생각이 들었다. 만약 기차역에서 떠밀린 사람이 네이트였다면? 네이트는 늘 안전선에 너무 바짝 붙어 서고는 했다. 언제나 예측 가능한 성격인 그에게 한 가지 이해 못 할 구석이었다. 그렇다면 앨리스는 오늘 저녁만이 아니라 영원히 이 집에 혼자 남겨졌을 것이다. 모든 결정을 다 혼자 하면서.

앨리스는 갑자기 자신이 있는 곳에 넬리가 서 있는 모습을 그려보았다. 애도를 표하기 위해 보낸 캐서롤과 장례식 케이크가 부엌에 가득한 가운데 슬픔 속에 서 있는 모습을. 그런 상상은 꽤 도발적이었다. 결혼이 그런 비극으로 끝난다면—어느 쪽 잘못이 아니라 한 사람이 떠나는 것으로—아무도 비난할 수 없었다. 실패도 아니고, 타협도 필요 없고, 기대도 있을 수 없는 정리였다. 물론 앨리스는 싱글맘이 되고 싶지 않았다. 자신의 엄마가 그것도 불가능한 것은 아니라고 몸소 보여주기는 했지만. 그러나 만약 혼자 해내야 하는 상황이 닥친다면 안 될 것도 없어 보였다.

뭔가가 창에 세게 부딪히며 부엌 창문이 흔들렸다. 새 한 마리가 잘못 날아든 모양이었다. 앨리스는 깜짝 놀라 소리를 질렀지만, 그다음에 들리는 건 주전자의 물 끓는 소리뿐이었다. 혼비백산한 마음을 진정시키며 한숨을 들이쉬고 앨리스는 주전자 불을 껐다. 까치발로 서서 창밖 잔디에 새가 떨어져 있는지 찾아봤지만 그사이에 다치지 않고 다시 날아간 모양이었다.

백일몽의 마지막 흔적까지 다 털어버린 다음, 앨리스는 끓는 물을 머그잔에 따르고 책상으로 가만히 다가갔다. 계속되는 입덧 때문에 창의력이 황폐해지기는 했어도 끝없는 구토감에 집중력이 망가지지는 않았다. 일할 준비가 되었다. 앨리스는 의자를 책상 가까이 당기면서 서랍을 열고 액자를 하나 꺼내 컴퓨터 앞에 올려놓았다.

그 안에는 젊고 활기 넘치는 넬리가 정원 앞에 서 있었다. 가느다란 팔, 제법 짧은 반바지 아래 드러난 맨다리, 장갑 낀 손에는 갓 꺾은 분홍색 작약 다발이 들려 있었다. 유심히 들여다보면 무릎에 흙이 묻은 게 보였다. 넬리가 웃는 모습이 포착된 스냅사진이었다. 고개를 뒤로 살짝 젖혔지만 넬리의 밝은 두 눈동자는 카메라 렌즈를 보고 있었다. 앨리스는 상자에 엎어진 채로 들어 있던 액자를 찾아냈다. 상자 밑면 안에 깊숙이 박힌 바람에 그 전에는 발견하지 못했던 사진이었다. 뒷면에는 펜으로 넬리, 1957년 6월 오크우드 드라이브 173이라고 적혀 있었다. 리처드가 세상을 떠난 지 불과 몇 달 후였다. 그러나 넬리는 — 적어도 앨리스에게는 — 편안하고 행복해 보였다. 누가 찍었는지 모르겠지만 그 사람은 넬리 머독의 진짜 모습을 포착하는 데 성공했다.

앨리스는 뜨거운 차를 조심스럽게 마시며 전날 쓴 몇 페이지를 다시 읽어보았다. 그리고 넬리가 지켜보는 가운데 고개를 숙이고 자유롭게 생각을 펼쳐나갔다. 그런 다음 이 집을 지키는 주부의 영혼을 불러냈다. 어느새 만족한 듯한 고요한 집에는 오직 자판 두드리는 소리만 울려 퍼졌다.

Recipe

엘시 스완의 부엌에서
스완 가문의 허브 믹스

모두 말린 것으로
각 1큰술씩:

- 레몬밤
- 파슬리
- 바질
- 타임
- 마저럼
- 세이지

디기탈리스(꽃과 잎):
말린 것으로 1작은술

신문지 위에 허브를 놓고 서늘한 곳에서 말린다. 말린 허브를 한 번에 한 가지씩 막자사발에 넣고 고운 가루가 될 때까지 빻는다. 사발에 허브 가루를 모두 넣고 잘 섞는다. 유리병에 담아 미트로프나 치즈 샌드위치 토스트처럼 좋아하는 요리 위에 뿌려 먹는다. 비스킷을 구울 때나 샐러드드레싱을 만들 때 넣어도 좋다. 온 가족이 사랑하는 레시피!

감사의 글

나는 요리책 여러 권을 가지고 있다. 베이킹, 채식, 비건, 클래식, 프랑스 요리, 이탈리안 요리, 바비큐. 고대 요리책(책 표지가 마음에 들어서)도 한 권 충동 구매했지만 한 번도 쓴 적은 없다. 이유는 그 뒤로 채식을 시작했는데, 고대 요리책에는 고기를 기본 재료로 한 요리들이 많아서 이 세상의 소와 돼지와 닭이 불쌍해서 울고 싶어지기 때문이다. 요리책들 중에는 빈티지 요리책도 제법 많다. 그중에는 중고 책방에서 산 것들도 있고, 우리 가문 여자들 사이에서 대대손손 전해 내려오는 것들도 있는데, 바로 그 책들이 내가 가장 아끼는 물건이다. 그중에는 이름만 들어도 입맛을 잃게 하는 레시피들도 있기는 하다. 아마도 더 적절한 표현이 없어서였을 텐데(젤리 샐러드는 그 당시 최고 히트였다)…… 어쨌든 책이 품은 역사 때문에 내게는 무척 소중한 책들이다. 그 요리책들에서는 강인하고, 능력 있고, 흥미로운 여성들의 모습을 발견할 수 있다. 굉장한 솜씨를 가졌음에도(시대를 잘못 만난 탓에) 아주 가끔씩 부엌에서만, 그리고 요리책을 통해서만 실력을 펼쳐 보였던 여성들을.

레시피의 여러 재료처럼 책 한 권이 나오는 데에도 많은 것들이 필요하다. 한 가지 재료만 빠뜨려도, 혹은 계량을 잘못해도 입에 안 맞거나 쓰레기통으로 직행하는 작품이 나올 수도 있다. 소설은 수플레나 파이 크러스트처럼 세심한 주의를 기울여야 하고, 스튜나 고기파이처럼 포만감을 주며, 파블로바나 베이크드 알래스카처럼 황홀함을 선사하기도 한다. 하지만 레시피로 대박을 치는 것과 달리, 책으로 대박이 나려면 재료 리스트를 한데 섞는 것 이상의 무언가가 필요하다. 따라서 여기, 내 책을 위한 레시피인 나의 벗들을 공개하고자 한다(당부 말씀: 계량은 재미 삼아 무작위로 썼다. 따라서 2컵의 무언가는 1작은술의 무언가보다 더 중요한 의미가 아님을 알아두시기를).

이 소설, 완벽한 아내를 위한 레시피

재료

특별한 편집자 3컵: 마야 지브, 라라 힌치버거, 헬렌 스미스

필수 불가결한 에이전트 2컵: 캐럴린 퍼드(그리고 트랜스애틀랜틱 리터러리 에이전시)

고도로 숙련된 편집팀 1$\frac{1}{2}$컵: 더턴 US, 펭귄 랜덤 하우스 캐나다 (바이킹)

홍보와 마케팅 마법사 1컵: 캐슬린 카터(캐슬린 카터 커뮤니케이션), 루타 리오르모나스, 엘리나 바이스빈, 마리아 웰런, 클레어 자야

여성 작가 군단 1컵: 머리사 스테이플리, 제니퍼 롭슨, 케이트 힐턴, 챈텔 거틴, 케리 클레어, 리즈 렌체티

내가 제정신일 수 있게 지켜주는 작가 친구들 $\frac{1}{2}$컵: 메리 쿠비카, 테일러 젱킨스 리드, 에이미 E. 라이허트, 콜린 오클리, 레이철 굿맨, 해나 메리 매키넌, 로지 림

내게 없는 재능을 가진 친구들 $\frac{1}{2}$컵: 켄드라 뉴얼 박사, 클레어 탄시

카르마 브라운 팬클럽 원조 창단 멤버 $\frac{1}{4}$컵: 미리엄 클라우센의 모델인 돌아가신 나의 할머니 미리엄 크리스티, 환상적인 요리사이자 어머니인 나의 엄마, 멋진 페미니스트인 우리 아빠를 비롯한 나의 가족과 친구들

나의 핵심층 1큰술: 내 평생의 사랑인 애덤과 애디슨

책블로거, 책스타그래머, 작가, 그리고 독자 $\frac{1}{2}$큰술: 앤드리아 카츠, 제니 오리건, 패멀라 클링거혼, 멀리사 앰스터, 수전 피터슨, 크리스티 배럿, 리사 스타인키, 리즈 펜턴

빈티지 요리책 1작은술: 특히 영감의 불꽃이 되어준 『퓨리티 요리책』(*Purity Cookbook*)

충성스러운 래브라두들 1작은술: 글쓰기의 털보 동반자 프리드리코라이스 브라운

구글 약간: 타임머신 없이도 1950년대를 방문할 수 있게 해준 존재

조리법: 모든 재료를 파일에 넣고 매번 더해갈 때마다 잊지 말고 저장을 클릭한다. 영원처럼 느껴지는 시간 동안 젓고, 젓고, 또 젓는다. 실질적으로는 대략 6개월에서 3년 정도 걸린다. 새 워드 문서로 옮겨서 매끈해질 때까지 다듬는다. 편집자가 제공한 틀에 기름을 골고루 바른 다음 대략 1년간 잘 굽는다. 오븐에서 꺼낸 다음 잠시 식혀서 아이스크림을 곁들여 내놓는다. 즐거운 시간 보내시기를!

완벽한 아내를 위한 레시피

초판 1쇄 발행 2021년 9월 8일

지은이
카르마 브라운

옮긴이
김현수

펴낸이
강일우

본부장
윤동희

책임편집
김수현

디자인
장미혜

조판
신혜원

펴낸곳
㈜미디어창비

등록
2009년 5월 14일

주소
04004 서울 마포구 월드컵로12길 7

전화
02-6949-0966

팩시밀리
0505-995-4000

홈페이지
books.mediachangbi.com

전자우편
mcb@changbi.com

ISBN
979-11-91248-31-9 03840